The First Part of Jacobs and Döring's Latin Reader

SALZWASSER
VERLAG

E.A. Andrews

The First Part of Jacobs and Döring's Latin Reader

Reprint of the original, first published in 1859.

1st Edition 2023 | ISBN: 978-3-37513-636-9

Verlag (Publisher): Salzwasser Verlag GmbH, Zeilweg 44, 60439 Frankfurt, Deutschland
Vertretungsberechtigt (Authorized to represent): E. Roepke, Zeilweg 44, 60439 Frankfurt, Deutschland
Druck (Print): Books on Demand GmbH, In de Tarpen 42, 22848 Norderstedt, Deutschland

THE FIRST PART OF JACOBS AND DÖRING'S LATIN READER:

ADAPTED TO

ANDREWS AND STODDARD'S

LATIN GRAMMAR.

AND TO

ANDREWS' FIRST LATIN BOOK.

BY

E. A. ANDREWS, LL. D.

FORTY-FOURTH EDITION.

BOSTON:
PUBLISHED BY CROCKER AND BREWSTER,
47 WASHINGTON STREET.

1859.

PREFACE.

The Latin Reader, a new edition of which is here presented to the public, was originally prepared by its present editor, as the first of a series of elementary works adapted to the Grammar of Andrews and Stoddard. This series now comprises, in addition to the Grammar above mentioned, Questions on the Grammar, Latin Lessons, The Latin Reader, Latin Exercises, A Key to Latin Exercises, Viri Romæ, Cæsar's Commentaries on the Gallic War, Sallust, and Selections from Ovid. In the present edition, the adaptation of this work to the Grammar, and to its place in the series above enumerated, remains unaltered; but, in addition to its original design, the Reader is now intended to constitute the second part of a less extended series, comprising the editor's First Latin Book, the Latin Reader, and the Viri Romæ. The latter series is designed especially for those who commence the study of Latin at a very early age, and also for such as intend to pursue the same study to a limited extent only, or merely as a part of general education.

The references at the foot of the pages relate to the sections and subordinate divisions of Andrews and Stoddard's Latin Grammar. The references to Andrews' First Latin Book may be found at the close of the volume. The marks of reference in the text refer both to the notes at the foot of the page and to those at the end of the book. In the latter series, indeed, other notes are occasionally added, and their place is denoted by quoting the words of the text to which such notes relate.

The following extracts from the preface to the first edition will sufficiently explain the manner in which the Reader was originally prepared by its present editor.

Three things were found to claim particular attention, in preparing a new edition of this work. The first was the arrangement of the Introductory Lessons, so as best to illustrate the principles of the Grammar, to which they were to be adapted. The second was to furnish such grammatical notes and references as should be necessary, in order to explain the more difficult forms and constructions occurring in the work. The third was the preparation of a vocabulary more perfectly adapted, than those usually found in introductory works, to the purpose for which it was intended.

To accomplish the first purpose, it was found necessary to make a few additions to the original work, with the intention of illustrating more fully the principal rules of Latin construction. That the object of the Introductory Lessons may be better understood, and the place which each lesson occupies in syntax more fully apprehended, each section is prefaced by a series of questions relating to those parts of the Grammar intended to be illustrated.

In the notes appended to this edition, the editor has carried into effect a design, which he had long since formed, of explaining the idioms of the language, in introductory works, by references to the Grammar, rather than by remarks couched in different language from that with which the student is already, in some degree, familiar. He has hoped, by this means, to aid the student in forming a clear, connected, and consistent view of the idiomatic peculiarities of the language, and a habit of referring every difficulty, whether in form or construction, to its appropriate place in the Grammar. It is a matter of common observation, that, to most students, the philological notes usually found in elementary works are in a great degree lost, in consequence of their connection with the grammar not being sufficiently evident. This evil cannot, indeed, be avoided, while the grammar with which the student is furnished does not fully explain the idioms of the language. While referring to the Grammar, the editor has endeavored to keep in view the fundamental principle of education, that the only efficient help which the student can receive, is that which leads him ultimately to exercise his own faculties. While, therefore, the less prominent difficulties are usually explained upon their first occurrence, the student is afterwards, in most cases, left to perceive the additional instances in which the same principle is to be applied. In cases of greater difficulty, however, reference is repeatedly made to the same principle; and this is more particularly the case in regard to idioms which are either imperfectly exhibited, or altogether overlooked, in the grammars heretofore in common use. It is not improbable that, to some teachers, the references may appear too numerous, while, to others, the unexplained difficulties may still seem too formidable for a majority of those for whose use the work is intended. No plan of assistance can be equally well adapted to all students; but the hope is entertained, that a system which sends them back to their Grammar for information, will be liable to as few objections and abuses as any which can be devised.

The preparation of the vocabulary has occasioned more labor than any other part of the Reader; and, in its present form, I trust that it will be found better adapted to its purpose than such vocabularies usually are. The meanings assigned to the words have been selected with careful reference to all the places where those words occur in the Reader. In this part, more than in any other, the former editions of this work were defective, and that in a degree that would scarcely be suspected by one who had not examined them in reference to this subject.

The participles occurring in the Reader may generally be found in the vocabulary; but in some cases, and especially when regularly formed from verbs of the first conjugation, they have been intentionally omitted, since their formation is as easy as that of any other part of the verb. The definitions of the participles have, in general, been omitted, except in cases in which their meaning cannot be easily inferred from that of their verbs. The formation of the passive voice is seldom given, since its omission can occasion no embarrassment to one who is moderately acquainted with the paradigms of the Grammar. On the other hand, the oblique cases of nouns and pronouns, and the perfect tenses of verbs, when peculiarly irregular, are inserted in their alphabetical order, with a reference to the words from which they are derived. The derivation of words, except when they immediately follow their primitives, is, in general, given in the vocabulary. The quantity of the penult, in all words of more than two syllables, when not determined by general rules, is marked throughout this volume, as well as in the Grammar to which it refers, in the hope that early habits of incorrect pronunciation may, by this means, be in a great measure prevented.

The references, at the foot of the pages, relate to the sections and subdivisions of Andrews and Stoddard's Latin Grammar.

E. A. ANDREWS.

NEW BRITAIN, *Sept.*, 1849.

INTRODUCTORY EXERCISES.

SIMPLE SENTENCES.

Subject-Nominative and Verb.

What is the rule for the agreement of a verb? Gram. § 209, (b.) Of what does a sentence consist? § 200, 5. What is a simple sentence? § 201, 10. Of what does a proposition consist? § 201, 1. What is the subject of a proposition? § 201, 2. What is the predicate? § 201, 3. What is the grammatical subject? § 202, 2. What is the grammatical predicate? § 203, 2. Define moods. § 143. Define the indicative mood. § 143, 1. Define the active voice. § 141, I. 1. Give the personal terminations of the active voice. § 147, 3. What is the connecting vowel of a verb? § 150, 5. How does the present tense represent an action? § 145, I. What are the terminations of the active voice, indicative mood, present tense, in each conjugation? § 152.

Ego amo. Tu mones. Rex[a] regit. Nos audĭmus. Vos vidētis. Puĕri[b] ludunt.

Why are the nominatives *ego*, *tu*, *nos*, and *vos*, usually omitted? § 209, R. 1.

Audio. Amas. Aves[c] volant. Scribĭmus. Vocātis Reges[a] regunt.

Voco. Jubes. Musa[d] canit. Rustĭcus[b] arat. Audītis. Puĕri legunt. Crescit arbor.

---

[a] §§ 28 and 78, 2. [b] §§ 28 and 46. [c] §§ 62 and 74. [d] § 29, 1.

Sperāmus. Præceptor[a] docet. Labor[b] vincit. Fata[c] vocant. Manus[d] tangunt. Sol lucet.

Tempus[e] fugit. Venit hiems.[f] Mors[f] venit. Latrant canes.[g] Fugiunt nubes.[h]

How does the imperfect tense represent an action? § 145, II What are the terminations of the active voice, indicative mood, imperfect tense, in each conjugation? § 152.

Eram.[i] Ambulābas. Silva[j] stabat. Monebāmus. Dormiebātis. Fulgēbant stellæ.[j]

What does the future tense denote? § 145, III. What are the terminations of the active voice, indicative mood, future tense, in each conjugation? § 152.

Vidēbo. Audies. Deus dabit. Uret ignis.[k] Crescent arbŏres.[l] Tempŏra venient.

How does the perfect tense represent an action? § 145, IV. What are the terminations of the active voice, indicative mood, perfect tense? § 152.

Veni, vidi, vici. Fuisti.[i] Fortūna dedit. Cecĭnit avis. Cepĭmus. Audivistis.[m] Hostes[g] fugērunt.

How does the pluperfect tense represent an action? § 145, V. What are the terminations of the active voice, indicative mood, pluperfect tense? § 152.

Fugĕrat umbra. Dixĕras. Hannĭbal juravĕrat.[m] Ceperātis. Puĕri legĕrant.

What does the future perfect tense denote? § 145, VI. What are the terminations of the active voice, indicative mood, future perfect tense? § 152.

---

[a] §§ 28 and 70.
[b] §§ 58 and 70.
[c] § 46.
[d] §§ 87 and 88, 1.
[e] §§ 66 and 76, 1.
[f] §§ 62 and 77, 2.
[g] §§ 30 and 74.
[h] §§ 62 and 73, 1.
[i] § 153.
[j] § 41.
[k] §§ 63 and 74.
[l] §§ 61 and 70.
[m] § 150, 3.

Risĕro. Vidĕris. Venĕrit hora. Pomum cecidĕrit. Ambulaverīmus. Canes cucurrĕrint.

Define the subjunctive mood. § 143, 2. What are the terminations of the active voice, subjunctive mood, present tense, in each conjugation? § 152.

Labōret manus. Faveat Fortūna. Sol[a] fulgeat. Veniat tempus. Canāmus. Capiātis. Arbŏres cadant.

What are the terminations of the active voice, subjunctive mood, imperfect tense, in each conjugation? § 152.

Philomēla cantāret. Pomum pendēret. Luna micāret. Essētis. Vellēmus.[b] Troja[c] staret.

What are the terminations of the active voice, subjunctive mood, perfect tense? § 152.

Amavĕrim. Docuĕris. Ocŭlus[d] vidĕrit. Latravĕrint canes. Arbŏres crevĕrint.

What are the terminations of the active voice, subjunctive mood, pluperfect tense? § 152.

Fuissem.[e] Potuisses.[f] Miles pugnavisset. Lepŏres cucurrissent Canes momordissent.

Define the imperative mood. § 143, 3.

Surge.[g] Legĭto.[g] Studēte. Disce. Dicĭte. Equus currĭto. Facitōte.[g] Puĕri scribunto.[g]

Define the passive voice. § 141, I. 2. What is frequently omitted or left indefinite in the active voice? What in the passive voice? § 141, R. 2. What are the terminations of the passive voice, indicative mood, present tense, in each conjugation? § 152.

---

[a] §§ 66, E. and 70. [b] § 178, 1. [c] § 29, 2. [d] § 46. [e] § 153. [f] § 154, R. 7. [g] § 267.

Amor. Monēris. Vox[a] audītur. Laudāmur. Audimīni. Tempŏra mutantur.

Docēris. Vincĭtur hostis. Flos[b] carpĭtur. Fabŭla[c] narrātur. Carmĭna[d] leguntur.

What are the terminations of the passive voice, indicative mood, imperfect tense, in each conjugation? § 152.

Aqua[e] fundebātur. Oppĭdum[e] defendebātur. Pandebantur portæ. Saxa[e] volvebantur. Bella parabantur.

What are the terminations of the passive voice, indicative mood, future tense, in each conjugation? § 152.

Domus[f] ædificabĭtur. Narrabuntur fabŭlæ. Epistŏla[e] mittētur. Culpabimĭni.

What are the terminations of the passive voice, indicative mood, perfect tense? — pluperfect tense? — future perfect tense? § 152.

Audītus es. Naves mersæ sunt. Datæ sunt leges.[e] Sparsa erant folia.[e] Hostes victi erant. Missi erĭmus.

What are the terminations of the passive voice, subjunctive mood, present tense? — imperfect tense? — perfect tense? — pluperfect tense? § 152.

Præmia dentur. Panis emātur. Premerētur caseus. Vehĕrer. Tegerētur caput. Victus sit miles. Hostes capti essent.

What are the terminations of the passive voice, imperative mood? § 152.

Laudātor[g] industria. Puniuntor fures.

Oves non ubĭque tondentur. Alĭter psittăcus loquĭtur, alĭter homo.[h] Ocŭli sæpe mentiuntur.

---

[a] §§ 62 and 78.
[b] §§ 58 and 75.
[c] § 41.
[d] §§ 66 and 71.
[e] § 46.
[f] §§ 88 and 89.
[g] § 267.
[h] §§ 31, 1, and 69, E. 2.

PREDICATE-NOMINATIVE.

What is the rule for the predicate-nominative? § 210.

Eurŏpa est *peninsŭla*.
Ossa[a] ejus[b] *lapis* fiunt.
Ego *poēta*[c] salūtor.
Inertia est *vitium*.
Homo sum.
Ebriĕtas[d] est *insania*.
Dux[e] electus est Q. Fabius.

AGREEMENT OF ADJECTIVES.

What is the rule for the agreement of adjectives? § 205. What is the logical subject of a proposition? § 202, 3. What is the logical predicate? § 203, 3.

Fugāces[f] labuntur anni.
Fugit irreparabĭle tempus.
Venit glaciālis hiems.[g]
Silva vetus[h] stabat.
Culpa tua[i] est.
Dira parantur bella.
Nulla[j] mora est.
Brevis est voluptas.[d]
Parvæ res crescunt.
Brevis est via.
Terra est rotunda.
Vera amicitia est sempiterna.

---

[a] §§ 61, and 75, E. 1.
[b] § 211.
[c] § 28.
[d] §§ 62 and 72.
[e] §§ 30 and 78.
[f] §§ 112 and 78.
[g] §§ 62 and 77, 2.
[h] § 113, 3.
[i] § 139.
[j] § 107.

Fames et sitis sunt[a] molestæ.[b]
Plurimæ[c] stellæ sunt soles.
Ebriĕtas est vitanda.[d]
Nemo semper[e] felix est.
Non[e] omnes milĭtes[f] sunt fortes.
Maxĭmum[c] anĭmal[g] terrestre est elĕphas.[h]
Fortes[i] laudabuntur, ignāvi[i] vituperabuntur.
Ursi interdum bipĕdes[j] ingrediuntur.
Aquĭlæ semper solæ prædantur.
Bonus[i] laudātur, imprŏbus vituperātur.
Omnes moriēmur,[k] alii[l] citiùs,[m] alii seriùs.[m]
Avārus nunquam erit contentus.

The Accusative after Active Verbs.

What is the rule for the object of an active verb? § 229.

Diem[n] perdĭdi.
Terra parit *flores*.
Crocodīlus[o] *ova*[o] parit.
Elephantus[o] odit[p] *murem*[q] et *suem*.[r]
Camēli diu *sitim*[s] tolĕrant.
Accipĭtres[t] non edunt *corda*[u] avium.
Lanæ nigræ *nullum*[i] *colōrem* bibunt.
Senes[v] minĭmè[m] sentiunt *morbos contagiōsos*.
Cervi *cornua sua*[w] quotannis amittunt.

---

[a] § 209, R. 12.
[b] § 205, R. 2.
[c] § 125, 5.
[d] § 274, R. 8.
[e] § 277, I.
[f] § 73.
[g] §§ 66 and 70.
[h] §§ 62, E. 1, and 72, E. 2.
[i] § 205, R. 7, (1.)
[j] § 210. R. 3, (2.)
[k] § 209, R. 1.
[l] § 107.
[m] § 194, 2.
[n] § 90, E.
[o] § 46.
[p] § 183, 3, N. 3.
[q] §§ 67, E. 4, and 76, E. 3.
[r] §§ 30, and 76, E. 3.
[s] § 79, 2.
[t] §§ 58 and 71, E. 1.
[u] §§ 61 and 71, E. 2.
[v] § 78, 2, (2.)
[w] § 208.

Ceres[a] *frumentum* invēnit; Bacchus *vinum*;[b] Mercurius *littěras*.[b]

Canes soli[c] *domĭnos suos*[d] benè[e] novēre,[f] soli *nomĭna*[g] *sua*[d] agnoscunt.

Hystrix *aculeos* longè[e] jaculātur.

Sturni[h] et psittăci *humānas voces*[i] imitantur.

Miltiădes *Athēnas*[j] *totam*que *Græciam* liberāvit.

Apposition.

What is the rule for words in apposition? § 204.

Plurĭmi[k] Scythæ, *bellicosissĭmi*[l] *homĭnes*, lacte[m] vescuntur.

Delphīnus, *anĭmal*[n] homĭni[o] *amīcum*, cantu[p] gaudet.

Carthāgo[q] atque Corinthus,[q] *opulentissĭmæ*[l] *urbes*,[r] eōdem anno[s] a Romānis[t] eversæ sunt.

Quàm brevi[u] tempŏre[s] popŭli Romāni, omnium gentium[v] *victōris*, libertas fracta est!

Mithridātem, Ponti *regem*, Tigrānes, *rex Armenius*, excēpit.

Genitive after Nouns.

What is the rule for the genitive after nouns? § 211.

Crescit amor *nummi*.

Honos est præmium[w] *virtūtis*.

---

a § 73, E. 2.
b § 229, R. 3, 1.
c § 107.
d § 208.
e § 192, II. 1.
f § 183, 3, N. 3.
g §§ 66 and 71.
h § 46.
i §§ 62 and 78.
j § 96.
k § 125, 5.
l § 124.
m § 245, I.
n §§ 66 and 70.
o § 222, 3.
p § 247, 1, (2.)
q § 29, 2.
r §§ 62 and 77.
s § 253.
t § 248, I.
u § 113, 1.
v § 83, II. 3.
w § 210.

Sol est lux *mundi.*

Semirămis erat *Nini* uxor.

Infinita est multitūdo[a] *morbōrum.*

Litterārum usus est antiquissimus.

Asia et Africa greges *ferōrum asinōrum* alit.[b]

Magna est *linguārum* inter[c] homines variĕtas.

Canis vestigia *ferārum* diligentissimè scrutātur.

Nemo non[c] benignus est *sui* judex.

Leōnum animi index[d] cauda.[e]

Genitive after Adjectives.

What is the rule for the genitive after adjectives? § 213.—after partitives? § 212.

Semper *fragilitātis humānæ* sis[f] memor.

Elephanti *frigŏris*[g] impatientes sunt.

Stultissĭma[i] *animalium*[h] sunt lanāta.

Velocissĭmum[i] *omnium animalium* est delphīnus.

Neque *stultōrum* quisquam[e] beātus, neque *sapientum* non beātus.

Gallōrum omnium fortissĭmi sunt Belgæ.

Dative.

What is the rule for the dative after verbs? § 223.—after adjectives? § 222, 3.

Arma[j] fecit Vulcānus *Achilli.*

Reddĭtur *terræ* corpus.

Oves nobis suam[k] lanam præbent.

---

[a] §§ 59, 2, and 69, E. 1.
[b] § 209, R. 12, (2.)
[c] § 277, R. 4.
[d] § 210.
[e] § 209, R. 4.
[f] § 260, R. 6.
[g] §§ 66 and 76.
[h] § 83, II. 1.
[i] § 205, R. 12.
[j] § 96.
[k] § 208
[l] § 235.

Tristitiam et metum[a] tradam *ventis.*

Natūra *animalĭbus* varia tegumenta[b] tribuit, testas, coria, spinas, villos, setas, pennas, squamam.

Homĭni soli[c] avaritia et ambitio[d] data est.[e]

Inter omnes bestias[f] simia *homĭni* simillĭma[g] est.

Leōni[h] vis[i] summa est in pectŏre.

Antiquissĭmis[j] *hominĭbus*[h] specus erant pro domĭbus.[k]

Gallinacei *leonĭbus*[l] *terrōri*[l] sunt.

Homo furiōsus ne[m] *libĕris* quidem[m] *suis* parcit.

Grata[n] *mihi* tua epistŏla fuit.

Accusative after Prepositions.

What is a preposition? § 195. What is the rule for the accusative after prepositions? § 235.

Ad *finem* propĕro.

Apud *Romānos* mortui[o] plerùmque cremabantur.

Culĭces[p] acĭda[q] petunt; ad *dulcia* non advŏlant.

Nulla habēmus arma contra *mortem.*

Vir[r] generōsus mitis est erga *victos.*[a]

Germāni habĭtant trans *Rhenum.*

Nulla est firma amicitia inter *malos.*

Camēlus naturāle odium adversùs *equos* gerit.

Pictæ vestes jam apud *Homērum* commemorantur.

Comētæ ob *raritātem* et *speciem* sunt mirabĭles.[b]

Navigatio[c] juxta *litus* sæpe est periculōsa.

---

[a] § 278.
[b] § 102, III. 4.
[c] § 107.
[d] §§ 59, 1, and 69.
[e] § 209, R. 12, (2.)
[f] § 212, R. 2, N. 4.
[g] § 125, 2.
[h] § 226.
[i] § 85.
[j] § 124.
[k] § 241.
[l] § 227.
[m] § 279, 3, (a.) & (d.)
[n] § 205, N. 1.
[o] § 205, R. 7, (1.)
[p] § 78, 2, (2.)
[q] § 205, R. 7, (2.)
[r] § 48, 2.

Apud *Æthiŏpes* maxĭmi elephanti in silvis[a] vagantur.
Hippopotămus sĕgĕtes[b] circa *Nilum* depascĭtur.[c]

In and Sub.

What is the rule for *in* and *sub*? § 235, (2.)

Aquilæ nidifĭcant[c] in *rupĭbus* et *arborĭbus*.[d]
Coccyx semper parit in *aliēnis nidis*.
In *senectūte*[e] hebescunt[f] sensus; visus, audītus debilitātur.[c]
In *Indiâ* gignuntur maxĭma animalia.
Hyænæ plurĭmæ in *Afrĭcâ* gignuntur.
In *Afrĭcâ*, nec[g] cervi, nec apri, nec ursi reperiuntur.
In *Syriâ* nigri leōnes reperiuntur.
Circa Cyllēnen,[h] montem in *Arcadiâ*, merŭlæ candĭdæ nascuntur.
Serus in *cælum* redeas.[i]
Victi Persæ in *naves* confugērunt.
Numa Pompilius annum in *duodĕcim menses* distribuit.
Pontius Thelesīnus Romānos sub *jugum* misit.
Gallia sub *septentrionĭbus* posĭta est.

Ablative after Prepositions.

What is the rule for the ablative after prepositions? § 241.

Littĕræ a *Phœnicĭbus*[j] inventæ sunt.
Carthāgo, Corinthus, Numantia, et multæ aliæ urbes, a *Romānis*[j] eversæ sunt.

---

[a] § 235, (2.)
[b] §§ 61, 1, and 73.
[c] § 145, I. 1.
[d] § 278.
[e] §§ 67, 2, and 76, E. 2.
[f] § 187, II. 2.
[g] § 278, R. 7.
[h] § 44.
[i] § 260, R. 6.
[j] § 248, I.

Quidam[a] homines nati sunt cum *dentibus.*[b]

Xerxes cum *paucissimis militibus*[c] ex *Græciâ* aufugit.[d]

Metellus primus[e] elephantos ex *primo Punico bello* duxit in *triumpho.*

Cantābit vacuus coram *latrōne* viātor.

Sīdĕra ab *ortu* ad *occāsum* commeant.[f]

Britannia a *Phœnicĭbus* inventa est.

Apes sine *rege* esse[f] non possunt.

Infans[g] nihil[h] sine *aliēnâ ope* potest.

Dulce est pro *patriâ* mori.[i]

Venēnum aliquando pro *remedio* fuit.

Aqua Trebiæ fluminis erat *pectorĭbus* tenus.

Ablative without a Preposition.

What is the rule for nouns denoting the *cause, manner,* &c.? § 247. What is the rule for *utor,* &c.? § 245, I.—for *nitor, innitor,* &c.? § 245, II.—for verbs signifying to *abound,* &c.? § 250, 2, (2.)—for a noun denoting the *time* at or within which any thing is said to be or to be done? § 253.—for a limiting noun denoting a *property, character,* or *quality?* § 211, R. 6.—for the *price* of a thing? § 252.

Apri in morbis sibi[j] medentur *hedĕrâ.*

Pyrrhus rex[k] *tactu* pollĭcis in dextro pede[l] lienōsis[j] medebātur.

Oleo insecta exanimantur.

Feræ domantur *fame* atque *verberĭbus.*[m]

Anacreon poēta[k] *acĭno* uvæ passæ exstinctus est.

---

[a] § 207, R. 33.
[b] § 64, 1.
[c] § 249, III.
[d] § 196, I. 1.
[e] § 205, R. 15.
[f] § 271.
[g] §§ 30 and 77, 2.
[h] § 232, (2.)
[i] § 269.
[j] § 223, R. 2.
[k] § 279, 9.
[l] §§ 58, and 73, E. 1.
[m] § 60, 2.

Crocodīlus *pelle durissĭmâ*[a] contra omnes ictus munītur.

In Afrĭcâ[b] elephanti[c] capiuntur *foveis*.

Elephanti spirant, bibunt, odorantur *proboscĭde*.

Popŭli quidam[d] *locustis* vescuntur.

Dentes *usu*[e] atteruntur, sed *igne*[f] non cremantur.

Mures Alpīni *binis pedĭbus* gradiuntur, *prioribus*que ut *manĭbus* utuntur.

Leænæ *jubâ* carent.

Elephanti maxĭmè *amnĭbus* gaudent.[g]

Apes *tinnītu* æris gaudent *eō*que convocantur.

Quibusdam in locis[b] ansĕres bis *anno* velluntur.

Color lusciniārum *autumno* mutātur.

Hĭeme ursi in antris dormiunt.

Nemo mortalium[h] *omnĭbus horis* sapit.

Primōres dentes *septĭmo mense* gignuntur; *septĭmo* iīdem decĭdunt[i] *anno*.

Antipăter Sidonius, poēta, quotannis, *die natāli suo*, *febre* corripiebātur.

Æstāte dies sunt longiōres quàm *hĭeme*.

Reperiuntur interdum cervi *candĭdo colōre*.[j]

Isocrătes orātor unam oratiōnem *viginti talentis* vendĭdit.

Luscinia candĭda. *sex sestertiis* Romæ venit.

Leōnes facĭlè per triduum *cibo* carent.

Infinitive.

Upon what may the infinitive depend? § 270. After what classes of verbs is the infinitive used without a subject? § 271.

---

[a] § 124. [b] § 254, R. 3. [c] § 99. [d] § 207, R. 33. [e] § 87. [f] § 63, 1. [g] § 142, 2. [h] § 212. [i] § 163, E. 1. [j] § 211, R. 6.

Whose action must an infinitive denote, when used after a verb without a subject? § 271, R. 3.

Te cupio *vidēre.*
Volui *dormīre.*
Aude *contemnĕre* opes.
Carmina[a] possŭmus *donāre.*
Potĕram[b] *contingĕre* ramos.
Nihil[c] amplius *scribĕre* possum.
Ego cupio ad te *venīre.*
Intelligĕre non possum.
Cessātor *esse* noli.
Cur timet flavum Tibĕrim *tangĕre?*
Philippus volēbat[d] *amāri.*
Alexander *metui* volēbat.
Tecum[e] *vivĕre* amo.
Natūram *mutāre* pecunia nescit.
Benè *ferre* disce magnam fortūnam.
Angustam pauperiem *pati* puer discat.[f]
Dici beātus[g] ante obĭtum nemo debet.
Æquam memento[h] rebus in arduis *servāre* mentem.
Aurum vestĭbus[i] *intexĕre* invēnit rex Attălus.
Non omnes homĭnes æquo amōre[j] *complecti* possŭmus.
Illecĕbras voluptātis *vitāre* debēmus.
Romæ elephantes per funes *incedĕre* docebantur.[d]

What is the rule for the infinitive *as a subject?* § 269.

Errāre est[k] humānum.[l]
Turpe[l] est[k] beneficium *repetĕre.*

---

[a] §§ 66 and 71.
[b] § 154, R. 7.
[c] § 94.
[d] § 145, II.
[e] § 133, 4.
[f] § 260, R. 6.
[g] § 210, R. 1.
[h] § 183, 3.
[i] § 224.
[j] § 247.
[k] § 209, R. 3, (5.)
[l] § 205, R. 8.

Beneficiis[a] gratiam non *referre* etiam turpius est.

Parentes suos[b] non *amāre* est impium.

Gerunds and Gerundives.

By what cases are gerunds followed? § 275, I. What is the rule for the genitive of gerunds and gerundives? § 275, III. R. 1.

Plurĭmæ sunt illecĕbræ *peccandi.*

Artem *scribendi* Phœnīces, artem acu[c] *pingendi* Phryges[d] invenērunt.

Cupidĭtas *vivendi* nunquam immensa esse debet.

Honestissĭma[e] est contentio beneficiis[e] beneficia *vincendi.*

Homo natūrâ[f] est cupĭdus nova semper *videndi* et *audiendi.*

Libri sunt inutĭles ignāro[g] *legendi.*

Inĭtum[h] est consilium urbis *delendæ*,[i] civium *trucidandōrum*, nomĭnis Romāni *exstinguendi.*

What is the rule for the *dative* of gerunds and gerundives? § 275, III. R. 2.

Olim calămus adhibebātur[j] *scribendo.*

Aqua marīna inutĭlis est *bibendo.*

Culex habet telum et[k] *fodiendo* et[k] *sorbendo* idoneum.

What is the rule for the accusative of gerunds and gerundives? § 275, III. R. 3.

Non omnes æqualĭter[l] ad *discendum* proni sumus.

---

a § 223.
b §§ 208, and 269, R. 1
c § 247.
d § 78.
e § 205, N. 1.
f § 249, II.
g § 222, 3.
h § 182, R. 3.
i § 275, II.
j § 145, II. 1.
k § 278, R. 7.
l § 192 II. 2.

Omnes Græciæ civitātes pecuniam ad *ædificandam*[a] classem dedērunt.

What is the rule for the *ablative* of gerunds and gerundives? § 275, III. R. 4.

Funem abrumpes nimiùm[b] *tendendo.*

Docendo discĭmus.

Mens alĭtur *discendo* et *cogitando.*

Lacedæmonii exercēbant[c] juvĕnes, *venando, currendo, esuriendo, sitiendo, algendo, æstuando.*

Simiæ catŭlos sæpe* *complectendo* necant.

Amĭcus amĭcum semper alĭquâ re juvābit, aut re, aut consilio, aut *consolando* certè.*

COMPOUND SENTENCES.

What is a compound sentence? § 201, 12. How may the members of a compound sentence be connected? § 203, III. 3.

Conjunctions.

What is the rule for copulative and disjunctive conjunctions? § 278.

Sol ruit *et* montes umbrantur.

Vir[d] bonus *et* prudens dici delector ego.

Immensa est, finem*que*[e] potentia Dei non habet.

Accipĕre præstat[f] *quàm* facĕre injuriam.

Rapĕre *atque* abire semper assuēvit lupus.

Semper honos, nomen*que* tuum, laudes*que* manēbunt.

---

* What does this adverb modify?

[a] § 275, II. [c] § 145, II. 1. [e] § 198, II. 1.
[b] § 192, II. 4, (*b.*) [d] § 210. [f] § 209, R. 3, (5.)

Sapientem *neque*[a] paupertas, *neque*[a] mors, *neque*[a] vincŭla terrent.

Juno erat Jovis *et* soror *et* conjux.

Nox[b] erat *et* fulgēbat luna.

In prælio cita mors venit, *aut* victoria læta.

Marius *et* Sylla civīle bellum gessērunt.[c]

Leti vis rapuit, rapiet*que* gentes.

Non formōsus erat, *sed*[d] erat facundus Ulysses.

Si[e] divitiæ felicitātem præstant, avaritia prima virtus est.

Adverbs.

Quoties litĕras tuas lego, omnem mihi[f] præteritōrum tempŏrum memoriam in mentem revŏco.

Magna debēmus suscipĕre, *dum* vires suppĕtunt.

Cervi, *quamdiu* cornĭbus carent, noctu ad pabŭla procēdunt.

Quidam crocodīlum,[g] *quamdiu* vivat,[h] crescĕre[i] existīmant, vivit autem[j] multos annos.[k]

Gloria virtūtem, *tanquam* umbra, sequĭtur.

Comparison.

What are the two ways of expressing a comparison by means of the comparative degree? § 256, 1, & 2.

Canes Indĭci[l] grandiōres sunt *quàm* cetĕri.[m]

Nullum malum est vehementius[n] et importunius[n] *quàm* invidia.[m]

---

[a] § 278, R. 7.
[b] §§ 62, and 78, 2, & 4.
[c] § 209, R. 12.
[d] § 198, 9.
[e] § 198, 5.
[f] § 211, R. 5, (1.)
[g] § 239.
[h] § 266, 1.
[i] § 272.
[j] § 279, 3, & (c.)
[k] § 236.
[l] § 128, I. 2.
[m] § 278.
[n] § 124.

Interdum ferārum anĭmos mitiōres[a] invenĭmus *quàm* homĭnum.[b]

Latro feræ est similior *quàm* homĭni.[c]

Major est anĭmi voluptas *quàm* corpŏris.[b]

In montĭbus aër[d] purior est et tenuior *quàm* in vallĭbus.

What is the rule for the *ablative* after comparatives? § 256.

Nihil est *clementiâ* divinius.

Aurum gravius est *argento*.

Adămas durior est *ferro*; ferrum[e] durius cetĕris *metallis*.

Luna terræ propior est *sole*.

Quid magis est durum *saxo*, quid mollius *aquâ*?

Relative Pronouns.

What is the rule for the construction of relatives? § 206.

Non omnis ager, *qui* serĭtur, fert[f] fruges.[g]

Psittăcus, *quem* India mittit, reddit verba, *quæ* accēpit.

Achilles, *cujus* res gestas Homēri carmĭna celĕbrant, ad Hellespontum sepultus est.

Myrmecĭdes quidam quadrīgam fecit ex ebŏre,[h] *quam* musca alis[i] integēbat.

Qui bonis[j] non rectè utĭtur, ei[k] bona mala fiunt.[l]

Beneficium reddit, *qui* ejus[m] benè memor est.

Grues[n] in itinerĭbus ducem, *quem* sequantur,[o] elĭgunt.

Copias suas Cæsar in proxĭmum collem subduxit, equitatumque, *qui* sustinēret[o] hostium impĕtum, misit.

---

[a] § 124.
[b] § 211, R. 7.
[c] § 278.
[d] § 5.
[e] § 209, R. 4.
[f] § 179.
[g] § 94.
[h] § 71, E. 3.
[i] § 247.
[j] § 245, I.
[k] § 206, (3,) (a.)
[l] § 180.
[m] § 213.
[n] §§ 67, E. 4, and 76, E. 3.
[o] § 264, 5.

Subjunctive Mood.

What mood does *cùm* take? § 263, 5. What is the rule for *cùm* in narration? § 263, 5, R. 2.

Platea, *cùm* devorātis se *implēvit* conchis,[a] testas evŏmit.

Ceres frumenta[b] invēnit, *cùm* antea homĭnes glandĭbus[c] *vescerentur*.

Nave[d] primus[e] in Græciam Danăus advēnit, *cùm* antea ratĭbus[f] *navigarētur*.[g]

Alexander, rex[h] Macedoniæ, *cùm* Thebas *cepisset*, Pindări vatis[h] familiæ[i] pepercit.

What is the general rule for the subjunctive after particles? § 262.

Tanta est in Indiâ ubertas soli, *ut*[j] sub unâ ficu[k] turmæ equĭtum[l] *condantur*.

Ursi per hiĕmem[m] tam gravi somno[e] premuntur, *ut*[j] ne[n] vulnerĭbus quidem[n] *excitentur*.

Delphīni tantâ interdum vi e mari[o] exsiliunt, *ut*[j] vela[p] navium *transvŏlent*.

In Indiâ serpentes ad tantam magnitudĭnem adolescunt, *ut* intĕgros *hauriant* cervos taurosque.

Fac,[q] *ut* homĭnes anĭmum tuum pluris[r] *faciant*, quàm omnia, quæ illis[s] tribuĕre possis.[t]

---

[a] § 249, I.
[b] § 102, 4.
[c] § 245, I.
[d] §§ 62 and 74.
[e] § 205, R. 15.
[f] § 247.
[g] § 209, R. 3, (2.)
[h] § 204.
[i] § 223, R. 2.
[j] § 262, R. 1.
[k] § 235, (2.)
[l] § 31.
[m] § 236, R. 5.
[n] § 279, 3.
[o] § 82, E. 1.
[p] § 233.
[q] § 162, 4.
[r] § 214.
[s] § 223.
[t] § 266, 1.

Alexander edixit, *ne* quis ipsum[a] præter Apellem *pingĕret.*[b]

Pythagorēis interdictum fuit, *ne* fabis[c] *vescerentur.*

Ocŭli palpĕbris[d] sunt munīti, *ne* quid *incĭdat.*[e]

Nihil ferè[f] tam recondĭtum est, *quin*[g] quærendo[h] inveniri *possit.*[e]

Nunquam tam manè egredior, neque tam vespĕri domum[j] revertor, *quin*[g] te in fundo *conspĭcer*[i] fodĕre,[k] aut arāre,[k] aut alĭquid *facĕre.*[k]

Xerxes non dubitābat, *quin*[g] copiis suis Græcos facilè *superatūrus esset.*[l]

In what mood is the verb put in dependent clauses containing an indirect question? § 265.

Quærĭtur, unus *ne sit*[i] mundus, an plures.[m]

Disputābant vetĕres philosŏphi, casu *ne factus sit* mundus, an mente divīnâ.

Augustus cum amīcis suis consultābat, *utrùm* imperium *servāret, an deponĕret.*

Perpĕram quærĭtur, *num* in amīci gratiam jus violāri *possit.*[i]

Ciconiæ *quonam* e loco *veniant,* aut in *quas* se regiōnes *confĕrant,* incompertum est.[n]

Quis numerāre potest, *quoties* per totam vitam lacrȳmas *fudĕrit?*

What is the rule for the infinitive with the accusative? § 272.

Aristotĕles *tradit,* in Latmo, Cariæ monte, *hospĭtes* a scorpionĭbus[o] non *lædi, indigĕnas interīmi.*

---

[a] § 207, R. 28.
[b] § 258, 2, (2.)
[c] § 245, I.
[d] §§ 13 and 15.
[e] § 258, 1, (2.)
[f] § 277, R. 1.
[g] § 262, R. 10, 2.
[h] § 275, III. R. 4.
[i] § 258, 1, (1.)
[j] § 237, R 4.
[k] § 272, R. 5.
[l] § 258, 2, (1.)
[m] § 110.
[n] § 209, R. 3, (5.)
[o] § 248, 1.

M. Varro narrat, a cunicŭlis[a] *suffossum*[b] in Hispaniâ *oppĭdum*,[c] a talpis in Thessaliâ; ab ranis *incŏlas* urbis in Galliâ *pulsos*,[b] ab locustis in Afrĭcâ; ex Gyăro insŭlâ *incŏlas* a murĭbus *fugātos*,[b] in Italiâ *Amÿclas*[c] a serpentĭbus *delētas esse*.

Observātum est,[d] *pestilentiam* semper a meridiānis partĭbus ad occidentem *ire*.

Homērus *Pygmæos*, popŭlum ad oceănum, a gruĭbus *infestāri* prodĭdit; Aristotēles *eosdem* in cavernis *vivĕre* narrat.

Postĕri aliquando querentur nostrâ culpâ *mores eversos esse*.

Virgilius per testamentum[e] jussĕrat *carmĭna sua cremāri*; *id*[f] Augustus *fiĕri* vetuit.

Sertorius cervam alēbat candĭdam, *quam*[e] Hispaniæ gentes *fatidĭcam esse* credēbant.

Illustre est inter philosŏphos nomen Anaxagŏræ,[g] *quem* vetĕres nunquam in vitâ *risisse* ferunt.

Participles.

What is the rule for the agreement of participles? § 205. By what cases are participles followed? § 274, 1. What is said of the time of the present, perfect, and future active participles? § 274, 2.

Exempla fortūnæ *variantis* sunt innumĕra.

Galli diem *venientem* cantu[h] nuntiant.

Cecrops urbem[i] a se[a] *condĭtam* appellābat Cecropiam.[i]

---

[a] § 248, I. [b] § 270, R. 3. [c] § 239.

[d] § 209, R. 3, (5.) [e] § 247, R. 4. [f] § 206, (13.)

[g] § 44. [h] § 247. [i] § 230.

Augustus primus[a] Romæ[b] tigrin[c] ostendit *mansuefactam.*

Gymnosophistæ in Indiâ toto die[d] *ferventĭbus* arēnis[e] insistunt, Solem[f] *intuentes.*

Epimenĭdes puer,[g] æstu[h] et itinĕre fessus, septem et quinquaginta annos[d] in specu dormivisse dicĭtur.

Julius Cæsar simul dictāre,[i] et *legentem*[j] audīre solēbat.

Leo *prostrātis*[k] parcit.

Aves aduncos ungues *habentes* carne[l] vescuntur, nec unquam congregantur.

Canis venatĭcus venatōrem *comitantem* loro[h] ad ferārum lustra trahit.

Beneficium non in eo[m] consistit, quod datur, sed in ipso *dantis*[j] anĭmo.

Struthiocamēli Afrĭci altitudĭnem equĭtis equo[e] *insidentis* excēdunt.

Interdum[n] delphĭni conspecti sunt, *defunctum* delphīnum *portantes,* et quasi[n] funus *agentes.*

Multa, quæ de infantĭbus ferārum lacte *nutrītis* produntur, fabulōsa videntur.

Homo quidam, lapĭde *ictus,* oblītus est litĕras;[o] alius, ex præalto tecto *lapsus,* matris et affinium nomĭna dicĕre non potuit.

L. Siccius Dentātus, centies vicies *prœliātus,* quadraginta quinque cicatrīces adverso corpŏre[p] habēbat, nullam in tergo.[p]

---

[a] § 205, R. 15.
[b] § 221, I.
[c] § 80, I., E. 2.
[d] § 236.
[e] § 224.
[f] § 229.
[g] § 204.
[h] § 247.
[i] § 271.
[j] § 205, R. 7, (1.)
[k] § 223, R. 2.
[l] § 245, I.
[m] § 205, R. 7, (2.)
[n] § 277.
[o] § 216.
[p] § 254, R. 3.

Leōnes *satiāti* innoxii sunt.

Elephantes nemĭni[a] nocent, nisi *lacessīti*.

Elephantes amnem[b] *transitūri*[c] minĭmos præmittunt.

Pavo *laudātus*[c] *gemmātam* pandit caudam.

Gallus, ab adversario[d] *victus*,[d] occultātur* *silens*, et servitium patĭtur.

Leo *vulnerātus*[c] percussōrem intellĭgit, et in quantâlĭbet multitudĭne appĕtit.

Olōres iter *facientes* colla impōnunt *præcedentĭbus*;[e] fessos duces ad terga recipiunt.

Testudĭnes in mari[f] *degentes* conchyliis[g] vivunt; in terram *egressæ*, herbis.[g]

Sarmătæ, longinqua itinĕra *factūri*, inediâ pridie præpărant equos, potum exiguum *impertientes*; atque ita longissĭmam viam continuo cursu conficiunt.

Elephanti, equitātu *circumventi*, infirmos aut fessos *vulneratos*que in medium agmen recipiunt.

Multos *morientes* cura sepultūræ angit.

Danăus, ex Ægypto in Græciam *advectus*, rex[h] Argivōrum factus est.

Alexander, Bucephălo equo *defuncto*, duxit exequias, urbemque Bucephălon *appellātam* ejus tumŭlo[a] circumdĕdit.

P. Catiēnus Plotĭnus patrōnum adeò dilexit, ut, heres omnĭbus ejus bonis[j] *institūtus*, in rogum ejus se conjicĕret[k] et concremarētur.[l]

---

* *occultātur*, instead of *se occultat*, hides himself. § 248, I. R. 1, (2.)

[a] § 223, R. 2.	[e] § 224.	[i] § 224, R. 1.
[b] § 233.	[f] § 82, E. 1.	[j] § 211, R. 5.
[c] § 274, 3.	[g] § 245, II. 4.	[k] § 262.
[d] § 248, I.	[h] § 210.	[l] § 278

Erinacei *volutāti* super poma, humi[a] *jacentia*, illa spinis[b] *affixa* in cavas arbŏres portant.

Indĭcum mare testudĭnes tantæ magnitudĭnis[c] alit, ut singŭlæ tugurio *tegendo*[d] sufficiant.[e]

Leōnes, senes *facti*, appĕtunt homĭnes, quoniam ad *persequendas*[f] feras vires non suppĕtunt.

Struthiocamēlis[g] ungŭlæ sunt cervīnis simĭles, *comprehendendis*[d] lapidĭbus utĭles, quos in fugâ contra *sequentes*[h] jaculantur.

Ablative Absolute.

What is the rule for the ablative absolute? § 257.

Senescente Lunâ,* ostrea tabescĕre dicuntur, *crescente eâdem*, gliscunt. Cepe contrà, *Lunâ deficiente*, reviresscĕre, *adolescente*, inarescĕre dicĭtur.

Geryŏne * *interempto*, Hercŭles in Italiam[i] venit.

Sabīnis * *debellātis*, Tarquinius triumphans Romam[j] rediit.

Jasŏne * *Lycio interfecto*, canis, quem habēbat, cibum capĕre noluit, inediâque confectus est.

Regis Lysimăchi canis, *domĭno* accensæ pyræ[b] *imposĭto*, in flammas se conjĕcit.

Nicomēde rege *interfecto*, equus ejus vitam finīvit inediâ.

Chilo, unus e septem sapientĭbus,[k] *filio victōre*[l] Olympiæ,[m] præ gaudio exspirāvit.

---

* What is denoted in this case by the ablative absolute?

[a] § 221, 1, R. 3.
[b] § 224.
[c] § 211, R. 6.
[d] § 275, II., and III. R. 2.
[e] § 262.
[f] § 275, II., & III. R. 3.
[g] § 226.
[h] § 205, R. 7, (1.)
[i] § 237, R. 5
[j] § 237.
[k] § 212, R. 2, N. 4.
[l] § 257, R. 7, (*a.*)
[m] § 221. 1.

Apes, *aculeo amisso*, statim emŏri existimantur. Eædem, *rege interfecto* aut morbo *consumpto*, fame [a] luctūque moriuntur.

Pavo, *caudâ amissâ*, pudibundus ac mœrens quærit latĕbram.

Erinacei, ubi sensêre venantem, *contracto ore pedibusque*, convolvuntur * in formam pilæ, ne quid [b] comprehendi possit [c] præter aculeos.

---

* *convolvuntur*, for *se convolvunt*, roll themselves. § 248, I. R. 1, (2.)

[a] § 247. [b] § 138. [c] § 262

FABLES FROM ÆSOP.

---

1. Accipiter et Columbæ.

Columbæ milvii metu* accipĭtrem rogavērunt, ut eas defendĕret.[a] Ille annuit. At in[b] columbāre receptus, uno die[c] majōrem stragem edĭdit, quàm milvius longo tempŏre[c] potuisset[d] edĕre.

Fabŭla docet, malōrum[e] patrocinium[f] vitandum[g] esse.[h]

2. Mus et Milvius.

Milvius laqueis[i] irretītus muscŭlum[j] exorāvit, ut eum, corrōsis plagis,[k] liberāret.[a] Quo[k] facto, milvius liberātus murem arripuit et[l] devorāvit.

Hæc fabŭla ostendit,[m] quam gratiam mali[e] pro beneficiis reddĕre[n] soleant.[o]

3. Hœdus et Lupus.

Hœdus, stans in[b] tecto domûs, lupo[p] prætereunti[q]

---

* Supply *ductæ*. § 247, R. 2, (*b*.)

[a] § 262.
[b] § 235, (2.)
[c] § 253.
[d] §§ 154, R. 7, and 260, II.
[e] § 205, R. 7, (1.)
[f] § 239
[g] § 274, R. 8.
[h] § 272.
[i] § 247.
[j] § 231, and R. 3, (*b*.)
[k] § 257, and R. 1.
[l] § 278
[m] § 229, R. 5.
[n] § 271.
[o] § 265.
[p] § 225.
[q] § 182, and R. 3.

maledixit. Cui[a] lupus, *Non tu*, inquit,[b] *sed tectum mihi maledīcit.*[c]

Sæpe locus et tempus homĭnes timĭdos audāces reddit.[d]

4. Grus et Pavo.

Pavo, coram grue pennas suas[e] explĭcans, *Quanta est*,[d] inquit,[b] *formosĭtas mea et tua deformĭtas!* At grus evŏlans, *Et quanta est*, inquit, *levĭtas mea et tua tardĭtas!*

Monet hæc fabŭla, ne ob alĭquod bonum, quod[f] nobis[e] natūra tribuit, alios[g] contemnāmus,[h] quibus natūra alia[i] et[j] fortasse majōra dedit.

5. Pavo

Pavo gravĭter[k] conquerebātur[l] apud Junōnem, domĭnam[m] suam, quòd vocis suavĭtas sibi negāta esset,[n] dum luscinia, avis tam parum decōra, cantu excellat.[n] Cui Juno, *Et merĭtò*, inquit; *non enim*[o] *omnia bona*[i] *in unum conferri oportuit.*[p]

6. Ansĕres et Grues.

In[q] eōdem quondam prato pascebantur[l] ansĕres et grues. Adveniente domĭno[r] prati, grues facilè avolābant; sed ansĕres, impedīti corpŏris gravitāte,[s] deprehensi et[j] mactāti sunt.

Sic sæpe paupĕres, cum potentiorĭbus in eōdem crimĭne deprehensi, soli dant[t] pœnam, dum illi salvi evādunt.

---

[a] § 223.
[b] § 279, 6.
[c] § 209, R. 12, (7.) & (a.)
[d] § 209, R. 12, (2.)
[e] § 208.
[f] § 206.
[g] § 205, R. 7, (1.)
[h] § 273, 2.
[i] § 205, R. 7, (2.)
[j] § 278.
[k] § 192, II. 2.
[l] § 145, II. 1.
[m] § 204.
[n] § 266, 3.
[o] § 279, 3, (a.) & (c.)
[p] § 273, 4.
[q] § 235, (2.)
[r] § 257.
[s] § 247.
[t] § 145, I. 1

7. Capra et Lupus.

Lupus capram[a] in altâ rupe stantem conspicātus, *Cur non*, inquit, *relinquis nuda illa et sterilia loca, et huc descendis in herbĭdos campos, qui tibi lætum pabŭlum offĕrunt?* Cui respondit capra: *Mihi[b] non est in animo, dulcia[c] tutis[c] præponĕre.[d]*

8. Venter et Membra.

Membra quondam dicēbant ventri: *Nosne[e] te semper[f] ministerio[g] nostro alēmus,[h] dum ipse summo otio[i] fruĕris? Non faciēmus.*[*] Dum igĭtur ventri[j] cibum subdūcunt, corpus debilitātur, et membra[k] serò invidiæ[l] suæ pœnituit.

9. Canis et Boves.

Canis jacēbat[m] in præsēpi[n] bovesque latrando[o] a pabŭlo arcēbat. Cui unus boum,[p] *Quanta ista[q], inquit, invidia est, quòd non patĕris, ut eo cibo[r] vescāmur,[s] quem tu ipse capĕre nec velis[t] nec possis!*

Hæc fabŭla invidiæ indŏlem declārat.

10. Vulpes et Leo.

Vulpes, quæ nunquam leōnem vidĕrat, quum ei[u] fortè occurrisset,[v] ita est perterrĭta, ut[w] pæne morerētur[x] formid-

---

[*] Supply *hoc*.

[a] § 274, 1.
[b] § 226.
[c] § 205, R. 7, (2.)
[d] § 269.
[e] § 279, 3, (*a.*) & (*c.*)
[f] § 279, 15, (*a.*)
[g] § 247.
[h] § 209, R. 1, (*a.*) & (*b.*)
[i] § 245, I.
[j] § 224, R. 2.
[k] § 229, R. 6.
[l] § 215, (1.)
[m] § 145, II. 1.
[n] § 82, E. 1.
[o] § 275, II. R. 4.
[p] § 212.
[q] § 207, R. 25.
[r] § 245, I.
[s] § 262.
[t] § 266, 1.
[u] § 224.
[v] § 263, R. 2.
[w] § 262, R. 1.

ine.[a] Eundem conspicāta[b] itĕrum, timuit quidem,[c] sed nequāquam,[d] ut antea.* Tertiò illi[e] obviàm facta, ausa[f] est etiam propiùs † accedĕre, eumque[g] allŏqui.

11. Cancri.

Cancer dicēbat[h] filio: *Mi*[i] *fili,*[j] *ne*[k] *sic oblīquis semper gressĭbus*[l] *incēde, sed rectâ viâ*[l] *perge.* Cui ille, *Mi pater*, respondit, *libenter tuis præceptis*[l] *obsĕquar, si te priùs idem facientem vidĕro.*[m]

Docet hæc fabŭla, adolescentiam[n] nullâ re[o] magis, quàm exemplis[o], instrui.[p]

12. Boves.

In eōdem prato pascebantur[h] tres boves in maxĭmâ[q] concordiâ, et sic ab omni[r] ferārum incursione tuti erant. Sed dissidio[s] inter illos orto, singŭli a feris[t] petīti et laniāti sunt.

Fabŭla docet, quantum boni[u] sit[v] in concordiâ.

13. Asĭnus.

Asĭnus, pelle[w] leōnis indūtus, territābat homĭnes et bestias, tanquam leo esset.[x] Sed fortè, dum se celeriùs[y]

---

* What do *nequāquam* and *antea* modify?

† What is understood after *propiùs*?

[a] § 247.
[b] § 274, 1.
[c] § 279, 3, (*a.*) & (*d.*)
[d] § 277.
[e] § 228.
[f] § 142, 2.
[g] § 233.
[h] § 145, II. 1.
[i] § 139.
[j] § 52.
[k] § 267, R. 1.
[l] § 223, R. 2.
[m] § 145, VI.
[n] § 239.
[o] § 278.
[p] § 272.
[q] § 125, 5.
[r] § 279, 7, (*a.*)
[s] § 257.
[t] § 248, I.
[u] § 212, R. 3.
[v] § 265.
[w] § 249, I.
[x] § 263, 2.
[y] § 256, R. 9, (*a.*)

movet, aures eminēbant; unde agnĭtus in pistrīnum abductus est, ubi pœnas petulantiæ dedit.

Hæc fabŭla stolĭdos[a] notat, qui immerĭtis honorĭbus[b] superbiunt.

14. Mulier et Gallīna.

Mulier quædam habēbat gallīnam, quæ ei quotidie ovum pariēbat aureum. Hinc suspicāri[c] cœpit, illam auri massam intus celāre,[d] et gallīnam occīdit. Sed nihil in eâ repĕrit, nisi quod[e] in aliis gallīnis reperīri[e] solet. Ităque dum majorĭbus divitiis[f] inhiābat, etiam minōres* perdĭdit.

15. Viatōres et Asĭnus.

Duo[a] qui unâ iter faciēbant, asĭnum oberrantem in solitudĭne conspicāti, accurrunt læti, et uterque eum sibi vindicāre cœpit, quòd eum prior[g] conspexisset.[h] Dum verò contendunt et rixantur, nec[i] a[j] verberĭbus abstĭnent, asĭnus aufŭgit, et neuter eo[k] potĭtur.

16. Corvus et Lupi.

Corvus partem prædæ petēbat a lupis,[l] quod eos totum diem[m] comitātus esset.[h] Cui illi, *Non tu nos*, inquiunt, *sed prædam sectātus es, idque eo anĭmo,[b] ut ne nostris quidem[n] corporĭbus[o] parcĕres,[p] si exanimarentur.[p]*

---

* With what noun does *minōres* agree?

[a] § 205, R. 7, (1.)
[b] § 247.
[c] § 271.
[d] § 272.
[e] § 206, (4.)
[f] § 224.
[g] § 205, R. 15.
[h] § 266, 3.
[i] § 198, II. 1, & (*c*.)
[j] § 242, and R. 1.
[k] § 245, I.
[l] § 231, R. 2.
[m] § 236.
[n] § 279, 3.
[o] § 223, R. 2.
[p] § 261. 1.

Meritò in actionibus non spectātur, quid fiat,[a] sed quo animo fiat.[a]

17. Pastōres et Lupus.

Pastōres cæsâ ove[b] convivium celebrābant. Quod[c] quum lupus cernĕret,[d] *Ego*, inquit, *si agnum rapuissem,[e] quantus tumultus fiĕret![f] At isti[f] impūne ovem comĕdunt!* Tum unus illōrum,[g] *Nos enim,[h] inquit, nostrâ, non aliēnâ ove[i] epulāmur.*

18. Carbonarius et Fullo.

Carbonariŭs, qui spatiōsam habēbat domum, invitāvit fullōnem, ut ad se commigrāret.[j] Ille respondit: *Quænam inter nos esse possit[k] socĭetas? quum tu vestes, quas ego nitĭdas reddidissem,[l] fuligĭne et macŭlis inquinatūrus esses.[m]*
Hæc fabŭla docet dissimilia[n] non debēre[o] conjungi.[p]

19. Tubĭcen.

Tubĭcen ab hostĭbus[q] captus, *Ne[r] me*, inquit, *interfĭcĭte; nam inermis sum, neque[s] quidquam habeo præter hanc tubam.* At hostes, *Propter hoc ipsum*, inquiunt,[t] *te interimēmus, quòd, quum ipse pugnandi[u] sis[d] imperĭtus, alios ad pugnam incĭtāre soles.*
Fabŭla docet, non solùm malefĭcos[v] esse puniendos,[w] sed etiam eos,[x] qui alios ad malè faciendum[y] irrītent.[z]

---

[a] § 265.
[b] § 257.
[c] § 206, (13.)
[d] § 263, 5.
[e] § 261, 1.
[f] § 207, R. 25.
[g] § 212.
[h] § 198, 7, & (a.)
[i] § 245, II. 4.
[j] § 273, 2.
[k] § 260, II. R. 5.
[l] § 266, 1.
[m] § 260, II. R. 7, (2.)
[n] § 205, R. 7, (2.)
[o] § 272.
[p] § 271.
[q] § 248, I.
[r] § 267, R. I.
[s] § 198, 1, & (a.)
[t] § 279, 6.
[u] § 275, III. R. 1.
[v] § 205, R. 7, (1.)
[w] § 274, R. 8.
[x] § 278.
[y] § 275, III., R. 3.

20. Accipĭtres et Columbæ.

Accipĭtres quondam acerrimè inter se belligerābant. Hos columbæ in gratiam reducĕre[a] conātæ effecērunt,[b] ut illi pacem inter se[c] facĕrent. Quâ[d] firmātâ, accipitres vim suam in ipsas columbas convertērunt.

Hæc fabŭla docet, potentiōrum discordias[e] imbecillioribus[f] sæpe prodesse.

21. Mulier et Gallīna.

Mulier vidua gallīnam habēbat, quæ ei quotidie unum ovum pariēbat. Illa existimābat,* si gallīnam diligentiùs sagināret,[g] fore,[h] ut illa bina[i] aut terna ova quotidie parĕret. Quum autem cibo superfluo gallīna pinguis esset[j] facta, planè ova parĕre[a] desiit.[q]

Hæc fabŭla docet, avaritiam sæpe damnōsam[k] esse.

22. Vulpes et Uva.

Vulpes uvam in vite conspicātæ ad illam subsiliit omnium virium suārum contentiōne,[l] si eam fortè attingĕre posset.[g] Tandem defatigāta ināni labōre discēdens dixit: *At nunc etiam acerbæ sunt, nec*[m] *eas in viâ repertas*[n] *tollĕrem.*[o]

Hæc fabŭla docet, multos ea contemnĕre, quæ se[p] assĕqui posse despērent.

---

* What is the object of *existimābat?* § 229, R. 5.

[a] § 271.	[g] § 260.	[m] § 278, R. 4.
[b] § 273, 1, (*b.*)	[h] § 268, R. 4, (*b.*)	[n] § 274, 3, (*a.*)
[c] § 208.	[i] § 119, III	[o] § 261.
[d] § 257.	[j] § 263, 5, & R. 2.	[p] § 271, R. 3.
[e] § 239	[k] § 205, N. 1, & 2.	[q] § 162, 7.
[f] § 224.	[l] § 247.	

4

23. Vulpes et Leæna.

Vulpes leænæ exprobrābat, quòd nonnĭsi unum catŭlum parĕret.[a] Huic dicĭtur respondisse, *Unum, sed leōnem.*

Hæc fabŭla, non copiam sed bonitātem rerum æstimandam[b] esse, docet.

24. Mures.

Mures aliquando habuērunt consilium, quomŏdo sibi[c] a fele cavērent.[d] Multis aliis[e] proposĭtis, omnĭbus[f] placuit, ut ei[g] tintinnabŭlum annecterētur; sic enim ipsos[h] sonĭtu admonĭtos eam fugĕre posse.[i] Sed quum jam inter mures quærerētur,[j] qui feli[g] tintinnabŭlum annectĕret,[d] nemo repertus est.

Fabŭla docet, in suadendo[k] plurĭmos esse audāces,[l] sed in ipso pericŭlo timĭdos.[m]

25. Canis mordax.

Cani[g] mordāci paterfamilias jussit tintinnabŭlum ex ære appendi,[n] ut omnes eum cavēre possent.[o] Ille verò æris tinnĭtu[p] gaudēbat, et, quasi[q] virtūtis suæ præmium[r] esset,* alios canes præ se contemnĕre cœpit. Cui unus senior, *O te*[s] *stolĭdum,* inquit, *qui ignorāre*[t] *vidēris, isto tinnĭtu pravitātem morum tuōrum indicāri!*[u]

---

* What is the subject-nominative of *esset?*

a § 266, 3.	h § 208, (4.)	o § 262.
b § 274, R. 8.	i § 270, R. 2.	p § 247, 1, (2.)
c § 223.	j § 263, 5, R. 2.	q § 263, 2.
d § 265.	k § 275, III. R. 4.	r § 210.
e § 205, R. 7, (2.)	l § 205, N. 1.	s § 238, 2
f § 223, R. 2.	m § 278.	t § 271.
g § 224.	n § 273, 2.	u § 272

Hæc fabŭla scripta est in[a] eos, qui sibi[b] insignĭbus flagitiōrum suōrum placent.

26. Canis et Lupus.

Lupus canem videns benè sagīnātum, *Quanta est,* inquit, *felicĭtas tua! Tu, ut vidētur, lautè vivis, at ego fame enĕcor.* Tum canis, *Licet,* inquit, *mecum[c] in urbem venias,[d] et eâdem felicitāte[e] fruāris.* Lupus conditiōnem accēpit. Dum unà eunt, animadvertit lupus in collo canis attrītos[f] pilos. *Quid hoc est?** inquit.† *Num jugum sustĭnes? cervix enim tua tota est glabra. Nihil est,* canis respondit. *Sed interdiu me allĭgant, ut noctu sim vigilantior; atque hæc sunt vestigia collāris, quod cervīci[g] circumdāri solet.* Tum lupus, *Vale,* inquit, *amīce![h] nihil[i] moror felicitātem servitūte emptam!*

Hæc fabŭla docet, libĕris[j] nullum commŏdum tanti[k] esse, quod servitūtis calamitātem compensāre possit.[l]

27. Lupus et Grus.

In faucĭbus lupi os inhæsĕrat. Mercēde igĭtur condūcit gruem, qui illud extrāhat.[m] Hoc[n] grus longitudĭne colli facĭlè effēcit. Quum autem mercēdem postulāret, subrīdens lupus et dentĭbus infrendens, *Num tibi,* inquit, *parva merces[o] vidētur,‡ quòd caput incolŭme ex lupi faucĭbus extraxisti?*

---

* What is the predicate-nominative of *est?*

† What is the object of *inquit?*

‡ What is the subject of *vidētur?* § 202, III. R. 3.

a § 235, (2.)
b § 223, R. 2.
c § 133, 4.
d § 262, R. 4.
e § 245, I.
f § 270, R. 3.
g § 224, R. 1.
h § 240.
i § 214, R. 2, N. 2.
j § 211, R. 5.
k § 214.
l § 264, 1.
m § 264, 5.
n § 206, (13.) (a.)
o § 210.

28. Agricŏla et Anguis.

Agricŏla anguem repĕrit frigŏre pæne extinctum. Misericordiâ[a] motus eum fovit sinu,[b] et subter alas[c] recondĭdit. Mox anguis recreātus vires[d] recēpit, et agricŏlæ[e] pro beneficio letāle vulnus inflixit.

Hæc fabŭla docet, qualem mercēdem mali pro beneficiis reddĕre soleant.[f]

29. Asĭnus et Equus.

Asĭnus equum beātum[g] prædicābat, qui tam copiōsè pascerētur,[h] quum sibi post molestissĭmos labōres ne[i] paleæ quidem satis præberentur.[j] Fortè autem bello[k] exorto equus in prœlium agĭtur, et circumventus[l] ab hostĭbus, post incredibĭles labōres tandem, multis vulnerĭbus confossus, collabĭtur. Hæc omnia asĭnus conspicātus, *O me stolĭdum*, inquit, *qui beatitudĭnem ex*[m] *præsentis tempŏris fortūnâ æstimavĕrim!*[k]

30. Agricŏla et Filii.

Agricŭla senex, quum mortem sibi[e] appropinquāre sentīret, filios convocāvit, quos, ut fiĕri solet,[n] interdum discordāre[o] novĕrat, et fascem virgulārum afferri[o] jubet. Quibus* allātis, filios hortātur, ut hunc fascem frangĕrent.[p] Quod[q] quum facĕre non possent, distribuit singŭlas virgas,

---

* What is here denoted by the ablative absolute? § 257.

[a] § 247, R. 2, (*b*.)
[b] § 254, R. 3.
[c] § 235, (4.)
[d] § 85.
[e] § 224.
[f] § 265.
[g] § 230.
[h] § 264, 8, (1.)
[i] § 279, 3.
[j] § 263, 5.
[k] § 257.
[l] §§ 248, I., and 274, 1.
[m] § 195, R. 2.
[n] § 209, R. 3, (6.)
[o] § 272.
[p] § 273, 2.
[q] § 206, (13.)

iisque celeriter fractis, docuit * illos, quàm firma res † esset[b] concordia, quàmque imbecillis discordia.

31. Equus et Asinus.

Asĭnus onustus sarcĭnis equum rogāvit, ut aliquâ parte[a] onĕris se[c] levāret,[d] si se[c] vivum vidēre vellet.[e] Sed ille asĭni preces repudiāvit. Paulò pòst igĭtur asĭnus labōre consumptus in viâ corruit, et efflāvit anĭmam. Tum agitātor omnes sarcĭnas, quas asĭnus portavĕrat, atque insŭper etiam pellem asĭno[f] detractam in equum imposuit. Ibi ille serò priōrem superbiam deplōrans, *O me[g] misĕrum*, inquit, *qui parvŭlum onus in me recipĕre noluĕrim,[h] quum nunc cogar tantas sarcĭnas ferre, unà cum pelle comĭtis mei, cujus preces tam superbè contempsĕram.*

32. Mulier et Ancillæ.

Mulier vidua, quæ texendo[i] vitam sustentābat, solēbat ancillas suas de nocte excitāre ad opus, quum primùm galli cantum audivisset. At illæ diuturno labōre fatigātæ statuērunt gallum interficĕre.[j] Quo[k] facto, deteriōre conditiōne[l] quàm priùs ‡ esse cœpērunt. Nam domĭna, de horâ noctis incerta,[m] nunc famŭlas sæpe jam primâ nocte excitābat.

* What is the accusative of the "thing" after *docuit?* § 231, R. 3, (*b.*)
† What is the subject-nominative of *esset?*
‡ Supply *fuĕrant*

[a] § 251.
[b] § 265.
[c] § 208, (1.)
[d] § 273, 2.
[e] § 266, 1.
[f] § 224, R. 2.
[g] § 238, 2.
[h] § 264, 8, (1.)
[i] § 275, III. R. 4.
[j] § 271, and R. 3.
[k] § 206, (13.) (*a.*)
[l] § 211, R. 6, (3.)
[m] § 213, R. 4. and (4.)

33. Testūdo et Aquĭla.

Testudo aquĭlam magnopĕre orābat, ut sese[a] volāre docēret.[b] Aquĭla ei ostendēbat quidem, eam[c] rem[d] petĕre natūræ[e] suæ contrariam; sed illa nihĭlo[f] minùs instābat, et obsecrābat aquĭlam,[g] ut se[h] volŭcrem facĕre vellet.[i] Ităque ungŭlis arreptam* aquĭla sustŭlit in sublīme, et demīsit illam, ut per aërem ferrētur. Tum in saxa incīdens comminūta interiit.

Hæc fabŭla docet, multos cupiditatĭbus suis[j] occœcātos consilia prudentiōrum respuĕre, et in exitium ruĕre stultitiâ[k] suâ.

34. Luscinia et Accipĭter.

Accipĭter esuriens rapuit lusciniam. Quæ, quum intelligĕret sibi[l] mortem[e] impendēre, ad preces conversa orat accipĭtrem,[f] *ne se perdat sine causâ. Se enim*[m] *avidissĭmum ventrem illīus non posse*[n] *explēre, et suadēre adcò, ut grandiōres alĭquas volŭcres venētur.*[i] Cui accipĭter, *Insanīrem,*[o] inquit, *si partam prædam amittĕre, et incerta*[p] *pro certis*[p] *sectāri vellem.*[o]

35. Senex et Mors.

Senex in silvâ ligna cecidĕrat,[q] iisque[r] sublātis domum[s]

---

* With what does *arreptam* agree?

[a] §§ 133, R. 2, and 208, (1.)
[b] § 209, R. 2, (1,) (*b*.)
[c] § 239.
[d] § 229.
[e] § 222, 3.
[f] § 256, R. 16.
[g] § 231, R. 3, (*b*.)
[h] § 208, (1.)
[i] § 273, 2.
[j] § 208.
[k] § 247.
[l] § 224.
[m] § 198, 7.
[n] § 270, R. 2, (*b*.)
[o] § 261, 1.
[p] § 205, R. 7, (2,)
[q] § 145, V.
[r] § 257.
[s] § 237, R. 4.

redīre cœpit. Quum aliquantum[a] viæ[b] progressus esset, et[c] onĕre et viâ defatigātus fascem deposuit, et secum[d] ætātis et inopiæ mala[e] contemplātus Mortem clarâ voce invocāvit, quæ ipsum ab omnĭbus his malĭs[f] liberāret.[g] Tum Mors senis precĭbus audītis[h] subĭtò adstĭtit;* et, quid vellet,[i] percunctātur.[i] At Senex, quem[j] jam votōrum[k] suōrum pœnitēbat,[l] *Nihĭl,*† inquit, *sed requīro, qui*[m] *onus paulŭlùm allĕvet,*[n] *dum ego rursus subeo.*‡

36. Inimīci.

In eâdem navi vehebantur duo,[n] qui inter se[o] capitalia odia exercēbant. Unus eōrum[p] in prorâ, alter in puppi residēbat. Ortâ tempestāte ingenti, quum omnes de vitâ desperārent, interrŏgat ‖ is, qui in puppi sedēbat, gubernatōrem, *Utram partem navis*[p] *priùs submersum iri existimāret.*[q] Cui gubernātor, *Proram,*¶ respondit. Tum ille, *Jam mors mihi non molesta est, quum inimīci mei mortem adspectūrus sim.*[r]

37. Hinnuleus et Cervus.

Hinnuleus quondam patrem suum his verbis interrogâsse[s] dicĭtur: *Mi*[t] *pater, quum multo*[u] *sis major canĭbus*[v]

---

* Supply *seni*. † Supply *volo*. ‡ Supply *id*.
‖ What is the accusative of the "thing" after *interrŏgat?* § 231, R. 3
¶ To what does *prora* correspond? § 204, R. 11.

[a] § 236.
[b] § 212, R. 3.
[c] § 278, R. 7.
[d] § 133, R. 4.
[e] § 274, 1.
[f] § 251, R. 1.
[g] § 264, 5.
[h] § 257.
[i] § 265.
[j] § 229, R. 6.
[k] § 215, (1.)
[l] § 209, R. 3, (4.)
[m] § 206, (4.)
[n] § 205, R. 7, (1.)
[o] § 235, R. 2.
[p] § 212.
[q] § 258, R. 1, (a.)
[r] § 260, R. 7, (2.)
[s] § 162, 7.
[t] § 139.
[u] § 256, R. 16.
[v] § 256.

et tam ardua cornua habeas,[a] *quibus a te vim propulsāre possis,*[b] *qui fit,** *ut canes tantopĕre metuas?* Ibi cervus ridens, *Mi nate*, inquit, *vera memòras; mihi*[c] *tamen, nescio quo pacto, semper accĭdit,** *ut audītâ canum*[d] *voce, in fugam statim convertar.*

Hæc fabŭla docet, natūrâ[e] formidolōsos nullis rationĭbus fortes[f] reddi posse.

38. Hœdus et Lupus.

Quum hœdus evasisset lupum, et confugisset in caulam ovium,[g] *Quid*[h] *tu, stulte*, inquit ille,† *hic te salvum futūrum*[i] *speras, ubi quotidie pecŭdes rapi et diis mactāri videas?*[j] *Non curo*, inquit hœdus; *nam si moriendum*[k] *sit, quanto*[l] *præclarius*[m] *mihi*[n] *erit, meo cruōre aspergi aras*[o] *deōrum immortalium, quàm irrigāri siccas lupi fauces.*

Hæc fabŭla docet, bonos mortem, quæ[p] omnĭbus[q] immĭnet, non timēre,[r] si cum honestāte et laude conjuncta sit.[s]

39. Corvus et Vulpes.

Corvus alicunde caseum rapuĕrat, et cum illo in altam arbŏrem subvolârat.[t] Vulpecŭla illum caseum appĕtens corvum blandis verbis adorītur; quumque primùm formam

---

* What is the subject of this verb?

† To what does *ille* relate? § 207, R. 23.

[a] § 278.
[b] § 266, 1.
[c] § 223.
[d] § 83, II. 2, E.
[e] § 249, II.
[f] § 210, R. 1.
[g] § 83, II. 2.
[h] § 231, R. 5, (*a*.)
[i] § 270, R. 3.
[j] § 266, 1.
[k] § 225, III., R. 1.
[l] § 256, R. 16.
[m] § 205, R. 8.
[n] § 222, 3.
[o] § 239.
[p] § 206.
[q] § 224.
[r] § 272.
[s] § 260.
[t] § 162, 7.

ejus[a] pennarumque nitōrem laudâsset; *Pol*, inquit, *te avium*[b] *regem esse dicĕrem,*[c] *si cantus pulchritudĭni*[d] *tuæ respondēret.*[e] Tum ille laudibus vulpis inflātus etiam cantu se valēre demonstrāre voluit. Ita verò[f] e rostro aperto caseus delapsus est, quem vulpes arreptum devorāvit.

Hæc fabŭla docet, vitandas[f] esse adulatōrum voces, qui blanditiis suis nobis[g] insidiantur.

40. Leo.

Societātem junxĕrant leo, juvenca, capra, ovis. Prædâ[h] autem, quam cepĕrant, in quatuor partes æquāles divīsâ, leo, *Prima*, ait, *mea est;* debētur* enim hæc præstantiæ meæ. Tollam et secundam, quam merētur robur meum. Tertiam vindĭcat sibi*[i] *egregius labor meus. Quartam qui sibi arrogāre voluĕrit,*[j] *is*[k] *sciat,*[l] *se habitūrum*[m] *me inimīcum sibi.*[n] Quid facĕrent[o] imbecilles bestiæ, aut quæ † sibi leōnem infestum habēre vellet ? *

41. Mus et Rustĭcus.

Mus a rustĭco[p] in[q] caricārum acervo deprehensus tam acri morsu ejus digĭtos vulnerāvit, ut[r] ille eum dimittĕret, dicens: *Nihil, mehercŭle, tam pusillum est, quod de salūte desperāre debeat,*[s] *modò*[t] *se defendĕre et vim depulsāre velit.*

---

* What is the subject of this verb ?

† Supply *bestia.*

[a] § 208, (6.) (*a.*)
[b] § 83, II. 2.
[c] § 261, 1.
[d] § 223.
[e] § 279, 3, (*a.*) & (*c.*)
[f] § 274, R. 8.
[g] § 224.
[h] § 257.
[i] § 208.
[j] § 266, 1.
[k] § 206, (3,) (*a.*)
[l] § 260, R. 6.
[m] § 270, R. 3.
[n] § 222, 3.
[o] § 260.
[p] § 248, I.
[q] § 279, 10.
[r] § 262, R. 1.
[s] § 264, 1.
[t] § 263, 2.

48. Cornix et Columba.

Cornix Columbæ gratulabātur[a] fœcunditātem, quòd singŭlis mensĭbus pullos excludĕret.[b] At illa, *Ne mei*, inquit, *dolōris causam commemōres.*[c] *Nam quos*[d] *pullos edūco, eos domĭnus raptos aut ipse comĕdit, aut aliis comedendos*[e] *vendit. Ita mihi mea fœcundĭtas novum semper luctum parit.*

49. Leo, Asĭnus, et Vulpes.

Vulpes, asĭnus, et leo venātum[f] ivĕrant.[g] Amplâ prædâ factâ, leo asĭnum illam partīri jubet.[h] Qui quum singŭlis singŭlas partes ponĕret æquāles, leo eum correptum dilaniāvit, et vulpecŭlæ partiendi[i] negotium tribuit. Illa astutior leōni[j] partem maxĭmam apposuit, sibi vix minĭmam reservans particŭlam. Tum leo subrīdens ejus prudentiam laudāre, et unde hoc didicĕrit[k] interrogāre, cœpit. Et vulpes, *Hujus me*, inquit, *calamĭtas docuit,** *quid minōres potentiorĭbus debeant.*[l]

50. Muscæ.

Effūsa mellis copia est: Muscæ advŏlant: †
Pascuntur. At mox impedītis crurĭbus
Revolāre[l] nequeunt.[m] *Heu misĕram*, inquiunt, *vicem!*[n]

---

* What is the accusative of the "thing" after *docuit?*
† Supply *ad mel.*

[a] § 223, and (1.)	[f] § 276, II.	[k] § 265.
[b] § 266, 3.	[g] § 209, R. 12.	[l] § 271.
[c] § 260, R. 6.	[h] § 273, 2.	[m] § 182, R. 3, N.
[d] § 206, (3.)	[i] § 275, III., R. 1.	[n] § 238, 2.
[e] § 274, R. 7, (a.)	[j] § 224.	

Cibus iste blandus, qui pellexit suavĭter,
Nunc fraudulentus quàm crudelĭter necat!
Perfĭda voluptas fabŭlâ hac depingĭtur

51. Cancer.

Mare cancer olim deseruit, in lĭtŏre
Pascendi[a] cupĭdus. Vulpes hunc simul adspĭcit
Jejūna, simul accurrit,* et prædam capit.
Næ, dixit ille, *jure plector, qui, salo*[b]
Quum fuĕrim natus, voluĕrim[c] *solo ingrĕdi!*
Suus unicuĭque[d] præfinītus est locus,
Quem præterīre sine perīclo non licet.[e]

52. Culex et Taurus.

In cornu tauri parvŭlus quondam culex
Consēdit; seque[f] dixit, mole si suâ
Eum[g] gravāret, avolatūrum[h] illĭco.
At ille:[i] *Nec te considentem sensĕram.*

53. De Vitiis Homĭnum.

Peras imposuit Jupĭter nobis duas:
Propriis replētam† vitiis post tergum dedit,
Aliēnis ante pectus suspendit gravem.†
Hac re vidēre nostra mala non possŭmus;
Alii simul delinquunt, censōres sumus.

---

* Supply *ad eum.* † Supply *peram.*

a § 275, III., R. 1.
b § 254, R. 3.
c § 264, 8, (1.)
d § 279, 14.
e § 271, 4, (*a.*)
f § 272.
g § 208, (6,) (*a.*)
h § 270, R. 3.
i § 209, R. 3.

MYTHOLOGY.

1. Cadmus, Agenŏris filius,[a] quòd dracōnem, Martis filium, fontis cujusdam in Bœotiâ custōdem,[a] occidĕrat, omnem suam prolem interemptam vidit, et ipse cum Harmoniâ,[b] uxōre suâ, in Illyriam fugit, ubi ambo[c] in dracōnes conversi sunt.

2. Amȳcus, Neptūni filius, rex Bebryciæ, omnes, qui in ejus regna venissent,[c] cogēbat cæstĭbus secum contendĕre, et victos occidēbat. Hic quum Argonautas ad certāmen provocâsset,[d] Pollux cum eo contendit, et eum interfēcit.

3. Otos et Ephialtes, Aloei filii,[e] mirâ magnitudĭne[f] fuisse[g] dicuntur. Nam singŭlis mensĭbus[h] novem digĭtis[i] crescēbant. Ităque quum essent[c] annōrum novem,[f] in cœlum ascendĕre sunt conāti. Huc sibi adĭtum sic faciēbant,[j] ut montem Ossam super Pelion ponĕrent, aliosque præterea montes exstruĕrent. Sed Apollĭnis sagittis interempti sunt.

4. Dædălus, Euphēmi filius, artĭfex peritissĭmus, ob

---

[a] § 204.
[b] § 249, III.
[c] § 264, 12.
[d] § 263, 5, R. 2.
[e] § 204, R. 5.
[f] § 211, R. 6.
[g] § 211, R. 8, (2.)
[h] § 253.
[i] § 236.
[j] § 145, II.
[k] § 205, R. 2, (1.)

cædem Athēnis[a] commissam in Cretam[b] abiit ad regem Minōëm. Ibi labyrinthum exstruxit. A Minōë[c] aliquando in custodiam conjectus, sibi et Icăro filio alas cerâ[d] aptāvit, et cum eo[e] avolāvit. Dum Icărus altiùs[f] evolābat, cerâ solis calōre calefactâ, in mare decĭdit, quod ex eo Icarium pelăgus[g] est appellātum. Dædălus autem in Siciliam pervēnit.

5. Æsculapius, Apollĭnis filius, medĭcus præstantissĭmus, Hippolȳto, Thesei filio, vitam reddidisse dicĭtur. Ob id facĭnus Jupĭter eum fulmĭne percussit. Tum Apollo, quòd filii mortem in Jove ulcisci non potĕrat, Cyclōpes, qui fulmĭna fecĕrant, interēmit. Ob hoc factum, Apollĭnem Jupĭter Admēto, regi Thessaliæ, in servitūtem dedit.

6. Alcestim,[h] Peliæ filiam, quum multi in matrimonium petĕrent, Pelias promĭsit, se[i] filiam ei esse datūrum, qui feras currui junxisset.[j] Admētus, qui eam perdĭtè amābat, Apollĭnem rogāvit, ut se in hoc negotio adjuvāret. Is quum ab Admēto, dum ei[k] serviēbat, liberalĭter esset tractātus, aprum ei et leōnem currui junxit,[l] quibus illo Alcestim avexit. Idem gravi morbo implicĭtus, munus ab Apollĭne accēpit, ut præsens pericŭlum effugĕret, si quis sponte pro eo morerētur.[m] Jam quum neque pater, neque mater Admēti pro eo mori voluissent,[n] uxor se Alcestis morti obtŭlit, quam Hercŭles fortè adveniens Orci manĭbus[o] eripuit et Admēto reddĭdit.

7. Cassiŏpe filiæ suæ Andromĕdæ formam Nereïdum

---

[a] § 254.
[b] § 237, R. 5.
[c] § 248, I.
[d] § 247.
[e] § 249, III.
[f] § 256, R. 9, & (a.)
[g] § 210.
[h] § 80, I., E. 2.
[i] § 239, 2.
[j] § 266, 2, R. 4.
[k] § 223, R. 2.
[l] § 227.
[m] § 260, II.
[n] § 209, R. 12.
[o] § 224, R. 2.

formæ anteposuit.[a] Ob hoc crimen illæ a Neptūno[b] postulavērunt,* ut Androměda ceto immāni, qui oras populabātur, objicerētur.[c] Quæ quum ad saxum alligāta esset, Perseus ex Libyâ, ubi Medūsam occiděrat, advolāvit, et, belluâ[d] devictâ et interemptâ, Andromědam liberāvit.

8. Quam quum abducěre vellet victor, Agēnor, cui antea desponsāta fuěrat, Perseo insidias struxit, ut eum interficěret, sponsamque eripěret. Ille, re[e] cognitâ, caput Medūsæ insidiantibus ostendit, quo viso,† omnes in saxa mutāti sunt. Perseus autem cum Andromědâ[f] in patriam rediit.

9. Ceyx, Hespěri filius, quum in naufragio periisset, Alcyŏne, conjŭgis morte audītâ, se in mare præcipitāvit. Tum deōrum misericordiâ ambo in aves sunt mutāti, quæ Alcyŏnes appellantur. Hæ aves pariunt hiberno tempŏre. Per illos dies[g] mare tranquillum esse dicĭtur; unde nautæ tranquillos et serēnos dies Alcyonēos appellāre solent.

10. Tantălus, Jovis filius, tam carus fuit diis,[h] ut Jupĭter ei consilia sua concrederĕt,[i] eumque ad epŭlas deōrum admittěret. At ille, quæ[j] apud Jovem audivěrat, cum mortalĭbus communicābat. Ob id crimen dicĭtur[k] apud infěros in aquâ collocātus esse, semperque sitire. Nam, quoties haustum aquæ sumptūrus[l] est, aqua recēdit. Tum etiam poma ei[m] super caput pendent; sed, quoties ea decerpěre conātur, rami vento moti recēdunt. Alii

---

* What is the accusative of the "thing"? § 231, R. 3, (*b.*)

† What does this ablative absolute denote? § 257.

[a] § 224. [b] § 231, R. 2. [c] § 273, 2. [d] § 257. [e] § 257, R. 5. [f] § 249, III. [g] § 236, R. 5. [h] § 53. [i] § 145, II. 1. [j] § 206, (4.) [k] § 271, R. 2. [l] § 274, R. 6. [m] § 211, R. 5, (1.)

saxum ejus capĭti[a] impendēre dicunt, cujus ruīnam timens perpetuo metu cruciātur.

11. In nuptiis Pelei et Thetĭdis omnes dii invitāti erant præter Discordiam. Hæc irâ commōta malum misit in medium, cui[a] inscripta erant verba: *Pulcherrĭma me habēto.* Tum Juno, Venus et Minerva illud simul appetēbant; magnâque inter eas discordiâ exortâ, Jupĭter Mercurio[b] impĕrat, ut deas ad Parĭdem, Priămi filium, ducĕret,[c] qui in monte Idâ greges pascēbat; hunc eārum litem diremptūrum esse.[d] Huic[e] Juno, si se pulcherrĭmam judicâsset,[f] omnium terrārum regnum est pollicĭta; Minerva ei splendĭdam inter homĭnes famam promīsit; Venus autem[g] Helĕnam,[h] Ledæ et Jovis filiam, se[i] ei in conjugium dare[j] spopondit. Paris, hoc dono[k] priorĭbus[a] anteposĭto, Venĕrem pulcherrĭmam esse judicāvit. Postea Venĕris hortātu Lacedæmŏnem[l] profectus, Helĕnam conjŭgi[m] suo[n] Menelāo eripuit. Hinc bellum Trojānum origĭnem cepit, ad quod tota ferè Græcia, duce[o] Agamemnŏne, Menelāi fratre, profecta est.

12. Thetis, Pelei conjux, quum sciret Achillem filium suum citò peritūrum esse, si Græcōrum exercĭtum ad Trojam sequerētur,[t] eum misit in insŭlam Scyron, regīque Lycomēdi commendāvit. Ille eum muliĕbri habĭtu[p] inter filias suas servābat. Græci autem quum audivissent eum ibi occultāri,[q] unus eōrum[r] Ulysses, rex Ithăcæ, in regio[s] vestibŭlo munĕra feminea[s] in calathiscis posuit, simulque

[a] § 224.
[b] § 223, R. 2.
[c] § 273, 2.
[d] § 270, R. 2, (*a.*) & (*b.*)
[e] § 223.
[f] § 266, 2, R. 4.
[g] § 279, 3, (*a.*) & (*c.*)
[h] § 220.
[i] § 239.
[j] § 272.
[k] § 257.
[l] § 237.
[m] § 224, R. 2.
[n] § 208, (7.)
[o] § 257, R. 7.
[p] § 247.
[q] § 268.
[r] § 212.
[s] § 211, R. 4, (*a.*)
[t] § 260, II.

clypeum et hastam, mulieresque advocāri jussit.[a] Quæ dum omnia contemplabantur, subĭtò tubĭcen cecĭnit; quo sono audīto, Achilles arma arripuit. Unde eum[b] virum[c] esse intellectum est.

13. Quum totus[d] Græcōrum exercĭtus Aulĭde[e] convenisset, adversa tempestas eos ob iram Diānæ retinēbat. Agamemnon enim,[f] dux illīus expeditiōnis, cervam deæ[g] sacram[d] vulneravĕrat, superbiùsque[h] in Diānam locūtus erat. Is quum haruspĭces convocâsset, respondērunt,[i] iram[j] deæ expiāri[k] non posse, nisi filiam suam Iphigenīam ei immolâsset. Hanc ob causam Ulysses Argos profectus mentītur Agamemnŏnem filiam Achilli in matrimonium promisisse. Sic eam Aulĭdem[l] abduxit. Ubi quum pater eam immolāre vellet, Diāna virgĭnem miserāta cervam ei[m] supposuit. Iphigenīam ipsam per nubes in terram Taurĭcam detŭlit, ibīque templi sui sacerdōtem[n] fecit.

14. Trojâ eversâ, quum Græci domum[o] redīre vellent, ex Achillis tumŭlo vox dicĭtur fuisse audīta, quæ Græcos monēbat, ne fortissĭmum virum sine honōre relinquĕrent.[p] Quare Græci Polyxĕnam, Priămi filiam, quæ virgo fuit formosissĭma, ad sepulcrum ejus immolavērunt.

15. Promētheus, Iapĕti filius, primus[q] homĭnes ex luto finxit, iisque[m] ignem e cœlo in ferŭlâ attŭlit, monstravitque quomŏdo cinĕre obrūtum servārent.[r] Ob hanc rem Vulcānus eum in monte Caucăso Jovis jussu clavis ferreis

[a] § 273, 2. [b] § 269. [c] § 210. [d] § 279, 7, (a.) [e] § 254. [f] § 279, 3, (a.) & (c.)

[g] § 222, 3. [h] § 256, R. 9, & (a.) [i] § 209, R. 2, (1,) (b.) [j] § 266, 2. [k] § 271. [l] § 237.

[m] § 224. [n] § 230. [o] § 237, R. 4. [p] § 262. [q] § 205, R. 15. [r] § 265.

alligāvit ad saxum, et aquĭlam ei[a] apposuit, quæ cor exedĕret.[b] Quantum verò interdiu exedĕrat, tantum nocte crescēbat. Hanc aquĭlam insequenti tempŏre Hercŭles transfixit sagittis, Prometheumque liberāvit.

16. Pluto, inferōrum deus, a Jove fratre petēbat,[c] ut sibi Proserpĭnam, Jovis et Cerĕris filiam, in matrimonium daret. Jupĭter negāvit quidem Cerĕrem[d] passūram esse, ut filia in tenĕbris Tartări morarētur;[e] sed fratri permīsit, ut eam, si possĕt, rapĕret.[e] Quare Proserpĭnam, in nemŏre Ennæ in Siciliâ flores legentem, Pluto quadrīgis ex terræ hiātu proveniens rapuit.

17. Ceres quum nescīret ubi filia esset,[f] eam per totum orbem terrārum quæsīvit. In quo itinĕre ad Celeum venit, regem Eleusiniōrum, cujus uxor Metanīra puĕrum Triptolĕmum pepercrat, rogavitque ut se tanquam nutrīcem in domum recipĕrent.[g] Quo facto, quum Ceres alumnum suum immortālem reddĕre vellet, eum interdiu lacte divīno alēbat, noctu clam igne obruēbat. Ităque mirum in modum crescēbat. Quod quum mirarentur parentes, eam observavērunt. Qui quum vidērent Cerĕrem puĕrum in ignem mittĕre,[h] pater exclamāvit. Tum dea Celeum exanimāvit; Triptolĕmo autem currum draconĭbus[i] junctum tribuit, frugesque mandāvit, quas per orbem terrārum vectus dissemināret.[b]

18. Althæa, Thestii filia, ex Œneo pepĕrit Meleāgrum. Ei Parcæ ardentem titiōnem dedērunt, præfantes[j] Meleăgrum tam diu victūrum,[k] quàm diu is titio foret[l] incolŭmis.

---

[a] § 224.
[b] § 264, 5.
[c] § 145, II 1.
[d] § 239.
[e] § 273, 4.
[f] § 265.
[g] § 273, 2.
[h] § 272, R. 5.
[i] § 223.
[j] § 274, 2.
[k] § 270, R. 3.
[l] § 266, 2.

Hunc* ităque Althæa diligenter in arcâ clausum servāvit. Intĕrim Diāna Œneo[a] irāta quia ei sacra annua non fecĕrat, aprum mirâ magnitudĭne[b] misit, qui agrum Calydonium vastāret.[c] Quem Meleāger cum juvenĭbus[d] ex omni Græciâ delectis interfĕcit, pellemque ejus Atalantæ donāvit. Cui[e] quum Althææ fratres eam eripĕre vellent, illa Meleāgri auxilium implorāvit, qui avuncŭlos occīdit. Tum Althæa, gravi irâ[f] in filium commōta, titiōnem illum[g] fatālem in ignem conjēcit. Sic Meleāger periit. At sorōres ejus, dum fratrem insolabilĭter lugent, in aves mutātæ sunt.

19. Eurōpam, Agenŏris filiam, Sidoniam, Jupĭter in taurum mutātus Sidōne[h] Cretam transvexit, et ex eâ procreāvit Minōëm, Sarpedŏnem, et Rhadamanthum. Hanc ut reducĕrent Agēnor filios suos misit, conditiōne addĭtâ, ut nec ipsi redīrent,† nisi sorōrem invenissent.[i] Horum unus, Cadmus nomĭne,[j] quum errāret, Delphos[k] venit, ibīque responsum accēpit, bovem præcedentem sequerētur;[l] ubi ille decubuisset,[l] ibi urbem condĕret.‡ Quod quum facĕret,[m] in Bœotiam venit. Ibi aquam[n] quærens ad fontem Castalium dracōnem invēnit, Martis filium, qui aquam custodiēbat.[m] Hunc Cadmus interfĕcit, dentesque ejus sparsit et arāvit. Unde Sparti enāti sunt. Pugnâ inter illos exortâ, quinque superfuērunt, ex quibus quinque nobĭles Thebanōrum stirpes origĭnem duxērunt.

---

* Supply *titiōnem*.

† On what proposition does this subjunctive depend? § 257, R. 1.

‡ Connected to *sequerētur* by *et* understood. § 278, R. 6.

[a] § 222, 3.	[f] § 247, R. 2.	[k] § 237.
[b] § 211, R. 6.	[g] § 207, R. 24.	[l] § 262, R. 4.
[c] § 264, 5.	[h] § 255.	[m] § 145, II.
[d] § 249, III.	[i] § 266, 1.	[n] § 274, 1.
[e] § 224, R. 2.	[j] § 250.	

20. Quum Bacchus, Jovis ex Semĕle filius, exercĭtum in Indiam ducĕret, Silēnus ab agmĭne aberrāvit. Quem[a] Midas, rex Mygdoniæ, hospitio[b] liberalĭter accēpit, eīque ducem dedit, qui eum ad Bacchum reducĕret.* Ob hoc beneficium Bacchus Midæ optiōnem dedit, ut quicquid vellet[c] a se petĕret.* Ille petiit, ut quidquid tetigisset[c] aurum fiĕret.[d] Quod quum impetrâsset,* quidquid tetigĕrat aurum fiēbat. Primò gavīsus est hâc virtūte[e] suâ; mox intellexit nihil[f] ipsi hoc munĕre[g] perniciosius esse. Nam etiam cibus et potio in aurum mutabātur.[h] Quum jam fame cruciarētur, petit a Baccho, ut donum suum revocāret.[i] Quem[j] Bacchus jussit in flumĭne Pactōlo se abluĕre, quumque aquam tetigisset, facta[k] est colōre[l] aureo.

21. Schœneus Atalantam filiam formosissĭmam dicĭtur habuisse, quæ cursu viros superābat.[m] Hæc quum a plurĭbus[n] in conjugium peterētur, pater ejus conditiōnem proposuit, ut, qui eam ducĕre vellet,[c] priùs cursu cum eâ contendĕret;[d] si victus esset,[c] occiderētur.[d] Multos quum superâsset et interfecisset, tandem ab Hippomĕne victa est. Hic enim a Venĕre tria mala aurea accepĕrat. Dum currēbant, horum unum post altĕrum projēcit, iisque[b] Atalantæ cursum tardāvit. Nam dum mala collĭgit, Hippomĕnes ad metam pervēnit. Huic ităque Schœneus filiam uxōrem dedit. Quam quum in patriam ducĕret, oblītus Venĕris beneficio se vicisse,[o] grates ei non egit. Hanc

---

* Why is this verb in the subjunctive?

[a] § 206, (17.)
[b] § 247.
[c] § 266, 1.
[d] § 262.
[e] § 247, 1, (2.)
[f] § 272.
[g] § 256, 2.
[h] § 209, R. 12, (2.)
[i] § 258, I. 2, R. 1.
[j] § 273, 2.
[k] § 209, R. 2, (1,) (b.)
[l] § 211, R. 6.
[m] § 145, II. 1.
[n] § 248, I.
[o] § 268, 2.

ob[a] causam Hippŏmĕnes mutātus est in leōnem, Atalanta in leænam.

22. Nisus, rex Megarensium, in capĭte crinem purpureum habuisse dicĭtur, eīque prædictum[b] fuit, tam diu eum regnatūrum,[c] quàm diu eum crinem custodisset.[d] Hunc Minos, rex Cretensium, bello[e] aggressus est. Qui quum urbem Megăram oppugnāret, Scylla, Nisi filia, amōre ejus correpta est, et, ut ei victoriam parāret,[f] patri[g] dormienti fatālem crinem præcīdit. Ita Nisus a Minōë victus et occīsus est. Quum autem Minos in Cretam redīret,[h] Scylla eum rogāvit, ut eam secum avehĕret.[f] Sed ille negāvit Cretam tantum scelus* esse receptūram. Tum illa se in mare præcipĭtat, navemque persequĭtur. Nisus in aquĭlam marinam conversus est, Scylla in piscem, quem Cirim vocant.[i] Hodiēque, siquando illa avis hunc piscem conspexĕrit,[j] mittit se in aquam, raptumque unguĭbus dilaniat.

23. Amphīon, Jovis et Antiŏpes filius, qui Thebas muris cinxit, Niŏben, Tantăli filiam, in matrimonium duxit. Ex quâ procreāvit filios septem totidemque filias. Quem partum Niŏbe Latōnæ libĕris anteposuit, superbiùsque[k] locūta est in Apollĭnem et Diānam. Ob id Apollo filios ejus venantes sagittis interfĕcit, Diāna autem filias.[l] Niŏbe libĕris[m] orbāta in saxum mutāta esse dicĭtur, ejusque lacrȳmæ hodiēque manāre narrantur. Amphīon autem, quum templum Apollĭnis expugnāre vellet, ab Apollĭne sagittis est interfectus.

---

* The crime for the criminal. § 324, 2.

[a] § 279, 10, (*a.*)	[f] § 258, 2.	[j] § 260.
[b] § 205, R. 8, (*a.*)	[g] § 224.	[k] § 256, R. 9, & (*a.*)
[c] § 270, R. 3.	[h] § 145, II. 4.	[l] § 229, R. 3, 1.
[d] § 266, 1.	[i] § 230.	[m] § 251.
[e] § 247.		

24. Phineus,[a] Agenŏris filius, ab Apollĭne futurārum[b] rerum scientiam accepĕrat. Quum verò homĭnĭbus deōrum consilia enuntiāret,* Jupĭter eum excæcāvit, et immĭsit ei[c] Harpyias,[d] quæ Jovis canes esse dicuntur, ut cibum ab ore ei[c] auferrent. Ad quem quum Argonautæ venissent, ut eum iter[f] rogārent,[e] dixit se[h] illis iter demonstratūrum esse,[i] si eum pœnâ[j] liberārent. Tum Zetes et Calaïs, Aquilōnis filii, qui pennas in capĭte et in pedĭbus habuisse[i] dicuntur, Harpyias fugavērunt in insŭlas Strophădas, et Phineum pœnâ[j] liberârunt.

---

* What does this imperfect tense denote?

[a] § 203, N.
[b] § 162, 19.
[c] § 224.
[d] § 9, 1.
[e] § 234, R. 2.
[f] § 231.
[g] § 258, 2, and (3.)
[h] § 266, 2.
[i] § 268, 2.
[j] § 251.

ANECDOTES OF EMINENT PERSONS.

---

1. Thales interrogātus* an facta homĭnum deos[a] latērent,[b] respondit, ne[c] cogitāta † quidem.

2. Solon, qui Atheniensĭbus leges scripsit, dicēbat nemĭnem,[d] dum vivĕret,[e] beātum habēri posse, quòd omnes ad ultĭmum usque diem ancipĭti fortūnæ obnoxii essent.[l]

3. Pythagŏræ philosŏphi tanta fuit apud discipŭlos suos auctorĭtas, ut, quæ ab eo audivissent,[f] ea in dubitatiōnem addūcĕre non audērent. Rogāti autem[e] ut causam reddĕrent[g] eōrum, quæ dixissent,[f] respondēbant, *Ipsum dixisse.*[h] *Ipse* autem erat *Pythagŏras.*

4. Bias unus ex septem Sapientĭbus,[i] quum patriam Priēnen ab hostĭbus expugnātam et eversam fugĕret, interrogātus, cur nihil ex bonis[i] suis secum ferret,[b] *Ego verò,*[e] respondit, *bona mea mecum porto omnia.*

5. Democrĭtus, cui pater ingentes divitias reliquĕrat, omne ferè patrimonium[j] suum civĭbus donāvit, ne[b]

---

* What is the accusative after *interrogātus?* § 234, I.

† Supply *latent.*

[a] § 232, (2.)	[e] § 266, 2.	[i] § 212, R. 2, N. 4.
[b] § 265.	[f] § 266, 1.	[j] § 100, 6.
[c] § 279, 3, & (*d.*)	[g] § 273, 2.	[k] § 262.
[d] § 239.	[h] § 268, 2.	[l] § 266, 3.

domesticārum rerum curâ a philosophiæ studio avocarētur.

6. Etiam Crates Thebānus bona sua inter Thebānos divīsit, nihil sibi servans præter peram et bacŭlum. Hæc enim Cynicōrum instrumenta erant. A quo consilio quum amīci et propinqui eum avocāre studērent, eos correpto bacŭlo[a] fugāvit, nihil pulchrius esse arbitrātus, quàm ab omnĭbus curis[b] vacuum* uni philosophiæ opĕram dare.[c]

7. Anaxagŏras, quum a longinquâ peregrinatiōne scientiæ[d] augendæ causâ susceptâ in patriam rediisset, agrosque suos neglectos et desertos vidēret, *Non essem,*[e] inquit, *salvus, nisi ista*[f] *periissent.*[g]

8. Carneădes usque ad extrēmam senectam nunquam cessāvit a philosophiæ studio. Sæpe ei accĭdit,† ut, quum cibi[d] capiendi causâ accubuisset, cogitationĭbus[g] inhærens manum ad cibos appositos porrigĕre obliviscerētur.[h]

9. Idem adversùs Zenōnem Stoĭcum scriptūrus caput hellebŏro purgābat,[i] ne corrupti humōres sollertiam et acūmen mentis impedīrent.[j]

10. Anaxagŏras philosŏphus, morte[a] filii audītâ, vultu nihil[k] immutāto dixit: *Sciēbam me mortālem genuisse.*

11. Archȳtas Tarentīnus, quum ab itinĕre reversus agros suos villĭci socordiâ neglectos vidēret, *Gravĭter te castigārem,*[e] inquit, *nisi irātus essem.*[i]

12. Plato quoque, quum in servum vehementiùs‡ exar-

---

* Supply *homĭnem* or *se.* § 269, R. 1.

† What is the subject of *accĭdit?*

‡ What peculiar meaning has this comparative? § 256, R. 9, (*a.*)

[a] § 257.
[b] § 213, R. 4, (4.)
[c] § 278.
[d] § 275, III., R. I.
[e] § 261, 1.
[f] § 207, R. 25.
[g] § 224.
[h] § 262, R. 3.
[i] § 145, II. 1.
[j] § 262.
[k] § 234. II.

sisset, verĭtus ne[a] vindictæ modum excedĕret, Speusippo[b] adstanti mandāvit, ut de illīus pœnâ statuĕret.[c]

13. Idem discendi[d] cupiditāte[e] ductus Ægyptum peragrāvit, et a sacerdotĭbus illīus regiōnis geometriam et astronomiam didĭcit. Idem in Italiam trajēcit, ut ibi Pythagŏræ philosophiam et institūta discĕret.

14. Athenienses Socrătem damnavērunt, quòd novos deos introducĕre videbātur. Protagŏram quoque[f] philosŏphum, qui ausus[g] fuĕrat scribĕre, se ignorāre an dii essent,[h] Athenienses ex urbe pepulērunt.

15. Xanthippe, Socrătis uxor, morōsa admŏdùm fuisse fertur. Quam ejus indŏlem quum perspexisset Alcibiădes, Socrătem interrogāvit, quid esset,[h] quòd muliĕrem tam acerbam et jurgiōsam non exigĕret[i] domo.[j] Tum ille, *Quoniam*, inquit, *dum illam domi*[k] *perpetior, insuesco, ut cetorōrum quoque foris petulantiam et injurias faciliùs feram.*

16. Xenocrătes philosŏphus, quum maledicōrum quorundam sermōni[l] interesset, neque quidquam ipse loquerētur,[m] interrogātus, cur solus tacēret,[h] respondit: *Quia dixisse*[n] *me*[o] *aliquando pœnituit, tacuisse*[n] *nunquam.*

17. Hegesias philosŏphus in disputationĭbus suis mala et cruciātus vitæ tam vivĭdis colorĭbus repræsentābat, ut multi, qui eum audivĕrant,[p] sponte se occidĕrent. Quare a Ptolemæo[q] rege ulterius his de rebus disserĕre est prohibĭtus.

---

[a] § 262, R. 7.
[b] § 223, R. 2.
[c] § 273, 2.
[d] § 275, III., R. 1.
[e] § 247, R. 2, (*b*.)
[f] § 279, 3, & (*d*.)
[g] § 142, 2.
[h] § 265.
[i] § 264, 7, N. 3.
[j] § 255, R. 1.
[k] § 221, R. 3.
[l] § 224.
[m] § 278.
[n] § 215, and R.
[o] § 229, R. 6.
[p] § 145, V.
[q] § 248, I.

18. Gorgiæ Leontīno,[a] qui eloquentiâ[b] et eruditiōne omnes[c] suæ ætātis homĭnes superāre existimabātur, universa Græcia in templo Apollĭnis Delphĭci statuam auream collocāvit.

19. Idem, quum annum centesĭmum septĭmum agĕret, interrogātus, quapropter tam diu vellet[d] in vitâ remanēre, respondit: *Quia nihil habeo, quod senectūtem meam accūsem.*[e]

20. Illustrissĭmi sæpĕ viri humĭli loco[f] nati fuērunt. Socrătes, quem oracŭlum Apollĭnis sapientissĭmum omnium homĭnum[g] judicāvit, obstetrĭcis filius fuit. Euripĭdes, poëta tragĭcus, matrem habuit, quæ olĕra venditābat; et Demosthĕnis, oratōris eloquentissĭmi, patrem cultellos vendidisse[h] narrant.

21. Homērus, princeps poëtārum Græcōrum, dolōre absumptus esse credĭtur, quòd quæstiōnem a piscatorĭbus ipsi proposĭtam solvĕre non posset.[i]

22. Simonĭdes, poëta præstantissĭmus, gloriātur in quodam poëmăte, se[j] octoginta annos[k] natum in certāmen musĭcum descendisse et victoriam inde retulisse. Idem aliquandiu vixit apud Hipparchum, Pisistrăti filium, Athenārum tyrannum. Inde Syracūsas se contŭlit ad Hierōnem regem, cum quo familiarĭter vixisse dicĭtur. Primus[l] carmĭna statūto pretio[m] scripsit; quare eum Musam venālem reddidisse dicunt.

23. Quum Æschўlus Atheniensis, qui parens[n] tragœdiæ dicĭtur, in Siciliâ versarētur, ibīque in loco aprīco

---

[a] § 223.
[b] § 250.
[c] § 279, 7, (a.)
[d] § 265.
[e] § 264, 7, N. 3.
[f] § 246.
[g] § 212.
[h] § 279, 11.
[i] § 266, 3.
[j] § 272.
[k] § 236.
[l] § 205, R. 15.
[m] § 252.
[n] § 210.

sedēret, aquĭla testudĭnem glabro ejus capĭti[a] immīsit, quod pro saxo habuit. Quo ictu ille exstinctus est.

24. Eurīpĭdes, qui et ipse magnum inter poëtas tragĭcos nomen habet, a cœnâ domum rediens a canĭbus lacerātus est.

25. Athenienses quondam ab Eurīpĭde postulābant, ut ex tragœdiâ sententiam quandam[b] tollĕret. Ille autem in scenam progressus dixit, se fabŭlas componĕre solēre, ut popŭlum docēret, non ut a popŭlo discĕret.

26. Philippĭdes, comœdiārum scriptor, quum in poëtārum certamĭne præter spem vicisset,[c] et illâ victoriâ impensè gaudēret, eo ipso gaudio repentè exstinctus est.

27. Pindărus, poëta Thebānus, Apollĭni gratissĭmus fuisse dicĭtur. Quare sæpe a sacerdotĭbus in templum Delphĭcum ad cœnam vocabātur, parsque ei tribuebātur donōrum,[d] quæ sacrificantes[e] deo obtulĕrant. Ferunt etiam Pana[f] Pindări hymnis[g] tantopĕre fuisse lætātum, ut eos in montĭbus et silvis canĕret. Quum Alexander, rex Macedoniæ, Thebas dirĭpĕret, unīus Pindări domo[h] et familiæ pepercit.

28. Diogĕnes Cynĭcus Myndum profectus, quum vidēret magnifĭcas portas et urbem exiguam, Myndios monuit, ut portas claudĕrent,[i] ne urbs egrederētur.

29. Demosthĕnes Atheniensis incredibĭli studio et labōre eò pervēnit, ut, quum[j] multi eum ingenio[k] parum valēre existimārent, omnes ætātis suæ oratōres superāret eloquentiâ. Nunquam tamen ex tempŏre dicēbat, neque in conciōne volēbat assurgĕre, nisi rem, de quâ agerētur,[l]

---

[a] § 224.
[b] § 207, R. 33, (a.)
[c] § 263, 5.
[d] § 212
[e] § 205, R. 7, (1.)
[f] § 80, 1.
[g] § 247, 1, (2.)
[h] § 223, R. 2.
[i] § 218, R. 2.
[j] § 263, 5, R. 1.
[k] § 250.
[l] § 261, 1

accurātè antea meditātus esset.[a] Unde plerīque eum timīdum esse existimābant. Sed in hac re Perīclis consuetudīnem imitabātur, qui non facīlè de quâque re dicĕre, nec existimatiōnem suam fortūnæ committĕre solēbat.

30. Perīcles in conciōnem itūrus, quum anĭmo perpendĕret, quantum pericŭli[b] inconsiderātè dicta[c] hominĭbus afferrent, solēbat precāri a diis,[d] ne quod ipsi[e] verbum imprudenti excidĕret, quod reipublĭcæ officĕre posset.[f]

31. Minos, Cretensium rex, sæpe se in speluncam quandam conferēbat, ibīque se cum Jove collŏqui legesque ab eo accipĕre dicēbat. Etiam Lycurgus Lacedæmoniis[g] persuāsit, se leges suas ab Apollĭne didicisse.

32. Quum Lycurgus, Lacedæmoniōrum legislātor, Delphis[h] in templum Apollĭnis intrâsset, ut a deo[d] oracŭlum petĕret, Pythia eum his verbis allocūta est: *Nescio utrùm[i] deus an homo appellandus sis; sed deus[j] potiùs vidēris esse.*

33. Leonĭdas, rex Lacedæmoniōrum, quum Persæ dicĕrentur sagittārum multitudĭne solem obscuratūri, respondisse fertur: *Meliùs ităque in umbrâ pugnabĭmus.*

34. Cyrus omnium suōrum milĭtum nomĭna memoriâ tenēbat. Mithridātes autem, rex Ponti, duārum et viginti gentium, quæ sub regno ejus erant, linguas ita didicĕrat, ut cum omnĭbus, quibus imperābat, sine interprĕte loqui posset.

35. Themistŏcles interroganti,[k] utrùm[i] Achilles esse mallet, an Homērus,[j] respondit: *Tu verò mallesne te in Olympĭco certamĭne victōrem renuntiāri,[l] an præco esse, qui victōrum nomĭna proclāmat?*

---

[a] § 260, II. [b] § 212, R. 3. [c] § 205, R. 7, (2.) [d] § 231, R. 2, & 3, (*b*.) [e] § 224, R. 1. [f] § 266, 1. [g] § 223, R. 2. [h] § 254. [i] § 265, R. 2. [j] § 210. [k] § 205, R. 7, (1.) [l] § 271.

36. Epaminondas, Thebanōrum imperātor, in bello adversùs Lacedæmonios, anĭmos suōrum religiōne excitandos[a] ratus, arma in templis affixa nocte detraxit, persuasitque milităbus, quum illa abesse[b] vidērent, deos iter suum sequi,[b] ut ipsis[c] prœliantĭbus adessent.

37. Idem in pugnâ ad Mantinēam gravĭter vulnerātus est. Quum anĭmam recepisset, interrogāvit circumstantes amĭcos, an clypeus salvus esset;[d] deinde, an hostes fusi essent. Illi utrumque affirmavērunt. Tum demum hastam e corpŏre edūci jussit. Quo facto[e] statim exspirāvit.

38. Epaminondas tantâ fuit abstinentiâ[f] et integritāte, ut post plurĭma bella, quibus Thebanōrum potentiam incredibilĭter[g] auxĕrat, nihil in supellectĭli habēret præter ahēnum et veru.

39. Lysander, dux Lacedæmoniōrum, milĭtem quendam viâ[h] egressum castigābat. Cui dicenti, ad nullĭus rei rapĭnam se ab agmĭne recessisse, respondit: *Ne[i] speciem quidem raptāri[j] præbeas[k] volo.*

40. Iphicrătes, dux Atheniensium, quum præsidio tenēret Corinthum, et sub adventum hostium ipse vigilias circumīret, vigĭlem, quem dormientem invenĕrat, hastâ transfixit. Quod factum[l] quibusdam[e] ei[m] ut sævum exprobrantĭbus, *Qualem[n] invēni*, inquit, *talem relĭqui.*

41. Quum quidam Thrasybūlo, qui civitātem Atheniensium a tyrannōrum dominatiōne liberāvit, dixisset: *Quantas tibi gratias Athēnæ debent!* ille respondit: *Dii*

---

[a] § 270, R. 3.
[b] § 272.
[c] § 224.
[d] § 265.
[e] § 257.

[f] § 211, R. 6.
[g] § 192, II. 2.
[h] § 242.
[i] § 279, 3.
[j] § 205, R. 7, (1.)

[k] § 273, 4, (a.)
[l] § 274, 1.
[m] §§ 223 and 274.
[n] § 206, (16.)

faciant,[a] *ut quantas*[b] *ipse patriæ debeo gratias, tantas ei videar*[c] *retulisse.*

42. Philippus, rex Macedŏnum, monentĭbus eum quibusdam, ut Pythiam quendam cavēret,[d] fortem milĭtem, sed ipsi[e] alienātum, quòd tres filias ægrè alĕret,[f] nec a rege adjuvarētur, dixisse fertur: *Quid?*[g] *si partem corpŏris habērem*[h] *ægram, abscindĕrem potiùs, an curārem?* Deinde Pythiam ad se vocātum, acceptâ difficultāte rei domestĭcæ, pecuniâ[i] instruxit. Quo facto nullum rex milĭtem Pythiâ[j] fideliōrem habuit.

43. Mulier quædam ab eōdem Philippo, quum a convivio temulentus[k] recedĕret, damnāta, *A Philippo,* inquit, *temulento ad Philippum sobrium provŏco.*

44. Philippus, rex Macedoniæ, prædicāre[l] solēbat, se oratorĭbus Atheniensium maxĭmam gratiam habēre.[m] *Nam conviciis suis,* inquit, *efficiunt, ut quotidie melior*[n] *evādam, dum eos dictis*[o] *factisque mendacii*[p] *arguĕre conor.*

45. Ejusdem regis epistŏla fertur scripta ad Aristotĕlem philosŏphum, quâ filium sibi[q] natum esse nuntiāvit. Erat illa epistŏla verbis concepta ferè his: *Filium mihi*[q] *genĭtum esse scito.*[r] *Quod*[s] *equĭdem diis habeo gratiam: non tam quòd natus est, quàm quòd ei contĭgit nasci tempori̇bus vitæ tuæ. Spero enim fore,*[t] *ut a te educātus et erudītus dignus evādat et nobis*[u] *et rebus, quas ipsi relictūri symus.*

---

[a] § 260, II. R. 6.
[b] § 206, (16.)
[c] § 273, 1.
[d] § 273, 2.
[e] § 224, R. 2.
[f] § 266, 3.
[g] § 229, R. 3, 2.
[h] § 261, 1.
[i] § 249.
[j] § 256, 2.
[k] § 128, 4.
[l] § 271.
[m] § 272.
[n] § 210, R. 1.
[o] § 247.
[p] § 217.
[q] § 223.
[r] § 162, 4.
[s] § 206, (14.)
[t] § 268, R. 4, (b.)
[u] § 244.

46. Alexander Macĕdo, Philippi filius, quum puer a præceptōre suo audivisset innumerabĭles mundos esse, *Heu me*[a] *misĕrum*, inquit, *qui ne uno*[b] *quidem adhuc potītus sum!*

47. Quum Alexander quondam Macedŏnum quorundam benevolentiam largitionĭbus sibi conciliāre conātus esset, Philippus eum his verbis increpuit: *Sperasne eos tibi*[c] *fidēles esse futūros, quos pecuniâ tibi conciliavĕris?*[d] *Scito amōrem non auro emi sed virtutĭbus.*

48. Alexandro[e] Macedŏni, Asiâ[f] debellātâ, Corinthii per legātos[g] gratulāti sunt, regemque civitāte[h] suâ donavērunt. Quod officii genus quum Alexander risisset, unus ex legātis, *Nulli unquam*, inquit, *civitātem dedĭmus alii quàm tibi*[i] *et Hercŭli.* Quo audito, Alexander honōrem sibi delātum lubentissĭmè accēpit.

49. Quum Alexander Græciæ popŭlis[e] imperâsset, ut divīnos ipsi honōres decernĕrent,[j] Lacedæmonii his verbis utebantur: *Quoniam Alexander deus esse voluit, esto*[k] *deus;* Laconĭcâ brevitāte regis notantes vecordiam.

50. Lysimăchus, rex Thraciæ, Theodōrum Cyrenæum, virum libertātis[l] amantissĭmum et regiæ dominatiōni[e] infestum, cruci affīgi jussit. Cui ille, *Hujus modi minis*, inquit, *purpurātos tuos terreas.*[m] *Meâ*[n] *quidem nihil*[o] *intĕrest, humīne*[p] *an sublīmè putrescam.*

51. Mausōlus, rex Cariæ, Artemisiam habuit conjŭgem. Hæc, Mausōlo defuncto, ossa cineremque marīti

[a] § 238, 2.	[g] § 247, R. 4.	[l] § 213.
[b] § 245, I.	[h] § 249, I.	[m] § 260, R. 6.
[c] § 222, 3.	[i] § 278.	[n] § 219, R. 1.
[d] § 266, 2.	[j] § 273, 2.	[o] § 219, R. 5.
[e] § 223, R. 2.	[k] § 267.	[p] § 221, I., R. 3.
[f] § 257.		

contūsa et odorībus[a] mixta cum aquâ potābat. Extruxit quoque, ad conservandam ejus memoriam, sepulcrum illud nobilissĭmum, ab ejus nomĭne appellātum, quod inter septem orbis terrārum miracŭla numerātur. Quod quum Mausōli manĭbus dicāret, certāmen instituit, præmiis amplissĭmis ei propositis, qui defunctum regem optĭmè laudâsset.[b]

52. Dionysius, qui a patre Syracusārum et pæne totīus Siciliæ tyrannĭdem accepĕrat, senex patriâ[c] pulsus Corinthi[d] puĕros littĕras docuit.[e]

53. Mithridātes, rex Ponti, sæpe venēnum hausĕrat, ut sibi a clandestīnis cavēret insidiis. Hinc factum est, ut quum a Pompeio superātus mortem sibi consciscĕre vellet, ne velocissĭma quidem venēna ei nocērent.[f]

54. Quum Gyges, rex Lydiæ ditissĭmus, oracŭlum Apollĭnis interrogāret, an quisquam mortalium[g] se esset* felicior, deus, Aglaüm quendam Psophidium feliciōrem, prædicāvit. Is autem erat Arcădum pauperrĭmus, parvŭli agelli possessor, cujus termĭnos quàmvis senex nunquam excessĕrat, fructĭbus[h] et voluptatĭbus angusti ruris contentus.

55. Pyrrhus, rex Epīri, quum in Italiâ esset, audīvit, Tarentīnos quosdam juvĕnes in convivio parum honorifĭcè de se locūtos esse. Eos igĭtur ad se arcessītos percunctātus est, an dixissent* ea, quæ ad aures suas pervenissent.[i] Tum unus ex his,[j] *Nisi*, inquit, *vinum nobis defecisset, multo*[k] *etiam plura et graviōra in te locutūri erāmus.*[l] Hæc crimĭnis excusatio iram regis in risum convertit.

---

* Why is this verb in the subjunctive?

[a] § 245, II. 2.	[e] § 231.	[i] § 266, 1.
[b] § 266, 3.	[f] § 262, R. 3.	[j] § 212, N. 4.
[c] § 251.	[g] § 212.	[k] § 256, R. 16.
[d] § 221, I.	[h] § 244.	[l] § 274, R. 6.

56. Marsyas, frater Antigŏni, regis Macedoniæ, quum causam habēret cum privāto quodam, fratrem rogāvit, ut de eâ domi cognoscĕret. At ille, *In foro potiùs,** inquit. *Nam si culpâ*[a] *vacas, innocentia tua ibi meliùs apparēbit; sin damnandus es, nostrâ justitia.**

57. Clara sunt apud Catanenses nomĭna fratrum Anāpi[b] et[c] Amphinŏmi,[b] qui patrem et matrem humĕris per medios[c] ignes Ætnæ portârunt, eosque cum vitæ suæ pericŭlo e flammis eripuērunt.

58. Spartānus quidam quum riderētur, quòd claudus in pugnam iret,[d] *At mihi,*[e] inquit, *pugnāre,*[f] *non fugĕre est propositum.*

59. Spartānus quidam in magistrātûs petitiōne ab æmŭlis victus, maximæ sibi lætitiæ esse,[g] dixit, quòd patria sua[h] se[i] meliōres cives habēret.[d]

60. Quum homo quidam, qui diu in uno pede stare didicĕrat, Lacedæmonio cuidam dixisset, se non arbitrāri Lacedæmoniōrum[j] quemquam tamdiu idem facĕre posse, ille respondit: *At ansĕres te* diutiùs.*

61. Diagŏras Rhodius, quum tres ejus filii in ludis Olympicis victōres renuntiāti essent, tanto affectus est gaudio,[k] ut in ipso stadio, inspectante popŭlo, in filiōrum manĭbus animam redderet.

62. Scipio Africānus nunquam ad negotia publĭca accedēbat, antĕquàm in templo Jovis precātus esset.[l]

63. Scipio dicĕre solēbat, hosti non solùm dandam[m]

---

* What is to be supplied?

[a] § 250.	[f] § 269.	[j] § 212.
[b] § 204, R. 10.	[g] § 227.	[k] § 249, I.
[c] § 205, R. 17.	[h] § 208, (1.)	[l] § 263, 3.
[d] § 266, 3.	[i] § 256, 2.	[m] § 274, R. 8.
[e] § 224.		

esse viam fugiendi, sed etiam muniendam. Similĭter Pyrrhus, rex Epīri, fugienti hosti[a] pertinacĭter instandum esse[b] negābat; non solùm, ne fortiùs ex necessitāte resistĕret,* sed ut postea quoque faciliùs acie[c] cedĕret, ratus victōres fugientĭbus non usque ad perniciem instatūros esse.

64. Metellus Pius, in Hispaniâ bellum gerens interrogātus, quid postĕro die factūrus esset?* *Tunĭcam meam*, inquit, *si id elŏqui posset*,[d] *combūrĕrem.*[d]

65. L. Mummius, qui, Corintho captâ, totam Italiam tabŭlis[e] statuisque exornāvit, ex tantis manubiis[f] nihil in suum usum convertit, ita ut, eo defuncto, non esset* unde ejus filia dotem accipĕret.[g] Quare senātus ei ex publĭco dotem decrēvit.

66. Scipio Africānus major Ennii poëtæ imagĭnem in sepulcro gentis Corneliæ collocāri jussit, quòd† Scipiōnum res gestas carminĭbus suis illustravĕrat.

67. M. Cato, Catōnis Censorii filius, in ăcie cadente equo prolapsus, quum se recollegisset,* animadvertissetque gladium excidisse[h] vagīnâ,[i] rediit[j] in hostem: acceptisque alĭquot vulnerĭbus, recuperāto demum gladio ad suos reversus est.

68. Q. Metellus Macedonĭcus in Hispaniâ quinque cohortes, quæ hostĭbus[k] cessĕrant, testamentum facĕre jussas ad locum[l] recuperandum misit; minātus eos nonnĭsi post victoriam receptum iri.

---

* Why is this verb in the subjunctive?

† Is the writer answerable for the validity of this reason? § 266, 3.

[a] § 224.
[b] § 239, R. 3.
[c] § 255, R. 3, (*a.*) & (*b.*)
[d] § 261, 1.
[e] § 249, I.
[f] § 212, N. 4.
[g] § 264, 6, & R. 3.
[h] § 268, 2.
[i] § 242.
[j] § 182, R. 3.
[k] § 223.
[l] § 275, III. R. 3.

69. Publius Decius consul,[a] quum in bello contra Latīnos Romanōrum aciem cedentem vidēret, capĭte pro reipublĭcæ salūte devōto, in medium hostium agmen irruit, et magnâ strage edĭtâ plurĭmis telis obrŭtus cecĭdit. Hæc ejus mors Romanōrum aciem restituit, iisque victoriam parāvit.

70. L. Junius Brutus, qui Romam a regĭbus liberāvit, filios suos, qui Tarquinium regem expulsum restituĕre conāti erant, ipse capĭtis[b] damnāvit, eosque virgis cæsos secūri[c] percŭti jussit.[d]

71. Q. Marcius Rex consul, quum filium unĭcum, juvĕnem summæ pietātis[e] et magnæ spei, morte amisisset, dolōrem suum ita coërcuit, ut a rogo adolescentis protĕnus curiam petĕret, ibĭque munĕris sui negotia strenuè obiret.

72. In bello Romanōrum cum Perseo, ultĭmo Macedoniæ rege, accĭdit,[f] ut serēnâ nocte subĭtò luna deficĕret. Hæc res ingentem apud milĭtes terrōrem excitāvit, qui existimābant hoc omĭne futūram cladem portendi.* Tum verò Sulpicius Gallus, qui erat in eo exercĭtu, in conciōne milĭtum causam hujus rei tam disertè exposuit, ut postĕro die omnes intrepĭdo anĭmo pugnam committĕrent.

73. L. Siccius Dentātus ob insignem fortitudĭnem appellātus est Achilles Romānus. Pugnâsse is dicĭtur centum et viginti prœliis;[g] cicatrĭcem aversam nullam adversas quinque et quadraginta tulisse; corōnis[h] esse donātus aureis duodeviginti, obsidionāli unâ, muralĭbus tribus, civĭcis quatuordĕcim, torquĭbus tribus et octoginta, armillis plùs centum sexaginta, hastis duodeviginti. Phal-

---

* What time is denoted by this verb? § 268.

[a] § 279, 9, (a.)
[b] § 217, R. 3, (a.)
[c] § 79, 2, and 82, E. 2.
[d] § 273, 2.
[e] § 211, R. 6.
[f] § 262, R. 3.
[g] § 254, R. 3.
[h] § 249, I.

ĕris idem donātus est quinquies viciesque. Triumphāvit cum imperatorĭbus suis triumphos[a] novem.

74. Hannibălem in Italiam proficiscentem tria millia[b] Carpetanōrum reliquērunt. Quorum exemplum ne cetĕri quoque barbări sequerentur, edixit eos a se esse dimissos, et insŭper in fidem ejus rei alios etiam, quorum fides ipsi[c] suspecta erat, domum remīsit.

75. Hannĭbal quum elephantos compellĕre non posset, ut præaltum flumen transīrent, neque rates habēret, quibus eos trajicĕret,[d] jussit ferocissĭmum elephantōrum sub aure vulnerāri, et eum, qui vulnerâsset,[e] se in flumen conjicĕre illudque tranāre. Tum elephantus exasperātus ad persequendum dolōris sui auctōrem tranāvit amnem,[f] et relĭqui quoque eum secūti sunt.

[a] § 232, (1.)
[b] § 118, 6, & (a.)
[c] § 222, 3.
[d] § 264, 5.
[e] § 266, 2.
[f] § 233.

AN EPITOME OF ROMAN HISTORY

FROM THE EARLIEST TIMES TO THE EMPERORS.

LIBER PRIMUS.

1. Antiquissĭmis temporĭbus Saturnus in Italiam venisse dicĭtur. Ibi haud procul a Janicŭlo arcem condĭdit, eamque Saturniam appellāvit. Hic Itălos primus[a] agricultūram docuit.[b]

2. Postea Latīnus in illis regionĭbus imperāvit. Sub hoc rege Troja in Asiâ eversa est. Hinc Ænēas, Anchīsæ filius, cum multis Trojānis,[c] quibus[d] ferrum Græcōrum pepercĕrat, aufŭgit, et in Italiam pervēnit. Ibi Latīnus rex ei benignè recepto filiam Laviniam in matrimonium dedit. Ænēas urbem condĭdit, quam in honōrem conjŭgis Lavinium[e] appellāvit.

3. Post Ænēæ mortem Ascanius, Ænēæ filius, regnum accēpit. Hic sedem regni in alium locum transtŭlit, urbemque condĭdit in monte Albāno, eamque Albam[e] Longam nuncupāvit. Eum secūtus est Silvius, qui post Ænēæ mortem a Laviniâ genĭtus erat. Ejus

---

[a] § 205, R. 15.
[b] § 231.
[c] § 249, III.
[d] § 223, R. 2.
[e] § 230.

postĕa omnes usque ad Romam condĭtam[a] Albæ[b] regnavērunt.

4. Unus horum regum, Romŭlus Silvius, se Jove[c] majōrem esse dicēbat,[d] et, quum tonāret, militĭbus imperāvit, ut clypeos hastis percutĕrent, dicebatque hunc sonum multò clariōrem esse quàm tonĭtru. Fulmĭne ictus,[e] et in Albānum lacum præcipitātus est.

5. Silvius Procas, rex Albanōrum, duos filios relĭquit Numitōrem[f] et Amulium.[f] Horum minor[g] natu,[h] Amulius, fratri optiōnem dedit, utrùm regnum habēre vellet,[i] an bona, quæ pater reliquisset.[j] Numĭtor paterna bona prætŭlit; Amulius regnum obtinuit.

6. Amulius, ut regnum firmissĭmè possidēret, Numitōris filium per insidias interēmit, et filiam fratris Rheam Silviam Vestālem virgĭnem fecit. Nam his Vestæ sacerdotĭbus non licet viro[k] nubĕre. Sed hæc a Marte gemĭnos filios Romŭlum et Remum pepĕrit. Hoc[l] quum Amulius comperisset, matrem in vincŭla conjēcit, puĕros autem in Tibĕrim abjĭci jussit.

7. Fortè Tibĕris aqua ultra ripam se effudĕrat, et, quum puĕri in vado essent posĭti, aqua refluens eos in sicco* relĭquit. Ad eōrum vagītum lupa accurrit, eosque uberĭbus suis aluit. Quod[l] videns Faustŭlus quidam, pastor illĭus regiōnis, puĕros sustŭlit, et uxōri Accæ Laurentiæ nutriendos[m] dedit.

8. Sic Romŭlus et Remus pueritiam inter pastōres

---

* Supply *loco*.

[a] § 274, R. 5.	[f] § 204, R. 10.	[j] § 266, 1.
[b] § 221.	[g] § 212.	[k] § 223, R. 2.
[c] § 256, 2.	[h] § 250, 1.	[l] § 206, (13.)
[d] § 145, II. 1.	[i] § 265.	[m] § 274, 2, R. 7.
[e] § 209, R. 4.		

transegērunt. Quum adolevissent, et fortè comperissent, quis ipsōrum avus, quæ mater fuisset,[a] Amulium interfecērunt, et Numitōri avo regnum restituērunt. Tum urbem condidērunt in monte Aventīno, quam Romŭlus a suo nomĭne Romam vocāvit. Hæc quum mœnĭbus circumdarētur, Remus occīsus est, dum fratrem irrīdens mœnia[b] transiliēbat.

Ante Christum 754.

9. Romŭlus, ut civium numĕrum augēret, asȳlum patefēcit, ad quod multi ex civitatĭbus suis pulsi accurrērunt. Sed novæ urbis civĭbus[c] conjŭges deĕrant. Festum ităque Neptūni et ludos instituit. Ad hos quum multi ex finitĭmis popŭlis cum mulierĭbus et libĕris venissent,[d] Romāni inter ipsos ludos spectantes virgĭnes rapuērunt.

10. Popŭli illi, quorum virgĭnes raptæ erant, bellum adversùs raptōres suscepērunt. Quum Romæ appropinquārent, fortè in Tarpēiam virgĭnem incidērunt, quæ in arce sacra procurābat. Hanc rogābant, ut viam in arcem monstrāret,[e] eīque permisērunt, ut munus sibi poscĕret.[f] Illa petiit, ut sibi[g] darent,[e] quod in sinistris manĭbus gerĕrent,[h] annŭlos aureos et armillas significans. At hostes in arcem[i] ab eâ perducti scutis Tarpēiam obruērunt; nam et ea in sinistris manĭbus gerēbant.

11. Tum Romŭlus cum hoste, qui montem Tarpēium tenēbat, pugnam conseruit in eo loco, ubi nunc forum Romānum est. In mediâ[j] cæde raptæ* processērunt, et hinc patres hinc conjŭges et socĕros complectebantur, et rogābant, ut cædis finem facĕrent. Utrīque his precĭbus

---

* Supply *muliĕres.*

[a] § 265. [e] § 273, 2. [h] § 266, 1.
[b] § 233. [f] § 273, 4. [i] § 225, IV.
[c] § 224, R. 1. [g] § 208, (1.) [j] § 205, R. 17.
[d] § 258, 2, (2.)

commōti sunt. Romŭlus fœdus icit, et Sabīnos in urbem recēpit.

12. Postea civitātem descripsit. Centum senatōres legit, eosque cùm[a] ob ætātem tum ob reverentiam iis[b] debĭtam patres appellāvit. Plebem in triginta curias distribuit, easque raptārum nominibus nuncupāvit. Anno regni tricesĭmo septĭmo, quum exercĭtum lustrāret, inter tempestātem ortam[c] repentè ocŭlis[d] homĭnum subductus est. Hinc alii eum a senatorĭbus interfectum, alii ad deos sublātum esse existimavērunt. A. U. C. 37.

13. Post Romŭli mortem unīus anni interregnum fuit. Quo elapso, Numa Pompilius Curĭbus,[e] urbe in agro Sabinōrum, natus rex creātus est. Hic vir bellum quidem[f] nullum gessit; nec minùs tamen civitāti profuit. Nam et leges dedit, et sacra plurĭma instituit, ut popŭli barbări et bellicōsi mores mollīret. Omnia autem, quæ faciēbat,[g] se nymphæ Egeriæ, conjŭgis suæ, jussu facĕre dicēbat.[g] Morbo decessit, quadragesĭmo tertio imperii anno.

14. Numæ[d] successit Tullus Hostilius, cujus avus se in bello adversùs Sabīnos fortem et strenuum virum[h] præstitĕrat. Rex creātus bellum Albānis indixit, idque trigeminōrum Horatiōrum et Curiatiōrum certamĭne finīvit. Albam propter perfidiam Metii Suffetii diruit. Quum triginta duōbus annis regnâsset, fulmĭne ictus cum domo[i] suâ arsit. A. U. 81.

15. Post hunc Ancus Marcius, Numæ ex filiâ nepos, suscēpit imperium. Hic vir æquitāte[j] et religiōne avo[k] simĭlis, Latīnos bello domuit, urbem A. U. 114.

---

[a] § 278, R. 7.
[b] § 274, 1.
[c] § 274, 3, (a.)
[d] § 224.
[e] § 254.
[f] § 279, 3, (a.) & (d.)
[g] § 145, II. 1.
[h] § 230, R. 2.
[i] § 249, III.
[j] § 250.
[k] § 222, 3.

ampliāvit, et nova ei mœnia circumdĕdit. Carcĕrem primus ædificāvit. Ad Tibĕris ostia urbem condĭdit, Ostiamque vocāvit. Vicesĭmo quarto anno imperii morbo obiit.

A. U. 137. 16. Deindè regnum Lucius Tarquinius Priscus accēpit, Demarāti filius, qui tyrannos patriæ Corinthi fugiens in Etruriam venĕrat. Ipse Tarquinius, qui nomen ab urbe Tarquiniis accēpit, aliquando Romam profectus erat. Advenienti * aquĭla pileum abstŭlit,[a] et, postquam altè evolavĕrat, reposuit. Hinc Tanăquil conjux, mulier auguriōrum[b] perīta, regnum ei portendi intellexit.

17. Quum Romæ commorarētur, Anci regis familiaritātem consecūtus est, qui eum filiōrum suōrum tutōrem relīquit. Sed is pupillis[c] regnum intercēpit. Senatoribus, quos Romulus creavĕrat, centum alios addĭdit, qui minōrum gentium[d] sunt appellāti.† Plura bella felicĭter gessit, nec paucos agros hostĭbus[e] ademptos urbis territorio adjunxit. Primus triumphans urbem intrāvit. Cloācas fecit; Capitolium inchoāvit. Tricesĭmo octāvo imperii anno per Anci filios,[e] quibus[c] regnum eripuĕrat, occīsus est.

A. U. 176. 18. Post hunc Servius Tullius suscēpit imperium, genĭtus ex nobĭli femĭnâ,[f] captīvâ tamen et famŭlâ. Quum in domo Tarquinii Prisci educarētur, flamma in ejus capĭte visa est. Hoc prodigio Tanăquil ei summam dignitātem portendi intellexit, et conjŭgi[g] persuāsit, ut eum sicŭti libĕros suos educāret. Quum adolevisset, rex ei filiam in matrimonium dedit.

---

* Supply *ei*. † Supply *Senatōres*.

[a] § 224, R. 2. [d] § 211, R. 6. [f] § 246, R. 2.
[b] § 213. [e] § 247. R. 4. [g] § 223, R. 2.
[c] § 224.

19. Quum Priscus Tarquinius occīsus esset, Tanăquil de superiōre parte domûs popŭlum[a] allocūta est, dicens; *regem grave quidem sed non letāle vulnus accepisse; eum petĕre, ut popŭlus, dum convaluisset,*[b] *Servio Tullio obedīret.* Sic Servius regnāre cœpit, sed benè imperium administrāvit. Montes tres urbi adjunxit. Primus omnium censum ordināvit. Sub eo Roma habuit capĭtum octoginta tria millia civium Romanōrum cum his, qui in agris erant.

20. Hic rex interfectus est scelĕre filiæ Tulliæ et Tarquinii Superbi, filii ejus regis, cui[c] Servius successĕrat. Nam ab ipso Tarquinio de gradĭbus curiæ dejectus, quum domum[d] fugĕret, interfectus est. Tullia in forum properāvit, et prima conjŭgem regem[e] salutāvit. Quum domum redīret, aurīgam super patris corpus in viâ jacens carpentum agĕre jussit. A. U. 220.

21. Tarquinius Superbus cognōmen morĭbus meruit. Bello tamen strenuus plures finitimōrum populōrum[f] vicit. Templum Jovis in Capitolio ædificāvit. Postea, dum Ardeam oppugnābat, urbem Latii, imperium perdĭdit. Nam quum filius ejus Lucretiæ, nobilissĭmæ femĭnæ, conjŭgi Tarquinii Collatīni, vim fecisset, hæc se ipsam[g] occīdit in conspectu marīti, patris, et amicōrum, postquam eos obtestāta fuĕrat, ut hanc injuriam ulciscerentur.

22. Hanc ob causam L. Brutus, Collatīnus, aliīque nonnulli in exitium[h] regis conjurârunt, populōque[i] persuasērunt, ut ei portas urbis clauděret. Exercĭtus quoque, qui civitātem Ardeam cum rege oppugnābat, eum relīquit. Fugit ităque cum uxōre et libĕris A. U. 243.

---

[a] § 233. [d] § 237, R. 4. [g] § 185, R. 1.
[b] § 263, 4, (1.) [e] § 230, R. 2. [h] § 235, (2.)
[c] § 224. [f] § 212. [i] § 223, R. 2.

suis. Ita Romæ[a] regnātum[b] est per septem reges annos ducentos quadraginta tres.

23. Hinc consŭles cœpēre pro uno rege duo creāri, ut, si unus malus esset,[c] alter eum coërcēret. Annuum iis imperium tribūtum est, ne per diuturnitātem potestātis insolentiōres redderentur. Fuērunt igĭtur anno primo, expulsis regĭbus,[d] consŭles L. Junius Brutus, acerrĭmus libertātis vindex, et Tarquinius Collatīnus, marītus Lucretiæ. Sed Collatīno[e] paulò pòst dignĭtas sublāta est. Placuĕrat enim, ne quis ex Tarquiniōrum familiâ Romæ manēret.[f] Ergo cum omni patrimonio suo ex urbe migrāvit, et in ejus locum Valerius Publicŏla consul factus est.

24. Commōvit bellum urbi rex Tarquinius. In primâ pugnâ Brutus consul, et Aruns, Tarquinii filius, sese invĭcem occidērunt. Romāni tamen ex eâ pugnâ victōres recessērunt. Brutum Romānæ matrōnæ quasi commūnem patrem per ānnum luxērunt. Valerius Publicŏla Sp. Lucretium, Lucretiæ patrem, collēgam sibi fecit; qui quum morbo exstinctus esset, Horatium Pulvillum sibi collēgam sumpsit. Ita primus annus quinque consŭles habuit.

A. U. 245. 25. Secundo quoque anno itĕrum Tarquinius bellum Romānis intŭlit, Porsĕnâ,[g] rege Etruscōrum, auxilium ei ferente. In illo bello Horatius Cocles solus pontem ligneum defendit, et hostes cohibuit, donec pons a tergo ruptus esset.[g] Tum se cum armis in Tibĕrim conjēcit, et ad suos transnāvit.

26. Dum Porsĕna urbem obsidēbat, Qu. Mucius Scævŏla, juvĕnis fortis anĭmi,[h] in castra[i] hostis se contŭlit eo

[a] § 221, I.
[b] § 209, R. 3, (2.)
[c] § 260.
[d] § 257.
[e] § 224, R. 2.
[f] § 262.
[g] § 263, 4.
[h] § 211, R. 6.
[i] § 225, IV.

consilio,[a] ut regem occidĕret. At ibi scribam regis pro ipso rege interfecit. Tum a regiis[b] satellitĭbus comprehensus et ad regem deductus, quum Porsĕna eum ignĭbus allātis terrēret, dextram[c] aræ[d] accensæ imposuit, donec flammis consumpta esset.[e] Hoc facĭnus rex mirātus juvĕnem dimīsit incolŭmem. Tum hic quasi beneficium refĕrens ait, trecentos alios juvĕnes in eum conjurâsse.[f] Hac re terrĭtus Porsĕna pacem cum Romānis fecit, Tarquinius autem Tuscŭlum se contŭlit, ibīque privātus cum uxōre consenuit.

27. Sexto decĭmo anno post reges exactos,[g] A. U. 259
popŭlus Romæ[h] seditiōnem fecit, questus quòd tribūtis et militiâ a senātu exhaurirētur.[i] Magna pars plebis urbem relīquit, et in montem trans Aniēnem amnem secessit. Tum patres turbāti Menenium Agrippam misērunt ad plebem, qui eam senatui conciliāret.[j] Hic iis inter alia fabŭlam narrāvit de ventre et membris humāni corpŏris; quâ popŭlus commōtus est, ut in urbem redīret. Tum primùm tribūni plebis creāti sunt, qui plebem adversùm nobilitātis superbiam defendĕrent.[j]

28. Octāvo decĭmo anno post exactos reges, A. U. 261.
Qu. Marcius, Coriolānus[k] dictus ab urbe Volscōrum Coriŏlis,[l] quam[m] bello cepĕrat, plebi invīsus fiĕri cœpit. Quare urbe[n] expulsus ad Volscos, acerrĭmos Romanōrum hostes, contendit, et ab iis dux[k] exercĭtûs factus Romānos sæpe vicit. Jam usque ad quintum milliarium urbis accessĕrat, nec ullis civium suōrum legati-

---

[a] § 249, II.
[b] § 211, R. 4.
[c] § 207, R. 36, (a.) & (c.)
[d] § 224.
[e] § 263, 4.
[f] § 162, 7.
[g] § 274, R. 5.
[h] § 221, 1.
[i] § 266, 3.
[j] § 264, 5.
[k] § 274, 1, and 210.
[l] § 204.
[m] § 206, (9.)
[n] § 242.

onĭbus flecti potĕrat, ut patriæ parcĕret. Denĭque Veturia mater et Volumnia uxor ex urbe ad eum venērunt; quarum fletu et precĭbus commōtus est, ut exercĭtum removēret. Quo facto a Volscis ut prodĭtor[a] occīsus esse dicĭtur.

29. Romāni quum adversùm Veientes bellum gerĕrent, familia Fabiōrum sola hoc bellum suscēpit. Profecti sunt trecenti sex nobilissĭmi homĭnes, duce[b] Fabio con-
A. U. 274. sŭle. Quum sæpe hostes vicissent, apud Cremĕram fluvium castra posuērunt. Ibi Veientes dolo[c] usi eos in insidias pellexērunt. In prœlio ibi exorto[d] omnes periērunt. Unus superfuit ex tantâ familiâ, qui propter ætātem puerĭlem duci non potuĕrat ad pugnam. Hic genus propagāvit ad Qu. Fabium Maxĭmum illum,[e] qui Hannibălem prudenti cunctatiōne debilitāvit.

A. U. 302. 30. Anno trecentesĭmo et altĕro[f] ab urbe condĭtâ decemvĭri creāti sunt, qui civitāti leges scribĕrent.[g] Hi primo anno benè egērunt; secundo autem dominatiōnem exercēre cœpērunt. Sed quum unus eōrum Appius Claudius virgĭnem ingenuam, Virginiam, Virginii centuriōnis filiam, corrumpĕre vellet, pater eam occidit. Tum ad milĭtes profūgit, eosque ad seditiōnem commōvit. Sublāta est decemvĭris[h] potestas, ipsīque omnes aut morte aut exilio punīti sunt.

A. U. 358. 31 In bello contra Veientānos Furius Camillus urbem Falerios obsidēbat. In quâ obsidiōne quum ludī literarii magister princĭpum filios ex urbe in castra hostium duxisset, Camillus hoc donum non accēpit, sed scelestum homĭnem, manĭbus post tergum vinctis,

---

[a] § 278, R. 1.
[b] § 257, R. 7.
[c] § 245.
[d] § 274, 3.
[e] § 207, R. 24.
[f] § 120, 1.
[g] § 264, 5.
[h] § 224, R. 2

puĕris Falerios[a] reducendum[b] tradĭdit; virgasque iis dedit, quibus proditōrem in urbem agĕrent.[c]

32. Hac tantâ anĭmi nobilitāte commōti Falisci urbem Romānis tradidērunt. Camillo autem apud Romānos crimĭni datum[d] est, quòd albis equis triumphâsset,[e] et prædam inīquè divisisset; damnatusque[f] ob eam causam, et civitāte expulsus est. Paulò pòst. Galli A. U 364.
Senōnes ad urbem venērunt, Romānos apud flumen Alliam vicērunt, et urbem etiam occupârunt.[g] Jam nihil præter Capitolium defendi potuit. Et jam præsidium fame laborābat, et in eo[h] erant,[i] ut pacem a Gallis auro emĕrent, quum Camillus cum manu milĭtum superveniens hostes magno prœlio superāret.

LIBER SECUNDUS.

1. Anno trecentesĭmo[j] nonagesĭmo quarto post A. U. 394.
urbem condĭtam Galli itĕrum ad urbem accessĕrant, et quarto milliario[k] trans Aniēnem fluvium considĕrant. Contra eos missus est T. Quinctius. Ibi Gallus quidam eximiâ corpŏris magnitudĭne[l] fortissĭmum Romanōrum ad certāmen singulāre provocāvit. T. Manlius, nobilissĭmus juvĕnis, provocatiōnem accēpit, Gallum occīdit, eumque torque[m] aureo spoliāvit, quo[n] ornātus erat. Hinc et ipse et postĕri ejus Torquāti appellāti sunt. Galli fugam capessivērunt.

---

a § 237.
b § 274, R. 7.
c § 264, 5
d § 227.
e § 266, 3.
f § 209, R. 4.
g § 162, 7.
h § 207, R. 22.
i § 209, R. 11, (1.)
j § 120, 2.
k § 254, R. 3.
l § 211, R. 6.
m § 251.
n § 249, I.

2. Novo bello cum Gallis exorto, anno urbis A. U. 406. quadringentesĭmo sexto, itĕrum Gallus processit robŏre[a] atque armis insignis, et provocāvit unum ex Romānis, ut secum armis decernĕret. Tum se M. Valerius, tribūnus milĭtum, obtŭlit; et, quum processisset armātus, corvus ei[b] supra dextrum brachium sedit. Mox, commissâ pugnâ, hic corvus alis et unguĭbus Galli ocŭlos verberāvit. Ita factum est, ut Gallus nullo negotio[c] a Valerio interficerētur,[d] qui hinc Corvīni nomen accēpit.

3. Postea Romāni bellum gessērunt cum Sam- A. U. 430. nitĭbus, ad quod[e] L. Papirius Cursor cum honōre dictatōris profectus est. Qui quum negotii cujusdam causâ Romam ivisset, præcēpit Q. Fabio[f] Rulliāno, magistro equĭtum, quem apud exercĭtum relĭquit, ne pugnam cum hoste committĕret. Sed ille occasiōnem nactus felicissĭmè dimicāvit, et Samnītes delēvit. Ob hanc rem à dictatōre[g] capĭtis[h] damnātus est. At ille in urbem confŭgit, et ingenti favōre milĭtum et popŭli liberātus est; in Papirium autem tanta exorta est seditio, ut pæne ipse interficerētur.

4. Duōbus annis pòst[i] T. Veturius et Spurius Postumius consŭles bellum adversùm Samnītes gerēbant. Hi a Pontio Thelesīno, duce hostium, in insidias inducti sunt. Nam ad Furcŭlas Caudīnas Romānos pellexit in A. U. 433. angustias, unde sese expedīre non potĕrant. Ibi Pontius patrem suum Herennium rogāvit, quid[j] faciendum[k] putāret.[l] Ille respondit, aut omnes occidendos[m]

---

[a] § 250.
[b] § 211, R. 5, 1.
[c] § 247.
[d] § 262, R. 3.
[e] § 223, IV
[f] § 223, R. 2.
[g] § 248, I.
[h] § 217, R. 3.
[i] § 235, R. 10.
[j] § 272.
[k] § 270, R. 3.
[l] § 265.
[m] § 274, R. 8.

esse, ut Romanōrum vires frangerentur, aut omnes dimittendos, ut beneficio obligarentur. Pontius utrumque consilium improbāvit, omnesque sub jugum misit. Samnītes denīque post bellum undequinquaginta annōrum superāti sunt.

5. Devictis Samnitībus, Tarentīnis[a] bellum indictum est, quia legātis Romanōrum injuriam fecissent. A. U. 472. Hi Pyrrhum, Epīri regem, contra Romānos auxilium[b] poposcērunt. Is mox in Italiam venit, tumque primùm Romāni cum transmarīno hoste pugnavērunt. Missus est contra eum consul P. Valerius Lævīnus. Hic, quum exploratōres Pyrrhi cepisset, jussit eos per castra duci, tumque dimitti, ut renuntiārent Pyrrho, quæcunque a Romānis agerentur.[c]

6. Pugnâ commissâ, Pyrrhus auxilio elephantōrum vicit. Nox prœlio finem dedit. Lævīnus tamen per noctem fugit. Pyrrhus Romānos mille[d] octingentos cepit, eosque summo honōre tractāvit. Quum eos, qui in prœlio interfecti fuĕrant, omnes adversis vulnerĭbus et truci vultu etiam mortuos jacēre vidēret, tulisse ad cœlum manus dicĭtur cum hac voce: *Ego cum talĭbus viris brevì orbem terrārum subigĕrem.*[e]

7. Postea Pyrrhus Romam perrexit; omnia ferro ignĕque vastāvit; Campaniam depopulātus est, atque ad Præneste venit milliario ab urbe octāvo decĭmo. Mox terrōre exercĭtûs, qui cum consŭle sequebātur, in Campaniam se recēpit. Legāti ad Pyrrhum de captīvis redimendis[f] missi honorifĭcè ab eo suscepti sunt; captīvos sine pretio reddĭdit. Unum ex legātis, Fabricium, sic admirātus est,

---

[a] § 224.
[b] § 231.
[c] § 266, 1.
[d] § 120, 2.
[e] § 261, 1 and 2, R. 4.
[f] § 275, III., R. 4

ut ei quartam partem regni sui promittĕret, si ad se transīret;[a] sed a Fabricio contemptus est.

8. Quum jam Pyrrhus ingenti Romanōrum admiratiōne tenerētur, legātum misit Cineam, præstantissĭmum virum, qui pacem petĕret * eâ conditiōne,[b] ut Pyrrhus eam partem Italiæ, quam armis occupavĕrat, obtinēret. Romāni respondērunt, eum[c] cum Romānis pacem habēre non posse, nisi ex Italiâ recessisset. Cineas quum rediisset, Pyrrho eum interroganti, qualis ipsi Roma visa esset; * respondit, se regum patriam vidisse.

9. In altĕro[d] prœlio cum rege Epīri commisso Pyrrhus vulnerātus est, elephanti interfecti, viginti millia hostium cæsa sunt. Pyrrhus Tarentum fugit. Interjecto anno, Fabricius contra eum missus est. Ad hunc medĭcus Pyrrhi nocte venit promittens, se Pyrrhum venēno occisūrum,[e] si munus sibi darētur. Hunc Fabricius vinctum redūci jussit ad domĭnum. Tunc rex admirātus illum dixisse fertur; *Ille* † *est Fabricius, qui difficiliùs ab honestāte, quàm sol a cursu suo averti potest.* Paulò pòst Pyrrhus tertio etiam prœlio fusus a Tarento recessit, et, quum in Græciam rediisset, apud Argos, Peloponnēsi urbem, interfectus est.

A. U. 481.

10. Anno quadringentesĭmo nonagesĭmo post urbem condĭtam Romanōrum exercĭtus primùm in Siciliam[f] trajecērunt, regemque Syracusārum Hierōnem, Pœnosque, qui multas civitātes in eâ insŭlâ occupavĕrant, superavērunt. Quinto anno hujus belli, quod contra Pœnos gerebātur, primùm Ro-

A. U. 490.

A. U. 495.

* Why is this subjunctive used?

† *Ille* is the predicate, "the man," or "one."

[a] § 266, 1. [c] § 266, 2. [e] § 270, R. 3.

[b] § 249, II. [d] § 120, 1. [f] § 225, IV.

māni, C. Duillio[a] et Cn. Cornelio Asĭnâ consulĭbus, in mari[b] dimicavērunt. Duillius Carthaginienses vicit, triginta naves occupāvit, quatuordĕcim mersit, septem millia hostium[c] cepit, tria millia occīdit. Nulla victoria Romānis gratior fuit. Duillio concessum est, ut, quum a cœnâ redīret, puĕri funalia gestantes et tibīcen eum comitarentur.

11. Paucis annis interjectis, bellum in Afrĭcam translātum est. Hamilcar, Carthaginiensium dux, pugnâ navāli superātur; nam perdĭtis sexaginta quatuor navĭbus se recēpit; Romāni viginti duas amisērunt. Quum in Afrĭcam venissent, Pœnos in plurĭbus prœliis vicērunt, magnam vim homĭnum cepērunt, septuaginta quatuor civitātes in fidem accepērunt. Tum victi Carthaginienses pacem a Romānis[d] petiērunt. Quam quum M. Atilius Regŭlus, Romanōrum dux, dare nollet nisi durissĭmis conditionĭbus, Carthaginienses auxilium petiērunt a Lacedæmoniis. Hi Xanthippum misērunt, qui Romānum exercĭtum magno prœlio vicit. Regŭlus ipse captus et in vincŭla conjectus est. A. U. 499.

12. Non tamen ubĭque fortūna Carthaginiensĭbus[e] favit. Quum alĭquot prœliis victi essent, Regŭlum rogavērunt, ut Romam proficiscerētur, et pacem captivorumque permutatiōnem a Romānis obtinēret. Ille quum Romam venisset, inductus in senātum dīxit, se desiisse Romānum esse ex illâ die, quâ[f] in potestātem Pœnōrum venisset.[g] Tum Romānis[e] suasit, ne pacem cum Carthaginiensĭbus facĕrent:[h] illos[i] enim tot casĭbus fractos spem nullam nisi in pace habēre: tanti[j] non esse, ut

---

a § 257, R. 7.
b § 82, E. 1.
c § 212.
d § 231, R. 4.
e § 223, R. 2.
f § 253.
g § 266, 2.
h § 273, 2.
i § 270, R. 2.
j § 214.

tot millia captivōrum propter se unum et paucos, qui ex Romānis capti essent, redderentur. Hæc sententia obtinuit. Regressus igĭtur in Afrĭcam crudelissĭmis suppliciis exstinctus est.

A. U. 513. 13. Tandem, C. Lutatio Catŭlo, A. Postumio consulĭbus, anno belli Punĭci vicesĭmo tertio magnum prœlium navāle commissum est contra Lilybæum, promontorium Siciliæ. In eo prœlio septuaginta tres Carthaginiensium naves captæ, centum viginti quinque demersæ, triginta duo millia hostium capta, tredĕcim millia occīsa sunt. Statim Carthaginienses pacem petiērunt, eisque pax tribūta est. Captīvi Romanōrum,[a] qui tenebantur a Carthaginiensĭbus reddĭti sunt. Pœni Siciliâ,[b] Sardiniâ, et cetĕris insŭlis, quæ inter Italiam Africamque jacent, decessērunt, omnemque Hispaniam, quæ citra Ibērum est, Romānis permisērunt.

LIBER TERTIUS.

A. U. 529. 1. Anno quingentesĭmo undetricesĭmo ingentes Gallōrum copiæ Alpes transiērunt. Sed pro Romānis tota Italia consensit: traditumque est, octingenta millia homĭnum[a] ad id bellum parāta fuisse.[c] Res prospĕrè gesta est apud Clusium: quadraginta millia homĭnum interfecta sunt. Alĭquot annis[d] pòst pugnātum est[e] contra Gallos in agro Insŭbrum, finitumque est bellum M. Claudio Marcello, Cn. Cornelio Scipiōne consulĭbus. Tum Marcellus regem Gallōrum, Viridom-

---

[a] § 212. [c] § 269. [e] § 209, R. 3, (2.)
[b] § 242. [d] § 236.

ărum, manu suâ occīdit, et triumphans spolia Galli stipĭti impŏsĭta humĕris suis vexit.

2. Paulò pòst Punĭcum bellum renovātum est per Hannibălem,[a] Carthaginiensium ducem, quem pater Hamilcar novem annos[b] natum aris admovĕrat, ut odium perenne in Romānos jurāret. Hic annum agens vicesĭmum ætātis Saguntum, Hispaniæ civitātem, Romānis amīcam, oppugnāre[c] aggressus est. Huic Romāni per A. U. 536.
legātos denuntiavērunt, ut bello abstinēret.[d] Qui quum legātos admittĕre nollet, Romāni Carthagĭnem misērunt, ut mandarētur Hannibăli,[e] ne bellum contra socios popŭli Romāni gerĕret. Dura responsa a Carthaginiensĭbus reddĭta. Saguntīnis interea fame victis, Romāni Carthaginiensĭbus bellum indixērunt.

3. Hannĭbal, fratre Hasdrubăle in Hispaniâ relicto, Pyrenæum[f] et Alpes transiit. Tradĭtur* in Italiam octoginta millia pedĭtum, et viginti millia equĭtum, septem et triginta elephantos abduxisse. Interea multi Ligŭres et Galli Hannibăli[g] se conjunxērunt. Primus ei occurrit P. Cornelius Scipio, qui, prœlio ad Ticīnum commisso, superātus est, et, vulnĕre accepto, in castra rediit. Tum Sempronius Gracchus conflixit ad Trebiam amnem. Is quoque vincĭtur. Multi popŭli se Hannibăli dedidērunt. Inde in Tusciam progressus Flaminium consŭlem ad Trasimēnum lacum supĕrat. Ipse Flaminius interemptus. Romanōrum viginti quinque millia cæsa sunt.

4. Quingentesĭmo et quadragesĭmo anno post A. U. 540.
urbem condĭtam L. Æmilius Paullus et P. Terentius Varro contra Hannibălem mittuntur. Quamquam

---

* Is *tradĭtur* used personally or impersonally? § 271, R. 2.

[a] § 247, R. 1. [d] § 273, 2. [f] § 233, (3.)

[b] § 236. [e] § 223, R. 2. [g] § 224.

[c] § 271.

intellectum erat, Hannibălem non alĭter vinci posse[a] quàm morâ, Varro tamen moræ[b] impatiens apud vicum, qui Cannæ[c] appellātur, in Apuliâ pugnāvit; ambo consŭles victi, Paullus interemptus est. In eâ pugnâ consulāres aut prætorii viginti, senatōres triginta capti aut occīsi; milĭtum quadraginta millia; equĭtum tria millia et quingenti periērunt. In his tantis malis nemo tamen pacis mentiōnem facĕre dignātus est. Servi, quod[d] nunquam antè factum, manumissi et milĭtes facti sunt.

5. Post eam pugnam multæ Italiæ civitātes, quæ Romānis[e] paruĕrant, se ad Hannibălem transtulērunt. Hannĭbal Romānis obtŭlit,[f] ut captīvos redimĕrent; responsumque est a senātu, eos cives non esse necessarios, qui armāti capi potuissent. Hos omnes ille postea variis suppliciis interfēcit, et tres modios aureōrum annulōrum Carthagĭnem misit, quos manĭbus[g] equĭtum Romanōrum, senatōrum, et milĭtum detraxĕrat. Interea in Hispaniâ frater Hannibălis, Hasdrŭbal, qui ibi remansĕrat cum magno exercĭtu, a duōbus Scipionĭbus vincĭtur, perditque in pugnâ triginta quinque millia homĭnum.

6. Anno quarto postquàm Hannĭbal in Italiam venĕrat, M. Claudius Marcellus consul apud Nolam, civitātem Campaniæ, contra Hannibălem benè pugnāvit. Illo tempŏre Philippus, Demetrii filius, rex Macedoniæ, ad Hannibălem legātos mittit, eīque auxilia contra Romānos pollicētur. Qui legāti quum a Romānis capti essent, M. Valerius Lævīnus cum navĭbus missus est, qui regem impedīret,[h] quò minùs copias in Italiam trajicĕret.[i] Idem in Macedoniam penĕtrans regem Philippum vicit.

---

[a] § 272. [d] § 206, (13.) [g] § 224, R. 2.
[b] § 213. [e] § 223, R. 2. [h] § 264, 5.
[c] § 210, R. 2. [f] § 229, R. 5. [i] § 262.

7. In Siciliâ quoque res prospĕrè gesta est. Marcellus magnam hujus insŭlæ[a] partem cepit, quam Pœni occupavĕrant; Syracūsas, nobilissĭmam urbem, expugnāvit, et ingentem inde prædam Romam misit. Lævīnus in Macedoniâ cum Philippo et multis Græciæ popŭlis amicitiam fecit; et in Siciliam profectus Hannōnem, Pœnōrum ducem, apud Agrigentum cepit; quadraginta civitātes in deditiōnem accēpit, viginti sex expugnāvit. Ita omni Siciliâ receptâ, cum ingenti gloriâ Romam regressus est.

8. Interea[b] in Hispaniam,[c] ubi duo Scipiōnes ab Hasdrubăle interfecti erant, missus est P. Cornelius Scipio, vir Romanōrum omnium ferè primus. Hic, puer[d] duodeviginti annōrum, in pugnâ ad Ticīnum, patrem singulāri virtūte[e] servāvit. Deinde post cladem Cannensem[f] multos[g] nobilissimōrum juvĕnum Italiam deserĕre[h] cupientium, auctoritāte suâ ab hoc consilio deterruit. Viginti quatuor annōrum juvĕnis in Hispaniam missus, die, quâ venit, Carthagĭnem Novam cepit, in quâ omne aurum et argentum et belli apparātum Pœni habēbant, nobilissĭmos quoque obsĭdes, quos ab Hispānis accepĕrant. Hos obsĭdes parentĭbus suis[i] reddĭdit. Quare omnes ferè Hispaniæ civitātes ad eum uno anĭmo transiĕrunt.

9. Ab eo inde tempŏre res Romanōrum in dies lætiōres factæ sunt. Hasdrŭbal a fratre ex[j] Hispaniâ in Italiam evocātus, apud Senam, Picēni civitātem, in insidias incĭdit, et strenuè pugnans occīsus est. Plurĭmæ autem civitātes, quæ in Bruttiis ab Hannibăle tenebantur, Romānis se tradidērunt.

---

[a] § 212. [b] § 23. [c] § 20. [d] § 204.

[e] § 279, 10. [f] § 128, 6, (a.) & (b.) [g] § 205, R. 12.

[h] § 271. [i] § 208, (7.) [j] § 242, R. 1.

10. Anno decĭmo quarto postquam in Italiam
A. U. 550. Hannĭbal venĕrat, Scipio consul creātus, et in Afrĭcam missus est. Ibi contra Hannōnem, ducem Carthaginiensium, prospĕrè pugnat, totumque ejus exercĭtum delet. Secundo prœlio undĕcim millia homĭnum occĭdit, et castra cepit cum quatuor millĭbus et quingentis militĭbus. Syphăcem, Numidiæ regem, qui se cum Pœnis conjunxĕrat, cepit, eumque cum nobilissĭmis Numĭdis et infinītis spoliis Romam misit. Quâ re audītâ, omnis ferè Italia Hannibălem desĕrit. Ipse a Carthaginien-
A. U. 553. sĭbus in Afrĭcam redīre jubētur. Ita anno decĭmo septĭmo Italia ab Hannibăle liberāta est.

11. Post plures pugnas et pacem plùs[a] semel frustrà tentātam, pugna ad Zamam committĭtur, in quâ peritissĭmi duces copias suas ad bellum educēbant. Scipio victor recēdit; Hannĭbal cum paucis equitĭbus evădit. Post hoc prœlium pax cum Carthaginiensĭbus facta est. Scipio, quum Romam rediisset, ingenti gloriâ triumphāvit, atque Africānus appellātus est. Sic finem accēpit secundum Punĭcum bellum pòst[b] annum undevicesĭmum quàm cœpĕrat.

LIBER QUARTUS.

1. Finīto Punĭco bello, secūtum est Mace-
A. U. 556. donĭcum[c] contra Philippum regem. Superātus est rex a T. Quinctio Flaminio apud Cynoscephălas, paxque ei data est his legĭbus:[d] *ne Græciæ civitatĭbus, quas Romāni contra eum defendĕrant, bellum inferret;*[e]

---

[a] § 256, R. 6.
[b] § 253, R. 1.
[c] § 209, R. 2, (1,) (b.)
[d] § 249, II.
[e] § 262.

ut captīvos et transfūgas reddĕret; quinquaginta solùm naves habēret; relĭquas Romānis daret; mille talenta præstāret, et obsĭdem[a] *daret filium Demetrium.* T. Quinctius etiam Lacedæmoniis intŭlit bellum, et ducem eōrum Nabĭdem[b] vicit.

2. Finīto bello Macedonĭco, secūtum est bellum Syriăcum contra Antiŏchum regem, cum quo Hannĭbal se junxĕrat. Missus est contra eum L. Cornelius Scipio[c] consul, cui frater ejus Scipio Africānus legātus est addĭtus. Hannĭbal navāli prœlio victus,[d] Antiŏchus autem ad Magnesiam, Asiæ civitātem, a Cornelio Scipiōne consŭle ingenti prœlio fusus est. Tum rex Antiŏchus pacem petit. Data est ei hâc lege, *ut ex Eurōpâ et Asiâ recedĕret, atque intra Taurum se continēret, decem millĭa talentōrum et viginti obsĭdes præbēret, Hannibălem, concitōrem belli, dedĕret.* Scipio Romam rediit, et ingenti gloriâ triumphāvit. Nomen et ipse, ad imitatiōnem fratris, Asiatĭci accēpit. A. U. 563.

3. Philippo, rege Macedoniæ, mortuo, filius ejus Perseus rebellāvit, ingentĭbus copiis parātis. Dux Romanōrum, P. Licinius consul, contra eum missus, gravi prœlio a rege victus est. Rex tamen pacem petēbat. Cui Romāni eam præstāre noluērunt, nisi his conditionĭbus, ut se et suos Romānis dedĕret. Mox Æmilius Paullus consul regem ad Pydnam superāvit, et viginti millia pedĭtum[e] ejus occīdit. Equitātus cum rege fugit. Urbes Macedoniæ omnes, quas rex tenuĕrat, Romānis se dedidērunt. Ipse Perseus ab amīcis desertus in Paulli potestātem venit. Hic, multis etiam aliis rebus gestis, cum ingenti pompâ[f] Romam rediit in nave Persei, A. U. 586.

---

[a] § 230, R. 2.
[b] § 204.
[c] § 279, 9.
[d] § 209, R. 4.
[e] § 212.
[f] § 247, 2.

inusitātæ magnitudĭnis;[a] nam sedĕcim remōrum ordĭnes habuisse dicĭtur. Triumphāvit magnificentissĭmè in curru aureo, duōbus filiis utrōque latĕre[b] adstantĭbus. Ante currum inter captīvos duo regis filii et ipse Perseus ducti sunt.

A. U. 602. 4. Tertium deinde bellum contra Carthagĭnem susceptum est sexcentesĭmo et altĕro[c] anno ab urbe condĭtâ,[d] anno quinquagesĭmo primo postquàm secundum bellum Punĭcum transactum erat. L. Manlius Censorīnus et M. Manlius consŭles in Afrĭcam trajecērunt,[e] et oppugnavērunt Carthagĭnem. Multa ibi præclārè gesta sunt per Scipiōnem, Scipiōnis Africāni nepōtem, qui tribūnus in Afrĭcâ militābat. Hujus apud omnes ingens metus et reverentia erat, neque quidquam magis Carthaginiensium duces vitābant, quàm contra eum prœlium committĕre.

5. Quum jam magnum esset Scipiōnis nomen, tertio anno postquàm Romāni in Afrĭcam trajecĕrant, consul est creātus, et contra Carthagĭnem missus. Is hanc

A. U. 608. urbem a civĭbus acerrĭmè defensam[f] cepit ac diruit. Ingens ibi præda facta, plurimăque inventa sunt, quæ multārum civitātum excidiis Carthāgo collegĕrat. Hæc omnia Scipio civitatĭbus Italiæ, Siciliæ, Afrĭcæ reddĭdit, quæ sua recognoscēbant. Ita Carthāgo septingentesĭmo anno, postquam condĭta erat, delēta est. Scipio nomen Africāni juniōris accēpit.

6. Intĕrim in Macedoniâ quidam Pseudophilippus arma movit, et P. Juvencium, Romanōrum ducem, ad interneciōnem vicit. Post eum Q. Cæcilius Metellus dux a Romānis contra Pseudophilippum missus est, et, viginti

---

[a] § 211, R. 6. [c] § 120, 1. [e] § 229, R. 4, 1.
[b] § 254, R. 3. [d] § 274, R. 5, (a.) [f] § 274. 3.

quinque millĭbus ex militĭbus ejus occīsis, Macedoniam recēpit; ipsum etiam Pseudophilippum in potestātem suam redēgit. Corinthiis quoque bellum indictum est, nobilissĭmæ Græciæ civitāti,[a] propter injuriam Romānis legātis illātam. Hanc Mummius consul cepit ac diruit. Tres igĭtur Romæ simul celeberrĭmi triumphi fuērunt; Scipiōnis* ex Afrĭcâ, ante cujus currum ductus est Hasdrŭbal; Metelli* ex Macedoniâ, cujus currum præcessit Andriscus, qui et Pseudophilippus dicĭtur; Mummii* ex Corintho, ante quem signa ænea et pictæ tabŭlæ et alia urbis clarissĭmæ ornamenta prælāta sunt. A. U. 608.

7. Anno sexcentesĭmo decĭmo post urbem condĭtam Viriāthus in Lusitaniâ bellum contra Romānos excitāvit. Pastor primò fuit, mox latrōnum dux; postrēmò tantos ad bellum popŭlos concitāvit, ut vindex libertātis Hispaniæ existimarētur. Denĭque a suis[b] interfectus est. Quum interfectōres ejus præmium a Cæpiōne consŭle petĕrent, responsum est, nunquam Romānis placuisse,† imperatōrem a militĭbus suis interfĭci. A. U. 610.

8. Deinde bellum exortum est cum Numantīnis, civitāte Hispaniæ. Victus ab his Qu. Pompēius, et post eum C. Hostilius Mancīnus consul, qui pacem cum iis fecit infāmem, quam popŭlus et senātus jussit infringi, atque ipsum Mancīnum hostĭbus tradi. Tum P. Scipio Africānus in Hispaniam missus est. Is primùm milĭtem ignāvum et corruptum correxit; tum multas Hispaniæ civitātes partim bello cepit, partim in deditiōnem accēpit. Postrēmò ipsam Numantiam fame ad deditiōnem coēgit, urbemque evertit; relĭquam provinciam in fidem accēpit. A. U. 621.

* What is understood?

† What is the subject of *placuisse?* § 269.

[a] § 204, R. 3.

[b] § 205, R. 7, (1.) N. 1.

9. P. Scipiōne Nasīcâ et L. Calpurnio Bestiâ consulibus, Jugurthæ, Numidārum regi, bellum illātum est, quòd Adherbālem et Hiempsālem, Micipsæ filios, patruēles suos, interemisset.[a] Missus adversùs eum consul Calpurnius Bestia corruptus regis pecuniâ pacem cum eo flagitiosissĭmam fecit, quæ a senātu improbāta est. Denĭque Qu. Cæcilius Metellus consul Jugurtham variis prœliis vicit, elephantos ejus occīdit vel cepit, multas civitātes ipsīus in deditiōnem accēpit. Ei successit C. Marius, qui bello terminum posuit, ipsumque Jugurtham cepit. Ante A. U. 648. currum triumphantis Marii Jugurtha cum duōbus filiis ductus est vinctus, et mox jussu consŭlis in carcĕre strangulātus.

LIBER QUINTUS.

1. Dum bellum in Numidiâ contra Jugurtham gerĭtur, Cimbri et Teutŏnes aliæque Germanōrum et Gallōrum gentes Italiæ[b] minabantur, aliæque Romanōrum exercĭtus fudērunt. Ingens fuit Romæ[c] timor, ne[d] itĕrum Galli urbem occupārent. Ergo Marius consul[e] creātus, eique bellum contra Cimbros et Teutŏnes decrētum est; bellōque protracto, tertius ei et quartus consulātus delātus est. In duōbus prœliis cum Cimbris ducenta millia hostium cecīdit, octoginta millia cepit, eorumque regem Theutobŏchum; propter quod merĭtum absens quintò Consul creātus est. Interea Cimbri et Teutŏnes, quorum A. U. 653. copiâ adhuc infinīta erat, in Italiam transiērunt. Itĕrum a C. Mario et Qu. Catŭlo contra eos

---

[a] § 266, 3.
[b] § 223, R. 2.
[c] § 221, I.
[d] § 262, R. 7.
[e] § 210.

dimicātum est[a] ad Verōnam. Centum et quadraginta millia aut in pugnâ aut in fugâ cæsa sunt; sexaginta millia capta. Tria et triginta Cimbris[b] signa sublāta sunt.

2. Sexcentesĭmo quinquagesĭmo nono anno ab urbe condĭtâ in Italiâ gravissĭmum bellum exarsit. A. U. 659.
Nam Pĭcentes, Marsi, Pelignīque, qui multos annos popŭlo Romāno obediĕrant, æqua cum illis jura sibi dari postulābant. Perniciōsum admŏdum hoc bellum fuit. P. Rutilius consul in eo occīsus est; plures exercĭtus fusi fugatīque. Tandem L. Cornelius Sulla cùm[c] alia egregiè gessit, tum Cluentium, hostium ducem, cum magnis copiis,[d] fudit. Per quadriennium cum gravi utriusque partis calamitāte hoc bellum tractum est. Quinto demum anno L. Cornelius Sulla ei imposuit finem. Romāni tamen, id[e] quod priùs negavĕrant, jus civitātis, bello finīto, sociis tribuērunt.

3. Anno urbis condĭtæ sexcentesĭmo sexagesĭmo sexto primum Romæ bellum civīle exortum A. U 666.
est; eōdem anno etiam Mithridatĭcum. Causam bello civīli C. Marius dedit. Nam quum Sullæ bellum adversùs Mithridātem regem Ponti decrētum esset, Marius ei[b] hunc honōrem eripĕre conātus est. Sed Sulla, qui adhuc cum legionĭbus suis in Italiâ morabātur, cum exercĭtu Romam venit, et adversarios cùm interfēcit, tum fugāvit. Tum rebus Romæ utcunque composĭtis, in Asiam profectus est, pluribusque prœliis Mithridātem coēgit, ut pacem a Romānis petĕret,[f] et Asiâ, quam invasĕrat, relictâ, regni sui finĭbus contentus esset.

4. Sed dum Sulla in Græciâ et Asiâ Mithridātem vincit, Marius, qui fugātus fuĕrat, et Cornelius Cinna, unus

---

[a] § 209, R. 3, (2.)   [c] § 278, R. 7.   [e] § 206, (13.)
[b] § 224, R. 2.   [d] § 249, III.   [f] § 273, 2.

ex consulĭbus, bellum in Italiâ reparârunt, et ingressi Romam nobilissĭmos ex senatu[a] et consulāres viros interfecērunt; multos proscripsērunt; ipsĭus Sullæ domo eversâ, filios et uxōrem ad fugam compulērunt. Universus relĭquus senātus ex urbe fugiens ad Sullam in Græciam venit, orans ut patriæ subvenīret. Sulla in Italiam trajēcit, hostium exercĭtus vicit, mox etiam urbem ingressus est, quam cæde[b] et sanguĭne civium replēvit. Quatuor millia inermium, qui se dedidĕrant, interfĭci jussit; duo millia equĭtum et senatōrum proscripsit. Tum de Mithridāte triumphāvit. Duo hæc bella funestissĭma, Italĭcum, quod et sociāle dictum est, et civĭle, consumpsērunt ultra centum et quinquaginta millia homĭnum, viros consulāres viginti quatuor, prætorios septem, ædilitios sexaginta, senatōres ferè ducentos.

LIBER SEXTUS.

A. U. 676. 1. Anno urbis condĭtæ[c] sexcentesĭmo[d] septuagesĭmo sexto, L. Licinio Lucullo[e] et M. Aurelio Cottâ consulĭbus, mortuus est Nicomēdes, rex Bithyniæ, et testamento popŭlum Romānum fecit herēdem.[f] Mithridātes, pace ruptâ,[g] Asiam rursus voluit invadĕre. Adversùs eum ambo consŭles missi variam habuêre fortūnam. Cotta apud Chalcedŏnem victus prœlio, a rege etiam intra oppĭdum obsessus est. Sed quum se inde Mithridātes Cyzĭcum[h] transtulisset, ut, hac urbe captâ,

---

[a] § 212, R. 2, N. 4.
[b] § 249, I.
[c] § 274, R. 5, (a.)
[d] § 120, 2.
[e] § 279, 9.
[f] § 230.
[g] § 257, R. 5.
[h] § 237.

totam Asiam invadĕret, Lucullus ei,[a] alter consul, occurrit, ac dum Mithridātes in obsidiōne Cyzĭci commorātur, ipse eum a tergo obsēdit, famēque consumptum multis prœliis vicit. Postrēmò Byzantium[b] fugāvit; navāli quoque prœlio ejus duces oppressit. Ita unâ hiĕme[c] et æstāte a Lucullo centum ferè millia milĭtum regis exstincta sunt.

2. Anno urbis sexcentesĭmo septuagesĭmo octāvo novum in Italiâ bellum commōtum est. Septuaginta enim quatuor gladiatōres, ducĭbus[d] Spartăco, Crixo, et Œnomao, e ludo gladiatorio, qui Capuæ[e] erat, effugērunt, et per Italiam vagantes pæne non levius bellum, quàm Hannĭbal,[f] movĕrunt. Nam contraxērunt exercĭtum ferè sexaginta millium armatōrum, multosque duces et duos Romānos consŭles vicērunt. Ipsi victi sunt in Apuliâ a M. Licinio Crasso proconsŭle, et, post multas calamitātes Italiæ,* tertio anno huic bello finis est impositus. A. U. 678.

3. Intĕrim L. Lucullus bellum Mithridatĭcum persecūtus regnum Mithridātis invāsit, ipsumque regem apud Cabīra civitātem, quò ingentes copias ex omni regno adduxĕrat Mithridātes, ingenti prœlio superātum fugāvit, et castra ejus diripuit. Armenia quoque Minor, quam tenēbat, eīdem† erepta est. Susceptus est Mithridātes a Tigrāne, Armeniæ rege, qui tum ingenti gloriâ imperābat; sed hujus quoque regnum Lucullus est ingressus. Tigranocerta, nobilissĭmam Armeniæ civitātem, cepit; ipsum regem, cum magno exercĭtu veniēntem, ita vicit, ut robur

* Is this genitive *subjective* or *objective?* § 211, R. 2.

† i. e. *Mithridāti.*

[a] § 224. [b] § 237. [c] § 253. [d] § 257, R. 7. [e] § 221. 1. [f] § 278.

milĭtum Armeniōrum delēret. Sed quum Lucullus finem bello imponĕre parāret, successor ei[a] missus est.

4. Per illa tempŏra pirātæ omnia maria infestābant ita, ut[b] Romānis, toto orbe[c] terrārum victorĭbus, sola navigatio tuta non esset. Quare id bellum Cn. Pompēio decrētum est, quod intra paucos menses incredibĭli felicitāte
A. U. 687. et celeritāte confēcit. Mox ei delātum bellum contra regem Mithridātem et Tigrānem. Quo suscepto, Mithridātem in Armeniâ Minōre nocturno prœlio vicit, castra diripuit, et quadraginta millĭbus ejus occīsis, viginti tantùm de exercĭtu suo perdĭdit et duos centuriōnes. Mithridātes fugit cum uxōre et duōbus comitĭbus, neque multò pòst, Pharnăcis filii sui seditiōne coactus, venēnum hausit. Hunc vitæ finem habuit Mithridātes, vir ingentis industriæ[d] atque consilii. Regnāvit annis[e] sexaginta, vixit septuaginta duōbus: contra Romānos bellum habuit annis quadraginta.

5. Tigrāni deinde Pompēius bellum intŭlit. Ille[f] se[g] ei[h] dedĭdit, et in castra Pompēii venit, ac diadēma suum[g] in ejus[h] manĭbus collocāvit, quod ei Pompēius[i] reposuit. Parte[j] regni eum multāvit et grandi pecuniâ. Tum alios etiam reges et popŭlos superāvit. Armeniam Minōrem Deiotăro, Galatiæ regi, donāvit, quia auxilium contra Mithridātem tulĕrat. Seleuciam, vicīnam Antiochīæ civitātem, libertāte[k] donāvit, quòd regem Tigrānem non recepisset.[l] Inde in Judæam transgressus, Hierosolȳmam, caput gentis, tertio mense cepit, duodĕcim millĭbus Judæōrum occīsis, cetĕris in fidem receptis. His gestis finem

---

a § 211, R. 5.
b § 262, R. 1.
c § 254, R. 3.
d § 211, R. 6.
e § 236.
f § 207, R. 23.
g § 208.
h § 208, (6.)
i § 9, 1.
j § 251.
k § 249, I.
l § 266, 3.

antiquissĭmo bello imposuit. Ante triumphantis* currum ducti sunt filii Mithridātis, filius Tigrānis, et Aristobūlus, rex Judæōrum. Prælāta ingens pecunia, auri atque argenti infinītum.† Hoc tempŏre nullum per orbem terrārum grave bellum erat.

6. M. Tullio Cicerōne oratōre et C. Antonio consulĭbus, anno ab urbe condĭtâ sexcentesĭmo A. U. 689. undenonagesĭmo L. Sergius Catilīna, nobilissĭmi genĕris vir, sed ingenii pravissĭmi, ad delendam patriam conjurāvit cum quibusdam claris quidem[a] sed audacĭbus viris. A Cicerōne urbe[b] expulsus est, socii ejus deprehensi et in carcĕre strangulāti sunt. Ab Antonio, altĕro consŭle, Catilīna ipse prœlio victus est et interfectus.

7. Anno urbis condĭtæ sexcentesĭmo nonagesĭmo tertio C. Julius Cæsar cum L. Bibŭlo consul A. U 693 est factus. Quum ei Gallia decrēta esset, semper vincendo[c] usque ad Oceănum Britannĭcum processit. Domuit autem annis[d] novem ferè omnem Galliam, quæ inter Alpes, flumen Rhodănum, Rhenum et Oceănum est. Britannis mox bellum intŭlit, quibus ante eum ne nomen quidem Romanōrum cognĭtum erat; Germānos quoque trans Rhenum aggressus, ingentĭbus prœliis vicit.

8. Circa eădem tempŏra M. Licinius Crassus contra Parthos missus est. Et quum circa Carras contra omĭna et auspicia prœlium commisisset, a Surēnâ, Orōdis regis duce, victus et interfectus est cum filio, claris- A. U. 700. sĭmo et præstantissĭmo juvĕne. Reliquiæ exercĭtûs per C. Cassium quæstōrem servātæ sunt.

---

* Supply *Pompeii*. † Supply *pondus*.

[a] § 279, 3, (*a.*) & (*d.*) [b] § 242. [c] § 275, R. 4. [d] § 253.

9. Hinc jam bellum civīle successit, quo Ro-
A. U. 705. māni nomĭnis fortūna mutāta est. Cæsar enim victor e Galliâ rediens, absens cœpit poscĕre altĕrum consulātum; quem quum alĭqui sine dubitatiōne deferrent,[a] contradictum est[b] a Pompēio et aliis, jussusque est, dimissis exercitĭbus, in urbem redīre. Propter hanc injuriam ab Arimĭno, ubi milĭtes congregātos habēbat, infesto exercĭtu Romam contendit. Consŭles cum Pompēio, senatusque omnis atque universa nobilĭtas ex urbe fugit, et in Græciam transiit; et, dum senātus bellum contra Cæsărem parābat, hic vacuam urbem ingressus dictatōrem se fecit.

10. Inde Hispanias petit, ibĭque Pompēii legiōnes superāvit; tum in Græciâ adversùm Pompēium ipsum dimicāvit. Primo prœlio victus est et fugātus; evāsit tamen, quia nocte interveniente Pompēius sequi noluit; dixitque Cæsar, nec[c] Pompēium scire vincĕre, et illo tantùm die se potuisse superāri. Deinde in Thessaliâ apud Pharsālum ingentĭbus utrinque copiis commissis dimicavērunt. Nunquam adhuc Romānæ copiæ majōres neque meliorĭbus ducĭbus[d] convenĕrant. Pugnātum est[e] ingenti contentiōne, victusque ad postrēmum Pompēius, et castra ejus direpta sunt. Ipse fugātus Alexandrīam petiit, ut a rege Ægypti, cui tutor a senātu datus fuĕrat, accipĕret auxilia. At hic fortūnam magis quàm amicitiam secūtus, occīdit Pompēium, caput ejus et annŭlum Cæsări misit. Quo conspecto, Cæsar lacrȳmas fudisse dicĭtur, tanti viri intuens caput, et genĕri * quondam sui.

---

* Pompey married Julia, the daughter of Cæsar; but she was now dead.

[a] § 145, II. 4.
[b] § 184, 2.
[c] § 278, R. 7.
[d] § 249, III., & R.
[e] § 209, R. 3, (2.)

11. Quum ad Alexandrĭam venisset Cæsar, Ptolemæus ei insidias parāre voluit, quâ de causâ regi bellum illātum est. Rex victus in Nilo periit, inventumque est corpus ejus cum lorĭcâ aureâ. Cæsar, Alexandrĭâ potītus, regnum Cleopătræ dedit. Tum inde profectus Pompeiānārum partium reliquias est persecūtus, bellisque civilĭbus toto terrārum orbe compositis, Romam rediit. Ubi quum insolentiùs agĕre cœpisset, conjurātum[a] est in eum a sexaginta vel ampliùs senatorĭbus, equitibusque Romānis. Præcipui fuērunt inter conjurātos Bruti duo ex genĕre illĭus Bruti, qui, regĭbus expulsis, primus Romæ consul fuĕrat, C. Cassius et Servilius Casca. Ergo Cæsar, quum in curiam venisset, viginti tribus vulnerĭbus confossus est. A. U. 709.

12. Interfecto Cæsăre, anno urbis septingentesĭmo nono bella civilia reparāta sunt. Senātus favēbat Cæsăris percussorĭbus,[b] Antonius consul a Cæsăris partĭbus stabat. Ergo turbātâ republĭcâ, Antonius, multis scelerĭbus commissis, a senātu hostis judicātus est. Fusus fugatusque Antonius, amisso exercĭtu, confūgit ad Lepĭdum, qui Cæsări[c] magister equĭtum fuĕrat, et tum grandes copias milĭtum habēbat; a quo susceptus est. Mox Octaviānus cum Antonio pacem fecit, et quasi vindicatūrus[d] patris* sui mortem, a quo per testamentum fuĕrat adoptātus, Romam cum exercĭtu profectus extorsit, ut sibi juvĕni viginti annōrum[e] consulātus darētur. Tum junctus cum Antonio et Lepĭdo rempublĭcam armis tenēre cœpit, senatumque proscripsit. Per hos etiam Cicĕro orātor occīsus est, multīque alii nobĭles.

---

* i. e. *Julii Cæsăris.*

[a] § 184, 2.
[b] § 223, R. 2.
[c] § 211, R. 5, (1.)
[d] § 274, R. 6.
[e] § 211, R. 6.

13. Interea Brutus et Cassius, interfectōres Cæsăris, ingens bellum movērunt. Profecti contra eos Cæsar Octaviānus, qui postea Augustus est appellātus, et M. Antonius, apud Philippos, Macedoniæ urbem, contra eos pug-
A. U. 712. navērunt. Primo prœlio victi sunt Antonius et Cæsar; periit tamen dux nobilitātis Cassius; secundo Brutum et infinītam nobilitātem, quæ cum illis bellum suscepĕrat, victam[a] interfecērunt. Tum victōres rempublĭcam ita inter se divisērunt, ut Octaviānus Cæsar Hispanias, Gallias, Italiam tenēret; Antonius Orientem, Lepĭdus Afrĭcam accipĕret.

14. Paulò pòst Antonius, repudiātâ sorōre Cæsăris Octaviāni, Cleopătram, regīnam Ægypti, uxōrem duxit. Ab hâc incitātus ingens bellum commōvit, dum Cleopătra cupiditāte muliĕbri optat Romæ regnāre. Victus est ab Augusto navāli pugnâ clarâ et illustri apud Actium,
A. U. 723. qui locus in Epīro est. Hinc fugit in Ægyptum, et, desperātis rebus, quum omnes ad Augustum transīrent, se ipse[b] interēmit. Cleopătra quoque aspĭdem sibi admīsit, et venēno ejus exstincta est. Ita bellis toto orbe confectis, Octaviānus Augustus Romam rediit anno duodecĭmo* quàm consul fuĕrat. Ex eo inde tempŏre rempublĭcam per quadraginta et quatuor annos solus obtinuit. Antè enim duodĕcim annis cum Antonio et Lepĭdo tenuĕrat.† Ita ab initio principātûs ejus usque ad finem quinquaginta sex anni fuēre.

---

* Supply *post*. § 253, R. 1. † What is understood?

[a] § 205, R. 2, E. [b] § 207, R. 28.

OF THE GEOGRAPHY AND THE NATIONS OF ANTIQUITY.

---

1. UNIVERSUS terrārum orbis in tres partes dividĭtur, Europam,[a] Asiam, Afrĭcam. Europa ab Afrĭcâ sejungĭtur freto Gaditāno, in cujus utrâque parte montes sunt altissĭmi, Abўla in Afrĭcâ, in Europâ Calpe, qui montes Hercŭlis columnæ appellantur. Per idem fretum mare internum, quod littorĭbus Europæ, Asiæ, et Afrĭcæ includĭtur, jungĭtur cum Oceăno.

2. Europa termĭnos[b] habet ab oriente Tanaim fluvium, pontum Euxīnum, et palūdem Mæotĭda;[c] a meridie, mare internum; ab occidente, mare Atlantĭcum sive Oceănum; a septentriōne, mare Britannĭcum Mare internum tres maxĭmos sinus habet. Quorum is, qui Asiam a Græciâ sejungit, Ægæum mare vocătur; secundus, qui est inter Græciam et Italiam, Ionium; tertius denĭque, qui occidentāles Italiæ oras alluit, a Romānis Tuscum, a Græcis Tyrrhēnum mare appellātur.

3. In eâ Europæ parte, quæ ad occăsum vergit, prima terrārum est Hispania, quæ a tribus laterĭbus mari circumdāta per Pyrenæos montes cum Galliâ cohæret. Quum

---

[a] § 204, R. 10. [b] § 230, R. 2. [c] § 80, I.

universa Hispania dives sit[a] et fœcunda, ea tamen regio, quæ a flumĭne Bæti[b] Bætĭca vocātur, cetĕras fertilitāte[c] antecellit. Ibi Gades sitæ, insŭla cum urbe a Tyriis condĭtâ, quæ freto Gaditāno nomen dedit. Tota illa regio viris,[d] equis, ferro, plumbo, ære, argento, aurōque abundat, et ubi penuriâ aquārum minùs est fertĭlis, linum tamen aut spartum alit. Marmŏris quoque lapicidĭnas habet. In Bætĭcâ minium reperĭtur.

4. Gallia posĭta est inter Pyrenæos montes et Rhenum; orientālem oram Tuscum mare alluit, occidentālem Oceănus. Ejus pars illa, quæ Italiæ[e] est opposĭta, et Narbonensis vocātur, omnium * est lætissĭma. In eâ orâ sita est Massilia, urbs a Phocæis condĭta, qui, patriâ a Persis devictâ, quum servitūtem ferre non possent, Asiâ relictâ, novas in Eurōpâ sedes quæsivĕrant. Ibĭdem est campus lapideus, ubi Hercŭles dicĭtur contra Neptūni libĕros dimicâsse. Quum tela defecissent, Jupĭter filium imbre lapĭdum adjūvit. Credas[f] pluisse; † adeò multi passim jacent.

5. Rhodănus fluvius, haud longè a Rheni fontĭbus ortus, lacu Lemāno excipĭtur, servatque impĕtum, ita ut per medium lacum intĕger fluat, tantusque, quantus venit, egrediătur. Inde ad occāsum versus, Gallias aliquandiu dirĭmit; donec, cursu in meridiem flexo, aliōrum amnium accessu auctus in mare effundĭtur.

6. Ea pars Galliæ, quæ ad Rhenum porrigĭtur, frumenti[g] pabulĭque feracissĭma est, cœlum salūbre; noxia animalium genĕra pauca alit. Incŏlæ superbi et superstitiōsi, ita ut deos humānis victĭmis[h] gaudēre existĭment.

* Supply *partium*. † Supply *illos*, i. e. *lapĭdes*.

[a] § 263, 5, R. 1.
[b] § 82, E. 2, (*b*.)
[c] § 250.
[d] § 250, 2, (2.)
[e] § 224.
[f] § 261, R. 4.
[g] § 213.
[h] § 247, 1, (2.)

Magistri religiōnum et sapientiæ sunt Druĭdæ, qui, quæ[a] se scire profitentur, in antris abditisque silvis docent. Anĭmas æternas esse credunt, vitamque altĕram post mortem incipĕre. Hanc ob causam cum defunctis arma cremant aut defodiunt, eamque doctrīnam homĭnes ad bellum[b] alacriōres facĕre existĭmant.

7. Universa Gallia divīsa est inter tres magnos popŭlos, qui fluviis terminantur. A Pyrenæo monte usque ad Garumnam Aquitāni habĭtant; inde ad Sequănam Celtæ; Belgæ denĭque usque ad Rhenum pertĭnent.

8. Garumna amnis, ex Pyrenæo monte delapsus, diu vadōsus est et vix navigabĭlis. Quanto[c] magis procēdit, tanto fit latior; ad postrēmum magni freti[d] simĭlis, non solùm majōra navigia tolĕrat, verùm etiam more maris exsurgit, navigantesque[e] atrocĭter jactat.

9. Sequăna ex Alpĭbus ortus in septentriōnem pergit. Postquàm se haud procul Lutetiâ[f] cum Matrŏnâ conjunxit, Oceăno[g] infundĭtur. Hæc flumĭna opportunissĭma sunt mercĭbus[h] permutandis et ex mari[i] interno in Oceănum transvehendis.

10. Rhenus itĭdem ex Alpĭbus ortus haud procul ab origĭne lacum effĭcit Venĕtum, qui etiam Brigantīnus appellătur. Deinde longo spatio[j] per fines Helvetiōrum, Mediomatricōrum, et Trevirōrum continuo alveo fertur, aut modĭcas insŭlas[k] circumfluens; in agro Batăvo autem, ubi Oceăno appropinquāvit, in plures amnes dividĭtur; nec jam amnis, sed ripis longè recedentĭbus, ingens lacus,

---

[a] § 206, (4.)
[b] § 213, R. 4, (2.)
[c] § 256, R. 16, & (2.)
[d] § 222, R 2.
[e] § 205, R. 7, (1,) N. 1.
[f] § 241, R. 2.
[g] § 224.
[h] § 275, R. 2.
[i] § 82, E. 1.
[j] § 236.
[k] § 233.

Flevo appellātur, ejusdemque nomĭnis insŭlam amplexus, fit itĕrum arctior et fluvius itĕrum in mare emittĭtur.

11. Trans Rhenum Germāni habĭtant usque ad Vistŭlam, quæ finis est Germaniæ ad orientem. Ad meridiem terminātur Alpĭbus, ad septentriōnem mari Britannĭco et Baltĭco. Incŏlæ corpŏrum proceritāte excellunt. Anĭmos bellando[a] corpŏra laborĭbus exercent. Hanc ob causam crebrò bella gerunt cum finitĭmis, non tam finium prolatandōrum[b] causâ, aut imperii cupiditāte, sed ob belli amōrem. Mites tamen sunt erga supplĭces[c] et boni hospitĭbus. Urbes mœnĭbus cinctas aut fossis aggeribusque munītas non habent. Ipsas domos ad breve tempus struunt non lapidĭbus aut laterĭbus coctis sed lignis, quæ frondĭbus tegunt. Nam diu eōdem in loco morāri[d] periculōsum arbitrantur libertāti.

12. Agricultūræ[e] Germāni non admŏdùm student, nec quisquam agri modum certum aut fines proprios habet. Lacte vescuntur et caseo et carne. Ubi fons, campus, nemusve iis placuĕrit,[f] ibi domos figunt, mox aliò transitūri cum conjugĭbus et libĕris. Interdum etiam hiĕmem in subterraneis specŭbus dicuntur transigĕre.

13. Germania altis montĭbus, silvis, paludibusque invia reddĭtur. Inter silvas[g] maxĭma est Hercynia, cujus latitudĭnem Cæsar novem diērum iter[h] patēre narrat. Insequenti tempŏre magna pars ejus excīsa est. Flumĭna sunt in Germaniâ multa et magna. Inter hæc clarissĭmum nomen Rheni, de quo supra dixĭmus, et Danubii. Clari quoque amnes, Mœnus, Visurgis, Albis. Danubius, om-

---

[a] § 275, III., R. 4.
[b] § 275, III., R. 1.
[c] § 222, R. 4, (3.)
[d] § 269, R. 1.
[e] § 223.
[f] § 223, R. 2.
[g] § 212, R.2, N.4.
[h] § 236.

nium Europæ fluminum maximus, apud Rhætos oritur, flexōque ad ortum solis cursu, receptisque sexaginta amnĭbus, in Pontum Euxĭnum sex vastis ostiis effundĭtur.

14. Britanniam insŭlam Phœnicĭbus innotuisse, eosque stannum inde et plumbum pellesque petivisse, probabĭle est. Romānis eam Julius Cæsar primus aperuit; neque tamen priùs cognĭta esse cœpit quàm Claudio[a] imperante. Hadriānus eam, muro ab oceăno Germanĭco ad Hibernĭcum mare ducto, in duas partes divīsit, ut inferiōrem insŭlæ partem, quæ Romānis parēbat, a barbarōrum populōrum, qui in Scotiâ habitābant, incursionĭbus tuerētur.

15. Maxĭma insŭlæ pars campestris, collĭbus passim silvisque distincta. Incŏlæ Gallos proceritāte[b] corpŏrum vincunt, cetĕrùm ingenio[b] Gallis simĭles, simpliciōres tamen illis[c] magisque barbări. Nemŏra habĭtant pro urbĭbus. Ibi tuguria exstruunt et stabŭla pecŏri, sed plerùmque ad breve tempus. Humanitāte cetĕris præstant ii, qui Cantium incŏlunt. Tota hæc regio est maritĭma. Qui interiōrem insŭlæ partem habĭtant, frumenta non serunt; lacte[d] et carne vivunt. Pro vestĭbus indūti sunt pellĭbus.[e]

16. Italia ab Alpĭbus usque ad fretum Sicŭlum porrigĭtur inter mare Tuscum et Adriatĭcum. Multo[f] longior est quàm latior.[g] In medio se attollit Apennīnus mons, qui, postquàm continenti jugo progressus est usque ad Apuliam, in duos quasi ramos dividĭtur. Nobilissĭma regio ob fertilitātem soli cœlīque salubritātem. Quum longè in mare procurrat, plurĭmos habet portus populōrum inter se[h] patentes commercio.[i] Neque ulla facĭlè[j] est regio,

---

[a] § 257.
[b] § 250.
[c] § 256, 2.
[d] § 245, II. 4.
[e] § 249.
[f] § 256, R. 16, & (2.)
[g] § 256, R. 12.
[h] § 208, (5.)
[i] § 223.
[j] § 277, R. 7.

quæ tot tamque pulchras urbes habeat,[a] inter quas Roma et magnitudĭne et nomĭnis famâ emĭnet.

17. Hæc urbs, orbis terrārum caput, septem montes complectĭtur. Initio quatuor portas habēbat; Augusti ævo triginta septem. Urbis magnificentiam augēbant fora, templa, portĭcus, aquæductus, theātra, arcus triumphāles, horti denĭque, et id genus[b] alia, ad quæ vel lecta anĭmus stupet. Quare rectè de eâ prædicāre videntur, qui nullĭus urbis in toto orbe terrārum magnificentiam ei[c] comparāri posse dixērunt.

18. Felicissĭma in Italiâ regio est Campania. Multi ĭbi vitifĕri colles, ubi nobilissĭma vina gignuntur, Setĭnum, Cæcūbum, Falernum, Massĭcum. Calĭdi ibĭdem fontes[d] saluberrĭmi. Nusquam generosior olea. Conchylio[e] quoque et pisce nobĭli maria vicĭna scatent.

19. Clarissĭmi amnes Italiæ sunt Padus et Tibĕris. Et Padus quidem in superiōre parte, quæ Gallia Cisalpĭna vocātur, ab imis radicĭbus Vesŭli montis exorĭtur; primùm exĭlis, deinde aliis amnĭbus ita alĭtur, ut se per septem ostia in mare effundat. Tibĕris, qui antiquissĭmis temporĭbus Albŭlæ nomen habēbat, ex Apennĭno orĭtur; deinde duōbus et quadraginta fluminĭbus auctus fit navigabĭlis. Plurĭmas in utrâque ripâ villas adspĭcit, præcipuè autem urbis Romānæ magnificentiam. Placidissĭmus amnium raró ripas egredĭtur.

20. In inferiōre parte Italiæ clara quondam urbs Tarentum, quæ maris sinui, cui adjăcet, nomen dedit. Soli fertilĭtas cœlĭque jucunda temperies in causâ fuisse vidētur, ut incŏlæ luxuriâ et deliciis enervarentur. Quumque[f]

---

[a] § 264, 7.
[b] § 231, R. 5, & 6.
[c] § 224.
[d] § 209, R. 4.
[e] § 250, 2, (2.)
[f] § 263, 5, R. 1.

aliquandiu potentiâ[a] florērent, copiasque haud contemnendas alērent, peregrīnis tamen plerùmque ducĭbus in bellis utebantur, ut Pyrrho, rege Epīri, quo superāto, urbs in Romanōrum potestātem venit.

21. Proxĭma Italiæ est Sicilia, insŭla omnium* maris interni maxĭma. Antiquissĭmis tempŏrĭbus eam cum Italiâ cohæsisse, marisque impĕtu, aut terræ motu inde divulsam esse, verisimĭle est. Forma triangulāris, ita ut littĕræ, quam Græci Delta vocant, imagĭnem refĕrat. A tribus promontoriis vocātur Trinacria. Nobilissĭmus ibi mons Ætnæ, qui urbi Catănæ immĭnet, tum ob altitudĭnem, tum etiam ob ignes, quos effundit; quare Cyclōpum in illo monte officīnam esse poëtæ dicunt. Cinĕres e crateribus egesti agrum circumjacentem fœcundum et ferācem reddĕre existĭmantur. Sunt ibi Piōrum campi, qui nomen habent a duōbus juvenĭbus Catanensĭbus, qui, flammis quondam repentè ingruentĭbus, parentes senectūte confectos, humĕris sublātos, flammæ[b] eripuisse feruntur. Nomĭna fratrum Amphinŏmus et Anāpus fuērunt.

22. Inter urbes Siciliæ nulla est illustrior Syracūsis, Corinthiōrum coloniâ, ex quinque urbĭbus conflātâ. Ab Atheniensĭbus bello petīta, maxĭmas hostium copias delēvit: Carthaginienses etiam magnis interdum cladĭbus affēcit. Secundo bello Punĭco per triennium oppugnāta, Archimēdis potissĭmùm ingenio et arte defensa, a M. Marcello capta est. Vicīnus huic urbi fons Arethūsæ Nymphæ[c] sacer, ad quam Alphēus[d] amnis ex Peloponnēso per mare Ionium lapsus† comissāri‡ dicĭtur. Nam si quid ad Olympiam in illum amnem jactum fuĕrit, id in Arethūsæ

---

* Supply *insulārum*. † Supply *esse*.

‡ Infinitive denoting a purpose after *lapsus esse*. § 271, N. 3.

[a] § 250. [b] § 224, R. 2. [c] § 222, 3. [d] § 293. N.

fonte reddi.* De illâ fabŭlâ quid statuendum sit,[a] sponte appāret.

23. In mari Ligustĭco insŭla est Corsĭca, quam Græci Cyrnum vocant. Terra aspĕra multisque locis[b] invia, cœlum grave, mare circà[c] importūnum. Incŏlæ latrociniis dedĭti feri sunt et horrĭdi. Mella quoque illĭus insŭlæ amāra esse dicuntur corporibusque[d] nocēre. Proxĭma ei est Sardinia, quæ a Græcis mercatorĭbus Ichnūsa vocātur, quia formam humāni vestigii habet. Solum[e] quàm cœlum melius. Illud fertĭle, hoc grave ac noxium. Noxia quoque animalia herbasque venenātas gignit. Multum inde frumenti[f] Romam mittĭtur; unde hæc insŭla et Sicilia nutrĭces urbis vocantur.

24. Græcia nomĭnis celebritāte[g] omnes ferè alias orbis terrārum regiōnes superāvit. Nulla enim magnōrum ingeniōrum[h] fuit feracior; neque ulla belli pacisque artes majōre studio excoluit. Plurĭmas eādem colonias in omnes terræ partes deduxit. Multùm ităque terrâ marīque valuit, et gravissĭma bella magnâ cum gloriâ gessit.

25. Græcia inter Ionium et Ægæum mare porrigĭtur. In plurĭmas regiōnes divīsa est, quarum amplissĭmæ sunt Macedonia et Epīrus — quamquam hæ a nonnullis a Græciâ sejunguntur — tum Thessalia. Macedoniam Philippi et Alexandri regnum illustrāvit; quorum ille[i] Græciam subēgit, hic[i] Asiam latissĭmè domuit, ereptumque Persis[j] imperium in Macedŏnes transtŭlit. Centum ejus regiōnis et quinquaginta urbes numerantur; quarum septuaginta

---

* Supply *dicitur*.

[a] § 265.
[b] § 254, R. 3.
[c] § 235, R. 10.
[d] § 223 R. 2.
[e] § 209, R. 4.
[f] § 212, R. 3.
[g] § 250.
[h] § 213.
[i] § 207, R. 23.
[j] § 224, R. 2.

duas, Perseo, ultĭmo Macedoniæ rege, superāto, Paulus Æmilius diripuit.

26. Epirus, quæ ab Acrocerauniis incĭpit montĭbus, desĭnit in Achelōo flumĭne. Plures eam popŭli incŏlunt. Illustris ibi Dodōna in Molossōrum finĭbus, vetustissimo Jovis oracŭlo inclȳta. Columbæ ibi ex arborĭbus oracŭla dedisse narrantur; quercusque ipsas et lebētes æneos inde suspensos deōrum voluntātem tinnītu significâsse[a] fama est.

27. Achelōi fluvii ostiis insŭlæ alĭquot objăcent, quarum maxĭma est Cephallenia. Multæ præterea insŭlæ littŏri Epīri adjăcent, interque eas Corcȳra, quam Homērus Scheriam appellâsse existimātur. In hâc Phæācas posuit ille et hortos Alcinoi. Coloniam huc deduxērunt Corinthii, quo[b] tempŏre Numa Pompilius Romæ[c] regnāvit. Vicīna ei Ithăca, Ulyssis patria, aspĕra montĭbus, sed Homēri carminĭbus adeò nobilitāta, ut[d] ne fertilissĭmis quidem regionĭbus cedat.

28. Thessalia latè patet inter Macedoniam et Epīrum, fœcunda regio, generōsis præcipuè equis[e] excellens, unde Thessalōrum equitātus celeberrĭmus. Montes ibi memorabĭles Olympus, in quo deōrum sedes esse existimātur, Pelion et Ossa, per quos[f] gigantes cœlum petivisse dicuntur; Œta denĭque, in cujus vertĭce Hercŭles, rogo conscenso, se ipsum[g] cremāvit. Inter Ossam[h] et Olympum Penēus, limpidissĭmus amnis, delabĭtur, vallem amœnissĭmam, Tempe vocātam, irrĭgans.

29. Inter relĭquas Græciæ regiōnes nomĭnis claritāte emĭnet Attĭca, quæ etiam Atthis vocātur. Ibi Athēnæ,

---

[a] § 272.
[b] § 206, (3.)
[c] § 221, 1.
[d] § 262, R. 1.
[e] § 250.
[f] § 247, R. 4.
[g] § 207, R. 28.
[h] § 235, R. 2.

de quâ urbe deos inter se certâsse fama est. Certius est,* nullam unquam urbem tot poëtas tulisse, tot oratōres, tot philosŏphos, totque in omni virtūtis genĕre claros viros. Res autem bello eas gessit, ut huic soli[b] gloriæ[c] studēre viderētur; pacisque artes ita excoluit, ut hac laude magis etiam quàm belli gloriâ splendēret. Arx ibi sive Acropŏlis[d] urbi immĭnens, unde latus in mare prospectus patet. Per propylæa ad eam adscendĭtur,[e] splendĭdum Periclis opus. Cum ipsâ urbe per longos muros conjunctus est portus Piræeus, post bellum Persĭcum secundum a Themistŏcle munītus. Tutissĭma ibi statio navium.

30. Attĭcam attingit Bœotia, fertilissĭma regio. Incŏlæ magis corporĭbus[f] valent quàm ingeniis. Urbs celeberrĭma Thebæ,[d] quas Amphīon musĭces ope mœnĭbus cinxisse dicĭtur. Illustrāvit eam Pindări poëtæ ingenium, Epaminondæ virtus. Mons[d] ibi Helĭcon,* Musārum sedes, et Cithæron plurĭmis poëtārum fabŭlis celebrātus.

31. Bœotiæ* Phocis finitĭma, ubi Delphi urbs clarissĭma. In quâ urbe oracŭlum Apollĭnis quantam apud omnes gentes auctoritātem habuĕrit,[g] quot quàmque præclāra munĕra ex omni ferè terrārum orbe Delphos[h] missa fuĕrint, nemo ignōrat. Immĭnet urbi Parnassus mons, in cujus verticĭbus Musæ habitāre dicuntur, unde aqua fontis Castalii poëtārum ingenia inflammāre existimātur.

32. Cum eâ parte Græciæ, quam hactĕnus descripsĭmus, cohæret ingens peninsŭla, quæ Peloponnēsus vocātur, platāni folio simillĭma. Angustus ille trames inter

---

* What is the predicate of this proposition?

[a] § 269. [d] § 209, R. 4. [g] § 265.
[b] § 107. [e] § 209, R. 3, (2.) [h] § 237.
[c] § 223. [f] § 250.

Ægæum mare et Ionium, per quem cum Megaride cohæret, Isthmus appellātur. In eo templum Neptūni est, ad quod ludi celebrantur Isthmĭci. Ibīdem in ipso Peloponnēsi adĭtu, Corinthus sita est, urbs antiquissĭma, ex cujus summâ[a] arce, (Acrocorinthon[b] appellant,*) utrumque mare conspicĭtur. Quum opĭbus florēret, maritimisque valēret copiis, gravia bella gessit. In bello Achaïco, quod Romāni cum Græcis gessērunt, pulcherrĭma urbs, quam Cicĕro Græciæ lumen appellat, a L. Mummio expugnāta funditusque delēta est. Restituit eam Julius Cæsar, colonosque[c] eò milĭtes veterānos misit.

33. Nobĭlis est in Peloponnēso urbs Olympia, templo Jovis Olympii ac statuâ illustris. Statua ex ebŏre facta, Phidiæ summi artifĭcis opus præstantissĭmum. Prope illud templum ad Alphēi flumĭnis ripas ludi celebrantur Olympĭci, ad quos videndos[d] ex totâ Græciâ concurrĭtur.[e] Ab his ludis Græca gens res gestas suas numĕrat.

34. Nec Sparta prætereunda est, urbs nobilissĭma, quam Lycurgi leges, civiumque virtus et patientia illustrāvit.[f] Nulla ferè gens bellĭcâ laude[g] magis floruit, pluresque viros fortes constantesque genuit. Urbi immĭnet mons Taÿgĕtus, qui usque ad Arcadiam procurrit. Proxĭmè urbem[h] Eurōtas fluvius delabĭtur, ad cujus ripas Spartāni se exercēre solēbant. In Sinum Laconĭcum effundĭtur. Haud procul inde abest promontorium Tænărum, ubi altissĭmi specus, per quos Orpheum ad infĕros descendîsse narrant.[i]

35. Mare Ægæum, inter Græciam Asiamque patens

* Supply *quam*. § 230.

[a] § 205, R. 17.
[b] § 54.
[c] § 230, R. 2.
[d] § 275, III., R. 3.
[e] § 184, 2.
[f] § 209, R. 12, (3.)
[g] § 250.
[h] § 235, (5,) R. 11.
[i] § 209, R. 2, (2.)

plurĭmis insŭlis distinguĭtur. Illustres inter eas sunt Cyclădes, sic appellātæ, quia in orbem jacent. Media eārum[a] est Delus, quæ repentè e mari enāta esse dicĭtur. In eâ insŭlâ Latōna Apollĭnem et Diānam pepĕrit, quæ numĭna ibi unà cum matre summâ religiōne coluntur. Urbi immĭnet Cynthus, mons excelsus et arduus. Inōpus amnis parĭter cum Nilo decrescĕre et augēri dicĭtur. Mercātus in Delo celeberrĭmus, quòd ob portûs commoditātem templīque religiōnem mercatōres ex toto orbe terrārum eò confluēbant. Eandem ob causam civitātes Græciæ, post secundum Persĭcum bellum, tribūta ad belli usum in eam insŭlam, tanquam in commūne totĭus Græciæ ærarium, conferēbant; quam pecuniam insequenti tempŏre Atheniĕnses in suam urbem transtulērunt.

36. Eubœa insŭla littŏri[b] Bœotiæ et Atticæ prætendĭtur, angusto freto a continenti distans. Terræ motu a Bœotiâ avulsa esse credĭtur; sæpiùs eam concussam esse[c] constat. Fretum, quo a Græciâ sejungĭtur, vocātur Eurīpus, sævum et æstuōsum mare, quod continuo motu agitātur. Nonnulli dicunt septies quovis die statis tempŏrībus fluctus alterno motu agitāri; alii hoc negant, dicentes, mare temĕrè in venti modum huc illuc movēri. Sunt, qui narrent,[d] Aristotĕlem philosŏphum, quia hujus miracŭli causas investigāre non posset,[e] ægritudĭne confectum esse.

37. Jam ad Boreāles regiōnes pergāmus.[f] Supra Macedoniam Thracia porrigĭtur a Ponto Euxīno usque ad Illyriam. Regio frigĭda et in iis tantùm partĭbus fœcundior, quæ propiōres sunt mari. Pomifĕræ arbŏres rare; frequentiōres vites; sed uvæ non maturescunt, nisi frigus

[a] § 212. [c] § 269. [e] § 266, 2.
[b] § 224. [d] § 264, 6. [f] § 260, R. 6.

studiōsè arcētur. Sola Thasus, insŭla littŏri Thraciæ adjăcens, vino excellit. Amnes sunt celeberrĭmi Hebrus, ad quem Orpheus a Mænadĭbus discerptus esse dicĭtur; Nestus et Strymon. Montes altissĭmi, Hæmus, ex cujus vertĭce Pontus et Adria conspicĭtur; Rhodŏpe et Orbēlus.

38. Plures Thraciam gentes incŏlunt nominĭbus diversæ et morĭbus. Inter has Getæ omnium sunt ferocissĭmi et ad mortem paratissĭmi.[a] Anĭmas enim post mortem reditūras existĭmant. Recens nati apud eos deflentur; funĕra autem cantu lusūque celebrantur. Plures singŭli uxōres habent. Hæ omnes, viro defuncto, mactāri simulque cum eo sepelīri cupiunt, magnōque id certamĭne a judicĭbus[b] contendunt. Virgĭnes non a parentĭbus traduntur viris, sed aut publĭcè ducendæ locantur, aut veneunt. Formōsæ in pretio sunt; cetĕræ marītos mercēde datâ inveniunt.

39. Inter urbes Thraciæ memorabĭle est Byzantium, ad Bospŏrum Thracium, urbs natūrâ munīta et arte, quæ cùm[c] ob soli fertilitātem, tum ob vicinitātem maris omnium rerum, quas vita requīrit, copiâ[d] abundat. Nec Sestos prætereunda est silentio, urbs ad Hellespontum posĭta, quam amor Herûs et Leandri memorabĭlem reddĭdit; nec Cynossēma, tumŭlus Hecŭbæ, ubi illa, post Trojam dirŭtam, in canem mutāta et sepulta esse dicĭtur. Nomen etiam habet in iisdem regionĭbus urbs Ænos, ab Ænēâ e patriâ profŭgo condĭta; Zone, ubi nemŏra Orpheum canentem secūta esse narrantur; Abdēra denĭque, ubi Diomēdes rex advĕnas equis suis devorandos objiciēbat, donec ipse ab Hercŭle iisdem objectus est. Quæ urbs quum ranārum muriumque multitudĭne infestarētur, incŏlæ, relicto patriæ

---

[a] § 222, R. 4. [b] § 231, R. 2. [c] § 278, R. 7. [d] § 250, (2.)

solo, novas sedes quæsivērunt. Hos Cassander, rex Macedoniæ, in societātem accepisse, agrosque in extrēmâ[a] Macedoniâ assignâsse dicĭtur.

40. Jam de Scythis pauca dicenda sunt. Terminātur Scythia ab uno latĕre Ponto Euxīno, ab altĕro montĭbus Rhipæis, a tergo Asiâ et Phasĭde flumĭne. Vasta regio nullis ferè intus finĭbus dividĭtur. Scythæ enim nec agrum exercent, nec certas sedes habent, sed armenta et pecŏra pascentes per incultas solitudĭnes errāre solent. Uxōres liberosque secum in plaustris vehunt. Lacte et melle vescuntur; aurum et argentum, cujus nullus apud eos usus est, aspernantur. Corpŏra pellĭbus[b] vestiunt.

41. Diversæ sunt Scythārum gentes, diversīque mores. Sunt, qui funĕra parentum festis sacrificiis celĕbrent,[c] eorumque capitĭbus affābrè expolītis aurōque vinctis pro pocŭlis utantur. Agathyrsi ora et corpŏra pingunt, idque* tanto[d] magis, quanto quis[e] illustriorĭbus gaudet majorĭbus.[f] Ii, qui Tauricam Chersonēsum incŏlunt, antiquissĭmis tempori̇bus advĕnas Diānæ mactābant. Interiùs habitantes cetĕris[g] rudiōres sunt. Bella amant, et quò quis[e] plures hostes interemĕrit, eò[d] majōre existimatiōne apud suos[h] habētur. Ne fœdĕra quidem incruenta sunt. Sauciant se qui paciscuntur, sanguinemque permistum degustant. Id fidei pignus certissĭmum esse putant.

42. Maxĭma flumĭnum Scythicōrum sunt Ister, qui et Danubius vocātur, et Borysthĕnes. De Istro suprà dictum est.[i] Borysthĕnes, ex ignōtis fontĭbus ortus, liquidissĭmas

---

* Supply *faciunt.*

[a] § 205, R. 17. [d] § 256, R. 16. [g] § 256, 2.
[b] § 249, I. [e] § 137, 1, R. (3.) [h] § 205, R. 7, (1,) N. 1.
[c] § 264, 6. [f] § 247, 1, (2.) [i] § 225, III., R. 1.

aquas trahit et potātu[a] jucundas. Placĭdus idem lætissĭma pabŭla alit. Magno spatio navigabilis juxta urbem Borysthenĭda[b] in Pontum effundĭtur.

43. Ultra Rhipæos montes et Aquilōnem gens habitāre existimātur felicissĭma, Hyperborēos * appellant. Regio aprĭca, felix cœli temperies omnīque afflātu[c] noxio carens. Semel in anno sol iis orĭtur solstitio,[d] brumâ semel occĭdit. Incŏlæ in nemorĭbus et lucis habĭtant; sine omni discordiâ et ægritudĭne vivunt. Quum vitæ[e] eos[f] tædet, epŭlis sumptis ex rupe se in mare præcipĭtant. Hoc enim sepultūræ genus beatissĭmum esse existĭmant.

44. Asia cetĕris terræ partĭbus est amplior. Oceănus eam alluit, ut locis ita nominĭbus diffĕrens; Eōus ab oriente, a meridie Indĭcus, a septentriōne Scythĭcus. Asiæ nomĭne appellātur etiam peninsŭla, quæ a mari Ægæo usque ad Armeniam patet. In hac partè est Bithynia ad Propontĭdem sita, ubi Granĭcus in mare effundĭtur, ad quem amnem Alexander, rex Macedoniæ, primam victoriam de Persis reportāvit. Trans illum amnem sita est Cyzĭcus in cervīce peninsŭlæ, urbs nobilissĭma, a Cyzĭco appellāta, qui in illis regionĭbus ab Argonautis pugnâ occīsus est. Haud procul ab illâ urbe Rhyndăcus in mare effundĭtur, circa quem angues nascuntur, non solùm ob magnitudĭnem mirabĭles, sed etiam ob id, quòd, quum ex aquâ emergunt et hiant, supervolantes aves absorbent.

45. Propontis cum Ponto jungĭtur per Bospŏrum,[g] quod fretum quinque stadia latum Eurŏpam ab Asiâ sepărat. Ipsis in faucĭbus Bospŏri oppĭdum est Chalcēdon,† ab

* Supply *quam*. † Supply *condĭta*.

[a] § 276, III.
[b] § 80, I.
[c] § 250, (2.)
[d] § 253.
[e] § 215, (1.)
[f] § 229, R. 6.
[g] § 247, R. 4.

Argiâ, Megarensium princĭpe, et templum Jovis, ab Jasŏne condĭtum. Pontus ipse ingens est maris sinus, non molli neque arenōso circumdătus littŏre, tempestatĭbus[a] obnoxius, raris stationĭbus.[b] Olim ob sævitātem populōrum, qui circà habĭtant, Axĕnus appellātus fuisse dicĭtur; postea, mollĭtis illōrum morĭbus, dictus est Euxīnus.

46. In littŏre Ponti, in Mariandynōrum agro, urbs est Heraclēa, ab Hercŭle, ut fertur, condĭta. Juxta eam spelunca est Acherusia, quam ad Manes perviam esse existimant.[c] Hinc Cerbĕrus ab Hercŭle extractus fuisse dicĭtur. Ultra fluvium Thermodonta Mossȳni habĭtant. Hī totum corpus distinguunt notis. Reges suffragio elĭgunt; eosdem in turre ligneâ inclūsos arctissĭmè custodiunt, et, si quid perpĕram imperitavĕrint,[d] inediâ totīus diēi afficiunt. Extrēmum Ponti angŭlum Colchi tenent ad Phasĭdem; quæ loca fabŭla de vellĕre aureo et Argonautārum expeditio illustrāvit.

47. Inter provincias Asiæ propriè dictæ illustris est Ionia, in duodĕcim civitātes divīsa. Inter eas est Milētus, belli pacisque artĭbus inclȳta; eīque vicīnum Panionium, sacra regio, quò omnes Iōnum civitātes statis temporĭbus legātos solēbant mittĕre. Nulla facĭlè[e] urbs plures colonias misit, quàm Milētus. Ephĕsi, quam[f] urbem Amazŏnes condidisse traduntur, templum est Diānæ, quod septem mundi miracŭlis[g] annumerāri solet. Totīus templi longitūdo est quadringentōrum viginti quinque pedum,[h] latitūdo ducentōrum viginti; columnæ centum viginti septem numĕro, sexaginta pedum altitudĭne; ex iis triginta sex cælātæ. Opĕri præfuit Chersĭphron architectus.

---

[a] § 222, 3.
[b] § 211, R. 6.
[c] § 209, R. 2, (2.)
[d] § 209, R. 2, (1,) (b.)
[e] § 277, R. 7.
[f] § 206, (3.)
[g] § 224.
[h] § 211, R. 6.

48. Æŏlis olim Mysia appellāta,[a] et, ubi Hellespontum attingit, Troas. Ibi Ilium fuit situm ad radīces montis Idæ, urbs bello, quod per decem annos cum universâ Græciâ gessit, clarissĭma. Ab Idæo monte Scamander defluit et Simŏis, amnes famâ quàm natūrâ majōres. Ipsum montem certāmen* deārum Paridisque judicium illustrem reddĭdit. In littŏre claræ sunt urbes Rhœtēum et Dardania; sed sepulcrum Ajācis, qui ibi post certāmen cum Ulysse gladio incubuit, utrâque † clarius.

49. Ionĭbus[b] Cares sunt finitĭmi, popŭlus armōrum[c] bellique adeò amans, ut aliēna etiam bella mercēde acceptâ gerĕret. Princeps Cariæ urbs Halicarnassus, Argivōrum colonia, regum sedes olim. Unus eōrum Mausōlus fuit. Qui quum vitâ[d] defunctus esset, Artemisia conjux desiderio marĭti flagrans, ossa ejus cineresque contūsa cum aquâ miscuit ebibitque, splendidumque præterea sepulcrum exstruxit, quod inter septem orbis terrārum miracŭla censētur.

50. Cilicia sita est in intĭmo recessu maris, ubi Asia propriè sic dicta cum Syriâ conjungĭtur. Sinus ille ab urbe Isso Issĭci nomen habet. Fluvius ibi Cydnus aquâ[e] limpidissĭmâ et frigidissĭmâ, in quo Alexander Macĕdo quum lavāret,[f] parum abfuit, quin frigŏre enecarētur.[g] Antrum Corycium in iisdem regionĭbus ob singulārem natūram memorabĭle est. Ingenti illud hiātu patet in monte arduo, altēque demissum undĭque viret lucis pendentĭbus. Ubi ad ima perventum est,[h] rursus aliud antrum aperĭtur. Ibi sonĭtus cymbalōrum ingredientes[i] terrēre

---

* See "Mythology," section 11. † Supply *urbe.*

a § 209, R. 4. d § 245, I. g § 262.
b § 222, 3. e § 211, R. 6. h § 184, 2.
c § 213. f § 229, R. 4, 1. i § 205, R. 7, (1,) N. 1.

dicĭtur. Totus hic specus augustus est et verè sacer, et a diis habitāri existimātur.

51. E Ciliciâ egressos[a] Syria excĭpit, cujus pars est Phœnīce in littŏre maris interni posĭta. Hanc regiōnem sollers homĭnum genus colit. Phœnīces enim litterārum formas a se inventas aliis popŭlis tradidērunt; alias etiam artes, quæ ad navigatiōnem et mercatūram spectant, studiōsè coluērunt. Cetĕrùm fertĭlis regio,[b] crebrisque flumĭnibus rigāta, quorum ope terræ marisque opes facĭli negotio inter se[c] permutantur. Nobilissĭmæ Phœnīces urbes Sidon, antĕquam a Persis caperētur, maritimārum urbium maxĭma, et Tyrus, aggĕre cum terrâ conjuncta. Purpŭra hujus urbis omnium pretiosissĭma. Conficĭtur ille color ex succo in conchis, quæ etiam purpŭræ vocantur, latente.

52. Ex Syriâ descendĭtur[d] in Arabiam, peninsŭlam inter duo maria, Rubrum et Persĭcum, porrectam. Hujus ea pars, quæ ab urbe Petrâ Petrææ nomen accēpit, planè est sterĭlis; hanc excĭpit ea, quæ ob vastas solitudĭnes Deserta vocātur. His partĭbus adhæret Arabia Felix, regio angusta, sed cinnămi, thuris aliorumque odōrum, feracissĭma. Multæ ibi gentes sunt, quæ fixas sedes non habeant,[e] Nomădes a Græcis appellātæ. Lacte et carne ferīnâ vescuntur. Multi etiam Arābum popŭli latrociniis[f] vivunt. Primus e Romānis Ælius Gallus in hanc terram cum exercĭtu penetrāvit.

53. Camēlos inter armenta pascit Oriens. Duo harum sunt genĕra, Bactriānæ et Arabiæ. Illæ bina habent in dorso tubĕra, hæ singŭla; unum autem sub pectŏre, cui incumbant. Dentium ordĭne[g] superiōre carent. Sitim[h]

---

[a] § 205, R. 7, (1,) N. 1.
[b] § 209, R. 4.
[c] § 208, (5.)
[d] § 184, 2.
[e] § 264, 1, (a.)
[f] § 245, II. 4.
[g] § 250, (2.)
[h] § 79, 2.

quatriduo tolĕrant; aquam, antĕquam bibant, pedĭbus turbant. Vivunt quinquagēnis annis;[a] quædam etiam centēnis.[a]

54. Ex Arabiâ pervenītur in Babyloniam, cui Babȳlon nomen dedit, Chaldaicārum gentium caput, urbs et magnitudĭne et divitiis clara. Semirămis eam condidĕrat, vel, ut multi credidērunt, Belus, cujus regia ostendĭtur. Murus exstructus laterculo[c] coctĭli, triginta et duos pedes[a] est latus, ita ut quadrīgæ inter se occurrentes sine pericŭlo commeāre dicantur; altitūdo ducentōrum pedum; turres autem denis[b] pedĭbus[d] quàm murus altiōres sunt. Totius opĕris ambĭtus sexaginta millia passuum complectĭtur. Mediam urbem[e] permeat Euphrātes. Arcem habet viginti stadiōrum[f] ambĭtu;[g] super ea pensĭles horti conspiciuntur, tantæque sunt moles tamque firmæ, ut onĕra nemŏrum sine detrimento ferant.

55. Amplissĭma Asiæ regio[h] India primùm patefacta est armis Alexandri Magni, regis Macedoniæ, cujus exemplum successōres secūti in interiōra[i] Indiæ penetravērunt. In eo tractu, quem Alexander subēgit, quinque millia[j] oppidōrum fuisse, gentesque novem, Indiamque tertiam partem esse terrārum omnium, ejus comĭtes scripsērunt. Ingentes ibi sunt amnes, Indus et Indo[k] major Ganges. Indus in Paropamĭso ortus undeviginti amnes recĭpit, totĭdem Ganges interque eos plures navigabĭles.

56. Maxĭma in Indiâ gignuntur animalia. Canes ibi grandiōres cetĕris. Arbŏres tantæ procerĭtātis esse traduntur, ut sagittis superjăci nequeant. Hoc[l] effĭcit uber-

---

[a] § 236. [e] § 233. [i] § 212, R. 3, N. 4.
[b] § 119, III. [f] § 211, R. 6. [j] § 272.
[c] § 249, I. [g] § 250. [k] § 256, 2.
[d] § 256, R. 16. [h] § 204. [l] § 206, (13.)

tas soli, temperies cœli, aquārum abundantia. Immānes quoque serpentes alit, qui elephantos morsu et ambĭtu corpŏris conficiunt. Solum tam pingue et ferax, ut mella frondĭbus[a] defluant, sylvæ lanas ferant, arundĭnum internodia fissa cymbārum usum præbeant, binosque, quædam etiam ternos homĭnes, vehant.

57. Incolārum habĭtus moresque diversi. Lino[b] alii vestiuntur et lanis arbŏrum, alii ferārum aviumque pellĭbus, pars nudi[c] incēdunt.[d] Quidam animalia occidĕre eorumque carnĭbus vesci nefas putant;[*] alii piscĭbus tantùm aluntur. Quidam parentes et propinquos, priùs quàm annis et macie conficiantur, velut hostias cædunt eorumque viscerĭbus[e] epulantur; ubi senectus eos morbusve invādit, mortem in solitudĭne æquo anĭmo exspectant. Ii, qui sapientiam profitentur, ab ortu solis ad occāsum stare solent, solem immobilĭbus ocŭlis intuentes; serventĭbus arēnis toto die alternis pedĭbus insistunt. Mortem non exspectant, sed sponte arcessunt in rogos incensos se præcipitantes.

58. Maxĭmos India elephantos gignit, adeōque ferōces, ut Afri elephanti illos paveant, nec contuēri audeant. Hoc animal cetĕra omnia docilitāte supĕrat. Discunt arma jacĕre, gladiatōrum more congrĕdi, saltāre et per funes incedĕre. Plinius narrat, Romæ unum segniōris ingenii sæpius castigātum esse verberĭbus, quia tardiùs[f] accipiēbat, quæ tradebantur; eundem repertum esse noctu eādem meditantem. Elephanti gregātim semper ingrediuntur. Ducit agmen maxĭmus natu,[g] cogit is, qui ætāte ei est

---

[*] What are the accusatives after *putant?* § 230.

[a] § 242.
[b] § 249.
[c] § 205, R. 3.
[d] § 209, R. 11.
[e] § 245, II. 4.
[f] § 256, R. 9, & (*a.*)
[g] § 250.

proxĭmus. Amnem transitūri minĭmos præmittunt. Capiuntur foveis. In has ubi elĕphas decidĕrit, cetĕri ramos congĕrunt, aggĕres construunt, omnīque vi conantur extrahĕre. Domantur fame et verberĭbus. Domĭti milĭtant et turres armatōrum in hostes ferunt, magnâque ex parte Orientis bella conficiunt. Totas acies prosternunt, armātos protĕrunt. Ingens dentĭbus pretium. In Græciâ ebur ad deōrum simulācra tanquam pretiosissĭma materia adhibētur; in extrēmis[b] Afrĭcæ postium vicem in domiciliis præbet, sepesque in pecŏrum stabŭlis elephantōrum dentĭbus fiunt. Inter omnia animalia[a] maxĭmè odērunt[c] murem. Infestus elephanto etiam rhinocĕros, qui nomen habet a cornu, quod in naso gerit. In pugnâ maximè adversarii alvum petit, quam scit esse molliōrem. Longitudĭne elephantum ferè exæquat; crura multo breviōra; color buxeus.

59. Etiam Psittăcos India mittit. Hæc avis humānas voces optĭmè reddit. Quum loqui discit, ferreo radio verberātur, alĭter enim non sentit ictus. Capĭti[d] ejus eădem est duritia, quæ rostro. Quum devŏlat, rostro se excĭpit, eīque innitĭtur.

60. Testudĭnes tantæ magnitudĭnis Indĭcum mare emittit, ut singulārum testis casas intĕgant.[e] Insŭlas[f] rubri præcipuè maris his navĭgant cymbis. Capiuntur obdormiscentes in summâ aquâ, id[g] quod prodĭtur stertentium sonĭtu. Tum terni adnătant, a duōbus in dorsum vertĭtur, a tertio laqueus injicĭtur, atque ita a plurĭbus in littŏre stantĭbus trahĭtur. In mari testudĭnes conchyliis vivunt; tanta enim oris est duritia, ut lapĭdes comminuant; in

[a] § 212, R. 2, N. 4.
[b] § 212, R. 3, N. 4.
[c] § 183, 3, N.
[d] § 226.
[e] § 209, R. 2, (2.)
[f] § 237, R. 5.
[g] § 206, (13.)

terram egressæ, herbis.* Pariunt ova ovis avium similia, ad centēna numĕro; eāque extra aquam defossâ terrâ cooperiunt.

61. Margarītæ Indĭci oceăni omnium maxĭmè laudantur. Inveniuntur in conchis scopŭlis adhærentĭbus. Maxĭma laus est in candōre, magnitudĭne, lævōre, pondĕre. Rarò duæ inveniuntur, quæ sibi ex omni parte sint simĭles. Has aurĭbus[a] suspendĕre,[b] feminārum est gloria. Duos maxĭmos uniōnes Cleopătra, Ægypti regīna, habuisse dicĭtur. Horum unum, ut Antonium magnificentiâ superāret, in cœnâ acēto solvit, solūtum hausit.

62. Ægyptus, inter Catabathmum et Arăbas posĭta, a plurĭmis ad Asiam refertur; alii Asiam Arabĭco sinu termināri existĭmant. Hæc regio, quanquam expers[c] est imbrium,[d] mirè tamen est fertĭlis. Hoc[e] Nilus effĭcit, omnium fluviōrum, qui in mare internum effunduntur, maxĭmus. Hic in desertis Afrĭcæ orĭtur, tum ex Æthiopiâ descendit in Ægyptum, ubi de altis rupĭbus præcipitātus usque ad Elephantĭdem urbem fervens adhuc decurrit. Tum demum fit placidior. Juxta Cercasōrum oppĭdum in plures amnes dividĭtur, et tandem per septem ora effundĭtur in mare.

63. Nilus, nivĭbus in Æthiopiæ montĭbus solūtis, crescĕre incĭpit Lunâ novâ post solstitium per quinquaginta ferè dies; totĭdem diēbus minuĭtur. Justum incrementum est cubitōrum sedĕcim. Si minōres sunt aquæ, non omnia rigant. Maxĭmum incrementum fuit cubitōrum duodevīginti; minĭmum quinque. Quum stetēre aquæ, aggĕres aperiuntur, et arte aqua in agros immittĭtur. Quum omnis recessĕrit, agri irrigāti et limo obducti seruntur.

---

* Supply *vivunt.*

[a] § 224. [c] § 213. [e] § 206, (13.)
[b] § 269. [d] §§ 82, E. 5, and 83. II. 1.

64. Nīlus crocodīlum alit, belluam quadrupĕdem, in terrâ non minùs quàm in flumĭne homĭnĭbus infestam. Unum hoc anĭmal terrestre linguæ usu caret; dentium plures habet ordĭnes; maxilla inferior est immobĭlis. Magnitudĭne excēdit plerùmque duodeviginti cubĭta. Parit ova anserīnis* non majōra. Unguĭbus etiam armātus est, et cute contra omnes ictus invictâ. Dies in terrâ agit, noctes in aquâ. Quum satur est, et in littŏre somnum capit ore hiante, trochĭlus, parva avis, dentes ei faucesque purgat. Sed hiantem conspicātus ichneumon, per easdem fauces ut telum alĭquod immissus, erōdit alvum. Hebētes ocŭlos dicĭtur habēre in aquâ, extra aquam acerrĭmos. Tentyrĭtæ in insŭlâ Nili habitantes, diræ huic belluæ[a] obviàm ire audent, eamque incredibĭli audaciâ expugnant.

65. Aliam etiam belluam Nilus alit, hippopŏtămum; ungŭlis[b] binis, dorso[c] equi et jubâ et hinnītu; rostro resīmo, caudâ et dentĭbus aprōrum. Cutis impenetrabĭlis, præterquam si humōre madeat. Primus hippopotămum et quinque crocodīlos M. Scaurus ædilitātis suæ ludis[d] Romæ ostendit.

66. Multa in Ægypto mira sunt et artis et natūræ opĕra. Inter ea, quæ manĭbus homĭnum facta sunt, emĭnent pyramĭdes, quarum maxĭmæ sunt et celeberrĭmæ in monte sterĭli inter Memphin oppĭdum et eam partem Ægypti, quæ Delta vocātur. Amplissĭmam eārum trecenta sexaginta sex[e] homĭnum millia annis viginti exstruxisse traduntur. Hæc octo jugĕra soli occŭpat; unumquodque latus octingentos octoginta tres pedes longum est; altitūdo a

---

* Supply *ovis*.

a § 298.
b § 211, R. 6.
c § 211, R. 6, (1.)
d § 253.
e § 279, 7.

cacumĭne pedum quindĕcim millium. Intus in eâ est puteus octoginta sex cubitōrum. Ante has pyramĭdes Sphinx est posĭta miræ magnitudĭnis. Capĭtis ambĭtus centum[a] duos pedes habet; longitūdo est pedum centum quadraginta trium; altitūdo a ventre usque ad summum capĭtis apĭcem sexaginta duōrum.

67. Inter miracŭla Ægypti commemorātur etiam Mœris lacus, quingenta millia passuum in circuĭtu patens; Labyrinthus ter mille domos et regias duodĕcim uno pariĕte amplexus, totus marmŏre[b] exstructus tectusque; turris denĭque in insŭlâ Pharo, a Ptolemæo, Lagi filio, condĭta. Usus[c] ejus navĭbus noctu ignes ostendĕre ad prænuntianda[d] vada portûsque introĭtum.

68. In palustrĭbus Ægypti regionĭbus papȳrum nascĭtur. Radicĭbus incŏlæ pro ligno utuntur; ex ipso autem papȳro navigia texunt, e libro vela, tegĕtes, vestem ac funes. Succi causâ etiam mandunt modò crudum, modò decoctum. Præparantur ex eo etiam chartæ. Chartæ ex papȳro usus post Alexandri demum victorias repertus est. Primò enim scriptum* in palmārum foliis, deinde in libris quarundam arbŏrum; postea publĭca monimenta plumbeis tabŭlis confĭci, aut marmorĭbus mandāri cœpta sunt. Tandem æmulatio regum Ptolemæi et Eumĕnis in bibliothĕcis condendis occasiōnem dedit membrānas[e] Pergămi inveniendi. Ab eo inde tempŏre libri modò in chartâ ex papȳro factâ, modò in membrānis scripti sunt.

69. Mores incolārum Ægypti ab aliōrum populōrum morĭbus vehementer discrĕpant. Mortuos nec cremant, nec sepeliunt; verùm arte medicātos intra penetralia collŏ-

* Supply *est ab homĭnĭbus*. § 141, R. 2.

[a] § 120, 2. [c] § 209, R. 4. [e] § 275, I.
[b] § 249. [d] § 275, R. 3.

cant. Negotia extra domos feminæ, viri domos et res domesticas curant; oněra illæ humĕris, hi capitĭbus gerunt. Colunt effigies multōrum animalium et ipsa animalia. Hæc interfecisse[a] capitāle est; morbo exstincta lugent et sepeliunt.

70. Apis omnium Ægypti populōrum numen est; bos niger cum candĭdâ in dextro latĕre macŭlâ; nodus sub linguâ, quem canthărum appellant. Non fas est eum certos vitæ annos excedĕre. Ad hunc vitæ termĭnum quum pervenĕrit, mersum in fonte enĕcant. Necātum lugent, aliumque quærunt, quem ei substituant; nec tamen unquam diu quærĭtur. Delūbra ei sunt gemĭna, quæ thalămos vocant, ubi popŭlus auguria captat. Altĕrum* intrâsse lætum est; in altĕro dira portendit. Pro bono etiam habētur signo, si e manĭbus consulentium cibum capit. In publĭcum procedentem grex puerōrum comitātur, carmenque in ejus honōrem canunt,[b] idque vidētur intelligĕre.

71. Ultra Ægyptum Æthiŏpes habĭtant. Horum popŭli quidam Macrobii vocantur, quia paulò quàm nos diutiùs vivunt. Plus auri[c] apud eos reperĭtur, quàm æris; hanc ob causam æs illis vidētur pretiosius. Ære se exornant, vincŭla auro[d] fabrĭcant. Lacus est apud eos, cujus aqua tam est liquĭda atque levis, ut nihil eōrum, quæ immittuntur, sustinēre queat; quare arbŏrum quoque folia non innătant aquæ, sed pessum aguntur.

72. Afrĭca ab oriente terminātur Nilo; a cetĕris partĭbus mari. Regiōnes ad mare posĭtæ eximiè sunt fertĭles; interiōres incultæ et arēnis sterilĭbus tectæ, et ob nimium

---

* Supply thus: [*Apim*] *altĕrum* [*thalămum*] *intrâsse lætum est.*

[a] § 269. [c] § 212, R. 3. [d] § 249. 1.

[b] § 209, R. 11, (2.)

calōrem desertæ. Prima pars ab occidente est Mauritania. Ibi mons prædltus Abȳla, Calpæ monti in Hispaniâ oppositus. Hi montes columnæ Hercŭlis appellantur. Fama est, ante Hercŭlem mare internum terris inclūsum fuisse, nec exītum habuisse in Oceănum; Hercŭlem autem junctos montes diremisse et mare junxisse cum Oceăno. Cetĕrùm regio illa est ignobĭlis et parvis tantùm oppĭdis habitātur. Solum melius quàm incŏlæ.

73. Numidia magis culta et opulentior. Ibi satis longo a littŏre intervallo saxa cernuntur attrīta fluctĭbus, spinæ piscium, ostreorumque fragmenta, ancŏræ etiam cautĭbus infixæ, et alia ejusmŏdi signa maris olim usque ad ea loca effūsi. Finitĭma regio, a promontorio Metagonio ad aras Philænŏrum, propriè vocātur Afrĭca. Urbes in eâ celeberrĭmæ Utĭca et Carthāgo, ambæ a Phœnicĭbus condĭtæ. Carthagĭnem divitiæ, mercatūrâ imprĭmis comparātæ, tum bella cum Romānis gesta, excidium denĭque illustrāvit.[a]

74. De aris Philænŏrum hæc narrantur. Pertinacissĭma fuĕrat contentio inter Carthagĭnem et Cyrēnas de finĭbus. Tandem placuit,[b] utrinque eōdem tempŏre juvĕnes mitti, et locum, quò convenissent, pro finĭbus habēri. Carthaginiensium legāti, Philæni fratres, paulò ante tempus constitūtum egressi esse dicuntur. Quod quum Cyrenensium legāti intellexissent, magnăque exorta esset contentio, tandem Cyrenenses dixērunt, se tum demum hunc locum pro finĭbus habitūros esse, si Philæni se ibi vivos obrui passi essent.[c] Illi conditiōnem accepērunt. Carthaginienses autem animōsis juvenĭbus in illis ipsis locis, ubi vivi sepulti sunt, aras consecravērunt, eorumque virtūtem æternis honorĭbus prosecūti sunt.

---

[a] § 209, R. 12, (3.) [b] § 269. [c] § 266, R. 4.

75. Inde ad Catabathmum Cyrenaĭca porrigĭtur, ubi Ammōnis oracŭlum et fons quidam, quem Solis esse * dicunt. Hic fons mediâ nocte fervet,[a] tum paulātim tepescit; sole oriente fit frigĭdus; per meridiem maxĭmè riget. Catabathmus vallis est devexa versùs Ægyptum. Ibi finītur Afrĭca. Proximi his popŭli urbes non habent, sed in tuguriis vivunt, quæ mapalia vocantur. Vulgus pecŭdum vestītur pellĭbus. Potus est lac succusque baccārum; cibus caro. Interiōres etiam incultiùs vivunt. Sequuntur greges suos, utque hi pabŭlo ducuntur, ita illi tuguria sua promŏvent. Leges nullas habent, nec in commūne consultant. Inter hos Troglodўtæ in specŭbus habĭtant, serpentibusque aluntur.

76. Ferārum Afrĭca feracissĭma. Pardos, panthēras, leōnes gignit, quod belluārum genus Eurōpa ignōrat. Leōni[b] præcipua generosĭtas. Prostrātis parcĕre dicĭtur; in infantes nonnĭsi summâ fame sævit. Anĭmi † ejus index cauda, quam, dum placĭdus est, immōtam servat; dum irascĭtur, terram et se ipsum[c] eâ flagellat. Vis summa in pectŏre. Si fugĕre cogĭtur, contemptim cedit, quàm diu spectāri potest; in silvis acerrĭmo cursu fertur. Vulnerātus percussōrem novit,[d] et in quantâlĭbet multitudĭne appĕtit. Hoc tam sævum anĭmal gallinacei cantus terret. Domātur etiam ab hominĭbus. Hanno Pœnus primus leōnem mansuefactum ostendisse dicĭtur. Marcus autem Antonius triumvir primus, post pugnam in campis Philippĭcis, Romæ leōnes ad currum junxit.

77. Struthiocamēli Afrĭci altitudĭnem equĭtis equo[e] insidentis exæquant, celeritātem vincunt. Pennæ ad hoc demum videntur datæ, ut currentes adjŭvent; nam a terrâ

---

* Supply *fontem*. † What is the predicate of this clause?

[a] § 145, I. 1. [c] § 207, R. 28. [e] § 224.

[b] § 226. [d] § 183, 3, N.

tolli non possunt. Ungŭlæ cervīnis sunt simĭles. His in fugâ comprehendunt lapĭdes, eosque contra sequentes jaculantur. Omnia concŏquunt. Cetĕrùm magna iis stolidĭtas, ita ut, quum caput et collum frutĭce occultavĕrint, se latēre existĭment. Pennæ eōrum quæruntur ad ornātum.

78. Africa serpentes genĕrat[a] vicēnûm[a] cubitōrum; nec minōres India. Certè Megasthĕnes scribit, serpentes ibi in tantam magnitudĭnem adolescĕre, ut solĭdos hauriant cervos taurosque. In primo Punĭco bello ad flumen Bagrădam serpens centum viginti pedum a Regŭlo, imperatōre Romāno, ballistis et tormentis expugnāta esse fertur. Pellis ejus et maxillæ diu Romæ in templo quodam asservātæ sunt. In Indiâ serpentes perpetuum bellum cum elephantis gerunt. Ex arborĭbus se in prætereuntes[b] præcipĭtant gressusque ligant nodis. Hos nodos elephanti manu resolvunt. At dracōnes in ipsas elephantōrum nares caput condunt spiritumque præclūdunt plerùmque in illâ dimicatiōne utrīque commoriuntur, dum victus elĕphas corruens serpentem pondĕre suo elīdit.

---

[a] § 119, III. [b] Supply *illos*.

DICTIONARY.

EXPLANATION OF ABBREVIATIONS.

a.	active.	*f.*	feminine.	*num.*	numeral.
adj.	adjective.	*freq.*	frequentative.	*part.*	participle.
adv.	adverb.	*imp.*	impersonal.	*pass.*	passive.
c.	common gender.	*inc.*	inceptive.	*pl.*	plural.
comp.	comparative.	*ind.*	indeclinable.	*prep.*	preposition.
conj.	conjunction.	*int.*	interjection.	*pret.*	preteritive.
d.	doubtful gender.	*irr.*	irregular.	*pro.*	pronoun.
def.	defective.	*m.*	masculine.	*rel.*	relative.
dep.	deponent.	*n.*	neuter.	*subs.*	substantive.
dim.	diminutive.	*neut. pass.*	neuter passive.	*sup.*	superlative.

§ This character refers to the sections of Andrews and Stoddard's Latin Grammar.

A., *an abbreviation of* Aulus. § 328.

A, ab, abs, prep. *from:* ab oriente, *on the east:* a meridie, *on the south.* Before the agent of a passive verb, *by.* § 195, R. 2.

Abdēra, æ, f. *a maritime town of Thrace.*

Abdĭtus, a, um, part. & adj. *hidden; concealed; removed; secret;* from

Abdo, abdĕre, abdĭdi, abdĭtum, a. (ab & do, § 172,) *to remove from view; to hide; to conceal.*

Abdūco, abducĕre, abduxi, abductum, a. (ab & duco,) *to lead away.*

Abductus, a, um, part. (abdūco.)

Abeo, abire, abii, abĭtum, irr. n. (ab & eo,) *to go away; to depart.*

Aberro, āre, āvi, ātum, n. (ab & erro,) *to stray; to wander; to lose the way.*

Abjectus, a, um, part. from

Abjicio, abjicĕre, abjēci, abjectum, a. (ab & jacio, § 172,) *to cast, to cast away; to throw aside.*

Abluo, ĕre, i, tum, a. (ab & luo,) *to wash away; to purify.*

Abrumpo, abrumpěre, abrūpi, abruptum, a. *to break.*

Abscindo, abscinděre, abscīdi, abscissum, a. (ab & scindo,) *to cut off.*

Absens, tis, part. (absum, § 154,) *absent.*

Absolvo, absolvěre, absolvi, absolūtum, a. (ab & solvo,) *to loose; to release.*

Absorbeo, absorbēre, absorbui & absorpsi, a. (ab & sorbeo, § 168,) *to suck in; to swallow.*

Absterreo, ēre, ui, ĭtum, a. (abs & terreo,) *to frighten away; to deter.*

Abstinentia, æ, f. *abstinence; disinterestedness; freedom from avarice;* from

Abstineo, abstinēre, abstinui, a. (abs & teneo, § 168,) *to keep from; to abstain.*

Absum, abesse, abfui, irr. n. (ab & sum,) *to be absent* or *distant; to be gone:* parum abesse, *to want but little; to be near.*

Absūmo, absuměre, absumpsi, absumptum, a. (ab & sumo,) *to consume; to destroy; to waste.*

Absumptus, a, um, part. (absūmo.)

Absurdus, a, um, adj. (ab & surdus, deaf; senseless,) *senseless; absurd.*

Abundantia, æ, f. *plenty; abundance;* from

Abundo, āre, āvi, ātum, n. (ab & undo, to boil,) *to overflow; to abound.*

Abȳla, æ, f. *Abyla; a mountain in Africa, at the entrance of the Mediterranean sea, opposite to mount Calpe in Spain. These mountains were anciently called the Pillars of Hercules.*

Ac, atque, conj. *and; as; than.* § 198, R. 1.

Acca, æ, f. *Acca Laurentia, the wife of Faustulus, and nurse of Romulus and Remus.*

Accēdo, accedĕre, accessi, accessum, n. (ad & cedo, § 196, I. 2,) *to draw near; to approach; to advance; to engage in; to undertake.*

Accendo, accendĕre, accendi, accensum, a. (ad & candeo, §§ 172 and 189, 1,) *to set on fire.*

Accensus, a, um, part. (accendo,) *set on fire; kindled; lighted, inflamed; burning.*

Acceptus, a, um, part. (accipio.)

Accessus, ūs, m. (accēdo,) *approach; access; accession.*

Accĭdo, ěre, i, n. (ad & cado, § 172,) *to fall down at* or *before:* accĭdit, imp. *it happens,* or *it happened.*

Accipio, accipěre, accēpi, acceptum, a. (ad & capio, § 189, 5.) *to take* or *receive; to learn; to hear; to understand; to accept:* accipěre finem, *to come to an end; to terminate.*

Accipĭter, tris, § 71, m. *a hawk.*

Accumbo, accumbĕre, accubui, n. (ad & cubo, § 165,) *to sit* or *recline at table.*

Accurātè, adv. (ad & cura,) *accurately; carefully.*

Accurro, accurrĕre, accurri or accucurri, n. (ad & curro,) *to run to.*

Accūso, āre, āvi, ātum, a. (ad & causor, *to allege,*) *to accuse; to blame; to find fault with.*

Acer, acris, acre, § 108; comp. acrior; sup. acerrĭmus, § 125, 1; adj. *sharp; sour; eager; vehement; rapid; courageous; fierce; violent; acute; keen; piercing.*

Acerbus, a, um, adj. *sour; unripe; vexatious; harsh; morose; disagreeable.*

Acerrĭmè, adv. sup. *See* Acrĭter.

Acervus, i, m. *a heap.*

Acētum, i, n. *vinegar.*

Achaĭcus, a, um, adj. *Achæan, Grecian.*

Achelōus, i, m. *a river of Epirus.*

Acherusia, æ, f. *a lake in Campania;* also, *a cave in Bithynia.*

Achilles, is & eos, m. *the son of Peleus and Thetis, and the bravest of the Grecian chiefs at the siege of Troy.*

Acĭdus, a, um, adj. *sour; sharp; acid.*

Acies, ēi, f. *an edge; a line of soldiers; an army in battle array; a squadron; a rank; an army; a battle.*

Acĭnus, i, m. *a berry; a grapestone.*

Acrĭter, acriùs, acerrĭmè, adv. *sharply; ardently; fiercely; courageously.*

Acroceraunia, ōrum, n. pl. § 96; *lofty mountains between Albania and Epirus.*

Acrocorinthos, i, f. *the citadel of Corinth.*

Acropŏlis, is, f. *the citadel of Athens.*

Actio, ōnis, f. (ago,) *an action; operation; a process.*

Actium, i, n. *a promontory of Epirus, famous for a naval victory of Augustus over Antony and Cleopatra.*

Actus, a, um, part. (ago,) *driven; led.*

Aculeus, i, m. *a sting; a thorn; a prickle; a porcupine's quill.*

Acūmen, ĭnis, n. (acuo,) *acuteness; perspicacity.*

Acus, ūs, f. *a needle.*

Ad, prep. *to; near; at; towards;* with a numeral, *about.*

Adămas, antis, m. *adamant; a diamond.*

Addĭtus, a, um, part. from

Addo, addĕre, addĭdi, addĭtum, a. (ad & do,) *to add; to annex; to appoint; to give.*

Addūco, adducĕre, adduxi, adductum, a. (ad & duco,) *to*

lead; to bring: in dubitatiōnem, *to bring into question.*

Ademptus, a, um, part. (adĭmo.)

Adeò, adv. *so; therefore; so much; to such a degree; so very.*

Adeo, adire, adii, adĭtum, irr. n. (ad & eo,) *to go to.* § 182, 3.

Adhærens, tis, part. from

Adhæreo, adhærēre, adhæsi, n. (ad & hæreo,) *to stick to; to adhere; to adjoin; to lie contiguous.*

Adherbal, ălis, m. *a king of Numidia, put to death by his cousin Jugurtha.*

Adhibeo, adhibēre, adhibui, adhibĭtum, a. (ad & habeo, § 189, 4,) *to admit; to apply; to use; to employ.*

Adhuc, adv. *hitherto; yet; as yet; still.*

Adĭmo, adimĕre, adēmi, ademptum, a. (ad & emo,) *to take away.*

Adĭtus, ûs, m. (adeo,) *a going to; entrance; access; approach.*

Adjaceo, ēre, ui, ĭtum, n. (ad & jaceo,) *to adjoin; to lie near; to border upon.*

Adjungo, adjungĕre, adjunxi, adjunctum, a. (ad & jungo,) *to join; to unite with.*

Adjūtus, a, um, part. from

Adjŭvo, adjuvāre, adjūvi, adjūtum, a. (ad & juvo,) *to assist; to help; to aid.*

Admētus, i, m. *a king of Thessaly.*

Administer, tri, m. *a servant; an assistant.*

Administro, āre, āvi, ātum, a. (ad & ministro,) *to administer; to manage.*

Admiratio, ōnis, f. (admiror,) *admiration.*

Admirātus, a, um, part. from

Admiror, āri, ātus sum, dep. *to admire.*

Admissus, a, um, part. from

Admitto, admittĕre, admisi, admissum, a. (ad & mitto,) *to admit; to allow; to receive.*

Admŏdum, adv. (ad & modus,) *very; much; greatly.*

Admoneo, ēre, ui, ĭtum, a. (ad & moneo,) *to admonish; to warn; to put in mind.*

Admonĭtus,a,um,part.(admoneo.)

Admoveo, admovēre, admōvi, admōtum, a. (ad & moveo,) *to bring to; to move to.*

Adnăto, āre, āvi, ātum, freq. (ad & nato,) *to swim to.*

Adolescens, tis, adj. (adolesco,) (comp. ior, § 126, 4,) *young:* subs. *a young man or woman; a youth.*

Adolescentia, æ, f. *youth,* from

Adolesco, adolescĕre, adolēvi, adultum, inc. *to grow; to increase; to grow up.*

Adopto, āre, āvi, ātum, a. (ad & opto,) *to adopt; to take for a son; to assume.*

Adorior, oriri, ortus sum, dep. § 177, (ad & orior,) *to attack; to accost; to address; to undertake.*

Adria, æ, m. *the Adriatic sea.*

Adriatĭcus, a, um, adj. *Adriatic:* mare Adriatĭcum, *the Adriatic sea or gulf;* now, *the gulf of Venice.*

Adscendo, *or* ascendo, adscendĕre, adscendi, adscensum, a. (ad & scando,) *to ascend; to rise:* adscendĭtur, *the ascent is,* or *they ascend.*

Ad- *or* as- sisto, sistĕre, stĭti, n. (ad & sisto,) *to stand by; to assist; to help.*

Adspectūrus, a, um, part. (aspicio.)

Ad- *or* as- spergo, gĕre, si, sum, a. (ad & spargo,) *to sprinkle.*

Ad- *or* as- spicio, spicĕre, spexi, spectum, a. (ad & specio,) *to look at; see; regard; behold.*

Ad- *or* as- stans, tis, part. from

Ad- *or* as- sto, stāre, stĭti, n. (ad & sto,) *to stand by; to be near.*

Adsum, adesse, adfui, adfutūrus, irr. n. (ad & sum,) *to be present; to aid; to assist.*

Adulātor, ōris, m. (adūlor,) *a flatterer.*

Aduncus,a,um,adj. *bent; crooked.*

Advectus, a, um, part. from

Advĕho, advehĕre, advexi, advectum, a. (ad & veho,) *to carry; to convey.*

Advĕna, æ, c. § 31, (advenio,) *a stranger.*

Adveniens, tis, part. from

Advenio, advenīre, advēni, adventum, n. (ad & venio,) *to arrive; to come.*

Adventus, ûs, m. *an arrival, a coming.*

Adversarius, i, m. (adversor,) *an adversary; an enemy.*

Adversùs & adversùm, prep. *against; towards.*

Adversus, a, um, adj. (adverto,) *adverse; opposite; unfavorable; bad; fronting:* adversa cicātrix, *a scar in front:* adverso corpŏre, *on the breast.*

Advŏco, āre, āvi, ātum, a. (ad & voco,) *to call for* or *to; to call; to summon.*

Advŏlo, āre, āvi, ātum, n. (ad & volo,) *to fly to.*

Ædifĭco, āre, āvi, ātum, a. (ædes & facio,) *to build.*

Ædilĭtas, ātis, f. *the office of an edile; edileship.*

Ædilitius, (vir,) i, m. *one who has been an edile.*

Ægæus, a, um, adj. *Ægæan:* Ægæum mare, *the Ægæan sea, lying between Greece and Asia Minor. It is now called the Archipelāgo.*

Æger, ra, rum, adj. *sick; weak infirm; diseased.*

Ægrè, adv. *grievously; with difficulty.*

Ægritūdo, ĭnis, f. *sorrow; grief.*

the southern coast of Sicily, now *Girgenti.*

Agrippa, æ, m. *the name of several distinguished Romans.*

Ahēnum, i, n. *a kettle; a caldron; a brazen vessel.*

Aio, ais, ait, def. verb, (§ 183, 4,) *I say.*

Ajax, ăcis, m. *the name of two distinguished Grecian warriors at the siege of Troy.*

Ala, æ, f. *a wing; an arm-pit; an arm.*

Alăcer, ăcris, ăcre, adj. *lively; courageous; ready; fierce; spirited.*

Alba, æ, f. Alba Longa; *a city of Latium, built by Ascanius.*

Albānus, i, m. *an inhabitant of Alba.*

Albānus, a, um, adj. *Alban:* mons Albānus, *mount Albanus, at the foot of which Alba Longa was built,* 16 *miles from Rome.*

Albis, is, m. *a large river of Germany,* now *the Elbe.*

Albŭla, æ, m. *an ancient name of the Tiber.*

Albus, a, um, adj. *white.*

Alcestis, ĭdis, f. *the daughter of Pelias, and wife of Admētus.*

Alcibiădes, is, m. *an eminent Athenian, the pupil of Socrates.*

Alcinoüs, i, m. *a king of Phæacia* or *Corcyra, whose gardens were very celebrated.*

Alcyŏne, es, f. *the daughter of Æŏlus, and wife of Ceyx: she and her husband were changed into sea birds, called* Alcyŏnes.

Alcyon, is, m. *kingfisher.*

Alcyonēus, a, um, adj. *halcyon.*

Alexander, dri, m. *surnamed the Great, was the son of Philip, king of Macedon.*

Alexandria, æ, f. *the capital of Egypt; founded by Alexander the Great.*

Algeo, algēre, alsi, n. *to be cold.*

Alicunde, adv. (alĭquis & unde,) *from some place.*

Alienātus, a, um, part. *alienated; estranged.*

Aliēno, āre, āvi, ātum, a. *to alienate; to estrange.*

Aliēnus, a, um, adj. *foreign; of* or *belonging to another; another man's; another's.*

Aliò, adv. *to another place; elsewhere.*

Aliquandiu, adv. (aliquis & diu,) *for some time.*

Aliquando, adv. *once; formerly; at some time; at length; sometimes.*

Aliquantum, n. adj. *something; somewhat; a little.*

Alĭquis, alĭqua, alĭquod & alĭquid, pro. (§ 138,) *some; some one; a certain one.*

Alĭquot, ind. adj. *some.*

Alĭter, adv. *otherwise.*

Alĭter — alĭter, *in one way — in another.*

Alius, a, ud, adj. § 107, R. 1; *another; other:* alii — alii, *some — others.*

Allātus, a, um, part. (affĕro,) *brought.*

Allectus, a, um, part. (allicio.)

Allĕvo, āre, āvi, ātum, a. (ad & levo,) *to raise up; to alleviate; to lighten.*

Allia, æ, f. *a small river of Italy, flowing into the Tiber.*

Allicio, -licĕre, -lexi, -lectum, (ad & lacio,) a. *to allure; to entice.*

Alligātus, a, um, part. *bound; confined;* from

Allĭgo, āre, āvi, ātum, a. (ad & ligo,) *to bind to; to fasten; to bind* or *tie.*

Allocūtus, a, um, part. *speaking,* or *having spoken to;* from

Allŏquor, -lŏqui, -locūtus sum, dep. (ad & loquor,) *to speak to; to address; to accost.*

Alluo, -luĕre, -lui, a. (ad & luo,) *to flow near; to wash; to lave.*

Alo, alĕre, alui, alĭtum *or* altum, a. *to nourish; to feed; to support; to increase; to maintain; to strengthen.*

Alōeus, i, m. *a giant, son of Titan and Terra.*

Alpes, ium, f. pl. *the Alps.*

Alpheus, i, m. *a river of Peloponnesus.*

Alpīnus, a, um, adj. *of* or *belonging to the Alps; Alpine:* Alpini mures, *marmots.*

Altè, iùs, issĭmè, adv. *on high, highly; deeply; low; loudly.*

Alter, ĕra, ĕrum, adj. § 107; *the one (of two); the other; the second.* § 120, 1.

Alternus, a, um, adj. *alternate; by turns.*

Althæa, æ, f. *the wife of Œneus, and mother of Meleager.*

Altitūdo, ĭnis, f. *height;* from

Altus, a, um, adj. (ior, issĭmus,) *high; lofty; deep; loud.*

Alumnus, i, m. *a pupil; a foster-son; a fosterling.*

Alveus, i, m. *a channel.*

Alvus, i, f. *the belly.*

Amans, tis, part. and adj. (ior, issĭmus,) *loving; fond of.*

Amārus, a, um, adj. *bitter.*

Amātus, a, um, part. (amo.)

Amāzon, ŏnis; pl. Amazŏnes, um, f. *Amazons, a nation of female warriors, who originally inhabited a part of Sarmatia, near the river Don, and afterwards passed over into Asia Minor.*

Ambitio, ōnis, f. (ambio,) *ambition.*

Ambĭtus, ûs, m. *compass; extent; circuit; circumference; an encompassing; an encircling; a coiling around.*

Ambo, æ, o, adj. pl. § 118, 1; *both; each.*

Ambŭlo, āre, āvi, ātum, n. *to walk.*

Amicitia, æ, f. *friendship;* from

Amicus, a, um, adj. *friendly.*

Amicus, i, m. (amo,) *a friend.*

Amissus, a, um, part. from

Amitto, amittĕre, amisi, amissum, a. (a & mitto,) *to lose; to relinquish.*

Ammon, ōnis, m. *a surname of Jupiter, to whom, under this name, a temple was erected in the Lybian desert.*

Amnis, is, d. § 63, 1; *a river.*

Amo, āre, āvi, ātum, a. *to love.* § 155.

Amœnus, a, um, adj. (ior, issĭmus,) *pleasant; agreeable; delightful.*

Amor, ōris, m. (amo,) *love.*

Amphinŏmus, i, m. *a Catanean, distinguished for his filial affection.*

Amphion, ŏnis, m. *a son of Jupiter and Antiope, and the husband of Niobe. He is fabled to have built Thebes by the sound of his lyre.*

Amplè, adv. (iùs, issĭmè,) *amply;* (amplus.)

Amplector, ecti, exus sum, dep. (amb & plector, § 196, (*b.*) *to embrace.*

Amplexus, a, um, part. *having embraced; embracing.*

Amplio, āre, āvi, ātum, a. *to enlarge.*

Ampliùs, adv. (amplè,) *more.*

Amplus, a, um, adj. (ior, issĭmus,) *great; abundant; large; spacious.*

Amulius, i, m. *the son of Silvius Procas, and brother of Numitor.*

Amўclæ, ārum, f. pl. *a town upon the western coast of Italy, near Fundi.*

Amўcus, i, m. *a son of Neptune, and king of Bebrycia.*

An, conj. *whether; or.*

Anacreon, tis, m. *a celebrated lyric poet of Teos in Ionia.*

Anăpus, i, m. *a Catanean, the brother of Amphinomus.*

Anaxagŏras, æ, m. *a philosopher of Clazomene, a city of Ionia.*

Anceps, cipĭtis, adj. *uncertain; doubtful.*

Anchises, æ, m. *a Trojan, the father of Æneas.*

Anchŏra, *or* Ancŏra, æ, f. *an anchor.*

Ancilla, æ, f. *a female servant; a maid.*

Ancus, i, m. (Martius,) *the fourth king of Rome.*

Andriscus, i, m. *a person of mean birth, called also Pseudophilippus, on account of his pretending to be Philip, the son of Persis, king of Macedon.*

Andromĕda, æ, f. *the daughter of Cepheus and Cassiope, and wife of Perseus.*

Ango, angĕre, anxi, a. *to trouble; to disquiet; to torment; to vex.*

Anguis, is, c. *a snake; a serpent.*

Angŭlus, i, m. *a corner.*

Angustiæ, ārum, f. pl. *narrowness; a narrow pass; a defile.*

Angustus, a, um, adj. *narrow; limited; straitened; pinching.*

Anĭma, æ, f. *breath; life; the soul.*

Animadverto, -vertĕre, -verti, -versum, a. (anĭmus, ad, & verto,) *to attend; to observe; to notice.*

Anĭmal, ālis, n. (anĭma,) *an animal.*

Animōsus, a, um, adj. *courageous; bold; undaunted;* from

Anĭmus, i, m. *the mind; disposition; spirit; courage; a design:* uno anĭmo, *unanimously:* mihi est anĭmus, *I have a mind.*

Anio, ēnis, m. *a branch of the Tiber, which enters it three miles above Rome.* It is now called *the Teverone.*

Annecto, -nectĕre, -nexui, -nexum, a. (ad & necto,) *to annex; to tie* or *fasten to.*

Annŭlus, i, m. *a ring.*

Annumĕro, āre, āvi, ātum, a. (ad & numĕro,) *to number; to reckon; to reckon among.*

Annuo, -nuĕre, -nui, n. (ad & nuo, *to nod,*) *to assent; to agree.*

Annus, i, m. *a year.*

Annuus, a, um, adj. *annual; yearly; lasting a year.*

Anser, ĕris, m. *a goose.*

Anserinus, a, um, adj. *of* or *belonging to a goose:* ova, *goose-eggs.*

Antè, adv. *before; sooner.*

Ante, prep. *before.*

Antea, adv. (ante & is,) *before; heretofore.*

Antecello, -cellĕre, a. (ante & cello,) *to excel; to surpass; to exceed; to be superior to.*

Antepōno, -ponĕre, -posui, -posĭtum, a. (ante & pono,) *to prefer; to set before.*

Antepositus, a, um, part. (antepōno.)

Antĕquam, adv. *before; before that.*

Antigŏnus, i, m. *a king of Macedonia.*

Antiochia, æ, f. *the capital of Syria.*

Antiŏchus, i, m. *a king of Syria.*

Antiŏpe, es, f. *the wife of Lycus, king of Thebes, and the mother of Amphion.*

Antiquus, a, um, adj. (ior, issĭmus,) *ancient; old; of long continuance.*

Antipăter, tris, m. *a Sidonian poet.*

Antium, i, n. *a maritime town of Italy.*

Antonius, i, m. *Antony, the name of a Roman family.*

Antrum, i, n. *a cave.*

Apelles, is, m. *a celebrated painter of the island of Cos.*

Apenninus, i, m. *the Apennines.*

Aper, ri, m. § 48; *a boar; a wild boar.*

Aperio, -perire, -perui, -pertum, a. (ad & pario,) *to open; to discover; to disclose; to make known.*

Apertus, a, um, part. (aperio.)

Apex, icis, m. *a point; the top; the summit.*

Apis, is, f. *a bee.*

Apis, is, m. *an ox worshipped as a deity among the Egyptians.*

Apollo, inis, m. *the son of Jupiter and Latona, and the god of music and poetry.*

Apparātus, ûs, m. *a preparation; apparatus; equipment; habiliment.*

Appareo, ēre, ui, n. (ad & pareo,) *to appear; to be manifest* or *clear.*

Appellandus, a, um, part. from

Appello, āre, āvi, ātum, a. (ad & pello,) *to name* or *call; to address; to call upon.*

Appendo, -pendĕre, -pendi, -pensum, a. (ad & pendo,) *to hang upon* or *to; to weigh out; to pay.*

Appĕtens, tis, part. *seeking after;* from

Appĕto, -petĕre, -petivi, -petitum, a. (ad & peto,) *to desire; to strive for; to aim at; to attack.*

Appius, i, m. *a Roman* prænōmen *belonging to the Claudian gens or tribe.*

Appōno, -ponĕre, -posui, -positum, a. (ad & pono,) *to set* or *place before; to put to; to join.*

Appositus, a, um, part. (appōno.)

Appropinquo, āre, āvi, ātum, n. (ad & propinquo,) *to approach; to draw near.*

Apricus, a, um, adj. *sunny; serene; warm.*

Apto, āre, āvi, ātum, a. *to fit; to adjust.*

Apud, prep. *at; in; among; before; to:* with the name of a person, it signifies *in his house;* with that of an author, it signifies *in his writings.*

Apulia, æ, f. *a country in the eastern part of Italy, near the Adriatic.*

Aqua, æ, f. *water.*

Aquæductus, ûs, m. (aqua & duco,) *an aqueduct; a conduit.*

Aquila, æ, f. *an eagle.*

Aquilo, ōnis, m. *the north wind.*

Aquitania, æ, f. *a country of Gaul.*

Aquitāni, ōrum, m. pl. *the inhabitants of Aquitania.*

Ara, æ, f. *an altar.*

Arabia, æ, f. *Arabia.*

Arabicus, a, um, adj. *Arabian; of* or *belonging to Arabia;* Arabicus sinus, *the Red sea.*

Arabius, a, um, adj. *Arabian.*

Arabs, ăbis, m. *an Arabian.*

Arbĭtrātus, a, um, part. *having thought*; from

Arbĭtror, āri, ātus sum, dep. *to believe; to think.*

Arbor, & Arbos, ŏris, f. *a tree.*

Arca, æ, f. *a chest.*

Arcadia, æ, f. *Arcadia, a country in the interior of the Peloponnesus.*

Arcas, ădis, m. *a son of Jupiter and Calisto;* also, *an Arcadian.*

Arceo, ēre, ui, a. *to drive away; to ward off; to keep from; to restrain.*

Arcessitus, a, um, part. from

Arcesso, ĕre, ivi, itum, a. *to send for; to invite; to summon; to call.*

Archimēdes, is, m. *a famous mathematician and mechanician of Syracuse.*

Architectus, i, m. *an architect; a builder.*

Archȳtas, æ, m. *a Pythagorean philosopher of Tarentum.*

Arctè, adv. (iùs, issĭmè,) *straitly; closely; strictly;* from

Arctus, a, um, adj. (ior, issĭmus,) *narrow; close.*

Arcus, ûs, m. *a bow; an arch.*

Ardea, æ, f. *a city of Latium, the capital of the Rutuli.*

Ardens, tis, part. & adj. *burning; hot;* from

Ardeo, ardère, arsi, arsum, n. *to burn; to sparkle; to be consumed by fire.*

Arduus, a, um, adj. *high; lofty; steep; arduous; difficult.*

Arēna, æ, f. *sand.*

Arenōsus, a, um, adj. *sandy.*

Arethūsa, æ, f. *the name of a nymph of Elis, who was changed into a fountain in Sicily.*

Argentum, i, n. *silver.*

Argias, æ, m. *a chief of the Megarensians.*

Argivus, a, um, adj. *of Argos; Argive.*

Argivi, ōrum, m. pl. *Argives; inhabitants of Argos.*

Argonautæ, ārum, m. pl. *the Argonauts; the crew of the ship Argo, who sailed with Jason to Colchis.*

Argos, i, n. sing., & Argi, ōrum, m. pl. *a city in Greece, the capital of Argolis.*

Arguo, uĕre, ui, ūtum, a. *to show; to prove; to convict.*

Arimĭnum, i, n. *a city of Italy, on the coast of the Adriatic.*

Aristobūlus, i, m. *a name of several of the high priests and kings of Judæa.*

Aristotĕles, is, m. *Aristotle, a Greek philosopher, born at Stagira, a city of Macedonia.*

Arma, ōrum, n. pl. § 96; *arms.*

Armātus, a, um, part. *armed:* pl. armāti, ōrum, *armed men; soldiers.*

Armenia, æ, f. (Major,) *a country of Asia, lying between the*

Taurus and the Caucasus. Armenia (Minor,) *a small country, lying between Cappadocia and the Euphrates.*

Armenius, a, um, adj. *Armenian.*

Armentum, i, n. *a herd.*

Armilla, æ, f. *a bracelet* or *ring worn on the left arm by soldiers who had been distinguished in battle.*

Armo, āre, āvi, ātum, a. *to arm.*

Aro, āre, āvi, ātum, a. *to plough; to cover with the plough.*

Arreptus, a, um, part. from

Arripio, -ripĕre, -ripui, -reptum, a. (ad & rapio, § 189, 5.) *to seize upon.*

Arrŏgo, āre, āvi, ātum, a. (ad & rogo,) *to arrogate; to claim.*

Ars, tis, f. *art; contrivance; skill; employment; occupation; pursuit.*

Arsi. *See* Ardeo.

Artemisia, æ, f. *the wife of Mausōlus, king of Caria.*

Artĭfex, ĭcis, c. (ars & facio,) *an artist.*

Arundo, ĭnis, f. *a reed; a cane.*

Aruns, tis, m. *the eldest son of Tarquin the Proud.*

Arx, cis, f. *a citadel; a fortress.*

Ascanius, i, m. *the son of Æneas and Creüsa.*

Ascendo. *See* Adscendo.

Asia, æ, f. *Asia; Asia Minor;* also, *proconsular Asia,* or *the Roman province.*

Asiatĭcus, i, m. *an* agnōmen *or surname of L. Cornelius Scipio, on account of his victories in Asia.*

Asĭna, æ, m. *a* cognōmen *or surname of a part of the Cornelian family.*

Asĭnus, i, m. *an ass.*

Aspectūrus, a, um, part. (aspicio.

Asper, ĕra, ĕrum, adj. *rough, rugged.*

Aspergo. *See* Adspergo.

As- *or* ad- spernor, āri, ātus sum, dep. *to spurn; to despise; to reject.*

Aspicio. *See* Adspicio.

Aspis, ĭdis, f. *an asp.*

Assecūtus, a, um, part. from

As- *or* ad- sĕquor, -sequi, -secūtus sum, dep. (ad & sequor,) *to obtain; to overtake.*

As- *or* ad- servo, āre, āvi, ātum, a. (ad & servo,) *to preserve; to keep.*

As- *or* ad- signo, āre, āvi, ātum, a. (ad & signo,) *to assign; to appoint; to allot; to distribute.*

Assisto. *See* Adsisto.

Assuesco, -suescĕre, -suēvi, -suetum, inc. *to be accustomed; to be wont.*

Assurgo, -surgĕre, -surrexi, -surrectum, n. (ad & surgo,) *to rise; to arise.*

Astronomia, æ, f. *astronomy.*

Astūtus, a, um, adj. (ior, issĭmus,) *cunning; crafty.*

Asȳlum, i, n. *an asylum.*

At, conj. § 198, II. 9; *but.*

Atalanta, æ, f. *the daughter of Schœneus, king of Arcadia.*

Athēnæ, ārum, f. pl. *Athens, the capital of Attica.*

Atheniensis, is, m. *an Athenian; an inhabitant of Athens.*

Atilius, i, m. *a Roman proper name.*

Atlantĭcus, a, um, adj. *Atlantic; relating to Atlas:* mare Atlantĭcum, *the Atlantic ocean.*

Atque, conj. *and.*

Atrocĭter, adv. (iùs, issĭmè,) (atrox,) *fiercely; violently; severely.*

Attălus, i, m. *a king of Pergămus.*

Attĕro, -terĕre, -trivi, -tritum, a. (ad & tero,) *to rub off; to wear.*

Atthis, ĭdis, f. *the same as Attica.*

Attĭca, æ, f. *Attica, a country in the southern part of Greece proper.*

Attingo, -tingĕre, -tĭgi, -tactum, a. (ad & tango,) *to touch; to border upon; to attain; to reach.*

Attollo, ĕre, a. (ad & tollo,) *to raise up.*

Attritus, a, um, part. (attĕro,) *rubbed away; worn off.*

Auctor, ōris, c. (augeo,) *an author.*

Auctorĭtas, ātis, f. *authority; influence; reputation.*

Auctus, a, um, part. (augeo,) *increased; enlarged; augmented.*

Audacia, æ, f. *audacity; boldness;* from

Audax, ācis, adj. *bold; daring, audacious; desperate.*

Audeo, audēre, ausus sum, neut. pass. *to dare.* § 142, 2.

Audio, īre, īvi, ītum, a. *to hear.*

Audītus, a, um, part.

Audītus, ûs, m. *the hearing.*

Aufĕro, auferre, abstŭli, ablātum, irr. a. (ab & fero,) *to take away; to remove.*

Aufugio, -fugĕre, -fūgi, -fugĭtum, n. (ab & fugio, § 196, 1,) *to fly away; to run off; to escape; to flee.*

Augendus, a, um, part. from

Augeo, augēre, auxi, auctum, a. *to increase; to augment; to enlarge; to rise.*

Augurium, i, n. *augury; divination.*

Augustè, adv. *nobly;* from

Augustus, a, um, adj. *august; grand; venerable.*

Augustus, i, m. *an honorary appellation bestowed by the senate upon Cæsar Octavianus; and succeeding emperors took the same name.*

Aulis, ĭdis, f. *a seaport town in Bœotia.*

Aulus, i, m. *a common* prænōmen *among the Romans.*

Aurelius, i, m. *the name of several Romans.*

Aureus, a, um, adj. (aurum,) *golden*

Auriga, æ, m. *a charioteer.*

Auris, is, f. *the ear.*

Aurum, i, n. *gold.*

Auspicium, i, n. *an auspice; a species of divination, from the flight, &c. of birds.*

Ausus, a, um, part. (audeo,) *daring; having dared.*

Aut, conj. § 198, 2; *or;* aut—aut, *either—or.*

Autem, conj. § 198, 9; *but; yet.*

Autumnus, i, m. *autumn.*

Auxi. *See* Augeo.

Auxilium, i, n. *help; aid; assistance.*

Avaritia, æ, f. *avarice;* from

Avārus, a, um, adj. *avaricious; covetous.*

Avĕho, -vehĕre, -vexi, -vectum, a. (a & veho,) *to carry off* or *away.*

Avello, -vellĕre, -velli *or* -vulsi, -vulsum, a. (a & vello,) *to carry away; to pull away.*

Aventinus, i, m. *mount Aventine, one of the seven hills on which Rome was built.*

Aversus, a, um, part. *turned away:* cicātrix aversa, *a scar in the back:* from

Averto, -vertĕre, -verti, -versum, a. (a & verto,) *to avert; to turn; to turn away.*

Avicŭla, æ, f. dim. (avis,) *a small bird.*

Avĭdus, a, um, adj. (ior, issĭmus,) *ravenous; greedy; eager.*

Avis, is, f. *a bird.*

Avŏco, āre, āvi, ātum, a. (a & voco,) *to call away, to divert, to withdraw.*

Avolatūrus, a, um, part. from

Avŏlo, āre, āvi, ātum, n. (a & volo,) *to fly away* or *off.*

Avulsus, part. (avello.)

Avuncŭlus, i, m. *an uncle.*

Avus, i, m. *a grandfather.*

Axĕnus, i, m. (from the Greek Ἄξενος, inhospitable;) *the Euxine sea; anciently so called, on account of the cruelty of the neighboring tribes.*

B.

Babȳlon, ōnis, f. *the metropolis of Chaldea, lying upon the Euphrates.*

Babylonia, æ, f. *the country about Babylon.*

Bacca, æ, f. *a berry.*

Bacchus, i, m. *the son of Jupiter and Semĕle, and the god of wine.*

Bactra, ōrum, n. *the capital of Bactriāna, situated upon the sources of the Oxus.*

Bactriāni, ōrum, m. pl. *the inhabitants of Bactriāna.*

Bactriānus, a, um, adj. *Bactrian, pertaining to Bactra* or *Bactriāna.*

Bacŭlum, i, n. *a staff.*

Bætĭca, æ, f. *a country in the southern part of Spain, watered by the river Bætis.*

Bætis, is, m. *a river in the south-*

ern part of Spain, now *the Guadalquivir.*

Bagrăda, æ, m. *a river of Africa, between Utica and Carthage.*

Ballista, æ, f. *an engine for throwing stones.*

Baltĭcus, a, um, adj. *Baltic:* mare Baltĭcum, *the Baltic sea.*

Barbărus, a, um, adj. *barbarous; rude; uncivilized; savage:* subs. barbări, *barbarians.*

Batăvus, a, um, adj. *Batavian; belonging to Batavia*, now *Holland.*

Beatitūdo, ĭnis, f. *blessedness; happiness;* from

Beātus, a, um, adj. (ior, issĭmus,) *happy; blessed.*

Bebrycia, æ, f. *a country of Asia.*

Belgæ, ārum, m. pl. *the inhabitants of the north-east part of Gaul; the Belgians.*

Belgĭcus, a, um, adj. *of* or *pertaining to the Belgæ.*

Bellerŏphon, tis, m. *the son of Glaucus, king of Ephўra.*

Bellicōsus, a, um, adj. (ior, issĭmus, bellum, § 128, 4,) *warlike.*

Bellĭcus, a, um, adj. (bellum, § 128, 2,) *warlike.*

Belligĕro, āre, āvi, ātum, n. (bellum & gero,) *to wage war; to carry on war.*

Bello, āre, āvi, ātum, n. *to war; to wage war; to contend; to fight.*

Bellua, æ, f. *a beast; a brute.*

Bellum, i. n. *war.*

Belus, i, m. *the founder of the Babylonish empire.*

Benè, adv. (comp. meliŭs, sup. optĭmè,) *well; finely; very:* benè pugnāre, *to fight successfully.*

Beneficium, i, n. (benè & facio,) *a benefit; a kindness.*

Benevolentia, æ, f. (benè & volo,) *benevolence; good will.*

Benignè, adv. *kindly;* from

Benignus, a, um, adj. *kind; benign.*

Bestia, æ, f. *a beast.*

Bestia, æ, m. *the surname of a Roman consul.*

Bias, antis, m. *a philosopher born at Priēne, and one of the seven wise men of Greece.*

Bibliothēca, æ, f. *a library.*

Bibo, bibĕre, bibi, bibĭtum, a. *to drink; to imbibe.*

Bibŭlus, i, m. *a colleague of Julius Cæsar in the consulship.*

Bini, æ, a, num. adj. § 119, III; *two by two; two.*

Bipes, ĕdis, adj. (bis & pes,) *two-footed.*

Bis, num. adv. *twice.*

Bithynia, æ, f. *a country of Asia Minor, east of the Propontis.*

Blanditia, æ, f. *a compliment:* blanditiæ, pl. *blandishments; caresses; flattery:* from

Blandus, a, um, adj. (ior, issĭmus,)

flattering; enticing; inviting; tempting.

Bœotia, æ, f. *a country of Greece, north of Attica.*

Bonĭtas, ātis, f. *goodness; excellence;* from

Bonus, a, um, adj. (melior, optĭmus,) *good; happy; kind.*

Bonum, i, n. *a good thing; an endowment; an advantage; profit:* bona, n. pl. *an estate; goods.*

Boreālis, e, adj. *northern;* from

Boreas, æ, m. *the north wind.*

Borysthĕnes, æ, m. *a large river of Scythia, flowing into the Euxine; it is now called the Dneiper.*

Borysthĕnis, ĭdis, f. *the name of a town at the mouth of the Borysthenes.*

Bos, bovis, c. *an ox; a cow.* §§ 83, R. 1, & 84, E. 1.

Bosphŏrus, *or* Bospŏrus, i, m. *the name of two straits between Europe and Asia; one, the* Bosphŏrus Thracius, *Thracian Bosphorus,* now *the straits of Constantinople; the other, the* Bosphŏrus Cimmerius, *the Cimmerian Bosphorus,* now *the straits of Caffa.*

Brachium, i, n. *the arm.*

Brevì, adv. *shortly; briefly; in a short time;* from

Brevis, e, adj. (ior, issĭmus,) *short; brief.*

Brevĭtas, ātis, f. *shortness; brevity.*

Brigantinus, a, um, adj. *belonging to Brigantium, a town of the Vindelici:* Brigantinus lacus, *the lake of Constance.*

Britannia, æ, f. *Great Britain.*

Britannĭcus, a, um, adj. *belonging to Britain; British:* oceănus Britannĭcus, *and* mare Britannĭcum, *the North sea, including a part of the Baltic.*

Britannus, a, um, adj. *British:* Britanni, *the Britons.*

Bruma, æ, f. *the winter solstice; the shortest day.*

Bruttium, i, n. *a promontory of Italy.*

Bruttii, ōrum, m. pl. *a people in the southern part of Italy.*

Brutus, i, m. *the name of an illustrious Roman family.*

Bucephălus, i, m. *the name of Alexander's war-horse.*

Bucephălos, i, f. *a city of India, near the Hydaspes, built by Alexander, in memory of his horse.*

Buxeus, a, um, adj. *of box; of a pale yellow color, like boxwood.*

Byzantium, i, n. *now Constantinople, a city of Thrace, situated upon the Bosphŏrus.*

C.

C., *an abbreviation of Caius.*

Cabīra, ind. *a town of Pontus.*

Cacūmen, ĭnis, n. *the top; the peak; the summit.*

Cadens, tis, part. (cado.)

Cadmus, i, m. *a son of Agēnor, king of Phœnicia.*

Cado, cadĕre, cecĭdi, casum, n. *to fall.*

Cæcilius, i, m. *the name of several Romans.*

Cæcūbum, i, n. *a town of Campania, famous for its wine.*

Cæcūbus, a, um, adj. *Cæcuban; of Cæcubum.*

Cædes, is, f. *slaughter; carnage; homicide; murder;* from

Cædo, cædĕre, cecīdi, cæsum, a. *to cut; to kill; to slay; to beat.*

Cælātus, a, um, part. from

Cælo, āre, āvi, ātum, a. *to carve; to engrave; to sculpture; to emboss.*

Cæpe, *or* Cepe, n. indec. *an onion.*

Cæpio, ōnis, m. *a Roman consul who commanded in Spain.*

Cæsar, ăris, m. *a* cognōmen *or surname given to the Julian family.*

Cæstus, ûs, m. *a gauntlet; a boxing glove.*

Cæsus, a, um, part. (cædo,) *cut; slain; beaten*

Caius, i, m. *a Roman* prænōmen.

Calais, is, m. *a son of Boreas.*

Calamĭtas, ātis, f. *a calamity; a misfortune;* from

Calămus, i, m. *a reed.*

Calathiscus, i, m. *a small basket.*

Calefacio, calefacĕre, calefēci, calefactum, a. (caleo & facio,) *to warm.*

Calefīo, fiĕri, factus sum, irr. § 180, N.; *to be warmed.*

Calefactus, a, um, part. (calefīo,) *warmed.*

Calĭdus, a, um, adj. *warm.*

Callĭdus, a, um, adj. *cunning; shrewd.*

Calor, ōris, m. *warmth; heat.*

Calpe, es, f. *a hill* or *mountain in Spain, opposite to Abўla in Africa.*

Calpurnius, i, m. *the name of a Roman family.*

Calydonius, a, um, adj. *of* or *belonging to Calydon, a city of Ætolia; Calydonian.*

Camēlus, i, c. *a camel.*

Camillus, i, m. (M. Furius,) *a Roman general.*

Campania, æ, f. *a pleasant country of Italy, between Latium and Lucania.*

Campester, tris, tre, adj. *even; plain; level; champaign; flat.*

Campus, i, m. *a plain; a field; the Campus Martius.*

Cancer, cri, m. *a crab.*

Candĭdus, a, um, adj. *white.*

Candor, ōris, m. *brightness; whiteness; clearness.*

Canens, tis, part. *singing.*

Canis, is, c. *a dog.*

Cannæ, ārum, f. pl. *a village in Apulia, famous for the defeat of the Romans by Hannibal.*

Cannensis, e, adj. *belonging to Cannæ.*

Cano, canĕre, cecĭni, cantum, a. *to sing; to sound* or *play upon an instrument.*

Cantans, tis, part. (canto.)

Canthărus, i, m. *a beetle; a knot under the tongue of the god Apis.*

Cantium, i, n. *now the county of Kent, on the eastern coast of England.*

Canto, āre, āvi, ātum, freq. (cano,) *to sing; to repeat often.*

Cantus, ûs, m. *singing; a song:* cantus galli, *the crowing of the cock.*

Capesso, ĕre, ivi, itum, a. (capio,) § 187, II. 5; *to take; to take the management of:* fugam capessĕre, *to flee.*

Capiendus, a, um, part. (capio.)

Capiens, tis, part. from

Capio, capĕre, cepi, captum, a. *to take; to capture; to take captive; to enjoy; to derive.*

Capitālis, e, adj. (caput,) *capital; mortal; deadly; pernicious:* capitāle, (*sc.* crimen,) *a capital crime.*

Capitolium, i, n. *the capitol; the Roman citadel on the Capitoline hill.*

Capra, æ, f. *a she-goat.*

Captīvus, a, um, adj. *captive.*

Capto, āre, āvi, ātum, freq. § 187, II. 1, (capio,) *to catch at; to seek for; to hunt for.*

Captus, a, um, part. (capio,) *taken; taken captive.*

Capua, æ, f. *the principal city of Campania.*

Caput, ĭtis, n. *a head; life; the skull; a capital city:* capĭtis damnāre, *to condemn to death.*

Carbonarius, i, m. (carbo, *a coal;*) *a collier; a maker of charcoal.*

Carcer, ĕris, m. *a prison.*

Careo, ēre, ui, ĭtum, n. *to be without; to be free from; to be destitute; not to have; to want.*

Cares, ium, m. pl. *Carians; the inhabitants of Caria.*

Caria, æ, f. *a country in the south-eastern part of Asia Minor.*

Carĭca, æ, f. *a fig.*

Carmen, ĭnis, n. *a song; a poem.*

Carneădes, is, m. *a philosopher of Cyrēne, distinguished for his acuteness.*

Caro, carnis, f. *flesh.*

Carpentum, i, n. *a chariot; a wagon.*

Carpetāni, ōrum, m. pl. *a people of Spain, on the borders of the Tagus.*

Carpo, carpĕre, carpsi, carptum, a. *to pluck; to tear.*

Carræ, ārum, f. pl. *a city of Mesopotamia, near the Euphrates.*

Carthaginiensis, e, adj. *of* or *belonging to Carthage; Carthaginian:* subs. *a Carthaginian.*

Carthāgo, ĭnis, f. *Carthage, a maritime city in Africa:* Carthāgo Nova, *Carthagena, a town of Spain.*

Carus, a, um, adj. (ior, issĭmus,) *dear.*

Casa, æ, f. *a cottage; a hut.*

Casca, æ, m. *the* cognōmen *or surname of P.. Servilius, one of the conspirators against Cæsar.*

Caseus, i, m. *cheese.*

Cassander, dri, m. *the name of a Macedonian.*

Cassiŏpe, es, f. *the wife of Cepheus, king of Ethiopia, and mother of Andromeda.*

Cassius, i, m. *the name of several Romans.*

Castalius, a, um, adj. *Castalian; of Castalia, a fountain of Phocis, at the foot of mount Parnassus.*

Castigātus, a, um, part. from

Castigo, āre, āvi, ātum, a. *to chastise; to punish.*

Castrum, i, n. *a castle:* castra, ōrum, pl. *a camp;* castra ponĕre, *to pitch a camp; to encamp.*

Casus, ûs, m. *accident; chance; an event; a misfortune; a disaster; a calamity.*

Catabathmus, i, m. *a declivity; a gradual descent; a valley between Egypt and Africa proper.*

Catăna, æ, f. *now Catania, a city of Sicily, near to mount Etna.*

Catanensis, e, adj. *belonging to Catana; Catanean.*

Catiēnus, i, m. Catiēnus Plotinus, *a Roman who was greatly distinguished for his attachment to his patron.*

Catilina, æ, m. *a conspirator against the Roman government, whose plot was detected and defeated by Cicero.*

Cato, ōnis, m. *the name of a Roman family.*

Catŭlus, i, m. *the name of a Roman family of the Lutatian tribe.*

Catŭlus, i, m. *the young of beasts; a whelp.*

Caucăsus, i, m. *a mountain of Asia, between the Black and Caspian seas.*

Cauda, æ, f. *a tail.*

Caudinus, a, um, adj. *Caudine; of* or *belonging to Caudium, a town of Italy.*

Caula, æ, f. *a fold.*

Causa, æ, f. *a cause; a reason; a lawsuit:* in causà est, *or* causa est, *is the reason:* alicūjus rei causâ, *for the purpose*, or *for the sake of a thing.*

Cautes, is, f. *a rock; a crag; a cliff.*

Caveo, cavēre, cavi, cautum, n. & a. *to beware; to avoid; to shun:* cavēre sibi ab alĭquo, *to secure themselves; to guard against.*

Caverna, æ, f. *a cave; a cavern.*

Cavus, a, um, adj. *hollow.*

Cecidi. *See* Cædo.

Cecĭdi. *See* Cado.

Cecĭni. *See* Cano.

Cecropia, æ, f. *an ancient name of Athens;* from

Cecrops, ŏpis, m. *the first king of Athens.*

Cedo, cedĕre, cessi, cessum, n. *to yield; to give place; to retire; to retreat; to submit.*

Celĕber, bris, bre, adj. (rior, errĭmus,) *crowded; much visited; renowned; famous; distinguished.*

Celebrātus, a, um, part. (celĕbro.)

Celebrĭtas, ātis, f. (celĕber,) *fame; glory; celebrity; renown.*

Celĕbro, āre, āvi, ātum, a. *to visit; to celebrate; to make famous; to perform.*

Celerĭtas, ātis, f. (celer, swift,) *speed; swiftness; quickness.*

Celerĭter, adv. (iùs, rimè,) *swiftly.*

Celeus, i, m. *a king of Eleusis.*

Celo, āre, āvi, ātum, a. *to hide; to conceal.*

Celtæ, ārum, m. pl. *the Celts, a people of Gaul.*

Censeo, ēre, ui, um, a. *to judge; to believe; to count; to reckon.*

Censor, is, m. *a censor; a censurer; a fault-finder; a critic.*

Censorinus, i, m. (L. Manlius,) *a Roman consul in the third Punic war.*

Censorius, i, m. *one who has been a censor; a surname of Cato the elder.*

Census, ûs, m. *a census; an enumeration of the people; a registering of the people, their ages, &c.*

Centēni, æ, a, num. adj. pl. *every hundred; a hundred.*

Centesĭmus, a, um, num. adj. *the hundredth.*

Centies, num. adv. *a hundred times.*

Centum, num. adj. pl. ind. *a hundred.*

Centurio, ōnis, m. *a centurion; a captain of a hundred men.*

Cephallenia, æ, f. *an island in the Ionian sea,* now *Cefalonia.*

Cepe, *see* Cæpe.

Cepi. *See* Capio.

Cera, æ, f. *wax.*

Cerbĕrus, i, m. *the name of the three-headed dog which guarded the entrance of the infernal regions.*

Cercasōrum, i, n. *a town of Egypt.*

Ceres, ĕris, f. *Ceres, the goddess of corn.*

Cerno, cernĕre, a. § 172; *to see; to perceive.*

Certāmen, ĭnis, n. (certo,) *a contest; a battle; zeal; eagerness; strife; contention; debate; a game* or *exercise:* Olympĭcum certāmen, *the Olympic games.*

Certè, adv. (iùs, issĭmè,) (certus,) *certainly.*

Certo, āre, āvi, ātum, a. & n. *to contend; to strive; to fight.*

Certus, a, um, adj. (ior, issĭmus,) *certain; fixed.*

Cerva, æ, f. *a female deer; a hind.*

Cervīnus, a, um, adj. *belonging to a stag* or *deer.*

Cervix, īcis, f. *the neck; an isthmus.*

Cervus, i, m. *a male deer; a stag.*

Cessātor, is, m. *a loiterer; a lingerer; an idler.*

Cesso, āre, āvi, ātum, n. *to cease; to loiter.*

Cetĕrus, cetĕra, cetĕrum, adj. (§ 105,) *other; the other; the rest.*

Cetĕrùm, adv. *but; however; as for the rest.*

Cetus, i, m. *a whale.*

Ceÿx, ȳcis, m. *the son of Hesperus, and husband of Alcyŏne.*

Chalcēdon, ŏnis, f. *a city of Bithynia, opposite to Byzantium.*

Chaldaĭcus, a, um, adj. (Chaldæa,) *Chaldean.*

Charta, æ, f. *paper.*

Chersĭphron, ōnis, m. *a distinguished architect, under whose direction the temple at Ephesus was built.*

Chersonēsus, i, f. *a peninsula.*

Chilo, ōnis, m. *a Lacedæmonian philosopher, and one of the seven wise men of Greece.*

Christus, i, m. *Christ.*

Cibus, i, m. *food; nourishment.*

Cicātrix, īcis, f. *a wound; a scar; a cicatrice.*

Cicĕro, ōnis, m. *a celebrated Roman orator.*

Ciconia, æ, f. *a stork.*

Cilicia, æ, f. *a country in the southeastern part of Asia Minor.*

Cimbri, ōrum, m. pl. *a nation formerly inhabiting the northern part of Germany.*

Cinctus, a, um, part. (cingo.)

Cineas, æ, m. *a Thessalian, the favorite minister of Pyrrhus.*

Cingo, cingĕre, cinxi, cinctum, a. *to surround; to encompass; to encircle; to gird.*

Cinis, ĕris, d. *ashes; cinders.*

Cinna, æ, m. (L. Cornelius,) *a consul at Rome, in the time of the civil war.*

Cinnămum, i, n. *cinnamon.*

Circa, & Circum, pr. & adv. *about; around; in the neighborhood of.*

Circuĭtus, ûs, m. *a circuit; a circumference.*

Circumdătus, a, um, part. from

Circumdo, dăre, dĕdi, dătum, a. (circum & do,) *to surround; to put around; to environ; to invest.*

Circumeo, îre, ii, ĭtum, irr. n. (circum & eo, § 182, 3,) *to go round; to visit.*

Circumfluo, -fluĕre, -fluxi, -fluxum, n. (circum & fluo,) *to flow round.*

Circumiens, euntis, part. (circumeo.)

Circumjaceo, ēre, ui, n. (circum & jaceo,) *to lie around; to border upon.*

Circumsto, stâre, stĕti, n. (circum & sto,) *to stand round.*

Circumvenio, -venire, -vêni, -ventum, a. (circum & venio,) *to surround; to circumvent.*

Circumventus, a, um, part.

Ciris, is, f. *the name of the fish into which Scylla was changed.*

Cisalpinus, a, um, adj. (cis & Alpes,) *Cisalpine; on this side of the Alps; that is, on the side nearest to Rome.*

Cithæron, ōnis, m. *a mountain of Bœotia, near Thebes, sacred to Bacchus.*

Citò, adv. (iùs, issĭmè,) *quickly;* from

Citus, a, um, adj. (ior, issĭmus,) *quick.*

Citra, pr. & adv. *on this side.*

Civĭcus, a, um, adj. (civis,) *civic: corōna civĭca, a civic crown, given to him who had saved the life of a citizen by killing an enemy.*

Civilis, e, adj. *of* or *belonging to a citizen; civil.*

Civis, is, c. *a citizen.*

Civĭtas, âtis, f. *a city; a state; the inhabitants of a city; the body of citizens; a constitution; citizenship; freedom of the city.*

Clades, is, f. *an overthrow; discomfiture; defeat; disaster; slaughter.*

Clam, pr. *without the knowledge of:*—adv. *privately; secretly.*

Clamo, âre, âvi, âtum, a. *to cry out; to call on.*

Clamor, ōris, m. *a clamor; a cry.*

Clandestinus, a, um, adj. (clam,) *secret; clandestine.*

Clarĭtas, âtis, f. *celebrity; fame;* from

Clarus, a, um, adj. (ior, issĭmus,) *clear; famous; renowned; celebrated; loud.*

Classis, is, f. *a fleet.*

Claudius, i, m. *the name of several Romans, belonging to the tribe hence called Claudian.*

Claudo, claudĕre, clausi, clausum, a. *to close; to shut.*

Claudus, a, um, adj. *lame.*

Clausus, a, um, part. (claudo,) *shut up.*

Clăvus, i, m. *a nail; a spike.*

Clemens, tis, adj. *merciful.*

Clementia, æ, f. *clemency; mildness.*

Cleopătra, æ, f. *an Egyptian queen, celebrated for her beauty.*

Cloāca, æ, f. *a drain; a common sewer.*

Cluentius, i, m. *the name of several Romans.*

Clusium, i, n. *a city of Etruria.*

Clypeus, i, m. *a shield; a buckler.*

Cn., *an abbreviation of*

Cneius, i, m. *a Roman* prænŏmen.

Coactus, a, um, part. (cogo,) *collected; assembled; compelled.*

Coccyx, ÿgis, m. *a cuckoo.*

Cocles, ĭtis, m. *a Roman, distinguished for his bravery.*

Coctĭlis, e, adj. (coquo, § 129, 4,) *dried; burnt; baked.*

Coctus, a, um, part. (coquo,) *baked; burnt; boiled.*

Cœlum, i, n. sing. m. pl. § 92, 4; *heaven; the climate; the sky; the air; the atmosphere.*

Cœna, æ, f. *a supper.*

Cœpi, isse, def. § 183, 1; *I begin,* or *I began.*

Cœptus, a, um, part. *begun.*

Coërceo, ēre, ui, ĭtum, a. (con & arceo,) *to check; to restrain; to control.*

Cogitatio, ōnis, f. (cogĭto,) *a thought; a reflection.*

Cogitātum, i, n. *a thought.*

Cogĭto, āre, āvi, ātum, a. *to think; to consider; to meditate.*

Cognĭtus, a, um, part. (cognosco.)

Cognōmen, ĭnis, n. *a surname;* from

Cognosco, -noscĕre, -nōvi, -nĭtum, a. (con & nosco,) *to know; to learn:* de causâ, *to try* or *decide a suit at law.*

Cogo, cogĕre, coēgi, coactum, a. (con & ago,) *to drive; to compel; to force; to urge; to collect:* agmen, *to bring up the rear; to march in the rear.*

Cohæreo, -hærēre, -hæsi, -hæsum, n. (con & hæreo,) *to adhere; to be united; to be joined to.*

Cohibeo, -hibēre, -hibui, -hibĭtum, a. (con & habeo, § 189, 4,) *to hold back; to restrain.*

Cohors, tis, f. *a cohort; the tenth part of a legion.*

Colchi, ōrum, m. *the people of Colchis.*

Colchis, ĭdis, f. *a country of Asia, east of the Euxine.*

Collābor, -lābi, -lapsus sum, dep. (con & labor,) *to fall.*

Collāre, is, n. (collum,) *a collar; a necklace.*

Collatīnus, i, m. *a surname of Tarquinius, the husband of Lucretia.*

Collectus, a, um, part. (collĭgo.)

Collēga, æ, m. *a colleague.*

Collegium, i, n. *a college; a company.*

Collĭgo, -ligĕre, -lēgi, -lectum, a. (con & lego,) *to collect.*

Collis, is, m. *a hill.*

Collocātus, a, um, part. from

Collŏco, āre, āvi, ātum, a. (con & loco,) *to place:* statuam, *to erect; to set up.*

Colloquium, i, n. *conversation; an interview;* from

Collŏquor, -lŏqui, -locūtus sum, dep. (con & loquor,) *to speak together; to converse.*

Collum, i, n. *the neck.*

Colo, colĕre, colui, cultum, a. *to cultivate; to exercise; to pursue; to practise; to respect; to regard; to venerate; to worship; to inhabit.*

Colonia, æ, f. *a colony.*

Colōnus, i, m. *a colonist.*

Color, & Colos, ōris, m. *a color.*

Columba, æ, f. *a dove; a pigeon.*

Columbāre, is, n. *a dovecote.*

Columna, æ, f. *a pillar; a column.*

Combūro, -urĕre, -ussi, -ustum, a. (con & uro, § 196, 5,) *to burn; to consume.*

Comedendus, a, um, part. from

Comĕdo, edĕre, ēdi, ēsum & estum, a. (con & edo,) *to eat up; to devour.*

Comes, ĭtis, c. *a companion.*

Comētes, æ, m. *a comet,* § 45.

Comissor, āri, ātus sum, dep. *to revel; to riot; to banquet; to carouse.*

Comĭtans, tis, part. (comĭtor.)

Comitātus, a, um, part. from

Comĭtor, āri, ātus sum, dep. (comes,) *to accompany; to attend; to follow.*

Commemŏro, āre, āvi, ātum, a. (con & memŏro,) *to commemorate; to mention.*

Commendo, āre, āvi, ātum, a. (con & mando,) *to commend; to recommend; to commit to one's care.*

Commeo, āre, āvi, ātum, n. (con & meo,) *to go to and fro; to go and come; to pass.*

Commercium, i, n. (con & merx,) *commerce; traffic; intercourse.*

Commĭgro, āre, āvi, ātum, n. (con & migro,) *to emigrate; to remove.*

Comminuo, -minuĕre, -minui, -minūtum, a. (con & minuo,) *to dash* or *break in pieces; to crush.*

Comminūtus, a, um, part. *diminished; broken in pieces.*

Committo, -mittĕre, -mīsi, -missum, a. (con & mitto,) *to commit; to intrust:* pugnam, *to join battle; to commence* or *fight a battle.*

Commissus, a, um, part. *intrusted; perpetrated; committed; commenced:* prœlium commissum, *a battle begun* or *fought:* copiis commissis, *forces being engaged.*

Commodĭtas, ātis, f. (commŏdus,) *a convenience; commodiousness.*

Commŏdum, i, n. *an advantage; gain.*

Commorior, -mŏri & -moriri, -mortuus sum, dep. (con & morior,) *to die together.*

Commŏror, āri, ātus sum, dep. (con & moror,) *to reside; to stay at; to remain; to continue.*

Commōtus, a, um, part. from

Commoveo, -movēre, -mōvi, -mōtum, a. (con & moveo,) *to move; to excite; to stir up; to influence; to induce.*

Communĭco, āre, āvi, ātum, a. *to communicate; to impart; to tell;* from

Commūnis, e, adj. *common:* in commūne consulĕre, *to consult for the common good.*

Comœdia, æ, f. *a comedy.*

Compăro, āre, āvi, ātum, a. (con & paro,) *to gain; to procure; to get; to compare.*

Compello, -pellĕre, -pŭli, -pulsum, a. (con & pello,) *to drive; to compel; to force:* in fugam, *to put to flight.*

Compenso, āre, āvi, ātum, a. (con & penso,) *to compensate; to make amends for.*

Comperio, -perire, -pĕri, -pertum, a. (con & pario, § 189, 1,) *to learn; to discover.*

Complector, -plecti, -plexus sum, dep. (con & plector,) *to embrace; to comprise; to comprehend; to reach; to extend:* complecti amōre, *to love.*

Compōno, -ponĕre, -posui, -posĭtum, a. (con & pono,) *to compose; to put together; to arrange; to construct; to finish; to compare.*

Composĭtus, a, um, part. *finished; composed; quieted.*

Comprehendendus, a, um, part. from

Comprehendo, -prehendĕre, -prehensi, -prehensum, a. (con & prehendo,) *to comprehend; to seize; to apprehend.*

Comprehensus, a, um, part.

Compulsus, a, um, part. (compello.)

Conātus, a, um, part. (conor,) *having endeavored.*

Concēdo, -cedĕre, -cessi, -cessum, a. (con & cedo,) *to yield; to permit; to grant.*

Conceptus, a, um, part. (concipio,) *conceived; couched; expressed.*

Concessus, a, um, part. (concēdo.)

Concha, æ, f. *a shell-fish.*

Conchylium, i, n. *a shell-fish.*

Concilio, āre, āvi, ātum, a. *to conciliate; to unite; to reconcile; to acquire for one's self; to gain; to obtain;* from

Concilium, i, n. *a council.*

Concio, ōnis, f. (concieo,) *an*

assembly; an assembly of the people.

Concipio, -cipĕre, -cēpi, -ceptum, a. (con & capio, § 189, 5,) *to conceive; to imagine; to form; to draw up; to comprehend.*

Concĭto, āre, āvi, ātum, freq. (con & cito,) *to excite; to raise.*

Concĭtor, ōris, m. *one who excites; an exciter; a mover; a disturber.*

Concŏquo, -coquĕre, -coxi, -coctum, a. (con & coquo,) *to boil; to digest.*

Concordia, æ, f. (concors,) *concord; agreement; harmony.*

Concrēdo, -credĕre, -credĭdi, -credĭtum, a. (con & credo,) *to trust; to intrust.*

Concrĕmo, āre, āvi, ātum, a. (con & cremo,) *to burn with; to burn; to consume.*

Concurro, -currĕre, -curri, -cursum, n. (con & curro,) *to run together:* concurrĭtur, pass. imp. *a crowd assemble; there is an assemblage.*

Concussus, a, um, part. *shaken; moved;* from

Concutio, -cutĕre, -cussi, -cussum, a. (con & quatio,) *to shake; to agitate; to tremble.*

Conditio, ōnis, f. (condo,) *condition; situation; a proposal; terms.*

Condĭtus, a, um, part. from

Condo, -dĕre, -dĭdi, -dĭtum, a. (con & do,) *to found; to build; to make; to form; to hide; to bury; to conceal.*

Condūco, -ducĕre, -duxi, -ductum, a. (con & duco,) *to hire.*

Confectus, a, um, part. (conficio.)

Confĕro, conferre, contŭli, collātum, irr. a. (con & fero,) *to bring together; to heap up; to bestow; to give:* se conferre, *to betake one's self; to go.*

Conficio, -ficĕre, -fēci, -fectum, a. (con & facio,) *to make; to finish; to waste; to wear out; to terminate; to consume; to ruin; to destroy; to kill.*

Confligo, -fligĕre, -flixi, -flictum, a. (con & fligo,) *to contend; to engage; to fight.*

Conflo, āre, āvi, ātum, a. (con & flo,) *to blow together; to melt; to unite; to compose.*

Confluo, -fluĕre, -fluxi, -fluxum, n. (con & fluo,) *to flow together; to flock; to assemble.*

Confodio, -fodĕre, -fōdi, -fossum, a. (con & fodio,) *to dig; to pierce; to stab.*

Confossus, a, um, part. (confodio.)

Confugio, -fugĕre, -fūgi, -fugĭtum, n. (con & fugio,) *to fly to; to fly for refuge; to flee.*

Congĕro, -gerĕre, -gessi, -gestum, a. (con & gero,) *to bring together; to collect; to heap up.*

Congredior, -grĕdi, -gressus sum, dep. (con & gradior, § 189, 1,) *to encounter; to engage; to fight.*

Congrĕgo, āre, āvi, ātum, a. (con & grex,) *to assemble in flocks; to assemble.*

Conjectus, a, um, part. from

Conjicio, -jicĕre, -jēci, -jectum, a. (con & jacio,) *to cast; to throw; to conjecture.*

Conjugium, i, n. (con & jugo,) *marriage.*

Conjungo, -jungĕre, -junxi, -junctum, a. (con & jungo,) *to unite; to bind; to join.*

Conjurātus, a, um, part. *conspired:* conjurāti, subs. *conspirators:* from

Conjūro, āre, āvi, ātum, a. (con & juro,) *to swear together; to combine; to conspire:* conjurātum est, *a conspiracy was formed.*

Conjux, ŭgis, c. (con & jugo,) *a spouse; a husband* or *wife.*

Conor, āri, ātus sum, dep. *to attempt; to venture; to endeavor; to strive.*

Conquĕror, -quĕri, -questus sum, dep. (con & queror,) *to complain; to lament.*

Conscendo, -scendĕre, -scendi, -scensum, a. (con & scando,) *to climb; to ascend.*

Conscensus, a, um, part. (conscendo.)

Conscisco, -sciscĕre, -scivi, -scitum, a. (con & scisco,) *to decree; to execute:* sibi mortem consciscĕre, *to lay violent hands on one's self; to commit suicide.*

Consĕcro, āre, āvi, ātum, a. (con & sacro,) *to consecrate; to dedicate; to devote.*

Consēdi. *See* Consido.

Consenesco, -senescĕre, -senui, inc. (con & senesco,) *to grow old.*

Consentio, -sentīre, -sensi, -sensum, n. (con & sentio,) *to consent; to agree; to unite.*

Consĕquor, -sĕqui, -secūtus sum, dep. (con & sequor,) *to gain; to obtain.*

Consecūtus, a, um, part. *having obtained.*

Consĕro, -serĕre, -serui, -sertum, a. (con & sero,) *to join; to put together:* pugnam, *to join battle; to fight.*

Conservandus, a, um, part. from

Conservo, āre, āvi, ātum, a. (con & servo,) *to preserve; to maintain; to perpetuate.*

Consīdens, tis, part. from

Consīdo, -sidĕre, -sēdi, -sessum, n. (con & sido,) *to sit down; to encamp; to take one's seat; to perch; to light.*

Consilium, i, n. (consŭlo,) *counsel; design; intention; a council; deliberation; advice;*

a plan; judgment; discretion; prudence; wisdom.

Consisto, -sistĕre, -stĭti, n. (con & sisto,) *to stand; to consist.*

Consōlor, āri, ātus sum, dep. (con & solor,) *to comfort; to console.*

Conspectus, a, um, part. (conspicio.)

Conspectus, ûs, m. *a sight; a view.*

Conspicātus, a, um, part. (conspĭcor.)

Conspicio, -spicĕre, -spexi, -spectum, a. (con & specio, § 189, 2,) *to behold; to see.*

Conspĭcor, āri, ātus sum, dep. *to behold; to see.*

Conspicuus, a, um, adj. *conspicuous; distinguished.*

Constans, tis, part. & adj. *firm; determined; constant; steady.*

Constituo, -stituĕre, -stitui, -stitūtum, a. (con & statuo,) *to appoint; to establish.*

Consto, -stāre, -stĭti, n. (con & sto,) *to consist of:* constat, imp. *it is certain, manifest, clear, evident, known.*

Construo, -struĕre, -struxi, -structum, a. (con & struo,) *to construct; to build; to compose; to form; to heap up.*

Consuesco, -suescĕre, -suēvi, -suētum, n. (con & suesco,) *to be accustomed.*

Consuetūdo, ĭnis, f. *habit; custom.*

Consul, ŭlis, m. *a consul.*

Consulāris, e, adj. *of* or *pertaining to the consul; consular:* vir consulāris, *one who has been a consul; a man of consular dignity.*

Consulātus, ûs, m. *the consulship.*

Consŭlo, -sulĕre, -sului, -sultum, a. *to advise; to consult.*

Consulto, āre, āvi, ātum, freq. (consŭlo,) *to advise together; to consult.*

Consūmo, -sumĕre, -sumpsi, -sumptum, a. (con & sumo,) *to consume; to wear out; to exhaust; to waste; to destroy.*

Consumptus, a, um, part.

Contagiōsus, a, um, adj. (contingo,) *contagious.*

Contemnendus, a, um, part. from

Contemno, -temnĕre, -tempsi, -temptum, a. (con & temno,) *to despise; to reject with scorn.*

Contemplātus, a, um, part. *observing; regarding; considering;* from

Contemplor, āri, ātus sum, dep. *to contemplate; to regard; to consider; to look at; to gaze upon.*

Contemptim, adv. *with contempt; contemptuously; scornfully;* from

Contemptus, a, um, part. (contemno.)

Contemptus, ûs, m. *contempt.*

Contendo, dĕre, di, tum, a. & n.

(con & tendo,) *to dispute; to fight; to contend; to go to; to direct one's course:* alĭquid ab alĭquo, *to request; to solicit; to beg something of some one.*

Contentio, ōnis, f. *contention; a debate; a controversy; exertion; an effort; a strife.*

Contentus, a, um, adj. *content; satisfied.*

Contĕro, -terĕre, -trivi, -trītum, a. (con & tero,) *to break; to pound; to waste.*

Contĭnens, tis, part. & adj. *joining; continued; uninterrupted; temperate:* subs. f. *the continent,* or *main land:* from

Contineo, -tinēre, -tinui, -tentum, a. (con & teneo,) *to hold in; to contain.*

Contingo, -tingĕre, -tĭgi, -tactum, a. (con & tango,) *to touch:* contingit, imp. *it happens:* mihi, *it happens to me; I have the fortune.*

Continuus, a, um, adj. *continued; adjoining; incessant; uninterrupted; continual; without intermission; in close succession:* continuo alveo, *in one entire* or *undivided channel.*

Contra, prep. *against; opposite to:* adv. *on the other hand.*

Contractus, a, um, part. (contrăho.)

Contradico, -dicĕre, -dixi, -dictum, a. (contra & dico,) *to speak against; to contradict; to oppose.*

Contradictus, a, um, part. *contradicted; opposed.*

Contrăho, -trahĕre, -traxi, -tractum, a. (con & traho,) *to contract; to draw together; to assemble; to collect.*

Contrarius, a, um, adj. *contrary; opposite.*

Contueor, -tuēri, -tuĭtus sum, dep. (con & tueor,) *to regard, to behold; to view; to look steadfastly at; to gaze upon; to survey.*

Contundo,-tundĕre,-tŭdi,-tūsum, a. (con & tundo,) *to beat; to bruise; to crush; to pulverize.*

Contūsus, a, um, part.

Convalesco, -valescĕre, -valui, inc. (con & valesco,) *to grow well; to recover.*

Convenio, -venīre, -vēni, -ventum, n. (con & venio,) *to meet; to assemble; to come together.*

Converto, -vertĕre, -verti, -versum, a. (con & verto,) *to turn; to resort to; to appropriate; to convert into; to change:* se in preces, *to turn to entreating.*

Conversus, a, um, part.

Convicium, i, n. *loud noise; scolding; reproach; abuse.*

Convivium, i, n. (con & vivo,) *a feast; a banquet; an entertainment.*

Convŏco, āre, āvi, ātum, a. (con & voco,) *to call together; to assemble.*

Convolvo, -volvĕre, -volvi, -volūtum, a. (con & volvo,) *to roll together:* pass. *to be rolled together:* se, *to roll one's self up.*

Coöperio, -perīre, -perui, -pertum, a. (con & operio,) *to cover.*

Copia, æ, f. *an abundance; a multitude; a swarm:* copiæ, pl. *forces; troops.*

Copiōsè, adv. (iùs, issĭmè,) *copiously; abundantly.*

Coquo, coquĕre, coxi, coctum, a. *to bake; to boil; to roast; to cook.*

Coquus, i, m. *a cook.*

Cor, cordis, n. *the heart.*

Coram, prep. *in the presence of; before:* adv. *openly.*

Corcȳra, æ, f. *an island on the coast of Epirus,* now *Corfu.*

Corinthus, i, f. *Corinth, a city of Achaia, in Greece.*

Corinthius, a, um, adj. *Corinthian, belonging to Corinth:* Corinthii, subs. *the Corinthians.*

Coriŏli, ōrum, m. pl. *a town of Latium.*

Coriolānus, i, m. *a distinguished Roman general.*

Corium, i, n. *the skin; the skin* or *hide of a beast.*

Cornelia, æ, f. *a noble Roman lady.*

Cornelius, i, m. *the name of an illustrious tribe,* or *clan, at Rome, containing many families.*

Cornix, icis, f. *a crow.*

Cornu, u, n. § 87; *a horn.*

Corōna, æ, f. *a crown.*

Corpus, ŏris, n. *a body; a corpse.*

Correptus, a, um, part. (corripio.)

Corrīgo, -rigĕre, -rexi, -rectum, a. (con & rego,) *to straighten; to make better; to correct.*

Corripio, -ripĕre, -ripui, -reptum, a. (con & rapio,) *to seize.*

Corrōdo, -rodĕre, -rōsi, -rōsum, a. (con & rodo,) *to gnaw; to corrode.*

Corrōsus, a, um, part.

Corruens, tis, part. (corruo.)

Corrumpo, -rumpĕre, -rūpi, -ruptum, a. (con & rumpo,) *to corrupt; to bribe; to hurt; to violate; to seduce; to impair; to destroy.*

Corruo, -ruĕre, -rui, n. (con & ruo,) *to fall; to decay.*

Corruptus, a, um, part. & adj. (corrumpo,) *bribed; vitiated; foul; corrupt.*

Corsĭca, æ, f. *an island in the Mediterranean sea, north of Sardinia.*

Corvīnus, i, m. *a surname given to M. Valerius.*

Corvus, i, m. *a raven.*

Corycius, a, um, adj. *Corycian; of Corȳcus.*

Corўcus, i, m. *the name of a city and mountain of Cilicia.*

Cos., *an abbreviation of* consul; Coss., *of* consules; § 328.

Cotta, æ, m. *a Roman* cognōmen, *belonging to the Aurelian tribe.*

Crater, ĕris, m. *a goblet; a crater; the mouth of a volcano.*

Crates, ĕtis, m. *a Theban philosopher.*

Crassus, i, m. *the name of a Roman family of the Lucinian tribe.*

Creātus, a, um, part. (creo.)

Creber, crebra, crebrum, adj. *frequent.*

Crebrò, adv. (creber,) *frequently.*

Credo, -dĕre, -dĭdi, -dĭtum, a. *to believe; to trust.*

Cremĕra, æ, f. *a river of Etruria, near which the Fabian family were defeated and destroyed.*

Cremo, āre, āvi, ātum, a. *to burn; to consume.*

Creo, āre, āvi, ātum, a. *to choose; to create; to elect.*

Cresco, crescĕre, crevi, cretum, n. *to increase; to grow.*

Creta, æ, f. *Crete,* now *Candia, an island in the Mediterranean sea, south of the Cyclădes.*

Cretensis, e, adj. *belonging to Crete, Cretan.*

Crevi. *See* Cresco.

Crimen, ĭnis, n. *a crime; a fault; an accusation:* alĭcui crimĭni dare, *to charge as a crime against one.*

Crinis, is, m. *the hair.*

Crixus, i, m. *the name of a celebrated gladiator.*

Crocodĭlus, i, m. *a crocodile.*

Cruciātus, a, um, part. (crucio.)

Cruciātus, ûs, m. *torture; torment; distress; trouble; affliction.*

Crucio, āre, āvi, ātum, a. (crux,) *to torment; to torture.*

Crudēlis, e, adj. (ior, issĭmus,) *cruel.*

Crudelĭter, adv. *cruelly.*

Crudus, a, um, adj. *crude; raw.*

Cruor, ōris, m. *blood; gore.*

Crus, uris, n. *the leg.*

Crux, crucis, f. *a cross.*

Cubĭtus, i, m., & Cubĭtum, i, n. *a cubit.*

Cucurri. *See* Curro.

Cui, & Cujus. *See* Qui, & Quis.

Culex, ĭcis, m. *a gnat.*

Culpa, æ, f. *a fault; guilt; blame.*

Culpo, āre, āvi, ātum, a. *to blame.*

Cultellus, i, m. (dim. from culter,) *a little knife; a knife.*

Cultus, a, um, part. (colo,) *cultivated; improved; dressed.*

Cum, pr. *with:* adv. the same as quum, *when:* cùm — tum, *not only — but also; as well — as also.*

Cunctatio, ōnis, f. (cunctor,) *delay; a delaying; hesitation.*

Cunicŭlus, i, m. *a rabbit; a cony.*

Cupidĭtas, ātis, f. (cupio,) *desire; cupidity.*

Cupido, ĭnis, f. *desire.*

Cupĭdus, a, um, adj. *desirous.*

Cupiens, tis, part. from

Cupio, ĕre, ivi, itum, a. *to desire; to wish; to long for.*

Cur, adv. *why; wherefore.*

Cura, æ, f. *care; anxiety.*

Cures, ium, f. pl. *a city of the Sabines.*

Curia, æ, f. *a curia* or *ward; one of thirty parts into which the Roman people were divided; the senate-house.*

Curiatii, ōrum, m. pl. *the name of an Alban tribe. Three brothers belonging to this tribe fought with the Horatii.*

Curo, āre, āvi, ātum, a. (cura,) *to take care of; to care; to be concerned; to cure* or *heal.*

Curro, currĕre, cucurri, cursum, n. *to run.*

Currus, ûs, m. *a chariot.*

Cursor, ōris, m. *a runner;* also, *a surname given to L. Papirius.*

Cursus, ûs, m. *a course; a running.*

Curvus, a, um, adj. *crooked.*

Custodia, æ, f. (custos,) *a prison; a guard.*

Custodio, ire, ivi, itum, a. *to preserve; to keep safely; to guard; to watch;* from

Custos, ōdis, c. *a guard; a keeper.*

Cutis, is, f. *the skin.*

Cyaneus, a, um, adj. *dark blue.*

Cyclădes, um, f. pl. *a cluster of islands in the Archipelago, which derive their name from the Greek κύκλος, a circle.*

Cyclōpes, um, m. pl. *the Cyclops, giants of Sicily, living near Ætna.*

Cydnus, i, m. *a river of Cilicia.*

Cyllēne, es, f. *a mountain in Arcadia.*

Cymba, æ, f. *a boat; a skiff; a canoe.*

Cymbălum, i, n. *a cymbal.*

Cynicus, i, m. *a Cynic. The Cynics were a sect of philosophers founded by Antisthĕnes.*

Cynocephălæ, ārum, f. pl. *small hills near Scotussa, in Thessaly.*

Cynocephăli, ōrum, m. pl. *a people of India with heads like dogs.*

Cynocephălus, i, m. *an Egyptian deity.*

Cynossēma, ătis, n. *a promontory of Thrace, near Sestos, where queen Hecŭba was buried.*

Cynthus, i, m. *a hill near the town of Delos.*

Cyrēnæ, ārum, f. pl. *Cyrene, a city of Africa, the capital of Cyrenaica.*

Cyrenaïca, æ, f. *a country in the*

northern part of Africa, so called from its capital, Cyrēnæ.

Cyrenæus, a, um, adj. *Cyrenean; belonging to Cyrēnæ.*

Cyrenensis, e, adj. *Cyrenean; of Cyrēnæ.*

Cyrnus, i, f. *a Greek name of the island of Corsica.*

Cyrus, i, m. *Cyrus, the name of a Persian king.*

Cyzĭcus, i, f. *the name of an island, near Mysia, containing a town of the same name.*

D.

Dædălus, i, m. *an ingenious Athenian artist, the son of Euphēmus.*

Damno, āre, āvi, ātum, a. *to condemn.*

Damnōsus, a, um, adj. *injurious; hurtful.*

Danăus, i, m. *an ancient king of Argos, and brother of Ægyptus.*

Dandus, a, um, part. (do.)

Dans, tis, part. (do.)

Danubius, i, m. *the Danube, a river of Germany, called also, after its entrance into Illyricum, the Ister; the largest river in Europe.*

Daps, dapis, f. § 94; *a feast; a meal.*

Dardania, æ, f. *a country and city of Asia Minor, near the Hellespont.*

Datūrus, a, um, part. (do.)

Datus, a, um, part. (do.)

De, prep. *from; of; concerning; on account of.*

Dea, æ, f. § 43, 2; *a goddess.*

Debello, āre, āvi, ātum, a. (de & bello,) *to conquer; to subdue.*

Debeo, ēre, ui, ĭtum, a. (de & habeo,) *to owe; to be obliged;* with an infinitive, *ought* or *should.*

Debeor, ēri, ĭtus sum, pass. *to be due.*

Debilĭto, āre, āvi, ātum, a. (debĭlis,) *to weaken; to enfeeble.*

Debĭtus, a, um, part. (debeo,) *due; deserved; owing.*

Decēdo, -cedĕre, -cessi, -cessum, n. (de & cedo,) *to depart; to retire; to withdraw; to yield; to die.*

Decerno, -cernĕre, -crēvi, -crētum, a. (de & cerno,) *to judge; to decide; to fight; to contend; to discern; to decree:* bellum decrētum est, *the management of the war was decreed.*

Decem, num. adj. *ten.*

Decemvĭri, ōrum, m. pl. *decemvirs, ten men appointed to prepare a code of laws for the Romans, and by whom the laws of the twelve tables were formed.*

Decerpo, -cerpĕre, -cerpsi, -cerptum, a. (de & carpo,) *to pluck off; to pick; to gather.*

Decĭdo, -cidĕre, -cĭdi, n. (de & cado,) *to fall:* dentes decĭdunt, *the teeth fail,* or *come out.*

Decĭmus, a, um, num. adj. (decem,) *the tenth.*

Decius, i, m. *the name of several Romans, three of whom were distinguished for their patriotism.*

Declāro, āre, āvi, ātum, a. (de & claro,) *to declare; to show.*

Decoctus, a, um, part. from

Decŏquo, -coquĕre, -coxi, -coctum, a. (de & coquo,) *to boil.*

Decōrus, a, um, adj. *handsome; adorned; decorous; beautiful.*

Decrētus, a, um, part. (decerno.)

Decresco, -crescĕre, -crēvi, n. (de & cresco,) *to decrease; to diminish; to subside; to fall; to decay.*

Decumbo, -cumbĕre, -cubui, n. (de & cubo,) *to lie down.*

Decurro, -currĕre, -curri, -cursum, n. (de & curro,) *to flow down; to run.*

Dedi. *See* Do.

Dedĭdi. *See* Dedo.

Deditio, ōnis, f. (dedo,) *a surrender.*

Dedĭtus, a, um, part. (dedo.)

Dedo, dedĕre, dedĭdi, dedĭtum, a. *to surrender; to deliver up; to give up; to addict* or *devote one's self.*

Dedūco, -ducĕre, -duxi, -ductum, a. (de & duco,) *to lead forth; to bring; to lead.*

Defatigo, āre, āvi, ātum, a. (de & fatigo,) *to weary; to fatigue.*

Defendo, -fendĕre, -fendi, -fensum, a. (de & fendo, § 172,) *to defend; to protect.*

Defensus, a, um, part. (defendo.)

Defĕro, -ferre, -tŭli, -lātum, irr. a. (de & fero,) *to bring; to convey; to proffer; to confer; to give; to bestow.*

Deficiens, tis, part. from

Deficio, -ficĕre, -fēci, -fectum, a. & n. (de & facio,) *to fail; to be wanting; to decrease; to be eclipsed.*

Defleo, ēre, ēvi, ētum, a. (de & fleo,) *to deplore; to bewail, to lament; to weep for.*

Defluo, -fluĕre, -fluxi, -fluxum, n. (de & fluo,) *to flow down.*

Defodio, -fodĕre, -fōdi, -fossum, a. (de & fodio,) *to bury; to inter.*

Deformĭtas, ātis, f. (deformis,) *deformity; ugliness.*

Defossus, a, um, part. (defodio.)

Defunctus, a, um, part. *finished:* defunctus *or* defunctus vitâ, *dead:* from

Defungor, -fungi, -functus sum, dep. (de & fungor,) *to execute; to perform; to be free from; to finish.*

Degens, tis, part. from

Dego, degĕre, degi, a. & n.

(de & ago,) *to lead; to live; to dwell.*

Degusto, āre, āvi, ātum, a. (de & gusto,) *to taste.*

Deinde, adv. (de & inde,) *then; further; after that; next.*

Deiotărus, i, m. *a man who was made king of Galatia, by the Roman senate, through the favor of Pompey.*

Dejectus, a, um, part. from

Dejicio, -jicĕre, -jēci, -jectum, a. (de & jacio,) *to throw* or *cast down.*

Delābor, -lābi, -lapsus sum, dep. (de & labor,) *to fall; to glide down; to flow.*

Delapsus, a, um, part. *descending; having fallen.*

Delātus, a, um, part. (defĕro,) *conferred.*

Delecto, āre, āvi, ātum, a. (de & lacto, § 189, 1,) *to delight; to please.*

Delectus, a, um, part. (delĭgo.)

Delendus, a, um, part. *to be destroyed;* from

Deleo, ēre, ēvi, ētum, a. *to extinguish; to destroy; to ruin.*

Deliciæ, ārum, f. pl. *pastimes; diversions; pleasures; delights.*

Delictum, i, n. (delinquo,) *a crime; a fault.*

Delĭgo, -ligĕre, -lēgi, -lectum, a. (de & lego,) *to select; to choose.*

Delinquo, -linquĕre, -liqui, -lictum, a. (de & linquo *to offend; to do wrong.*

Delphĭcus, a, um, adj. *Delphic, belonging to Delphi.*

Delphi, ōrum, m. pl. *a town of Phocis, where were a famous temple and oracle of Apollo.*

Delphīnus, i, m. *a dolphin.*

Delta, æ, f. *a part of Egypt, so called from its resemblance to the Greek letter delta,* Δ.

Delūbrum, i, n. *a temple; a shrine.*

Delus *or* -os, i, f. *an island, containing a city of the same name, situated in the Ægean sea; the birthplace of Apollo and Diana.*

Demarātus, i, m. *a Corinthian, the father of the elder Tarquin.*

Demergo, -mergĕre, -mersi, -mersum, a. (de & mergo,) *to plunge; to sink.*

Demersus, a, um, part.

Demetrius, i, m. *a Greek proper name.*

Demissus, a, um, part. *cast down; descending;* from

Demitto, -mittĕre, -misi, -missum, a. (de & mitto,) *to send down; to let down; to drop.*

Democrĭtus, i, m. *a Grecian philosopher, who was born at Abdēra.*

Demonstro, āre, āvi, ātum, a. (de & monstro,) *to demonstrate; to show; to prove.*

Demosthĕnes, is, m. *the most celebrated of the Athenian orators.*

Demum, adv. *at length; not till; at last; only.*

Deni, æ, a, num. adj. pl. § 119, III. *every ten; ten.*

Denīque, adv. *finally; at last.*

Dens, tis, m. *a tooth.*

Densus, a, um, adj. *thick.*

Dentātus, i, m. (Siccius,) *the* cognōmen, *or surname, of a brave Roman soldier.*

Denuntio *or* -cio, āre, āvi, ātum, a. (de & nuntio,) *to denounce; to foreshow; to proclaim; to declare.*

Depascor, -pasci, -pastus sum, dep. (de & pascor,) *to feed; to eat up; to feed upon.*

Depingo, -pingĕre, -pinxi, -pictum, a. (de & pingo,) *to paint; to depict; to describe; to exhibit.*

Deplōro, āre, āvi, ātum, a. (de & ploro,) *to weep for; to deplore; to mourn.*

Depōno, -ponĕre, -posui, -posĭtum, a. (de & pono,) *to lay down* or *aside.*

Depopulātus, a, um, part. from

Depopŭlor, āri, ātus sum, dep. (de & popŭlus,) *to lay waste.*

Deprehendo, -prehendĕre, -prehensi, -prehensum, a. (de & prehendo,) *to seize; to catch; to detect.*

Deprehensus, a, um, part.

Depulso, āre, āvi, ātum, freq. (de & pulso,) *to push away; to keep off; to repel.*

Descendo, -scendĕre, -scendi, -scensum, n. (de & scando, § 189, 1,) *to descend:* in certāmen descendĕre, *to engage in a contest:* descendĭtur, imp. *one descends; we descend.*

Describo, -scribĕre, -scripsi, -scriptum, a. (de & scribo,) *to describe; to divide; to order.*

Desĕro, -serĕre, -serui, -sertum, a. (de & sero,) *to desert; to forsake; to abandon.*

Desertum, i, n. *a desert.*

Desertus, a, um, part. & adj. *deserted; waste; desolate; desert.*

Desiderium, i, n. *a longing for; a desire; love; affection; regret; grief.*

Desĭno, -sinĕre, -sīvi, -sĭtum, n. (de & sino,) *to leave off; to terminate; to cease; to end; to renounce.*

Desperātus, a, um, part. & adj. *despaired of; past hope; desperate; hopeless.*

Despēro, āre, āvi, ātum, a. (de & spero,) *to despair.*

Desponsātus, a, um, part. from

Desponso, āre, āvi, ātum, a. *to promise in marriage; to betroth; to affiance.*

Destĭno, āre, āvi, ātum, a. *to design; to appoint; to determine; to aim at.*

Desum, -esse, -fui, -futūrus, irr.

n. (de & sum,) *to be wanting.*

Deterior, adj. comp. (sup. deterrĭmus, § 126, 1,) *worse.*

Deterreo, ēre, ui, ĭtum, a. (de & terreo,) *to deter; to frighten.*

Detestor, āri, ātus sum, dep. (de & testor,) *to detest.*

Detractus, a, um, part. from

Detrăho, -trahĕre, -traxi, -tractum, a. (de & traho,) *to take down* or *away; to draw off; to take from.*

Detrimentum, i, n. (detĕro,) *detriment; damage; harm; loss; injury.*

Deus, i, m. § 52; *God; a god.*

Devĕho, -vehĕre, -vexi, -vectum, a. (de & veho,) *to carry away.*

Devexus, a, um, adj. *sloping; inclining.*

Devictus, a, um, part. from

Devinco, -vincĕre, -vici, -victum, a. (de & vinco,) *to conquer; to subdue; to overcome.*

Devŏlo, āre, āvi, ātum, n. (de & volo,) *to fly down; to fly away.*

Devŏro, āre, āvi, ātum, a. (de & voro,) *to devour; to eat up.*

Devōtus, a, um, part. from

Devoveo, -vovēre, -vōvi, -vōtum, a. (de & voveo,) *to vow; to devote; to consecrate.*

Dexter, ĕra, ĕrum, *or* ra, rum, § 106, adj. *right; on the right hand.*

Dextra, æ, f. *the right hand.*

Diadēma, ătis, n. *a diadem; a white fillet worn upon the heads of kings.*

Diagŏras, æ, m. *a Rhodian who died from excessive joy, because his three sons were victorious at the Olympic games.*

Diāna, æ, f. *the daughter of Jupiter and Latōna, and sister of Apollo*

Dĭco, āre, āvi, ātum, a. *to consecrate; to dedicate.*

Dīco, dicĕre, dixi, dictum, a. *to say; to name; to call.*

Dictātor, ōris, m. *a dictator; a chief magistrate, elected on special occasions, and vested with absolute authority;* from

Dicto, āre, āvi, ātum, freq. *to dictate; to say often.*

Dictum, i, n. *a word; an expression.*

Dictus, a, um, part. (dico.)

Dies, ēi, m. *or* f. in sing., m. in pl., § 90; *a day:* in dies, *daily; every day.*

Diffĕrens, tis, adj. *different; differing;* from

Diffĕro, differre, distŭli, dilātum, irr. a. & n. (dis & fero,) *to carry up and down; to scatter; to disperse; to spread abroad; to publish; to defer; to be different.*

Difficĭlè, adv. (iùs, lĭmè,) *difficultly; with difficulty;* from

Difficĭlis, e, adj. (dis & facĭlis,) *difficult.*

Difficultas, ātis, f. § 101, 1, & (2.) *difficulty; trouble; embarrassment; poverty.*

Digĭtus, i, m. *a finger; a finger's breadth.*

Dignātus, a, um, part. (dignor,) *vouchsafing; thought worthy.*

Dignĭtas, ātis, f. (dignus,) *dignity; honor; office.*

Dignor, āri, ātus sum, dep. *to think worthy; to vouchsafe; to deign;* from

Dignus, a, um, adj. (ior, issĭmus,) *worthy.*

Dilanio, āre, āvi, ātum, a. (dis & lanio,) *to tear* or *rend in pieces.*

Diligenter, adv. (iùs, issĭmè,) *diligently; carefully.*

Dilĭgo, -ligĕre, -lexi, -lectum, a. (dis & lego,) *to love.*

Dimicatio, ōnis, f. *a fight; a contest; a battle;* from

Dimĭco, āre, āvi, (*or* ui,) ātum, a. (dis & mico,) *to fight:* dimicātum est, *a battle was fought.*

Dimissus, a, um, part. from

Dimitto, -mittĕre, -misi, -missum, a. (dis & mitto,) *to dismiss; to let go.*

Diogĕnes, is, m. *an eminent Cynic philosopher, born at Sinōpe, a city of Asia Minor.*

Diomēdes, is, m. *a Grecian warrior;* also, *a cruel king of Thrace.*

Dionysius, i, m. *the name of two tyrants of Syracuse.*

Diremptūrus, a, um, part. (dirĭmo,) *about to decide.*

Direptus, a, um, part. (diripio.)

Dirĭmo, -imĕre, -ēmi, -emptum, a. (dis & emo, § 196, 13,) *to divide; to part; to separate; to decide.*

Diripio, -ripĕre, -ripui, -reptum, a. (dis & rapio,) *to rob; to plunder; to pillage; to sack; to destroy.*

Diruo, -ruĕre, -rui, -rŭtum, a. (dis & ruo,) *to destroy; to overthrow; to raze.*

Dirus, a, um, adj. *frightful; terrible; direful; ominous.*

Dirŭtus, a, um, part. (diruo.)

Discēdo, -cedĕre, -cessi, -cessum, n. (dis & cedo,) *to depart; to go away.*

Discerpo, -cerpĕre, -cerpsi, -cerptum, a. (dis & carpo,) *to tear in pieces.*

Discerptus, a, um, part. (discerpo.)

Discipŭlus, i, m. (disco,) *a pupil; a scholar.*

Disco, discĕre, didĭci, a. *to learn.*

Discordia, æ, f. (discors,) *dissension; disagreement; discord.*

Discordo, āre, āvi, ātum, n. *to be at variance; to differ.*

Discrĕpo, āre, āvi *or* ui, ĭtum, n. (dis & crepo,) *to differ; to disagree.*

Disertè, adv. (iùs, issĭmè,) *clearly; eloquently.*

Disputatio, ōnis, f. *a dispute; a discourse; a discussion*; from

Dispŭto, āre, āvi, ātum, a. (dis & puto,) *to discourse; to dispute; to discuss.*

Dissemĭno, āre, āvi, ātum, a. (dis & semĭno,) *to spread abroad; to scatter; to promulgate.*

Dissĕro, -serĕre, -serui, -sertum, a. (dis & sero,) *to discourse; to reason; to debate; to say.*

Dissidium, i, n. *a disagreement; a dissension.*

Dissimĭlis, e, adj. *unlike; dissimilar.*

Distans, tis, part. (disto,) *differing; distant; being divided*, or *separated.*

Distinguo, -stinguĕre, -stinxi, -stinctum, a. (di & stinguo,) *to distinguish; to mark; to adorn; to variegate; to spot; to sprinkle.*

Disto, stāre, n. (di & sto,) *to be distant* or *apart; to be divided; to differ.*

Distribuo, -tribuĕre, -tribui, -tribūtum, a. (dis & tribuo,) *to distribute; to divide.*

Ditis, e, adj. (ior, issĭmus,) *rich.*

Diu, adv. (utiùs, utissĭmè, § 194,) *long; for a long time:* tam diu — quàm diu, *so long — as.*

Diurnus, a, um, adj. *daily.*

Diutĭnus, a, um, adj. *lasting; long.*

Diuturnĭtas, ātis, f. *long continuance; duration.*

Diuturnus, a, um, adj. *long; lasting.*

Divello, -vellĕre, -velli *or* -vulsi, -vulsum, a. (di & vello,) *to separate; to disjoin; to tear off.*

Diversus, a, um, adj. *different.*

Dives, ĭtis, adj. *rich; wealthy; fertile; fruitful.*

Divĭdo, dividĕre, divisi, divīsum, a. *to divide; to distribute; to separate.*

Divinus, a, um, adj. *divine; heavenly.*

Divisus, a, um, part. (divĭdo.)

Divitiæ, ārum, f. pl. *riches; wealth.*

Divulsus, a, um, part. (divello.)

Do, dare, dedi, datum, a. *to give; to grant; to surrender:* pœnas, *to suffer punishment:* crimĭni, *to impute as a crime; to accuse:* finem, *to terminate:* causam, *to occasion:* nomen, *to give name.*

Doceo, ēre, ui, tum, a. *to teach.*

Docilĭtas, ātis, f. *docility; teachableness.*

Doctrīna, æ, f. *instruction; education; doctrine.*

Doctus, a, um, part. & adj. (doceo,) *taught; learned.*

Dodōna, æ, f. *a town and forest of Epirus, where were a temple and oracle of Jupiter.*

Doleo, ēre, ui, n. *to grieve; to sorrow; to be in pain.*

Dolor, ōris, m. *pain; sorrow; grief.*

Dolus, i, m. *a device; a trick; a stratagem; guile; artifice.*

Domestĭcus, a, um, adj. (domus,) *domestic.*

Domicilium, i, n. *a habitation; a house; an abode.*

Domĭna, æ, f. (domĭnus,) *a mistress.*

Dominatio, ōnis, f. *government; power; dominion; usurpation; domination; despotism.*

Domĭnus, i, m. *master; owner; lord.*

Domĭtus, a, um, part. from

Domo, āre, ui, ĭtum, a. *to subdue; to tame; to overpower; to conquer; to vanquish.*

Domus, ûs & i, f. § 89, & (*a.*) *a house:* domi, *at home:* domo, *from home:* domum, *home.*

Donec, adv. *until; as long as.*

Dono, āre, āvi, ātum, a. (donum,) *to give; to present.*

Donum, i, n. *a gift; an offering; a present.*

Dormio, īre, īvi, ītum, n. *to sleep.*

Dorsum, i, n. *the back.*

Dos, dotis, f. *a portion; a dowry.*

Draco, ōnis, m. *a dragon; a species of serpent.*

Druĭdæ, ārum, m. pl. *Druids, priests of the ancient Britons and Gauls.*

Dubitatio, ōnis, f. *a doubt; hesitation; question;* from

Dubĭto, āre, āvi, ātum, n. *to hesitate; to doubt.*

Ducenti, æ, a, num. adj. pl. *two hundred.*

Duco, cĕre, xi, ctum, a. *to lead; to conduct:* uxōrem, *to take a wife; to marry:* exequias, *to perform funeral rites;* murum, *to build a wall.*

Ductus, a, um, part. *led.*

Duillius, i, m (Caius,) *a Roman commander, who first conquered the Carthaginians in a naval engagement.*

Dulcis, e, adj. (ior, issĭmus,) *sweet; pleasant.*

Dum, adv. & conj. *while; whilst; as long as; until.*

Duo, æ, o, num. adj. pl. § 118, 1, *two.*

Duoděcim, num. adj. ind. pl. *twelve.*

Duodecĭmus, a, um, num. adj. *the twelfth.*

Duodeviginti, num. adj. ind. pl. § 118, 4; *eighteen.*

Duritia, æ, & Durities, ēi, f. § 101, 1; *hardness;* from

Durus, a, um, adj. (ior, issĭmus,) *hard; severe; harsh; unfavorable.*

Dux, cis, c. *a leader; a guide; a commander.*

E.

E, ex, prep. *out of; from; of; among.*

Ea. *See* Is.

Ebĭbo, -bibĕre, -bĭbi, -bibĭtum, a. (e & bibo,) *to drink up.*

Ebriĕtas, ātis, f. (ebrius,) *drunkenness.*

Ebur, ŏris, n. *ivory.*

Edico, -dicĕre, -dixi, -dictum, a. (e & dico,) *to proclaim; to announce; to publish; to order.*

Edĭdi. *See* Edo.

Edĭtus, a, um, part. *published; uttered; produced;* from

Edo, -dĕre, -dĭdi, -dĭtum, a. *to publish; to cause; to occasion; to produce; to make:* spectacŭlum edĕre, *to give an exhibition.*

Edo, edĕre *or* esse, edi, esum, irr. a. § 181; *to eat; to consume.*

Educātus, a, um, part. from

Edŭco, āre, āvi, ātum, a. *to educate; to instruct.*

Edūco, -ducĕre, -duxi, -ductum, a. (e & duco,) *to lead forth; to bring forth; to produce; to draw out.*

Efficio, -ficĕre, -fēci, -fectum, a. (e & facio,) *to effect; to make; to form; to cause; to accomplish.*

Effigies, iēi, f. *an image; an effigy.*

Efflo, āre, āvi, ātum, a. (e & flo,) *to breathe out:* anĭmam, *to die; to expire.*

Effugio, -fugĕre, -fūgi, -fugĭtum, a. & n. (e & fugio,) *to escape; to fly from; to flee.*

Effundo, -fundĕre, -fūdi, -fūsum, a. (e & fundo,) *to pour out; to spill; to discharge; to waste; to overflow; to extend* or *spread.*

Effūsus, a, um, part. *poured out; wasted.*

Egeria, æ, f. *a nymph of the Aricinian grove, from whom Numa professed to receive instructions respecting religious rites.*

Egĕro, -gerĕre, -gessi, -gestum, a. (e & gero,) *to carry out; to cast forth; to throw out.*

Egestus, a, um, part.

Egi. *See* Ago.

Ego, mei, subs. pro. *I;* § 133.

Egredior, -grĕdi, -gressus sum, dep. (e & gradior,) *to go out; to overflow; to go beyond.*

Egregiè, adv. *in a distinguished manner; excellently; famously;* from

Egregius, a, um, adj. (e & grex,) *distinguished; eminent; choice.*

Egressus, a, um, part. (egredior.)

Ejusmŏdi, pro. (genitive of is & modus, § 134, 5,) *such; such like; of the same sort.*

Elābor, -lābi, -lapsus sum, dep.

(e & labor,) *to glide away; to escape.*

Elapsus, a, um, part. *having passed.*

Elephantis, ĭdis, f. *an island and city in the southern part of Egypt.*

Elephantus, i, & Elĕphas, antis, m. *an elephant.*

Eleusinii, ōrum, m. pl. *the Eleusinians; the inhabitants of Eleusis.*

Eleusis & -in, īnis, f. *a town of Attica, sacred to Ceres*

Elido, -lidĕre, -lisi, -lisum, a. (e & lædo,) *to crush.*

Elĭgo, -ligĕre, -lēgi, -lectum, a. (e & lego,) *to choose; to select.*

Elŏquens, tis, adj. (ior, issĭmus,) (elŏquor,) *eloquent.*

Eloquentia, æ, f. *eloquence.*

Elŏquor, -lŏqui, -locūtus sum, dep. (e & loquor,) *to say; to declare; to tell.*

Eluceo, -lucēre, -luxi, n. (e & luceo,) *to shine forth.*

Emergo, -mergĕre, -mersi, -mersum, n. (e & mergo,) *to emerge; to come out; to rise up.*

Emineo, ēre, ui, n. *to be eminent; to rise above; to be conspicuous; to be distinguished; to appear.*

Emitto, -mittĕre, -mīsi, -missum, a. (e & mitto,) *to send forth; to discharge.*

Emo, emĕre, emi, emptum, a. *to buy; to purchase.*

Emorior, -mōri *or* -morīri, -mortuus sum, dep. *to die.*

Emptus, a, um, part. (emo.)

Enascor, -nasci, -nātus sum, dep. *to arise; to be born; to spring from.*

Enātus, a, um, part. *born of.*

Enĕco, -necāre, -necāvi *or* -necui, -necātum *or* -nectum, a. (e & neco,) *to kill.*

Enervo, āre, āvi, ātum, a. *to enervate; to enfeeble; to weaken.*

Enim, conj. § 279, 3; *for; but; truly; indeed.*

Enna, æ, f. *a town of Sicily.*

Ennius, i, m. *a very ancient Roman poet.*

Enuntio, āre, āvi, ātum, a. *to proclaim; to disclose; to divulge.*

Eo, ire, ivi, itum, irr. n. § 182; *to go.*

Eò, adv. *thither; to that degree; to that pitch; to that degree of eminence.*

Eōus, i, m. *the morning star.*

Eōus, a, um, adj. *eastern; the eastern.*

Epaminondas, æ, m. *a distinguished Theban general.*

Ephĕsus, i, m. *a city on the western coast of Ionia, near the river Caÿster.*

Ephialtes, is, m. *a giant, the son of Neptune* or *of Alōeus, and brother of Otus.*

Epimenĭdes, is, m. *a poet of Gnossus, in Crete.*

Epirus, i, f. *a country in the western part of Greece.*

Epistŏla, æ, f. *an epistle; a letter.*

Epŭlor, āri, ātus sum, dep. *to feast; to feast upon; to eat;* from

Epŭlum, i, n. sing., & Epŭlæ, ārum, f. pl. *a banquet; a feast.*

Eques, ĭtis, m. (equus,) *a knight; a horseman:* equĭtes, pl. *knights; horsemen; cavalry.*

Equĭdem, conj. (ego & quidem,) *indeed; I for my part.*

Equitātus, ûs, m. *cavalry.*

Equus, i, m. *a horse.*

Eram, Ero, &c. *See* § 153.

Ereptus, a, um, part. (eripio.)

Erga, prep. *towards.*

Ergo, conj. § 198, 6; *therefore.*

Erinaceus, i, m. *a hedgehog.*

Eripio, -ripĕre, -ripui, -reptum, a. (e & rapio,) *to tear from; to take from; to rescue; to take away; to deliver.*

Erro, āre, āvi, ātum, n. *to wander; to err; to stray; to roam.*

Erōdo, -rodĕre, -rōsi, -rōsum, a. (e & rodo,) *to gnaw away; to consume; to eat into.*

Erudio, īre, īvi, ītum, a. (e & rudis,) *to instruct; to form.*

Eruditio, ōnis, f. *instruction; learning.*

Eruditus, a, um, part. (erudio.)

Esse, Essem, &c. *See* Sum.

Esuriens, tis, part. *hungry; being hungry.*

Esurio, īre, īvi, ītum, n. *to be hungry.*

Et, conj. § 198, 1; *and; also; even:* et — et, *both — and.*

Etiam, conj. (et & jam,) *also; especially;* with an adjective or adverb in the comparative degree, *even.*

Etruria, æ, f. *a country of Italy, north and west of the Tiber; Tuscany.*

Etrusci, ōrum, m. pl. *the people of Etruria; the Tuscans* or *Etrurians.*

Etruscus, a, um, adj. *belonging to Etruria; Tuscan* or *Etrurian.*

Eubœa, æ, f. *a large island in the Ægean sea, near Bœotia.*

Eumĕnes, is, m. *a general in Alexander's army;* also, *the name of several kings of Pergamus.*

Euphēmus, i, m. *the father of Dædălus.*

Euphrātes, is, m. *a large river which forms the western boundary of Mesopotamia.*

Euripĭdes, is, m. *a celebrated Athenian tragic poet.*

Euripus, i, m. *a narrow strait between Bœotia and Eubœa.*

Eurōpa, æ, f. *the daughter of Agēnor, king of Phœnicia.*

From her, Europe, one of the quarters of the earth, is supposed to have been named.

Eurōtas, æ, m. *a river of Laconia, near Sparta.*

Euxinus, i, m. (from *Εὔξεινος*, hospitable,) (pontus,) *the Euxine,* now *the Black sea.*

Evādo, -vadĕre, -vāsi, -vāsum, a. & n. (e & vado,) *to go out; to escape; to become.*

Everto, -vertĕre, -verti, -versum, a. (e & verto,) *to overturn; to destroy.*

Eversus, a, um, part. *overturned; destroyed.*

Evŏco, āre, āvi, ātum, a. (e & voco,) *to call out; to summon; to implore.*

Evŏlo, āre, āvi, ātum, n. (e & volo,) *to fly out* or *away.*

Evŏmo, -vomĕre, -vomui, -vomĭtum, a. (e & vomo,) *to vomit forth; to eructate; to discharge.*

Ex, prep. *See* E.

Exactus, a, um, part. (exĭgo,) *banished; driven away.*

Exæquo, āre, āvi, ātum, a. (ex & æquo,) *to equal.*

Exanĭmo, āre, āvi, ātum, a. (ex & anima,) *to kill; to deprive of life; to render lifeless.*

Exardesco, -ardescĕre, -arsi, inc. *to burn; to become inflamed; to kindle; to become excited; to be enraged:* bellum exarsit, *a war broke out.*

Exaspĕro, āre, āvi, ātum, a. *to exasperate; to incense.*

Excæco, āre, āvi, ātum, a. (ex & cæcus,) *to blind; to make blind.*

Excēdo, -cedĕre, -cessi, -cessum, n. (ex & cedo,) *to depart; to exceed; to surpass; to go beyond.*

Excello, -celĕre, -celui, -celsum, n. (ex & cello,) *to be high; to excel; to be eminent.*

Excelsus, a, um, adj. *high; lofty.*

Excidium, i, n. (ex & cædo,) *a destruction; ruin.*

Excĭdo, -cidĕre, cĭdi, n. (ex & cado,) *to fall; to fall out* or *from; to drop.*

Excīdo, -cidĕre, -cīdi, -cīsum, a. (ex & cædo,) *to cut out; to cut down; to hew out.*

Excisus, a, um, part.

Excipio, -cipĕre, -cēpi, -ceptum, a. (ex & capio,) *to sustain; to receive; to support; to follow; to succeed.*

Excitandus, a, um, part. from

Excĭto, āre, āvi, ātum, a. freq. (excieo,) *to excite; to awaken: to arouse; to stir up.*

Exclāmo, āre, āvi, ātum, a. (ex & clamo,) *to cry out; to exclaim.*

Exclūdo, -cludĕre, -clūsi, -clūsum, a. (ex & claudo,) *to exclude; to hatch.*

Excŏlo, -colĕre, -colui, -cultum, a. (ex & colo,) *to cultivate; to exercise.*

Excrucio, āre, āvi, ātum, a. (ex & crucio,) *to torment; to trouble.*

Excubiæ, ārum, f. pl. (excŭbo,) *a guard; a watch; a sentinel.*

Excusatio, ōnis, f. (excūso,) *an excusing; an excuse; an apology.*

Exĕdo, -edĕre & -esse, -ēdi, -ēsum, irr. a. (ex & ĕdo, § 181,) *to eat; to eat up; to devour.*

Exemplum, i, n. *an example; an instance.*

Exequiæ. *See* Exsequiæ.

Exerceo, ēre, ui, ĭtum, a. (ex & arceo,) *to exercise; to train; to discipline; to practise:* agrum, *to cultivate the earth:* dominatiōnem, *to be tyrannical.*

Exercĭtus, ûs, m. *an army.*

Exhaurio, -haurīre, -hausi, -haustum, a. (ex & haurio,) *to exhaust; to drain; to wear out; to impoverish.*

Exĭgo, -igĕre, -ēgi, -actum, a. (ex & ago,) *to drive away; to banish.*

Exiguus,a,um, adj. *small; scanty.*

Exīlis, e, adj. *slender; small; thin.*

Exilium, i, n. (ex & solum,) *exile; banishment.*

Eximiè, adv. *remarkably; very;* from

Eximius, a, um, adj. (exĭmo,) *extraordinary; remarkable.*

Existimatio, ōnis, f. *opinion; reputation; respect;* from

Existĭmo, āre, āvi, ātum, a. (ex & æstĭmo,) *to believe; to think; to imagine; to suppose.*

Exitium, i, n. (exeo,) *destruction; ruin.*

Exĭtus, ûs, m. *an exit; the event; the issue; an outlet.*

Exorātus, a, um, part. (exōro,) *entreated; influenced; induced.*

Exorior, -orīri, -ortus sum, dep. § 177, (ex & orior,) *to rise; to arise; to appear.*

Exorno, āre, āvi, ātum, a. (ex & orno,) *to adorn; to deck.*

Exōro, āre, āvi, ātum, a. (ex & oro,) *to entreat* or *beseech earnestly.* § 197, 9.

Exortus, a, um, part. (exorior,) *risen; having arisen.*

Expecto *or* -specto, āre, āvi, ātum, a. (ex & specto,) *to look for; to wait for.*

Expedio, īre, īvi, ītum, a. (ex & pes,) *to free; to extricate:* expĕdit, imp. *it is fit; it is expedient.*

Expeditio, ōnis, f. *an expedition.*

Expello, -pellĕre, -pŭli, -pulsum, a. (ex & pello,) *to expel; to banish.*

Expers, tis, adj. (ex & pars,) *without; devoid; void of; destitute of.*

Expĕto, ĕre, īvi, ītum, a. (ex & peto,) *to ask; to demand; to strive after; to seek earnestly.*

Expio, āre, āvi, ātum, a. (ex & pio,) *to expiate; to appease.*

Expleo, ēre, ēvi, ētum, a. (ex & pleo,) *to fill.*

Explĭco, āre, āvi & ui, ātum & ĭtum, a. (ex & plico,) *to unfold; to spread; to explain.*

Explorātor, ōris, m. (explōro,) *a spy; a scout.*

Expolio, īre, īvi, ītum, a. (ex & polio,) *to polish; to adorn; to improve; to finish.*

Expōno, -ponĕre, -posui, -posĭtum, a. *to explain; to set forth; to expose.*

Exprŏbro, āre, āvi, ātum, a. (ex & probrum,) *to upbraid; to blame; to reproach; to cast in one's teeth.*

Expugno, āre, āvi, ātum, a. (ex & pugno,) *to take by assault; to conquer; to vanquish; to subdue; to take by storm.*

Expulsus, a, um, part. (expello.)

Exsequiæ, ārum, f. pl. (exsĕquor,) *funeral rites.*

Exsilio, *or* Exilio, īre, ii & ui, n. (ex & salio,) *to spring up* or *out; to leap forth.*

Exspīro *or* -pīro, āre, āvi, ātum, a. (ex & spiro,) *to breathe forth; to expire; to die.*

Exstinctus, *or* Extinctus, a, um, part. *dead;* from

Exstinguo, -stinguĕre, -stinxi, -stinctum, a. (ex & stinguo,) *to extinguish; to kill; to put to death; to destroy.*

Exstructus, *or* Extructus, a, um, part. from

Exstruo, *or* Extruo, -struĕre, -struxi, -structum, a. (ex & struo,) *to build; to pile up; to construct.*

Exsurgo, -surgĕre, -surrexi, -surrectum, n. (ex & surgo,) *to rise up; to arise; to swell; to surge.*

Exter, *or* Extĕrus, a, um, adj. § 125, 4, (exterior, extĭmus *or* extrēmus,) *foreign; strange; outward.*

Exto, extāre, extĭti, n. (ex & sto,) *to be; to remain; to be extant.*

Extorqueo, -torquēre, -torsi, -tortum, a. (ex & torqueo,) *to extort; to wrest from; to obtain by force.*

Extra, prep. *beyond; without; except.*

Extractus a, um, part. from

Extrăho, -trahĕre, -traxi, -tractum, a. (ex & traho,) *to draw out; to extract; to extricate; to free; to rescue; to liberate.*

Extrēmus, a, um, adj. (sup. of extĕrus,) *extreme; the last; the farthest.*

F.

Faba, æ, f. *a bean.*

Fabius, i, m. *the name of an illustrious Roman family.*

Fabricius, i, m. *a Roman, distinguished for his integrity.*

Fabrĭco, āre, āvi, ātum, a. (faber,) *to make; to forge; to manufacture.*

Fabŭla, æ, f. (fari,) *a story; a fable; a tradition; a play.*

Fabulōsus, a, um, adj. *fabulous.*

Faciendus, a, um, part. (facio.)

Faciens, tis, part. (facio.)

Facies, iēi, f. *a face; appearance.*

Facĭlè, adv. (iùs, lĭmè,) *easily; willingly; clearly; undoubtedly;* from

Facĭlis, e, adj. (facio,) *easy.*

Facĭnus, ŏris, n. *a deed; a crime; an exploit;* from

Facio, făcĕre, feci, factum, a. *to do; to make; to value:* facĕre iter, *to perform a journey; to travel:* malè facĕre, *to injure; to hurt:* sacra facĕre, *to offer sacrifice:* facĕre pluris, *to value higher:* fac, *take care; cause.*

Factum, i, n. *an action; a deed.*

Factūrus, a, um, part. (facio.)

Factus, a, um, part. *made; done:* facta obviàm, *meeting:* prædâ factâ, *having been taken.*

Facundus, a, um, adj. *eloquent.*

Falerii, ōrum, m. pl. *a town of Etruria.*

Falernus, i, m. *a mountain of Campania, famous for its wine.*

Falernus, a, um, adj. *belonging to Falernus; Falernian.*

Falisci, ōrum, m. pl. *the inhabitants of Falerii.*

Fama, æ, f. *fame; reputation; report.*

Famelĭcus, a, um, adj. *hungry;* from

Fames, is, f. *hunger; famine.*

Familia, æ, f. *a family; servants.*

Familiāris, e, adj. *of the same family; familiar.*

Familiarĭtas, ātis, f. *friendship; intimacy; confidence.*

Familiarĭter, adv. *familiarly; on terms of intimacy.*

Famŭla, æ, f. *a maid; a female servant* or *slave.*

Fas, n. ind. *right; a lawful thing.*

Fascis, is, m. *a bundle; a faggot:* fasces, pl. *bundles of birchen rods, carried before the Roman magistrates, with an axe bound up in the middle of them.*

Fatālis, e, adj. *fatal; ordained by fate.*

Fateor, fatēri, fassus sum, dep. *to confess.*

Fatidĭcus, a, um, adj. (fatum & dico,) *prophetic.*

Fatigātus, a, um, part. from

Fatigo, āre, āvi, ātum, a. *to weary.*

Fatum, i, n. *fate; destiny:* fata, pl. *the fates.*

Fauce, abl. f. *the throat:* pl. fauces, *the throat; the jaws; the straits.* (§ 94.)

Faustŭlus, i, m. *the shepherd by*

whom Romŭlus and Remus were brought up.

Faveo, favēre, favi, fautum, n. *to favor.*

Favor, ōris, m. *favor; good will; partiality; applause.*

Febris, is, f. *a fever.*

Feci. *See* Facio.

Felicĭtas, ātis, f. (felix, § 101, 2,) *felicity; good fortune; happiness.*

Felicĭter, adv. (iùs, issĭmè,) *fortunately; happily; successfully.*

Felis, is, f. *a cat.*

Felix, īcis, adj. (ior, issĭmus,) *happy; fortunate; fruitful; fertile; opulent; auspicious; favorable.*

Femĭna, æ, f. *a female; a woman.*

Femineus, a, um, adj. *female; feminine; pertaining to females.*

Fera, æ, f. *a wild beast.*

Ferax, ācis, adj. (ior, issĭmus,) (fero,) *fruitful; productive; fertile; abounding in.*

Ferè, adv. *almost; nearly; about:* ferè nullus, *scarcely any one.*

Ferens, tis, part. (fero.)

Ferīnus, a, um, adj. (fera,) *of wild beasts.*

Fero, ferre, tuli, latum, irr. a. *to bear; to carry; to relate; to bring; to produce:* ferre manum, *to stretch forth; to extend:* ferunt, *they say.*

Feror, ferri, latus sum, pass. *to be carried; to flow; to move rapidly; to fly:* fertur, imp. *it is said.*

Ferox, ōcis, adj. (ior, issĭmus,) *wild; fierce; savage; ferocious.*

Ferreus, a, um, adj. *iron; obdurate;* from

Ferrum, i, n. *iron; a sword; a knife.*

Fertĭlis, e, adj. (ior, issĭmus,) (fero,) *fertile; fruitful.*

Fertilĭtas, ātis, f. *fertility; richness; fruitfulness.*

Ferŭla, æ, f. *a staff; a reed.*

Ferus, a, um, adj. *wild; rude; uncultivated; uncivilized; savage.*

Ferveo, fervēre, ferbui, n. *to boil; to seethe; to foam; to be hot; to glow.*

Fessus, a, um, adj. *weary; tired; fatigued.*

Festum, i, n. *a feast;* from

Festus, a, um, adj. *festive; joyful; merry.*

Ficus, i & ùs, f. *a fig-tree; a fig.*

Fidēlis, e, adj. *faithful;* from

Fides, ĕi, f. *fidelity; faith:* in fidem, *in confirmation:* in fidem accipĕre, *to receive under one's protection.*

Figo, figĕre, fixi, fixum, a. *to fix; to fasten.*

Filia, æ, f. § 43, 2; *a daughter.*

Filius, i, m. § 52; *a son.*

Findo, findĕre, fidi, fissum, a. *to split; to cleave.*

Fingens, tis, part. *feigning; pretending;* from

Fingo, fingĕre, finxi, fictum, a. *to pretend; to devise; to feign; to form; to make.*

Finio, ire, ivi, itum, a. *to end; to finish; to terminate;* from

Finis, is, d. *the end; a boundary; a limit:* fines, m. pl. § 63, 1; *the limits of a country, &c.*

Finitus, a, um, part. (finio.)

Finitĭmus, a, um, adj (finis,) *neighboring.*

Fio, fiĕri, factus sum, irr. pass. § 180, (facio,) *to be made; to become; to happen:* fit, *it happens:* factum est, *it happened; it came to pass.*

Firmātus, a, um, part. (firmo.)

Firmĭter, adv. (iùs, issĭmè,) (firmus,) *firmly; securely.*

Firmo, āre, āvi, ātum, a. *to confirm; to establish;* from

Firmus, a, um, adj. *firm; strong; secure.*

Fissus, a, um, part. (findo.)

Fixus, a, um, part. (figo,) *fixed; permanent.*

Flagello, āre, āvi, ātum, a. *to whip; to scourge; to lash.*

Flagitiōsus, a, um, adj. (ior, issĭmus,) *shameful; infamous; outrageous;* from

Flagitium, i, n. *a shameful action; an outrage; a crime; a dishonor; villany.*

Flagro, āre, āvi, ātum, n. *to burn; to be on fire; to suffer; to be oppressed; to be violent.*

Flaminius, i, m. *a Roman.*

Flavus, a, um, adj. *yellow.*

Flamma, æ, f. *a flame.*

Flecto, flectĕre, flexi, flexum, a. *to bend; to bow; to turn; to move; to prevail upon.*

Fleo, ēre, ēvi, ētum, a. *to weep; to lament.*

Fletus, ûs, m. *weeping; tears.*

Flevo, ōnis, m. *a lake near the mouth of the Rhine,* now *the Zuyder-zee.*

Flexus, a, um, part. (flecto,) *bent; changed; turned.*

Floreo, ēre, ui, n. (flos, § 187, I. 1,) *to bloom; to blossom; to flourish; to be distinguished.*

Flos, flōris, m. *a flower; a blossom.*

Fluctus, ûs, m. (fluo,) *a wave.*

Fluo, fluĕre, fluxi, fluxum, n. *to flow.*

Fluvius, i, m. *a river.*

Flumen, ĭnis, n. (fluo,) *a river.*

Fodio, fodĕre, fodi, fossum, a. *to dig; to pierce; to bore.*

Fœcundĭtas, ātis, f. *fruitfulness;* from

Fœcundus, a, um, adj. (ior, issĭmus,) *fruitful; fertile.*

Fœdus, ĕris, n. *a league; a treaty.*

Folium, i, n. *a leaf.*

Fons, tis, m. *a fountain; a source; a spring.*

Forem, def. verb, § 154, 3; *I would* or *should be:* fore, *to be about to be; it would* or *will come to pass.*

Forìs, adv. *abroad.*

Forma, æ, f. *a form; shape; figure; beauty.*

Formica, æ, f. *an ant.*

Formido, ĭnis, f. *fear; dread; terror.*

Formidolōsus, a, um, adj. *fearful; timorous.*

Formosĭtas, ātis, f. *beauty; elegance;* from

Formōsus, a, um, adj. (ior, issĭmus,)(forma,) *beautiful; handsome.*

Fortasse, adv. (fors,) *perhaps.*

Fortè, adv. (fors,) *accidentally; by chance.*

Fortis, e, adj. (ior, issĭmus,) *bold; brave; courageous.*

Fortĭter, adv. (iùs, issĭmè,) (fortis,) *bravely.*

Fortitūdo, ĭnis, f. (fortis,) *boldness; bravery.*

Fortūna, æ, f. (fors,) *fortune; chance.*

Forum, i, n. *the market-place; the forum; the court of justice.*

Fossa, æ, f. (fodio,) *a ditch; a trench; a moat.*

Fovea, æ, f. *a pit.*

Foveo, fovēre, fovi, fotum, a. *to keep warm; to cherish.*

Fractus, a, um, part. (frango.)

Fragĭlis, e, adj. (frango,) *frail; perishable.*

Fragilĭtas, ātis, f. (fragĭlis,) *frailty; weakness.*

Fragmentum, i, n. (frango,) *a fragment; a piece.*

Frango, frangĕre, fregi, fractum, a. *to break; to break in pieces; to weaken; to destroy.*

Frater, tris, m. *a brother.*

Fraudulentus, a, um, adj. (fraus, § 128, 4,) *fraudulent; deceitful; treacherous.*

Frequens, tis, adj. (ior, issĭmus,) *frequent; numerous.*

Fretum, i, n. *a strait; a sea.*

Frico, fricāre, fricui, frictum & fricātum, a. *to rub.*

Frigĭdus, a, um, adj. (ior, issĭmus,) *cold;* from

Frigus, ŏris, n. *cold.*

Frons, frondis, f. *a leaf of a tree; a branch with leaves.*

Fructus, ûs, m. (fruor,) *fruit; produce.*

Frugis, gen. f. (frux, nom. scarcely used, § 94,) *corn:* fruges, um, pl. *fruits; the various kinds of corn.*

Frumentum, i, n. (fruor,) *corn; wheat.*

Fruor, frui, fruĭtus & fructus, dep. *to enjoy.*

Frustrà, adv. *in vain; to no purpose.*

Frustrātus, a, um, part. from

Frustror, āri, ātus sum, dep. (frustrà,) *to frustrate; to deceive.*

Frutex, ĭcis, m. *a shrub; a bush.*

Fuga, æ, f. *a flight.*

Fugax, ācis, adj. *swift; fleeting.*
Fugiens, tis, part. from
Fugio, fugĕre, fugi, fugĭtum, n. & a. *to fly; to escape; to avoid; to flee; to flee from.*
Fugo, āre, āvi, ātum, a. *to put to flight; to drive off; to chase.*
Fui, Fuĕram, &c. *See* Sum.
Fulgeo, fulgēre, fulsi, n. *to shine.*
Fuligo, ĭnis, f. *soot.*
Fullo, ōnis, m. *a fuller.*
Fulmen, ĭnis, n. (fulgeo,) *thunder; a thunderbolt; lightning.*
Funāle, is, n. (funis,) *a torch.*
Fundĭtus, adv. (fundus,) *from the foundation; utterly.*
Fundo, fundĕre, fudi, fusum, a. *to pour out:* lacrȳmas, *to shed tears:* hostes, *to scatter; to rout; to discomfit.*
Fundus, i, m. *the bottom of any thing;* also, *a farm; a field.*
Funestus, a, um, adj. (ior, issĭmus,) (funus,) *fatal; destructive.*
Fungor, fungi, functus sum, dep. *to perform* or *discharge an office; to do; to execute:* fato, *to die.*
Funis, is, d. *a rope; a cable.*
Funus, ĕris, n. *a funeral; funeral obsequies.*
Fur, furis, c. *a thief.*
Furcŭla, æ, f. dim. (furca,) *a little fork:* Furcŭlæ Candinæ, *the Caudine Forks, a narrow defile in the country of the Hirpini, in Italy, where the Romans were defeated by the Samnites.*
Furiōsus, a, um, adj. (furo,) *furious; mad.*
Furius, i, m. *the name of several Romans, as of M. Furius Camillus, a distinguished general.*
Fusus, a, um, part. (fundo.)
Futūrus, a, um, part. (sum,) *about to be; future.*

G.

Gades, ium, f. pl. *the name of an island and town in Spain, near the straits of Gibraltar,* now *Cadiz.*
Gaditānus, a, um, adj. *of Gades* or *Cadiz:* fretum Gaditānum, *the straits of Gibraltar.*
Galatia, æ, f. *a country in the interior of Asia Minor.*
Gallia, æ, f. *Gaul, a country formerly extending from the Pyrenees to the Rhine, and along the northern part of Italy to the Adriatic.*
Galliæ, pl. *the divisions of Gaul.*
Gallĭcus, a, um, adj. *belonging to Gaul; Gallic.*
Gallīna, æ, f. *a hen.*
Gallinaceus, i, m. *a cock.*
Gallus, i, m. *a cock.*
Gallus, i, m. *an inhabitant of Gallia; a Gaul;* also, *a cognōmen of several Romans*

Ganges, is, m. *the name of a large river in India.*

Garumna, æ, f. *the Garonne, a river of Aquitania.*

Gaudeo, gaudēre, gavisus sum, n. pass. § 142, 2; *to rejoice; to delight; to be pleased with.*

Gaudium, i, n. *joy; gladness.*

Gavisus, a, um, part. (gaudeo,) *rejoicing; having rejoiced.*

Gemĭnus, a, um, adj. *double:* gemĭni filii, *twin sons.*

Gemmātus, a, um, part. *adorned with gems; gemmed; glittering.*

Gemmo, āre, āvi, ātum, a. (gemma,) *to adorn with gems.*

Gener, ĕri, m. § 46; *a son-in-law.*

Genĕro, āre, āvi, ātum, a. (genus,) *to beget; to produce.*

Generosĭtas, ātis, f. *nobleness of mind; magnanimity;* from

Generōsus, a, um, adj. (ior, issĭmus,) *noble; spirited; brave; generous; fruitful; fertile.*

Genĭtus, a, um, part. (gigno,) *born; produced.*

Gens, tis, f. *a nation; a tribe; a family; a clan.*

Genui. *See* Gigno.

Genus, ĕris, n. *a race; a family; a sort* or *kind.*

Geometria, æ, f. *geometry.*

Gerens, tis, part. (gero,) *bearing; conducting.*

Germānus, i, m. *a German; an inhabitant of Germany.*

Germanĭa, æ, f. *Germany.*

Germanĭcus, a, um, adj. *German; of Germany.*

Gero, gerĕre, gessi, gestum, a. *to bear; to carry; to do:* res eas gessit, *performed such exploits:* odium, *to hate:* onus, *to bear a burden:* bellum, *to wage* or *carry on war:* res prospĕrè gesta est, *affairs were managed successfully,* or *a successful battle was fought.*

Gerȳon, m. *a giant who was slain by Hercules, and whose oxen were driven into Greece.*

Gestans, tis, part. from

Gesto, āre, āvi, ātum, freq. (gero,) *to bear; to carry about.*

Gestus, a, um, part. *borne; performed:* res gestæ, *see* Res.

Getæ, ārum, m. pl. *a savage people of Dacia, north of the Danube.*

Gigas, antis, m. *a giant.*

Gigno, gignĕre, génui, genĭtum, a. *to bring forth; to bear; to beget; to produce.*

Glaber, bra, brum, adj. *bald; bare; smooth.*

Glacialis, e, adj. *icy; freezing.*

Glacies, ēi, f. *ice.*

Gladiātor, ōris, m. (gladius,) *a gladiator.*

Gladiatorius, a, um, adj. *belonging to a gladiator; gladiatorial;* from

Gladius, i, m. *a sword.*

Glans, dis, f. *mast; an acorn.*

Glisco, ĕre, n. *to increase.*

Gloria, æ, f. *glory; fame.*

Glorior, āri, ātus sum, dep. *to boast.*

Gorgias, æ, m. *a celebrated sophist and orator. He was born at Leontini, in Sicily, and was hence surnamed Leontinus.*

Gracĭlis, e, adj. (ior, lĭmus, § 125, 2,) *slender; lean; delicate.*

Gracchus, i, m. *the name of an illustrious Roman family.*

Gradior, gradi, gressus sum, dep. *to go; to walk.*

Gradus, ûs, m. *a step; a stair.*

Græcia, æ, f. *Greece.*

Græcus, a, um, adj. *Grecian; Greek*:—subs. *a Greek.*

Grandis, e, adj. (ior, issĭmus,) *large; great.*

Granicus, i, m. *a river of Mysia, emptying into the Propontis.*

Grassor, āri, ātus sum, dep. freq. (gradior,) *to advance; to march; to proceed; to make an attack.*

Grates, f. pl. (gratus,) § 94; *thanks*: agĕre grates, *to thank.*

Gratia, æ, f. (gratus,) *grace; favor; thanks; return; requital; gratitude*: habēre, *to feel indebted* or *obliged; to be grateful*: in gratiam, *in favor of*: gratiâ, *for the sake.*

Gratulātus, a, um, part. *having congratulated;* from

Gratŭlor, āri, ātus sum, dep. *to congratulate;* from

Gratus, a, um, adj. (ior, issĭmus,) *acceptable; pleasing; grateful.*

Gravis, e, adj. (ior, issĭmus,) *heavy; severe; great; grave; important; violent; unwholesome; noxious*: gravis somnus, *sound sleep.*

Gravĭtas, ātis, f. *heaviness; gravity; weight.*

Gravĭter, adv. (iùs, issĭmè,) *hardly; heavily; grievously; severely.*

Gravo, āre, āvi, ātum, a. *to load; to oppress; to burden.*

Gregātim, adv. (grex,) *in herds.*

Gressus, ûs, m. (gradior,) *a step; a pace; a gait.*

Grex, gis, c. *a flock; a herd; a company.*

Grus, gruis, c. *a crane.*

Gubernātor, ōris, m. (guberno,) *a pilot; a ruler.*

Gyărus, i, f. *one of the Cyclădes.*

Gyges, is, m. *a rich king of Lydia.*

Gymnosophistæ, ārum, m. *Gymnosophists; a sect of Indian philosophers.*

H.

Habens, tis, part. from

Habeo, ēre, ui, ĭtum, a. *to have; to possess; to hold; to esteem;*

to suppose; to take: habēre consilium, *to deliberate.*

Habĭto, āre, āvi, ātum, freq. (habeo,) *to dwell; to inhabit.*

Habitūrus, a, um, part. (habeo.)

Habĭtus, a, um, part. (habeo.)

Habĭtus, ûs, m. *habit; form; dress; attire; manner.*

Hactĕnus, adv. (hic & tenus,) *hitherto; thus far.*

Hadriānus, i, m. *Adrian, the fifteenth emperor of Rome.*

Hæmus, i, m. *a mountain of Thrace, from whose top, both the Euxine and Adriatic seas can be seen.*

Halcȳon, *or* Alcȳon, ŏnis, f. *the halcyon* or *kingfisher.* — *See* Alcyŏne.

Halicarnassus, i, f. *a maritime city of Caria, the birthplace of Herodŏtus.*

Hamilcar, ăris, m. *a Carthaginian general.*

Hannĭbal, ălis, m. *a brave Carthaginian general, the son of Hamilcar.*

Hanno, ōnis, m. *a Carthaginian general.*

Harmonia, æ, f. *the wife of Cadmus, and daughter of Mars and Venus.*

Harpyiæ, ārum, f. pl. *the Harpies; winged monsters, having the faces of women and the bodies of vultures.*

Haruspex, ĭcis, m. *a soothsayer; a diviner; one who pretended to a knowledge of future events from inspecting the entrails of victims.*

Hasdrŭbal, ălis, m. *a Carthaginian general, the brother of Hannibal.*

Hasta, æ, f. *a spear; a lance.*

Haud, adv. *not.*

Haurio, haurīre, hausi, haustum, a. *to draw out; to drink; to swallow.*

Haustus, a, um, part. *swallowed.*

Haustus, ûs, m. *a draught.*

Hebes, ĕtis, adj. *dull; obtuse; dim.*

Hebesco, ĕre, inc. (hebes,) *to become dull; to grow dim.*

Hebrus, i, m. *a large river of Thrace.*

Hecŭba, æ, f. *the wife of Priam, king of Troy.*

Hedĕra, æ, f. *ivy.*

Hegesias, æ, m. *an eloquent philosopher of Cyrēne.*

Helĕna, æ, f. *Helen, the daughter of Jupiter and Leda, and wife of Menelāus.*

Helĭcon, ōnis, m. *a mountain of Bœotia, near to Parnassus, and sacred to Apollo and the Muses.*

Helvetia, æ, f. *a country in the eastern part of Gaul,* now *Switzerland.*

Helvetii, ōrum, m. pl. *Helvetians; the inhabitants of Helvetia.*

Hellebŏrum, i, n. *or* Hellebŏrus, i, m. *the herb hellebore.*

Hellespontus, i, m. *a strait be-*

tween Thrace and Asia Minor, now called *the Dardanelles.*

Heraclēa, æ, f. *the name of several cities in Magna Græcia, in Pontus, in Syria, &c.*

Herba, æ, f. *an herb; grass.*

Herbĭdus, a, um, adj. *grassy; full of herbs* or *grass.*

Hercŭles, is, m. *a celebrated hero, the son of Jupiter and Alcmēna.*

Hercynius, a, um, adj. *Hercynian:* Hercynia silva, *a large forest in Germany,* now *the Black Forest.*

Heres, *or* Hæres, ēdis, c. *an heir.*

Herennius, i, m. *a general of the Samnites, and the father of Pontius Thelesinus.*

Hero, ûs, (§ 69, E. 4,) f. *a priestess of Venus, who resided at Sestos, and who was beloved by Leander, a youth of Abȳdos.*

Hespĕrus, i, m. *a son of Iapĕtus, who settled in Italy, and from whom that country was called Hesperia;* also *the evening star.*

Heu! int. *alas! ah!*

Hians, tis, part. (hio.)

Hiātus, ûs, m. *an opening; a chasm; an aperture.*

Hibernĭcus, a, um, adj. *Irish:* mare Hibernĭcum, *the Irish sea.*

Hibernus, a, um, adj. *of winter; wintry.*

Hic, adv. *here; in this place.*

Hic, Hæc, Hoc, pro. § 134; *this; he; she,* &c.

Hiempsal, ălis, m. *a king of Numidia.*

Hiems, ĕmis, f. *winter.*

Hiĕro, ōnis, m. *a tyrant of Syracuse.*

Hierosolȳma, æ, f. & Hierosolȳma, ōrum, n. pl. *Jerusalem, the capital of Judea.*

Hinc, adv. *hence; from hence; from this; from this time:* hinc — hinc, *on this side, and on that.*

Hinnio, īre, īvi, ītum, n. *to neigh.*

Hinnitus, ûs, m. *a neighing.*

Hinnuleus, i, m. *a fawn.*

Hio, āre, āvi, ātum, n. *to gape; to yawn; to open the mouth.*

Hipparchus, i, m. *the son of Pisistrătus, tyrant of Athens.*

Hippolȳtus, i, m. *the son of Theseus.*

Hippomĕnes, is, m. *the son of Megareus, and husband of Atalanta.*

Hippopotămus, i, m. *the hippopotamus* or *river-horse.*

Hispania, æ, f. *Spain.*

Hispānus, a, um, adj. *Spanish:* subs. m. *a Spaniard.*

Hodie, adv. (hic & dies,) *to-day; at this time; now-a-days.*

Hodiēque, *to this day; to this time.*

Hœdus, i, m. *a kid; a young goat.*

Homērus, i, m. *Homer, the most*

ancient and illustrious of the Greek poets.

Homo, ĭnis, c. *a man; a person; one.*

Honestas, ātis, f. *virtue; dignity; honor;* from

Honestus, a, um, adj. *honorable; noble;* from

Honor & -os, ōris, m. *honor; respect; an honor; a dignity; an office.*

Honorifĭcè, adv. (honorifĭcus, § 125, 3,) *honorably:* parum honorifĭce, *slightingly; with little respect.*

Hora, æ, f. *an hour.*

Horatius, i, m. *Horace; the name of several Romans:* Horatii, pl. *three Roman brothers, who fought with the three Curiatii.*

Hortensius, i, m. *the name of several Romans.*

Horrĭdus, a, um, adj. *rough; rugged; rude; unpolished; barbarous.*

Hortātus, ûs, m. *an exhortation; instigation; advice;* from

Hortor, āri, ātus sum, dep. *to exhort.*

Hortus, i, m. *a garden.*

Hospes, ĭtis, c. *a stranger; a guest.*

Hospitium, i, n. *hospitality:* hospitio accipĕre, *to entertain.*

Hostia, æ, f. *a victim.*

Hostilius, i, m. (Tullus,) *the third king of Rome: a* cognōmen *among the Romans.*

Hostis, is, c. *an enemy.*

Huc, adv. *hither:* huc — illuc *hither — thither; now here — now there.*

Hujusmŏdi, adj. ind. (hic & modus, § 134, 5,) *of this sort* or *kind.*

Humanĭtas, ātis, f. *humanity; kindness; gentleness;* from

Humānus, a, um, adj. (homo,) *human.*

Humĕrus, i, m. *the shoulder.*

Humĭlis, e, adj. (ior, lĭmus, § 125, 2,) *humble:* humĭli loco natum esse, *to be born in a humble station* or *of obscure parents.*

Humor, ōris, m. *moisture;* pl. *liquids; humors.*

Humus, i, f. *the ground:* humi, *on the ground.* § 221, 1., R. 3.

Hyæna, æ, f. *the hyena.*

Hydrus, i, m. *a water-snake.*

Hymnus, i, m. *a hymn; a song of praise.*

Hyperboreus, a, um, adj. (ὑπὲρ βορέας,) properly, *living beyond the source of the north wind; northern:* Hyperborei, ōrum, m. pl. *people inhabiting the northern regions; beyond Scythia.*

Hystrix, ĭcis, f. *a porcupine.*

I.

Iapĕtus, *the son of Cœlus and Terra.*

Ibĕrus, i, m. *a river of Spain,* now *the Ebro.*

Ibi, adv. *there; here; then.*

Ibidem, adv. *in the same place.*

Ibis, ĭdis, f. *the ibis, the Egyptian stork.*

Icărus, i, m. *the son of Dædălus.*

Icarius, a, um, adj. *of Icărus; Icarian.*

Ichneumon, ŏnis, m. *the ichneumon* or *Egyptian rat.*

Ichnūsa, æ, f. *an ancient Greek name of Sardinia, derived from the Greek ἴχνος, a footstep; a track.*

Ico, icĕre, ici, ictum, a. *to strike:* fœdus, *to make, ratify,* or *conclude a league* or *treaty.*

Ictus, a, um, part.

Ictus, ûs, m. *a blow; a stroke.*

Ida, æ, f. *a mountain of Troas, near Troy.*

Idæus, a, um, adj. *belonging to Ida:* mons Idæus, *mount Ida.*

Idem, eădem, idem, pro. § 134, 6; *the same.*

Idoneus, a, um, adj. *fit; suitable.*

Igĭtur, conj. *therefore.*

Ignārus, a, um, adj. (in & gnarus,) *ignorant.*

Ignavus, a, um, adj. (in & gnavus,) *idle; inactive; cowardly.*

Ignis, is, m. *fire; flame.*

Ignobĭlis, e, adj. (in & nobĭlis,) *ignoble; mean; unknown.*

Ignōro, āre, āvi, ātum, a. (ignōtus,) *to be ignorant; not to know.*

Ignōtus, a, um, part. & adj. (in & notus,) *unknown.*

Ilium, i, n. *Ilium* or *Troy, the principal city of Troas.*

Illātus, a, um, part. (from infĕro,) *brought in; inflected upon; inferred.*

Ille, a, ud, pro. § 134; *that; he; she; it; the former:* pl. *they; those.*

Illecĕbra, æ, f. *an allurement; an enticement.*

Illĭco, adv. (in & loco,) *in that place; immediately; instantly.*

Illuc, adv. *thither:* huc — illuc, *now here — now there.*

Illustris, e, adj. (ior, issĭmus,) *illustrious; famous; celebrated.*

Illustro, āre, āvi, ātum, a. (in & lustro,) *to enlighten; to illustrate; to render famous; to celebrate; to make renowned.*

Illyria, æ, f. *a country opposite to Italy, and bordering on the Adriatic.*

Imāgo, ĭnis, f. *an image; a picture; a figure; a resemblance.*

Imbecillis, e, adj. (ior, lĭmus, § 125, 2,) *weak; feeble.*

Imber, bris, m. *a shower; a rain.*

Imitatio, ōnis, f. *imitation:* ad imitatiōnem, *in imitation:* from

Imĭtor, āri, ātus sum, dep. *to imitate; to copy.*

Immānis, e, adj. *monstrous; cruel; huge; enormous; dreadful.*

Immensus, a, um, adj. (in & mensus,) *immeasurable; boundless; immoderate.*

Immerĭtus, a, um, part. (in & merĭtus,) *not deserving; undeserved.*

Immīnens, tis, part. *hanging over; threatening;* from

Immineo, ēre, ui, n. *to hang over; to impend; to threaten; to be near.*

Immissus, a, um, part. *admitted; sent in; darted in;* from

Immitto, -mittĕre, -mīsi, -missum, a. (in & mitto,) *to let in; to send to, into, against,* or *upon; to throw at.*

Immobĭlis, e, adj. (in & mobĭlis,) *immovable; steadfast.*

Immŏlo, āre, āvi, ātum, a. (in & mola,) *to sacrifice; to immolate.*

Immortālis, e, adj. (in & mortālis,) *immortal.*

Immōtus, a, um, part. (in & motus,) *unmoved; still; motionless.*

Immutātus, a, um, part. *altered; changed;* from

Immūto, āre, āvi, ātum, a. (in & muto,) *to change.*

Impatiens, tis, adj. (in & patiens,) *impatient; not able to endure.*

Impedītus, a, um, part. *impeded; hindered; encumbered; entangled;* from

Impedio, īre, īvi, ītum, a. (in & pes,) *to impede; to disturb; to obstruct; to check; to delay; to prevent.*

Impendeo, -pendēre, -pendi, -pensum, n. (in & pendeo,) *to hang over; to impend; to threaten.*

Impenetrabĭlis, e, adj. (in & penetrabĭlis,) *impenetrable.*

Impensè, adv. *exceedingly; greatly.*

Imperātor, ōris, m. (impĕro,) *a commander; a general.*

Imperĭto, āre, āvi, ātum, freq. (impĕro,) *to command; to rule; to govern.*

Imperītus, a, um, adj. (ior, issĭmus,) (in & perītus,) *inexperienced; unacquainted with.*

Imperium, i, n. *a command; government; reign; authority; power;* from

Impĕro, āre, āvi, ātum, a. *to command; to order; to direct; to govern; to rule over.*

Impertiens, tis, part. from

Impertio, īre, īvi, ītum, a. (in & partio,) *to impart; to share; to give.*

Impĕtro, āre, āvi, ātum, a. (in & patro,) *to obtain; to finish.*

Impĕtus, ûs, m. (in & peto,) *force; violence; impetuosity; an attack.*

Impius, a, um, adj. (in & pius,) *impious; undutiful.*

Impleo, ēre, ēvi, ētum, a. *to fill; to accomplish; to perform.*

Implicĭtus, a, um, part. *entangled; attacked.*

Implĭco, āre, āvi or ui, ātum or ĭtum, a. (in & plico,) *to entangle; to implicate.*

Implĭcor, āri, ātus or ĭtus sum, pass. *to be entangled:* morbo, *to be attacked with; to be sick.*

Implōro, āre, āvi, ātum, a. (in & ploro,) *to implore; to beseech; to beg.*

Impōno, -ponĕre, -posui, -posĭtum, a. (in & pono,) *to lay* or *place upon; to impose; to put.*

Importūnus, a, um, adj. *dangerous; perilous; troublesome; cruel; outrageous; craving; ungovernable.*

Impositus, a, um, part. (impōno.)

Improbātus, a, um, part. *disallowed; disapproved; rejected.*

Imprŏbo, āre, āvi, ātum, a. (in & probo,) *to disapprove; to reject.*

Imprŏbus, a, um, adj. *wicked; bad.*

Imprūdens, tis, adj. (in & prudens,) *imprudent; inconsiderate.*

Impugnatūrus, a, um, part. from

Impugno, āre, āvi, ātum, a. *to attack.*

Impūnè, adv. (in & pœna,) *with impunity; without hurt; without punishment.*

Imus, a, um, adj. (sup. of inferus, § 125, 4,) *the lowest; the deepest.*

In, prep. with the accusative, signifies *into; towards; upon; until; for; against:* with the ablative, *in; upon; among; at;* § 235, (2:) in dies, *from day to day:* in eo esse, *to be on the point of:* in sublĭme, *aloft.*

Inānis, e, adj. *vain; empty; ineffectual; foolish.*

Inaresco, -arescĕre, -arui, inc. § 173; *to grow dry.*

Incēdo, -cedĕre, -cessi, -cessum, n. (in & cedo,) *to go; to walk; to come.*

Incendo, dĕre, di, sum, a. (in & candeo,) *to light; to kindle; to set fire to; to inflame.*

Incensus, a, um, part. *lighted; kindled; burning; inflamed.*

Incertus, a, um, adj. (ior, issĭmus,) (in & certus,) *uncertain.*

Inchoo, āre, āvi, ātum, a. *to begin.*

Incĭdens, tis, part. from

Incĭdo, -cidĕre, -cĭdi, n. (in & cado,) *to fall into* or *upon; to chance to meet with.*

Incipio, -cipĕre, -cēpi, -ceptum, a. (in & capio,) *to commence; to begin.*

Incĭto, āre, āvi, ātum, a. (in & cito,) *to instigate; to encourage; to animate.*

Inclūdo, dĕre, si, sum, a. (in & claudo,) *to shut in; to include; to inclose; to encircle; to encompass.*

Inclūsus, a, um, part. (inclūdo.)

Inclȳtus, a, um, adj. (comp. not used; sup. issĭmus,) *famous; celebrated; renowned.*

Incŏla, æ, c. *an inhabitant.*

Incŏlo, colĕre, colui, cultum, a. (in & colo,) *to inhabit; to dwell.*

Incolŭmis, e, adj. *unhurt; unpunished; safe.*

Incompertus, a, um, adj. *unknown; uncertain.*

Inconsiderātè, adv. *inconsiderately; rashly.*

Incredibĭlis, e, adj. (in & credibĭlis,) *incredible; wonderful.*

Incredibilĭter, adv. *incredibly.*

Incrementum, i, n. (incresco,) *an increase.*

Increpo, āre, ui, ĭtum, a. (in & crepo,) *to reprove; to chide; to blame.*

Incruentus, a, um, adj. (in & cruor,) *bloodless.*

Incultè, adv. (iùs, issĭmè,) *rudely; plainly;* from

Incultus, a, um, part. & adj. (in & colo,) *uncultivated; uninhabited; desert.*

Incumbo, -cumbĕre, -cubui, -cubĭtum, n. (in & cubo,) *to lean; to lie; to rest* or *recline upon; to apply to:* gladio, *to fall upon one's sword; to slay one's self with a sword.*

Incursio, ōnis, f. (incurro,) *an attack; an incursion; an inroad.*

Inde, adv. *thence; from thence.*

Index, ĭcis, d. (indĭco,) *an index; a mark; a sign.*

India, æ, f. *a country of Asia, deriving its name from the river Indus.*

Indīco, cĕre, xi, ctum, a. (in & dico,) *to indicate; to announce; to declare; to proclaim.*

Indictus, a, um, part.

Indĭcus, a, um, adj. *of India; Indian.*

Indigĕna, æ, c. (in & geno,) *a native.*

Indŏles, is, f. (in & oleo, to grow,) *the disposition; nature; inherent quality.*

Indūco, cĕre, xi, ctum, a. (in & duco,) *to lead in; to induce; to persuade.*

Inductus, a, um, part.

Induo, -duĕre, -dui, -dūtum, a. *to put on; to dress; to clothe.*

Indus, i, m. *a large river in the western part of India.*

Industria, æ, f. *industry; diligence.*

Indūtus, a, um, part. (induo.)

Inedia, æ, f. (in & edo,) *want of food; fasting; hunger.*

Ineo, ĭre, ii, ĭtum, irr. n. & a. (in & eo,) *to go* or *enter into; to enter upon; to make; to form.*

Inermis, e, adj. (in & arma,) *defenceless; unarmed.*

Inertia, æ, f. (iners,) *laziness; sloth; idleness.*

Infāmis, e, adj. (in & fama,) *infamous; disgraceful.*

Infans, tis, c. *an infant; a child.*

Infĕri, ōrum, m. pl. (inferus,) *the infernal regions; Hades; Orcus; the infernal gods; the shades.*

Inferior, us, adj. comp. *See* Infĕrus.

Infĕro, inferre, intŭli, illātum, irr. a. (in & fero,) *to bring in* or *against; to bring upon; to inflict upon:* bellum, *to make war upon.*

Infĕrus, a, um, adj. (inferior, infĭmus *or* imus, § 125, 4,) *low; humble.*

Infesto, āre, āvi, ātum, a. *to infest; to disturb; to molest; to vex; to plague; to trouble; to annoy;* from

Infestus, a, um, adj. *hostile: inimical.*

Infīgo, gĕre, xi, xum, a. (in & figo,) *to fix; to fasten; to drive in.*

Infinitus, a, um, adj. (in & finio,) *infinite; unbounded; vast; immense:* infinitum argenti, *an immense quantity of silver:* infinita nobilĭtas, *a vast number.*

Infirmus, a, um, adj. *weak; infirm.*

Infixus, part. (infīgo.)

Inflammo, āre, āvi, ātum, a. *to inflame; to excite; to stimulate; to animate.*

Inflātus, a, um, part. *blown upon; puffed up.*

Infligo, gĕre, xi, ctum, a. (in & fligo,) *to inflict.*

Inflo, āre, āvi, ātum, a. (in & flo,) *to blow upon.*

Infrendens, tis, part. from

Infrendeo, ēre, ui, n. (in & frendeo,) *to gnash with the teeth.*

Infringo, -fringĕre, -frēgi, -fractum, a. (in & frango,) *to break* or *rend in pieces; to disannul; to make void.*

Infundo, -fundĕre, -fūdi, -fūsum, a. (in & fundo,) *to pour in:* infundĭtur, *it empties.*

Ingenium, i, n. *the disposition; genius; talents; character.*

Ingens, tis, adj. *great; very great.*

Ingenuus, a, um, adj. *free-born; free; noble; ingenuous.*

Ingredior, -grĕdi, -gressus sum, dep. (in & gradior,) *to go in; to enter; to come in; to walk; to walk upon; to go.*

Ingressus, a, um, part.

Ingruo, -gruĕre, -grui, n. *to invade; to assail; to pour down; to fall upon suddenly.*

Inhæreo, -hærēre, -hæsi, -hæsum, n. (in & hæreo,) *to cleave* or *stick to* or *in:* cogitationĭbus, *to be fixed* or *lost in thought.*

Inhio, āre, āvi, ātum, a. & n. (in & hio,) *to gape for; to desire.*

Inimīcus, a, um, adj. (in & amicus,) *inimical; hostile.*

Inimīcus, i, m. *an enemy.*

Iniquè, adv. (iniquus,) *unjustly; unequally.*

Initium, i, n. (ineo,) *a commencement; a beginning.*

Initūrus, a, um, part. (ineo,) *about to enter upon* or *begin.*

Injicio, -jicĕre, -jēci, -jectum, a. (in & jacio,) *to throw in* or *upon.*

Injuria, æ, f. (injurius,) *an injury; an insult.*

Innăto, āre, āvi, ātum, n. (in & nato,) *to swim* or *float upon.*

Innitor, -niti, -[illegible]us *or* -nixus sum, dep. (in & nitor,) *to lean* or *depend upon; to rest upon.*

Innocentia, æ, f. (in & nocens,) *innocence.*

Innotesco, -notescĕre, -notui, inc. (in & notesco,) *to be known; to become known.*

Innoxius, a, um, adj. (in & noxius,) *harmless.*

Innumerabĭlis, e, adj. (in & numerabĭlis,) *innumerable.*

Innumĕrus, a, um, adj. (in & numĕrus,) *innumerable.*

Inopia, æ, f. (inops,) *want.*

Inōpus, i, m. *a fountain* or *river of Delos, near which Apollo and Diana were said to have been born.*

In- *or* im- primis, adv. (in & primus,) *chiefly; especially.*

Inquam, *or* Inquio, def. *I say;* § 183, 5.

Inquĭno, āre, āvi, ātum, a. *to pollute; to stain; to soil.*

Inquiro, -quirĕre, -quisivi, -quisitum, a. (in & quæro,) *to inquire; to investigate.*

Insania, æ, f. (insānus,) *madness.*

Insanio, ire, ivi, itum, n. *to be mad.*

Inscribo, -scribĕre, -scripsi, -scriptum, a. (in & scribo,) *to inscribe; to write upon.*

Inscriptus, a, um, part.

Insectum, i, n. (insĕco,) *an insect.*

Insĕquens, tis, part. *succeeding; subsequent; following;* from

Insĕquor, -sĕqui, -secūtus sum, dep. (in & sequor,) *to follow.*

Insīdens, tis, part. from

Insideo, -sidēre, -sēdi, -sessum, n. (in & sedeo,) *to sit upon.*

Insidiæ, ārum, f. pl. *an ambush; ambuscade; treachery; deceit:* per insidias, *treacherously.*

Insidians, tis, part. from

Insidior, āri, ātus sum, dep. *to lie in wait; to lie in ambush; to deceive.*

Insigne, is, n. *a mark; a token; an ensign;* from

Insignis, e, adj. (in & signum,) *distinguished; eminent.*

Insisto, -sistĕre, -stĭti, -stĭtum, n. (in & sisto,) *to stand upon; to insist.*

Insolabilĭter, adv. *inconsolably.*

Insŏlens, tis, adj. (ior, issimus,) *insolent; haughty.*

Insŏlenter, adv. (iùs, issĭmè,) *haughtily, insolently.*

Inspectans, tis, part. from

Inspecto, āre, āvi, ātum, freq. *to inspect; to look upon.*

Instatūrus, a, um, part. (insto.)

Instituo, -stituĕre, -stitui, -stitūtum, a. (in & statuo,) *to appoint; to institute; to make; to order.*

Institūtum, i, n. *an institution; a doctrine;* from

Institūtus, a, um, part. (instituo.)

Insto, -stāre, -stĭti, n. (in & sto,) *to be near to; to urge; to persist; to harass; to pursue closely; to beg earnestly.*

Instrumentum, i, n. *an instrument; utensil; implement;* from

Instruo, -struĕre, -struxi, -structum, a. (in & struo,) *to prepare; to teach; to supply with; to furnish.*

Insŭbres, um, m. pl. *a people living north of the Po, in Cisalpine Gaul.*

Insuesco, -suescĕre, -suēvi, -suētum, inc. (in & suesco,) *to grow accustomed.*

Insŭla, æ, f. *an island.*

Insŭper, adv. (in & super,) *moreover.*

Intĕger, gra, grum, adj. (rior, errĭmus,) *whole; entire; unhurt; just.*

Intĕgo, -tegĕre, -texi, -tectum, a. (in & tego,) *to cover.*

Integrĭtas, ātis, f. (intĕger,) *integrity; probity; honesty.*

Intellectus, a, um, part. from

Intellĭgo, -ligĕre, -lexi, -lectum, a. (inter & lego,) *to understand; to perceive; to discern; to know; to learn.*

Inter, prep. *between; among:* inter se, *mutually:* occurrentes inter se, *meeting each other.*

Intercipio, -cipĕre, -cēpi, -ceptum, a. (inter & capio,) *to intercept; to usurp; to take away fraudulently.*

Interdico, -dicĕre, -dixi, -dictum, a. (inter & dico,) *to forbid; to prohibit.*

Interdictus, a, um, part.

Interdiu, adv. *by day; in the day-time.*

Interdum, adv. *sometimes.*

Interea, adv. (inter & is,) *in the mean time.*

Interemptus, a, um, part. (interĭmo.)

Intereo, īre, ii, ĭtum, irr. n. (inter & eo, § 182,) *to perish.*

Intĕrest, imp. (intersum,) *it concerns:* mea, *it concerns me.*

Interfector, ōris, m. *a murderer; a slayer; a destroyer.*

Interfectus, a, um, part. *killed.*

Interficio, -ficĕre, -fēci, -fectum, a. (inter & facio,) *to kill; to slay.*

Intĕrim, adv. *in the mean time.*

Interimo, -imĕre, -ēmi, -emptum, a. (inter & emo,) *to kill; to put to death; to slay.*

Interior, us, adj. (sup. intĭmus, § 126, 1,) *inner; the interior.*

Interiùs, adv. *farther in the interior.*

Interjectus, a, um, part. *cast between:* anno interjecto, *a year having intervened; a year after.*

Interjicio, -jicĕre, -jēci, -jectum, a. (inter & jacio,) *to throw between.*

Internecio, ōnis, f. (internĕco,) *ruin; destruction:* ad internecíōnem, *with a general massacre.*

Internodium, i, n. (inter & nodus,) *the space between two knots; a joint.*

Internus, a, um, adj. *internal:* mare internum, *the Mediterranean sea.*

Interpres, ĕtis, c. *an interpreter.*

Interregnum, i, n. (inter & regnum,) *an interregnum; a vacancy of the throne.*

Interrŏgo, āre, āvi, ātum, a. (inter & rogo,) *to ask.*

Intersum, esse, fui, irr. n. (inter & sum,) *to be present at.*

Intervallum, i, n. (inter & vallum,) *an interval; a space; a distance.*

Interveniens, tis, part. from

Intervenio, venire, vēni, ventum, n. (inter & venio,) *to come between; to intervene.*

Intexo, ĕre, ui, tum, a. (in & texo,) *to interweave.*

Intĭmus, a, um, adj. sup. (comp. interior, § 126, 1,) *innermost; inmost; intimate; familiar; much beloved.*

Intra, prep. *within:*—adv. *inward.*

Intrepĭdus, a, um, adj. (in & trepĭdus,) *fearless; intrepid.*

Intro, āre, āvi, ātum, a. *to enter.*

Introdūco, -ducĕre, -duxi, -ductum, a. (intro & duco,) *to lead in; to introduce.*

Introĭtus, ûs, m. (introeo,) *an entrance.*

Intuens, tis, part. from

Intueor, ēri, ĭtus sum, dep. (in & tueor,) *to look upon; to consider; to behold; to gaze at.*

Intus, adv. *within.*

Inusitātus, a, um, adj. *unaccustomed; unusual; extraordinary.*

Inutĭlis, e, adj. *useless.*

Invādo, -vadĕre, -vāsi, -vāsum, a. (in & vado,) *to invade; to attack; to assail; to fall upon.*

Invenio, -venire, -vēni, -ventum, a. (in & venio,) *to find; to get; to procure; to obtain; to invent; to discover.*

Inventus, a, um, part.

Investigo, āre, āvi, ātum, a. (in & vestigo,) *to investigate; to trace* or *find out; to discover.*

Invĭcem, adv. (in & vicis,) *mutually; in turn:* se invĭcem occidĕrunt, *slew one another.*

Invictus, a, um, part. (in & victus,) *unconquered; impenetrable; invulnerable.*

Invidia, æ, f. (invĭdus,) *envy; hatred.*

Invisus, a, um, adj. (in & visus,) *hated; hateful; obnoxious:* plebi, *unpopular.*

Invitātus, a, um, part. *invited; entertained:*—subs. *a guest.*

Invīto, āre, āvi, ātum, a. *to invite.*

Invius, a, um, adj. (in & via,) *inaccessible; impassable; impenetrable.*

Invŏco, āre, āvi, ātum, a. (in & voco,) *to call upon; to invoke.*

Iōnes, um, m. pl. *Ionians; the inhabitants of Ionia.*

Ionia, æ, f. *Ionia; a country on the western coast of Asia Minor.*

Ionius, a, um, adj. *of Ionia; Ionian:* mare, *that part of the Mediterranean which lies between Greece and the south of Italy.*

Iphicrātes, is, m. *an Athenian general.*

Iphigenia, æ, f. *the daughter of Agamemnon and Clytemnestra, and priestess of Diana.*

Ipse, a, um, pro. § 135; *he himself; she herself; itself;* or simply *he; she; it:* et ipse, *he also;* before a verb of the first or second person, *I; thou:* ego ipse, *I myself;* tu ipse, *thou thyself,* &c.

Ira, æ, f. *anger; rage.*

Irascor, irasci, dep. § 174; *to be angry.*

Irātus, a, um, adj. *angry.*

Ire. *See* Eo.

Irreparabĭlis, e, adj. *irreparable; irrecoverable.*

Irretio, īre, īvi, ītum, a. (in & rete,) *to entangle; to insnare.*

Irretitus, part. *entangled; caught.*

Irridens, tis, part. from

Irrideo, dēre, si, sum, a. (in & rideo,) *to deride; to laugh at.*

Irrĭgo, āre, āvi, ātum, a. (in & rigo,) *to water; to bedew; to moisten.*

Irrīto, āre, āvi, ātum, a. *to irritate; to provoke; to incite.*

Irruens, tis, part. from

Irruo, uĕre, ui, n. (in & ruo,) *to rush; to rush in, into,* or *upon; to attack.*

Is, ea, id, pro. § 134; *this; he; she; it:* in eo esse, i. e. in eo statu, *to be in that state; to be upon the point.*

Issus, i, f. *a maritime city of Cilicia.*

Issĭcus, a, um, adj. *of* or *belonging to Issus.*

Isocrătes, is, m. *a celebrated Athenian orator.*

Iste, a, ud, pro. § 134; *that; that*

person or *thing; he; she; it.* § 207, R. 25.

Ister, tri, m. *the name of the Danube after it enters Illyricum.*

Isthmĭcus, a, um, adj. *Isthmian; belonging to the Isthmus of Corinth:* ludi, *games celebrated at that place.*

Isthmus, i, m. *an isthmus; a neck of land separating two seas.*

Ita, adv. *so; in such a manner; even so; thus.*

Italia, æ, f. *Italy.*

Itălus, a, um, adj. *Italian.*

Ităli, subs. *the Italians.*

Italĭcus, a, um, adj. *belonging to Italy; Italian.*

Ităque, adv. *and so; therefore.*

Iter, itinĕris, n. *a journey; a road; a march.*

Itĕrum, adv. *again; once more; a second time.*

Ithăca, æ, f. *a rocky island in the Ionian sea, with a city of the same name.*

Itĭdem, adv. *in like manner; likewise; also.*

Itūrus, a, um, part. (eo.)

Ivi. *See* Eo.

J.

Jacens, tis, part. from

Jaceo, ēre, ui, n. *to lie; to be situated.*

Jacio, jacĕre, jēci, jactum, a. *to throw; to cast; to fling; to hurl.*

Jacto, āre, āvi, ātum, freq. (jacio,) *to throw about; to toss; to agitate.*

Jactus, a, um, part. (jacio,) *cast; thrown.*

Jacŭlor, āri, ātus sum, dep. *to hurl; to dart; to shoot.*

Jam, adv. *now; already; presently; even.*

Jamdūdum, adv. *long ago.*

Janicŭlum, i, n. *one of the seven hills of Rome.*

Jason, ŏnis, m. *the son of Æson, king of Thessaly, and leader of the Argonauts;* also, *an inhabitant of Lycia.*

Jejūnus, a, um, adj. *fasting; hungry.*

Jovis. *See* Jupĭter.

Juba, æ, f. *the mane.*

Jubeo, jubēre, jussi, jussum, a. *to command; to bid; to order; to direct.*

Jucundus, a, um, adj. (jocus,) *sweet; agreeable; delightful; pleasant.*

Judæa, æ, f. *Judēa.*

Judæus, a, um, adj. *belonging to Judēa:*—subs. *a Jew.*

Judex, ĭcis, c. *a judge.*

Judicium, i, n. *a judgment; decision.*

Judĭco, āre, āvi, ātum, a. *to judge; to deem; to determine; to decide.*

Jugĕrum, i, n. § 93, 1; *an acre of land.*

Jugum, i, n. *a yoke; a ridge* or

chain of mountains; in war, an instrument consisting of two spears placed erect, and a third laid transversely upon them.

Jugurtha, æ, m. *a king of Numidia.*

Julius, i, m. *a name of Cæsar, who belonged to the* gens Julia.

Junctus, a, um, part. (jungo.)

Junior, adj. (comp. from juvĕnis,) *younger.*

Junius, i, m. *the name of a Roman tribe which included the family of Brutus.*

Jungo, jungĕre, junxi, junctum, a. *to unite; to connect; to join:* currui, *to put in; to harness to.*

Juno, ōnis, f. *the daughter of Saturn and wife of Jupiter.*

Jupĭter, Jovis, m. § 85; *the son of Saturn, and king of the gods.*

Jurgiōsus, a, um, adj. (jurgium,) *quarrelsome; scolding; brawling.*

Juro, āre, āvi, ātum, a. *to swear.*

Jus, juris, n. *right; justice:* jus civitātis, *the freedom of the city; citizenship:* jure, *with reason; rightly; deservedly.*

Jussi. *See* Jubeo.

Jussus, a, um, part. (jubeo.)

Jussu, abl. m. § 94; *a command.*

Justitia, æ, f. *justice;* from

Justus, a, um, adj. *just; right; full; regular; ordinary; exact.*

Juvença, æ, f. *a cow; a heifer.*

Juvencius, i, m. *a Roman general, conquered by Andriscus.*

Juvĕnis, e, adj. (comp. junior, § 126, 4,) *young; youthful.*

Juvĕnis, is, c. *a young man* or *woman; a youth.*

Juventus, ūtis, f. *youth.*

Juvo, juvāre, juvi, jutum, a. *to help; to assist.*

Juxta, prep. *near; hard by:*—adv. *alike; even; equally.*

L.

L., *an abbreviation of* Lucius, § 328.

Labor, & Labos, ōris, m. *labor; toil.*

Labor, labi, lapsus sum, dep. *to fall; to glide; to glide away; to flow on.*

Laboriōsus, a, um, adj. (labor,) *laborious.*

Labōro, āre, āvi, ātum, n. *to work* or *labor; to suffer with; to be distressed.*

Labyrinthus, i, m. *a labyrinth.*

Lac, lactis, n. *milk.*

Lacedæmonius, a, um, adj. *belonging to Lacedæmon; Lacedæmonian; Spartan.*

Lacedæmon, ŏnis, f. *Lacedæmon,* or *Sparta, the capital of Laconia.*

Lacerātus, a, um, part. from

Lacĕro, āre, āvi, ātum, a. *to tear in pieces.*

Lacessitus, a, um, part. from

Lacesso, ĕre, ivi, itum, a. *to disturb; to trouble; to provoke; to stir up.*

Lacrȳma, æ, f. *a tear.*

Lacus, ûs, m. *a lake.*

Laconĭcus, a, um, adj. *Laconic; Spartan; Lacedæmonian.*

Lædo, lædĕre, læsi, læsum, a. *to injure; to hurt.*

Lætātus, a, um, part. (lætor.)

Lætitia, æ, f. (lætus,) *joy.*

Lætor, āri, ātus sum, dep. *to rejoice; to be glad; to be delighted with.*

Lætus, a, um, adj. (ior, issĭmus,) *glad; joyful; full of joy; fortunate; prosperous; fruitful; abundant.*

Lævīnus, i, m. *the name of a Roman family;* (P. Valerius,) *a Roman consul.*

Lævor, ōris, m. *smoothness.*

Lagus, i, m. *a Macedonian, who adopted as his son that Ptolemy who afterwards became king of Egypt.*

Lana, æ, f. *wool.*

Lanātus, a, um, adj. *bearing wool; woolly.*

Laniātus, a, um, part. from

Lanio, āre, āvi, ātum, a. *to tear in pieces.*

Lapicidina, æ, f. (lapis & cædo,) *a quarry.*

Lapideus, a, um, adj. *stony;* from

Lapis, ĭdis, m. *a stone.*

Lapsus, a, um, part. (labor.)

Laqueus, i, m. *a noose; a snare.*

Largitio, ōnis, f. *a present.*

Latè, adv. (iùs, issĭmè,) *widely; extensively.*

Latĕbra, æ, f. *a lurking-place; a hiding-place; a retreat.*

Latens, tis, part. from

Lateo, ēre, ui, n. *to be hidden; to be concealed; to be unknown.*

Later, ĕris, m. *a brick.*

Latercŭlus, i, m. dim. (later,) *a little brick; a brick.*

Latīnus, i, m. *an ancient king of the Laurentes, a people of Italy.*

Latīnus, a, um, adj. *Latin; of Latium:* Latīni, subs. *the Latins.*

Latitūdo, ĭnis, f. (latus,) *breadth.*

Latium, i, n. *Latium.*

Latmus, i, m. *a mountain in Caria, near the borders of Ionia.*

Latōna, æ, f. *the daughter of the giant Cœus, and mother of Apollo and Diana.*

Latro, āre, āvi, ātum, n. & a. *to bark; to bark at.*

Latro, ōnis, m. *a robber.*

Latrocinium, i, n. *robbery; piracy.*

Latūrus, a, um, part. (fero.)

Latus, a, um, adj. (ior, issĭmus,) *broad; wide.*

Latus, ĕris, n. *a side.*

Laudātus, a, um, part. from

Laudo, āre, āvi, ātum, a. *to praise; to extol; to commend.*

Laurentia, æ, f. *See* Acca.

Laus, dis, f. *praise; glory; honor; fame; repute; estimation; value.*

Lautè, adv. *sumptuously; magnificently.*

Lavinia, æ, f. *the daughter of Latīnus, and the second wife of Ænēas.*

Lavinium, i, n. *a city in Italy, built by Ænēas.*

Lavo, lavāre & lavěre, lavi, lotum, lautum, & lavātum, a. § 165; *to wash; to bathe.*

Leæna, æ, f. *a lioness.*

Leander, & Leandrus, dri, m. *a youth of Abȳdos, distinguished for his attachment to Hero.*

Lebes, ētis, m. *a kettle; a caldron.*

Lectus, a, um, part. (lego,) *read; chosen.*

Leda, æ, f. *the wife of Tyndarus, king of Sparta, and the mother of Helěna.*

Legatio, ōnis, f. (lego, āre,) *an embassy.*

Legātus, i, m. (lego, āre,) *a deputy; a lieutenant; an ambassador.*

Legio, ōnis, f. (lego, ěre,) *a legion; ten cohorts of soldiers.*

Legislātor, ōris, m. (lex & fero,) *a legislator; a lawgiver.*

Lego, legěre, legi, lectum, a. *to read; to choose; to collect.*

Lemānus, i, m. *the name of a lake in Gaul, bordering upon the country of the Helvetii,* now *the lake of Geneva.*

Leo, ōnis, m. *a lion.*

Leonĭdas, æ, m. *a brave king of Sparta, who fell in the battle of Thermopylæ.*

Leontīnus, a, um, adj. *belonging to Leontini, a city and a people of the same name, on the eastern coast of Sicily.*

Lepĭdus, i, m. *the name of an illustrious family, of the Æmilian clan: M. Lepidus, one of the triumvirs with Augustus and Antony.*

Lepus, ŏris, m. *a hare.*

Letālis, e, adj. *fatal; deadly;* from

Letum, i, n. *death.*

Levis, e, adj. (ior, issĭmus,) *light; trivial; inconsiderable; smooth.*

Levĭtas, ātis, f. *lightness.*

Levo, āre, āvi, ātum, a. *to ease; to relieve; to lighten; to alleviate.*

Lex, gis, f. *a law; a condition.*

Libens, tis, part. (libet,) *willing.*

Libenter, adv. *willingly.*

Libet, *or* Lubet, libuit, imp. *it pleases.*

Libenter, adv. (libens,) *freely; willingly.*

Liber, liběra, liběrum, adj. *free.*

Liber, libri, m. *the inner bark of a tree; a book.*

Liberalĭter, adv. (liberālis,) *liberally; kindly.*

Liberātus, a, um, part. (libĕro,) *liberated; set at liberty.*

Libĕrè, adv. *freely; without restraint.*

Libĕri, ōrum, m. pl. § 96; *children.*

Libĕro, āre, āvi, ātum, a. *to free; to liberate; to deliver.*

Libertas, ātis, f. *liberty.*

Libya, æ, f. properly *Libya, a kingdom of Africa, lying west of Egypt; sometimes it comprehends the whole of Africa.*

Licinius, i, m. *a name common among the Romans.*

Licet, uit, ĭtum est, imp. § 169; *it is lawful; it is permitted; you may; one may.*

Licèt, conj. *although.*

Lienōsus, a, um, adj. *splenetic.*

Ligneus, a, um, adj. *wooden;* from

Lignum, i, n. *wood; a log of wood; timber.*

Ligo, āre, āvi, ātum, a. *to bind.*

Liguria, æ, f. *Liguria, a country in the west of Italy.*

Ligus, ŭris, m. *a Ligurian.*

Ligustĭcus, a, um, adj. *Ligurian:* mare, *the gulf of Genŏa.*

Lilybæum, i, n. *a promontory on the western coast of Sicily.*

Limpĭdus, a, um, adj. (ior, issĭmus,) *transparent; limpid; clear.*

Limus, i, m. *mud; clay.*

Lingua, æ, f. *the tongue; a language.*

Linum, i, n. *flax; linen.*

Liquĭdus, a, um, adj. (ior, issimus,) *liquid; clear; pure; limpid.*

Lis, litis, f. *a strife; a contention; a controversy.*

Littĕra, *or* Litĕra, æ, f. *a letter of the alphabet:* (pl.) *letters; literature; learning; a letter; an epistle.*

Litterarius, a, um, adj. *belonging to letters; literary.*

Littus, *or* Litus, ŏris, n. *the shore.*

Loco, āre, āvi, ātum, a. *to place, set, dispose,* or *arrange; to give* or *dispose of in marriage;* from

Locus, i, m. in sing.; m. & n. in pl. § 92, 2; *a place.*

Locusta, æ, f. *a locust.*

Longè, adv. (iùs, issĭmè,) (longus,) *far; far off.*

Longinquus, a, um, adj. (comp. ior,) *far; distant; long; foreign.*

Longitūdo, ĭnis, f. *length;* from

Longus, a, um, adj. (ior, issĭmus,) *long,* applied both to time and space; *lasting.*

Locūtus, a, um, part. (loquor,) *having spoken.*

Locutūrus, a, um, part. *about to speak;* from

Loquor, loqui, locūtus sum, dep. *to speak.*

Lorica, æ, f. *a coat of mail; corselet; breast-plate; cuirass.*

Lorum, i, n. *a thong.*

Lubens, tis, part. (lubet.)

Lubenter, adv. (iùs, issimè.) *See* Libenter.

Lubet. *See* Libet.

Lubido, *or* Libido, ĭnis, f. *lust; desire.*

Lubrĭcus, a, um, adj. *slippery.*

Luceo, lucēre, luxi, n. *to shine.*

Lucius, i, m. *a Roman* prænōmen.

Lucretia, æ, f. *a Roman matron, the wife of Collatīnus.*

Lucretius, i, m. *the father of Lucretia.*

Luctus, ûs, m. (lugeo,) *mourning; sorrow.*

Lucullus, i, m. *a Roman celebrated for his luxury, his patronage of learned men, and his military talents.*

Lucus, i, m. *a grove.*

Ludo, ludĕre, lusi, lusum, a. *to play; to be in sport; to deceive.*

Ludus, i, m. *a game; a play; a place of exercise; a school:* gladiatorius, *a school for gladiators.*

Lugeo, lugēre, luxi, n. *to mourn; to lament.*

Lumen, ĭnis, n. (luceo,) *light; an eye.*

Luna, æ, f. *the moon.*

Lupa, æ, f. *a she-wolf.*

Lupus, i, m. *a wolf.*

Luscinia, æ, f. *a nightingale.*

Lusitania, æ, f. *a part of* Hispania, now *Portugal.*

Lustro, āre, āvi, ātum, a. *to purify; to appease; to expiate;* exercĭtum, *to review; to muster.*

Lustrum, i, n. *the lair of wild beasts; a den.*

Lusus, ûs, m. *a game; a play:* per lusum, *in sport; sportively.*

Lutatius, i, m. *the name of a Roman tribe:* C. Lutatius Catŭlus, *a Roman consul in the first Punic war.*

Lutetia, æ, f. *a city of Gaul,* now *Paris.*

Lutum, i, n. *clay.*

Lux, lucis, f. *light.*

Luxuria, æ, f. *luxury; excess; voluptuousness.*

Lycius, a, um, adj. *Lycian; of Lycia, a country of Asia Minor.*

Lycomēdes, is, m. *a king of Scyros.*

Lycurgus, i, m. *the Spartan lawgiver.*

Lydia, æ, f. *a country of Asia Minor.*

Lysander, dri, m. *a celebrated Lacedæmonian general.*

Lysimăchus, i, m. *one of Alexander's generals, who was afterwards king of a part of Thrace.*

M.

M., *an abbreviation of* Marcus. § 328.

Macĕdo, ŏnis, m. *a Macedonian.*

Macedonia, æ, f. *a country of Europe, lying west of Thrace, and north of Thessaly and Epirus.*

Macedonĭcus, a, um, adj. *of Macedonia; Macedonian;* also, *an* agnōmen *or surname of Q. Metellus.*

Macies, ēi, f. *leanness; decay.*

Macrobii, ōrum, m. pl. *a Greek word signifying* long-lived; *this name was given to certain tribes of Ethiopians, who were distinguished for the simplicity and purity of their manners, and for their longevity.*

Mactātus, a, um, part. from

Macto, āre, āvi, ātum, a. *to sacrifice; to slay.*

Macŭla, æ, f. *a spot; a stain.*

Madeo, ēre, ui, n. *to be moist; to be wet.*

Mænădes, um, f. pl. *priestesses of Bacchus; bacchants; bacchanals.*

Mæōtis, ĭdis, adj. *Mæotian:* palus Mæōtis, *a lake* or *gulf, lying north of the Euxine,* now called *the sea of Azoph.*

Magìs, adv. (sup. maxĭmè, § 194,) *more; rather; better.*

Magister, tri, m. *a teacher; a master:* magister equĭtum, *the commander of the cavalry, and the dictator's lieutenant.*

Magistrātus, ûs, m. *a magistracy; a civil office; a magistrate.*

Magnesia, æ, f. *a town of Ionia.*

Magnifĭcè, adv. (entiùs, entissĭmè,) (magnifĭcus,) *magnificently; splendidly.*

Magnificentia, æ, f. *magnificence, splendor; grandeur;* from

Magnifĭcus, a, um, adj. (entior, entissĭmus,) (magnus & facio,) *magnificent; splendid.*

Magnitūdo, ĭnis, f. (magnus,) *greatness; magnitude; size.*

Magnopĕre, adv. (magnus & opus,) *greatly; very; earnestly.*

Magnus, a, um, adj. (comp. major, sup. maxĭmus,) *great; large.*

Major, comp. (magnus,) *greater; the elder.*

Majōres, um, m. pl. *forefathers; ancestors.*

Malè, adv. (pejùs, pessĭmè,) (malus,) *badly; ill; hurtfully.*

Maledīco, -dicĕre, -dixi, -dictum, a. (malè & dico,) *to revile; to rail at; to abuse; to reproach.*

Maledĭcus, a, um, adj. (entior, entissĭmus,) *reviling; railing; scurrilous; abusive.*

Malefĭcus, a, um, adj. (entior, entissĭmus,) (malè & facio,) *wicked; hurtful; mischievous; injurious:*—subs. *an evil-doer.*

Malo, malle, malui, irr. § 178, 3; *to prefer; to be more willing; to wish rather.*

Malum, i, n. *an apple.*

Malum, i, n. (malus,) *evil; misfortune; calamity; sufferings; evil deeds.*

Malus, a, um, adj. (pejor, pessĭmus, § 125, 5,) *bad; wicked:* mali, *bad men.*

Mancīnus, i, m. *a Roman consul who made a disgraceful peace with the Numantians.*

Mando, mandĕre, mandi, mansum, a. *to chew; to eat.*

Mando, āre, āvi, ātum, a. *to command; to intrust; to commit; to bid; to enjoin:* mandāre marmorĭbus, *to engrave upon marble.*

Mane, ind. n. *the morning,* § 94:—adv. *early in the morning.*

Maneo, ēre, si, sum, n. *to remain; to continue.*

Manes, ium, m. pl. *the dead; the manes; ghosts* or *shades of the dead.*

Manlius, i, m. *a Roman proper name.*

Mano, āre, āvi, ātum, n. *to flow.*

Mansuefacio, -facĕre, -fēci, -factum, a. (mansues & facio,) *to tame; to make tame.*

Mansuefĭo, -fiĕri, -factus sum, irr. § 180, N., *to be made tame.*

Mansuefactus, a, um, part.

Mantinēa, æ, f. *a city of Arcadia.*

Manubiæ, ārum, f. pl. *booty; spoils; plunder.*

Manumissus, a, um, part. from

Manumitto, -mittĕre, -misi, -missum, a. (manus & mitto,) *to set free, at liberty; to free; to manumit.*

Manus, ûs, f. *a hand; the trunk of an elephant; a band* or *body of soldiers.*

Mapāle, is, n. *a hut* or *cottage of the Numidians.*

Marcellus, i, m. *the name of a Roman family which produced many illustrious men.*

Marcius, i, m. *a Roman name and* cognōmen or *surname.*

Marcus, i, m. *a Roman* prænōmen.

Mare, is, n. *the sea.*

Margarīta, æ, f. *a pearl.*

Mariandȳni, ōrum, m. pl. *a people of Bithynia.*

Marīnus, a, um, adj. (mare,) *marine; pertaining to the sea;* aqua marina, *sea-water.*

Maritĭmus, a, um, adj. *maritime; on the sea-coast:* copiæ, *naval forces.*

Maritus, i, m. *a husband.*

Marius, i, m. (C.) *a distinguished Roman general, who was seven times elected consul.*

Marmor, ŏris, n. *marble.*

Mars, tis, m. *the son of Jupiter and Juno, and god of war.*

Marsi, ōrum, m. pl. *a people of Latium, upon the borders of lake Ticinus.*

Marsȳas, æ, m. *a celebrated Phrygian musician;* also, *a brother of Antigŏnus, the king of Macedonia.*

Massa, æ, f. *a mass; a lump.*

Massĭcus, a, um, adj. *Massic, of Massicus, a mountain in Campania, famous for its wine:* vinum, *Massic wine.*

Massilia, æ, f. *a maritime town of* Gallia Narbonensis, now *Marseilles.*

Mater, tris, f. *a mother; a matron.*

Materia, æ, f. *a material; matter; stuff; timber.*

Matrimonium, i, n. *matrimony; marriage.*

Matrōna, æ, f. *a matron; a married woman.*

Matrŏna, æ, f. *a river of Gaul,* now *the Marne.*

Maturesco, maturescĕre, maturui, inc. *to ripen; to grow ripe;* from

Matūrus, a, um, adj. (ior, rimus or issĭmus,) *ripe; mature; perfect.*

Mauritania, æ, f. *a country in the western part of Africa, extending from Numidia to the Atlantic ocean.*

Mausōlus, i, m. *a king of Caria.*

Maxilla, æ, f. *a jaw; a jawbone.*

Maxĭmè, adv. (sup. of magis,) *most of all; especially; greatly.*

Maxĭmus, i, m. *a Roman surname:* Qu. Fabius Maxĭmus, *a distinguished Roman general.*

Maximus, a, um, adj. (sup. of magnus,) *greatest; eldest:* maxĭmus natu. *See* Natu.

Mecum, (me & cum, § 133, 4,) *with me.*

Medeor, ēri, dep. § 170; *to cure; to heal.*

Medicina, æ, f. *medicine.*

Medĭco, āre, āvi, ātum, a. *to heal; to administer medicine; to medicate; to prepare medically; to embalm.*

Medĭcus, i, m. *a physician.*

Meditātus, a, um, part. *designed; practised;* from

Medĭtor, āri, ātus sum, dep. *to meditate; to reflect; to practise.*

Medius, a, um, adj. *middle; the midst,* § 205, R. 17: medium, *the middle.*

Mediomatrĭci, ōrum, m. pl. *a people of Belgic Gaul.*

Medūsa, æ, f. *one of the three Gorgons.*

Megăra, æ, f. *the capital of Megaris.*

Megarenses, ium, m. pl. *Megarensians; the inhabitants of Megăra.*

Megăris, ĭdis, f. *a small country of Greece.*

Megasthĕnes, is, m. *a Greek historian, whose works have been lost.*

Mehercŭlè, adv. *by Hercules; truly; certainly.*

Mel, lis, n. *honey.*

Meleăgrus & -ăger, gri, m. *a king of Calydonia.*

Melĭor, us, adj. (comp. of bonus, § 125, 5,) *better.*

Meliùs, adv. (comp. of benè,) *better.*

Membrāna, æ, f. *a thin skin; a membrane; parchment.*

Membrum, i, n. *a limb; a member.*

Memĭni, def. pret. § 183; *I remember; I relate.*

Memor, ŏris, adj. *mindful.*

Memorabĭlis, e, adj. *memorable; remarkable; worthy of being mentioned.*

Memoria, æ, f. *memory.*

Memŏro, āre, āvi, ātum, a. *to remember; to say; to mention.*

Memphis, is, f. a *large city of Egypt.*

Mendacium, i, n. *a falsehood;* from

Mendax, ācis, adj. *false; lying.*

Menelāus, i, m. *a king of Sparta, the son of Atreus, and husband of Helen.*

Menenius, i, m. (Agrippa,) *a Roman, distinguished for his success in reconciling the plebeians to the patricians.*

Mens, tis, f. *the mind; the will; the understanding.*

Mensis, is, m. *a month.*

Mentio, ōnis, f. (memĭni,) *mention or a speaking of.*

Mentior, īri, itus sum, dep. *to lie; to assert falsely; to feign; to deceive.*

Mercātor, ōris, m. (mercor,) *a merchant; a trader.*

Mercatūra, æ, f. § 102, R. 2; *merchandise; trade.*

Mercātus, ûs, m. *a market; a mart; a fair; an emporium; a sale.*

Merces, ēdis, f. (mereo,) *wages; a reward; a price.*

Mercurius, i, m. *Mercury, the son of Jupiter and Maia. He was the messenger of the gods.*

Mereo, ēre, ui, ĭtum, n. *to deserve; to gain; to acquire.*

Mercor, āri, ātus sum, dep. *to deserve; to earn.*

Mergo, mergĕre, mersi, mersum, a. *to sink; to dip under.*

Meridiānus, a, um, adj. *southern; south; at noon-day;* from

Meridies, iēi, m. (medius & diès,) *noon; mid-day; south.*

Merĭtò, adv. *with reason; with good reason; deservedly.*

Merĭtum, i, n. (mereo,) *merit; desert.*

Mersi. *See* Mergo.

Mersus, a, um, part. (mergo.)

Merŭla, æ, f. *a blackbird.*

Merx, cis, f. *merchandise.*

Messis, is, f. (meto,) *the harvest.*

Meta, æ, f. *a goal; a limit.*

Metagonium, i, n. *a promontory in the northern part of Africa.*

Metallum, i, n. *metal; a mine.*

Metanira, æ, f. *the wife of Celeus, king of Eleusis.*

Metellus, i, m. *the name of an illustrious family at Rome.*

Metior, metiri, mensus sum, dep. *to measure.*

Metius, i, m. (Suffetius,) *an Alban general, put to death by Tullus Hostilius.*

Meto, metĕre, messui, messum, a. *to reap; to mow.*

Metuo, metuĕre, metui, a. *to fear;* from

Metus, ûs, m. *fear.*

Meus, a, um, pro. § 139; (ego,) *my; mine.*

Micipsa, æ, m. *a king of Numidia.*

Mico, āre, ui, n. *to shine.*

Midas, æ, m. *a king of Phrygia, distinguished for his wealth.*

Migro, āre, āvi, ātum, n. *to remove; to migrate; to wander.*

Mihi. *See* Ego.

Miles, ĭtis, c. *a soldier; the soldiery.*

Milētus, i, f. *the capital of Ionia, near the borders of Caria.*

Militia, æ, f. (miles,) *war; military service.*

Milĭto, āre, āvi, ātum, n. *to serve in war.*

Mille, n. ind. (in sing.) *a thousand:* millia, um, pl. mille, adj. ind. § 118, 6.

Milliarium, i, n. *a milestone; a mile* or 5000 *Roman feet:* ad quintum milliarium urbis, *within five miles of the city.*

Miltiădes, is, m. *a celebrated Athenian general, who conquered the Persians.*

Milvius, i, m. *a kite.*

Minæ, ārum, f. pl. § 96; *threats.*

Minātus, a, um, part. (minor.)

Minerva, æ, f. *the daughter of Jupiter, and goddess of war and wisdom.*

Minĭmè, adv. (sup. of parum,) *least; at least; not at all.*

Minĭmus, a, um, adj. (sup. of parvus,) *the least; the smallest.*

Ministerium, i, n. (minister,) *service; labor.*

Minium, i, n. *red lead; vermilion.*

Minor, āri, ātus sum, dep. *to threaten; to menace.*

Minor, ōris, adj. (comp. of parvus,) *less; smaller; weaker.*

Minos, ōis, m. *a son of Europa, and king of Crete.*

Minuo, minuĕre, minui, minūtum, a. *to diminish.*

Minùs, adv. (minor,) (comp. of parum,) *less:* quò minùs *or* quominus, *that—not.*

Miracŭlum, i, n. (miror,) *a miracle; a wonder.*

Mirabĭlis, e, adj. *wonderful; astonishing.*

Mirātus, a, um, part. (miror,) *wondering at.*

Mirè, adv. (mirus,) *wonderfully; remarkably.*

Miror, âri, âtus sum, dep. *to wonder at; to admire;* from

Mirus, a, um, adj. *wonderful; surprising.*

Misceo, miscēre, miscui, mistum *or* mixtum, a. *to mingle; to mix.*

Miser, ĕra, ĕrum, adj. *miserable; unhappy; wretched; sad.*

Miserâtus, a, um, part. (misĕror.)

Misereor, miserēri, miserĭtus *or* misertus sum, dep. *to have compassion; to pity.*

Misĕret, miseruit, miserĭtum est, imp. *it pitieth:* me misĕret, *I pity.*

Misericordia, æ, f. (misericors,) *pity; compassion.*

Misĕror, âri, âtus sum, dep. *to pity.*

Misi. *See* Mitto.

Mistus, & Mixtus, a, um, part. (misceo.)

Mithridâtes, is, m. *a celebrated king of Pontus.*

Mithridatĭcus, a, um, adj. *belonging to Mithridates; Mithridatic.*

Mitis, e, adj. (ior, issĭmus,) *mild; meek; kind; humane.*

Mitto, mittĕre, misi, missum, a. *to send; to throw; to bring forth; to produce; to afford:* mittĕre se in aquam, *to plunge into the water.*

Mixtus. *See* Mistus.

Modĭcus, a, um, adj. *moderate; of moderate size; small.*

Modius, i, m. *a measure; a half-bushel.*

Modò, adv. *now; only; but:* modò — modò, *sometimes — sometimes:*—conj. (*for* si modò *or* dummŏdo,) *provided that; if only.*

Modus, i, m. *a measure; a manner; a way; degree; limit; moderation.*

Mœnia, um, n. pl. *the walls of a city.*

Mœnus, i, m. *the Maine, a river of Germany, and a branch of the Rhine.*

Mœrens, tis, part. from

Mœreo, mœrēre, neut. pass. *to be sad; to mourn.*

Mœris, is, m. *a lake in Egypt.*

Moles, is, f. *a mass; a bulk; a burden; a weight; a pile.*

Molestus, a, um, adj. (ior, issĭmus,) *irksome; severe; troublesome; oppressive; unwelcome.*

Mollio, ire, ivi, itum, a. *to soften; to moderate;* from

Mollis, e, adj. (ior, issĭmus,) *soft; tender.*

Molossi, ōrum, m. pl. *the Molossians, a people of Epirus.*

Momordi. *See* Mordeo.

Monens, tis, part. from

Moneo, ēre, ui, ĭtum, a. *to advise; to remind; to warn; to admonish.*

Monimentum *or* -umentum, i, n. § 102, 4; *a monument; a memorial; a record.*

Mons, tis, m. *a mountain; a mount.*

Monstro, āre, āvi, ātum, a. *to show; to point out.*

Mora, æ, f. *delay.*

Morbus, i, m. *a disease.*

Mordax, ăcis, adj. *biting; sharp; snappish;* from

Mordeo, mordēre, momordi, morsum, a. *to bite.*

Mores. *See* Mos.

Moriens, tis, part. from

Morior, mori & moriri, mortuus sum, dep. § 174; *to die.*

Moror, āri, ātus sum, dep. *to delay; to tarry; to stay; to remain:* nihil moror, *I care not for; I value not.*

Morósus, a, um, adj. *morose; peevish; fretful; cross.*

Mors, tis, f. *death.*

Morsus, ûs, m. *a bite; biting.*

Mortālis, e, adj. *mortal.*

Mortuus, a, um, part. (morior,) *dead.*

Mos, moris, m. *a custom:* more, *after the manner of; like:* mores, *conduct; deportment; manners; customs.*

Mossȳni, ōrum, m. pl. *a people of Asia Minor, near the Euxine.*

Motus, ûs, m. *motion:* terræ motus, *an earthquake.*

Motus, a, um, part. from

Moveo, movēre, movi, motum, a. *to move; to stir; to excite.*

Mox, adv. *soon; soon after; by and by.*

Mucius, i, m. (Scævŏla,) *a Roman, celebrated for his fortitude.*

Muliĕbris, e, adj. *womanly; female;* from

Mulier, ĕris, f. *a woman.*

Multitūdo, ĭnis, f. (multus,) *a multitude.*

Multo *or* -cto, āre, āvi, ātum, a. *to punish; to fine; to impose a fine; to sentence to pay a fine.*

Multò, & **Multùm**, adv. *much; by far.*

Multus, a, um, adj. *much; many.*

Mummius, i, m. *a Roman general.*

Mundus, i, m. *the world; the universe.*

Muniendus, a, um, part. from

Munio, ire, ivi, itum, a. *to fortify:* viam, *to open* or *prepare a road.*

Munus, ĕris, n. *an office; a gift; a present; a favor; a reward.*

Murālis, e, adj. *pertaining to a wall:* corōna, *the mural crown, given to him who first mounted the wall of a besieged town;* from

Murus, i, m. *a wall; a wall of a town.*

Mus, muris, m. *a mouse.*

Musa, æ, f. *a muse; a song.*

Musca, æ, f. *a fly.*

Muscŭlus, i, m. dim. (mus, § 100, 3,) *a little mouse.*

Musĭce, es, & Musĭca, æ, f. (musa,) *music; the art of music.*

Musĭcus, a, um, adj. *musical.*

Muto, āre, āvi, ātum, a. *to change; to transform.*

Mygdonia, æ, f. *a small country of Phrygia.*

Myrmecĭdes, is, m. *an ingenious artist of Milētus.*

Myndius, i, m. *a Myndian; an inhabitant of Myndus.*

Myndus, i, f. *a city in Caria, near Halicarnassus.*

Mysia, æ, f. *a country of Asia Minor, having the Propontis on the north, and the Ægean sea on the west.*

N.

Nabis, ĭdis, m. *a tyrant of Lacedæmon.*

Næ, adv. *verily; truly.*

Nactus, a, um, part. (nanciscor,) *having found.*

Nam, conj. § 198, 7; *for; but.*

Nanciscor, nancisci, nactus sum, dep. *to get; to find; to meet with.*

Narbonensis, e, adj. Narbonensis Gallia, *one of the four divisions of Gaul, in the south-eastern part, deriving its name from the city of Narbo, now Narbonne.*

Naris, is, f. *the nostril.*

Narro, āre, āvi, ātum, a. *to relate; to tell; to say.*

Nascor, nasci, natus sum, dep. *to be born; to grow; to be produced.*

Nasica, æ, m. *a surname of Publius Cornelius Scipio.*

Nasus, i, m. *a nose.*

Natālis, e, adj. *natal:* dies natālis, *a birth-day.*

Natans, tis, part. from

Nato, āre, āvi, ātum, freq. (no,) *to swim; to float.*

Natu, abl. sing. m. *by birth:* natu minor, *the younger:* minĭmus, *the youngest:* major, *the elder:* maxĭmus, *the oldest.* § 126, 4, R. 1.

Natūra, æ, f. (nascor,) *nature; creation; power.*

Naturālis, e, adj. *natural.*

Natus, a, um, part. (nascor,) *born:* octoginta annos natus, *eighty years old.*

Natus, i, m. *a son.*

Naufragium, i, n. *a shipwreck.*

Nauta, æ, m. *a sailor.*

Navālis, e, adj. (navis,) *naval; belonging to ships.*

Navigabĭlis, e, adj. *navigable.*

Navigatio, ōnis, f. (navĭgo,) *navigation.*

Navigium, i, n. *a ship; a vessel.*

Navĭgo, āre, āvi, ātum, a. (navis & ago,) *to navigate; to sail:*

navigâtur, imp. *navigation is carried on; they sail.*

Navis, is, f. *a ship.*

Ne, conj. *not — lest; lest that; that — not:* ne quidem, *not even.* § 279, 3.

Ne, conj. enclitic: in *direct* questions, it is often omitted in the translation; in *indirect* questions, *whether:* in a *second* question, *or.* § 265, R. 2.

Nec, conj. (ne & que,) *and not; but not; neither; nor.*

Necessarius, a, um, adj. (necesse,) *necessary:*—subs. *a friend.*

Necessĭtas, âtis, f. *necessity; duty.*

Neco, âre, âvi *or* ui, âtum, a. *to kill; to destroy; to slay.*

Nefas, n. ind. (ne & fas,) *impiety; wrong.*

Neglectus, a, um, part. from

Neglĭgo, -ligĕre, -lexi, -lectum, a. (nec & lego,) *to neglect; not to care for; to disregard.*

Nego, âre, âvi, âtum, a. *to deny; to refuse; to declare that not.*

Negotium, i, n. (ne & otium,) *business; labor; pains; difficulty:* facĭli *or* nullo negotio, *easily.*

Nemo, ĭnis, c. (ne & homo,) *no one; no man.*

Nemus, ŏris, n. *a forest; a grove.*

Nepos, ōtis, m. *a grandson.*

Neptūnus, i, m. *Neptune, a son of Saturn and Ops, and the god of the sea.*

Nequâquam, adv. *by no means.*

Neque, conj. (ne & que,) *neither; nor; and — not.*

Nequeo, īre, īvi, ĭtum, irr. n. (ne & queo, § 182, 3,) *I cannot; I am not able.*

Nequis, -qua, -quod *or* -quid, pro. § 138; *lest any one; that no one* or *no thing.*

Nereis, ĭdis, f. *a Nereid; a sea-nymph. The Nereids were the daughters of Nereus and Doris.*

Nescio, īre, īvi, ītum, n. (ne & scio,) *to be ignorant of; not to know; can not.*

Nestus, i, m. *a river in the western part of Thrace.*

Neuter, tra, trum, adj. (ne & uter, § 107,) *neither of the two; neither.*

Nicomēdes, is, m. *a king of Bithynia.*

Nidifĭco, âre, âvi, âtum, a. (nidus & facio,) *to build a nest.*

Nidus, i, m. *a nest.*

Niger, gra, grum, adj. *black.*

Nihil, n. ind., *or* Nihĭlum, i, n. (ne & hilum,) *nothing:* nihil habeo quod, *I have no reason why.*

Nihilomĭnus, adv. *nevertheless.*

Nilus, i, m. *the Nile; the largest river of Africa.*

Nimius, a, um, adj. *too great; excessive; immoderate.*

Nimiùm, & Nimiò, adv. *too much.*

Ninus, i, m. *a king of Assyria.*

Niŏbe, es, f. *the wife of Amphion, king of Thebes.*

Nisi, adv. (ne & si,) *unless; except; if not.*

Nisus, i, m. *a king of Megăris, and the father of Sylla.*

Nitĭdus, a, um, adj. (niteo,) *shining; bright; clear.*

Nitor, ōris, m. (niteo,) *splendor; gloss; brilliancy.*

Nitor, niti, nisus & nixus sum, dep. *to strive.*

Nix, nivis, f. *snow.*

No, nare, navi, natum, n. *to swim.*

Nobĭlis, e, adj. (ior, issĭmus,) *noble; celebrated; famous; of high rank.*

Nobilĭtas, ātis, f. *nobility; the nobility; the nobles; a noble spirit; nobleness.*

Nobilĭto, āre, āvi, ātum, a. *to ennoble; to make famous.*

Noceo, ēre, ui, ĭtum, a. *to hurt; to injure; to harm.*

Noctu, abl. sing. *by night; in the night time.* § 94.

Nocturnus, a, um, adj. *nightly; nocturnal.*

Nodus, i, m. *a knot; a tumor.*

Nola, æ, f. *a city of Campania.*

Nolo, nolle, nolui, irr. n. (non & volo, § 178, 2,) *to be unwilling:* the imperative of nolo, with an infinitive, is translated by *not*, and the infinitive, by an imperative; as, esse noli, *be not.*

Nomădes, um, m. pl. *a name given to those tribes who wander from place to place, with their flocks and herds, having no fixed residence.*

Nomen, ĭnis, n. *a name.*

Non, adv. *not.*

Nonagesĭmus, a, um, num. adj. *the ninetieth.*

Nonne, adv. (instead of num non,) *not?* (in a question.)

Nonnĭhil, n. ind. *something.*

Nonnĭsi, adv. *only; not; except.*

Nonnullus, a, um, adj. *some.*

Nonus, a, um, num. adj. *the ninth.*

Nos. *See* Ego.

Nosco, noscĕre, novi, notum, a. § 183, 3, N.; *to know; to understand; to learn.*

Noster, tra, trum, pro. *our.* § 139.

Nota, æ, f. *a mark.*

Notans, tis, part. from

Noto, āre, āvi, ātum, a. *to mark; to observe; to stigmatize.*

Notus, a, um, part. (from nosco,) *known.*

Novem, ind. num. adj. pl. *nine.*

Novus, a, um, adj. (comp. not used; sup. issĭmus,) *new; recent; fresh.*

Nox, noctis, f. *night:* de nocte, *by night.*

Noxius, a, um, adj. *hurtful; injurious.*

Nubes, is, f. *a cloud.*

Nubo, nubĕre, nupsi & nupta

sum, nuptum, n. *to cover; to veil; to marry; to be married;* (used only of the wife.)

Nudātus, a, um, part. *laid open; stripped; deprived;* from

Nudo, āre, āvi, ātum, a. *to make naked; to lay open;* from

Nudus, a, um, adj. *naked; bare.*

Nullus, a, um, gen. īus, § 107, adj. (non ullus,) *no; no one.*

Num, adv.: in translating *direct* questions, it is commonly omitted; in *indirect* questions, it signifies *whether.*

Numa, æ, m. (Pompilius,) *the second king of Rome, and the successor of Romulus.*

Numantia, æ, f. *a city of Spain, which was besieged by the Romans for twenty years.*

Numantīni, ōrum, m. pl. *Numantines; the people of Numantia.*

Numen, ĭnis, n. (nuo,) *a deity; a god.*

Numĕro, āre, āvi, ātum, a. *to count; to number; to reckon;* from

Numĕrus, i, m. *a number.*

Numidæ, ārum, m. pl. *the Numidians.*

Numidia, æ, f. *a country of Africa.*

Numĭtor, ōris, m. *the father of Rhea Silvia, and grandfather of Romulus and Remus.*

Nummus, i, m. *money.*

Nunc, adv. *now:* nunc etiam, *even now; still.*

Nuncŭpo, āre, āvi, ātum, a. *to name.*

Nunquam, (ne & unquam,) adv. *never.*

Nuntiātus, a, um, part. from

Nuntio *or* -cio, āre, āvi, ātum, a. (nuntius,) *to announce; to tell.*

Nuptiæ, ārum, f. pl. *nuptials; marriage; a wedding.*

Nusquam, adv. (ne & usquam,) *nowhere; in no place.*

Nutriendus, a, um, part. *to be nourished.*

Nutrio, īre, īvi, ītum, a. *to nourish.*

Nutrītus, a, um, part.

Nutrix, īcis, f. *a nurse.*

Nympha, æ, f. *a nymph; a goddess presiding over fountains, groves,* or *rivers,* &c.

O.

O! int. *O! ah!*

Ob, prep. *for; on account of; before.*

Obdormisco, -dormiscĕre, -dormīvi, inc. (ob & dormisco,) *to fall asleep; to sleep.*

Obdūco, -ducĕre, -duxi, -ductum, a. (ob & duco,) *to draw over; to cover over.*

Obductus, a, um, part. *spread over; covered over.*

Obedio, īre, īvi, ītum, n. (ob & audio,) *to obey; to comply with; to be subject to.*

Obeo, īre, īvi & ii, ītum, irr. n.

& a. (ob & eo,) *to go to; to discharge; to execute; to die.*

Oberro, āre, āvi, ātum, n. (ob & erro,) *to wander; to wander about.*

Obĭtus, ûs, m. (obeo,) *death.*

Objaceo, ēre, ui, ĭtum, n. (ob & jaceo,) *to lie against* or *before; to be opposite.*

Objectus, a, um, part. *thrown to,* or *in the way; exposed.*

Objicio, -jicĕre, -jēci, -jectum, a. (ob & jacio,) *to throw before; to throw to; to give; to object; to expose.*

Oblĭgo, āre, āvi, ātum, a. (ob & ligo,) *to bind; to oblige; to obligate.*

Oblīquè, adv. *indirectly; obliquely;* from

Oblīquus, a, um, adj. *oblique; indirect; sidewise.*

Oblītus, a, um, part. *forgetting; having forgotten.*

Obliviscor, oblivisci, oblītus sum, dep. *to forget.*

Obnoxius, a, um, adj. *obnoxious; subject; exposed to; liable.*

Obruo, -ruĕre, -rui, -rŭtum, a. (ob & ruo,) *to overwhelm; to cover; to bury.*

Obrŭtus, a, um, part. *buried; covered; overwhelmed.*

Obscūro, āre, āvi, ātum, a. (obscūrus,) *to obscure; to darken.*

Obsĕcro, āre, āvi, ātum, a. (ob & sacro,) *to beseech; to conjure.*

Obsĕquor, -sĕqui, -secūtus sum, dep. (ob & sequor,) *to follow; to serve.*

Observo, āre, āvi, ātum, a. (ob & servo,) *to observe; to watch.*

Obses, ĭdis, c. (obsideo,) *a hostage.*

Obsessus, a, um, part. *besieged;* from

Obsideo, -sidēre, -sēdi, -sessum, a. (ob & sedeo,) *to besiege; to invest; to blockade.*

Obsidio, ōnis, f. *a siege.*

Obsidionālis, e, adj. *belonging to a siege; obsidional:* corōna, *a crown given to him who had raised a siege.*

Obstĕtrix, ĭcis, f. *a midwife.*

Obtestātus, a, um, part. from

Obtestor, āri, ātus sum, dep. (ob & testor,) *to conjure; to beseech; to entreat.*

Obtineo, -tinēre, -tinui, -tentum, a. (ob & teneo,) *to hold; to retain; to obtain:* obtĭnet sententia, *the opinion prevails.*

Obtŭlit. *See* Offĕro.

Obviàm, adv. *in the way; meeting; to meet:* fio *or* eo obviàm, *I meet; I go to meet.*

Occasio, ōnis, f. *an occasion; a good opportunity.*

Occāsus, ûs, m. *the setting of the heavenly bodies; the descent; evening; the west.*

Occĭdens, tis, m. *the west; the setting sun; evening.*

Occidentālis, e, adj. *western; occidental.*

Occīdo, occidĕre, occīdi, occīsum, a. (ob & cædo,) *to kill; to slay; to put to death.*

Occĭdo, occidĕre, occĭdi, occāsum, n. (ob & cado,) *to fall; to fall down; to set.*

Occisūrus, a, um, part. (occīdo.)

Occisus, a, um, part. (occīdo.)

Occœcātus, a, um. part. from

Occœco, āre, āvi, ātum, a. *to blind; to dazzle.*

Occulto, āre, āvi, ātum, freq. (occŭlo,) *to conceal; to hide.*

Occultor, āri, ātus sum, pass. *to be concealed; to hide one's self.*

Occŭpo, āre, āvi, ātum, a. *to occupy; to seize upon; to take possession of.*

Occurro, -currĕre, -curri & -cucurri, -cursum, n. (ob & curro,) *to meet; to go to meet; to encounter.*

Oceănus, i, m. *the ocean; the sea.*

Octaviānus, i, m. (Cæsar,) *the nephew and adopted son of Julius Cæsar, called, after the battle at Actium, Augustus.*

Octāvus, a, um, num. adj. (octo,) *eighth.*

Octingenti, æ, a, num. adj. pl. *eight hundred.*

Octo, ind. num. adj. pl. *eight.*

Octoginta, ind. num. adj. pl. *eighty.*

Ocŭlus, i, m. *an eye.*

Odi, odisse, def. pret. § 183, 1; *to hate; to detest.*

Odium, i, n. *hatred.*

Odor, ōris, m. *a smell:* pl. odōres, *odors; perfumes.*

Odōror, āri, ātus sum, dep. *to smell.*

Œneus, ei & eos, m. *a king of Calȳdon, and father of Meleăger and Dejanira.*

Œnomăus, i, m. § 9; *the name of a celebrated gladiator.*

Œta, æ, m. *a mountain in Thessaly, on the borders of Doris.*

Offĕro, offerre, obtŭli, oblātum, irr. a. (ob & fero, § 196, 9,) *to offer; to present.*

Officīna, æ, f. *a work-shop; an office.*

Officio, -ficĕre, -fēci, -fectum, a. (ob & facio,) *to stand in the way of; to injure; to hurt.*

Officium, i, n. *duty; a kindness; an obligation; politeness; civility; attention.*

Olea, æ, f. *an olive-tree.*

Oleum, i, n. *oil.*

Olim, adv. *formerly; sometime.*

Olor, ōris, m. *a swan.*

Olus, ĕris, n. *herbs; potherbs.*

Olympia, æ, f. *a town and district of the Peloponnēsus, upon the Alpheus.*

Olympĭcus, a, um, adj. *Olympic; pertaining to Olympia.*

Olympius, a, um, adj. *Olympian;*

pertaining to Olympus or *to Olympia.*

Olympus, i, m. *a high mountain between Thessaly and Macedon.*

Omen, ĭnis, n. *an omen; a sign.*

Omnis, e, adj. *all; every; every one:* omnes, *all:* omnia, *all things:* with *sine*, it may signify *any*; as, sine omni discordiâ, *without any discord.*

Onus, ĕris, n. *a burden; a load.*

Onustus, a, um, adj. *laden; full of.*

Opĕra, æ, f. *labor; pains:* dare opĕram alĭcui, *to attend to a thing; to devote one's self to it.*

Opĕror, āri, ātus sum, dep. *to labor; to work.*

Opīmus, a, um, adj. (comp. ior,) *rich; fruitful; fat; dainty.*

Oportet, ēre, uit, imp. *it behoves; it is meet, fit,* or *proper; it is a duty; we ought.*

Oppĭdum, i, n. *a walled town; a town.*

Oppōno, -ponĕre, -posui, -posĭtum, a. (ob & pono,) *to oppose; to set against.*

Opportūnus, a, um, adj. (ior, issĭmus,) *seasonable; commodious; convenient; favorable.*

Opposĭtus, a, um, part. *opposed; opposite.*

Opprĭmo, -primĕre, pressi, -pressum, a. (ob & premo,) *to oppress; to overpower; to subdue.*

Oppugnātus, a, um, part. from

Oppugno, āre, āvi, ātum, a. (ob & pugno,) *to assault; to besiege; to attempt to take by force; to storm.*

(Ops, nom., not in use, § 94,) opis, gen. f. *aid; help; means; assistance:* opes, pl. *wealth; riches; resources; power.*

Optĭmè, adv. (sup. of benè,) *very well; excellently; best.*

Optĭmus, a, um, adj. (sup. of bonus,) *best; most worthy.*

Optio, ōnis, f. *a choice; an option;* from

Opto, āre, āvi, ātum, a. *to desire.*

Opulens, & Opulentus, a, um, adj. (ior, issĭmus,) *rich; opulent; wealthy.*

Opus, ĕris, n. *a work; a labor; a task.*

Ora, æ, f. *a coast; a shore.*

Ora, pl. *See* Os.

Oracŭlum, i, n. (oro,) *an oracle; a response.*

Orans, tis, part. (oro.)

Oratio, ōnis, f. (oro,) *a discourse; an oration.*

Orātor, ōris, m. (oro,) *an orator; an ambassador.*

Orbātus, a, um, part. (orbo,) *bereaved* or *deprived of.*

Orbēlus, i, m. *a mountain of Thrace or Macedonia.*

Orbis, is, m. *an orb; a circle:* in

orbem jacēre, *to lie round in a circle:* orbis, *or* orbis terrārum, *the world.*

Orbo, āre, āvi, ātum, a. *to deprive; to bereave of.*

Orcus, i, m. *Pluto, the god of the lower world; the infernal regions.*

Ordĭno, āre, āvi, ātum, a. *to order; to ordain; to arrange.*

Ordo, ĭnis, m. *order; arrangement; a row:* ordĭnes remōrum, *banks of oars.*

Oriens, tis, m. (orior,) *the east; the morning.*

Oriens, part. (orior.)

Orientālis, e, adj. *eastern.*

Origo, ĭnis, f. *source; origin:* origĭnem ducēre, *to derive one's origin;* from

Orior, orīri, ortus sum, dep. § 177; *to arise; to begin; to appear.*

Ornamentum, i, n. (orno,) *an ornament.*

Ornātus, ûs, m. *an ornament;* from

Orno, āre, āvi, ātum, a. *to adorn; to deck.*

Oro, āre, āvi, ātum, a. *to beg; to entreat.*

Orōdes, is, m. *a king of Parthia, who took and destroyed Crassus.*

Orpheus, eĭ & eos, m. *a celebrated poet and musician of Thrace.*

Ortus, a, um, part. (orior,) *having arisen; risen; born; begun.*

Ortus, ûs, m. *a rising; east.*

Os, oris, n. *the mouth; the face.*

Os, ossis, n. *a bone.*

Ossa, æ, m. *a high mountain in Thessaly.*

Ostendo, -tendĕre, -tendi, -tensum & tentum, a. (ob & tendo,) *to show; to point out; to exhibit.*

Ostia, æ, f. *a town, built by Ancus Marcius, at the mouth of the Tiber;* from

Ostium, i, n. *a mouth of a river.*

Ostrea, æ, f. pl. ostrea, ōrum, n. *an oyster.*

Otium, i, n. *leisure; quiet; ease, idleness.*

Otos, i, m. *a son of Neptune,* or *of Aloeus.*

Ovis, is, f. *a sheep.*

Ovum, i, n. *an egg.*

P.

P., *an abbreviation of* Publius.

Pabŭlum, i, n. (pasco,) *food; fodder.*

Paciscor, pacisci, pactus sum, dep. *to make a compact; to form a treaty; to bargain; to agree.*

Pactōlus, i, m. *a river of Lydia, famous for its golden sands.*

Pactum, i, n. (paciscor,) *an agreement; a contract:* quo pacto, *in what manner; how.*

Pactus, a, um, part. (paciscor.)

Padus, i, m. *the largest river of Italy*, now *the Po.*

Pæne, *or* Pene, adv. *almost; nearly.*

Palea, æ, f. *chaff.*

Palma, æ, f. *the palm of the hand; a palm-tree.*

Palpĕbra, æ, f. *the eyelid:* pl. *the eyelashes.*

Palus, ūdis, f. *a marsh; a swamp; a lake.*

Paluster, palustris, palustre, adj. *marshy.*

Pan, Panis, m. *the god of shepherds.*

Pando, pandĕre, pansum & passum, a. *to open; to expand; to spread out.*

Panionium, i, n. *a sacred place near mount Mycăle in Ionia.*

Panis, is, m. *bread.*

Panthĕra, æ, f. *a panther.*

Papirius, i, m. *the name of several Romans.*

Papȳrus, d. g. & Papȳrum, i, n. *an Egyptian plant* or *reed, of which paper was made; the papyrus.*

Parātus, a, um, part. & adj. (ior, issĭmus,) (paro,) *prepared; ready.*

Parcæ, ārum, f. pl. *the Fates.*

Parco, parcĕre, peperci *or* parsi, *to spare.*

Pardus, i, m. *a male panther; a pard.*

Parens, tis, c. (pario,) *a parent; father; mother; creator; author; inventor.*

Pareo, ēre, ui, n. *to obey; to be subject to.*

Paries, ĕtis, m. *a wall.*

Pario, parĕre, pepĕri, partum, a. *to bear; to bring forth; to cause; to produce; to obtain; to gain:* ovum, *to lay an egg.*

Paris, ĭdis *or* ĭdos, m. *a son of Priam, king of Troy, and the brother of Hector.*

Parĭter, adv. *in like manner; equally; at the same time.*

Parnassus, i, m. *a mountain of Phocis, whose two summits were sacred to Apollo and Bacchus, and upon which the Muses were fabled to reside.*

Paro, āre, āvi, ātum, a. *to prepare; to provide; to procure; to obtain; to equip:* parāre insidias, *to lay plots against.*

Paropamĭsus, i, m. *a ridge of mountains in the north of India.*

Pars, tis, f. *a part; a share; a portion; a region; a party:* magnam partem, *for the most part:* in utrâque parte, *on each side:* magnâ ex parte, *in a great measure; for the most part.*

Parsimonia, æ, f. (pasco,) *frugality.*

Parthus, i, m. *an inhabitant of Parthia; a Parthian.*

Particŭla, æ, f. dim. (pars,) *a particle ; a small part.*

Partiendus, a, um, part. (partior.)

Partim, adv. (pars,) *partly ; in part.*

Partior, iri, itus sum, dep. (pars,) *to divide ; to share.*

Partus, a, um, part. (pario.)

Partus, ûs, m. *a birth ; offspring.*

Parum, adv. (minùs, minĭmè, § 194,) *little ; too little.*

Parvŭlus, a, um, dim. adj. *small ; very small ;* from

Parvus, a, um, adj. (minor, minĭmus, § 125, 5,) *small* or *little ; less ; the least.*

Pasco, pascĕre, pavi, pastum, a. *to feed.*

Pascor, pasci, pastus sum, dep. *to feed ; to graze ; to feed upon.*

Passer, ĕris, m. *a sparrow.*

Passim, adv. *here and there ; every where ; in every direction.*

Passūrus, a, um, part. (patior.)

Passus, a, um, part. (patior,) *having suffered.*

Passus, a, um, part. (pando,) *stretched out ; hung up ; dried:* uva passa, *a raisin.*

Passus, ûs, m. *a pace ; a measure of 5 feet :* mille passuum, *a mile* or 5000 *feet.*

Pastor ōris, m. (pasco,) *a shepherd.*

Patefacio, facĕre, fēci, factum, a. (pateo & facio,) *to open ; to disclose ; to discover ; to detect.*

Patefīo, fiĕri, factus sum, irr. § 180, N. ; *to be laid open* or *discovered.*

Patefactus, a, um, part. *opened ; discovered.*

Patens, tis, part. & adj. *lying open ; open ; clear ;* from

Pateo, ēre, ui, n. *to be open ; to stand open ; to extend.*

Pater, tris, m. *a father :* patres, *fathers ; senators :* paterfamilias, patrisfamilias, § 91 ; *the master of a family ; a housekeeper.*

Paternus, a, um, adj. *paternal.*

Patientia, æ, f. *patience ; hardiness ;* from

Patior, pati, passus sum, dep. *to suffer ; to endure ; to let ; to allow.*

Patria, æ, f. (patrius,) *one's native country ; one's birthplace.*

Patrimonium, i, n. (pater,) *patrimony ; inheritance.*

Patrocinium, i, n. *patronage ;* from

Patrōnus, i, m. (pater,) *a patron ; protector.*

Patruēlis, is, c. *a cousin* (*by the father's side.*)

Pauci, æ, a, adj. pl. *few ; a few.*

Paulātim, adv. *gradually ; little by little.*

Paulò, *or* Paullò, adv. *a little*

Paulŭlùm, adv. *a little.*

Paullus, *or* Paulus, i, m. *a cog-*

nōmen *or surname in the Æmilian tribe.*

Pauper, ĕris, adj. (ior, rĭmus,) *poor.*

Pauperies, ēi, f. *poverty.*

Paupertas, ātis, f. *poverty; indigence.*

Paveo, pavēre, pavi, n. *to fear; to be afraid.*

Pavo, ōnis, c. *a peacock.*

Pax, pacis, f. *peace.*

Pecco, āre, āvi, ātum, n. *to sin; to commit a fault.*

Pecto, pectĕre, pexi & pexui, pexum, a. *to comb; to dress.*

Pectus, ŏris, n. *the breast.*

Pecunia, æ, f. *money; a sum of money.*

Pecus, ŭdis, f. *a sheep; a beast.*

Pecus, ŏris, n. *cattle; a herd; a flock.*

Pedes, ĭtis, c. (pes,) *one on foot; a foot-soldier.*

Pelăgus, i, n. *the sea.*

Peleus, i, m. *a king of Thessaly; the son of Æăcus, and father of Achilles.*

Pelias, æ, m. *a king of Thessaly, and son of Neptune.*

Peligni, ōrum, m. pl. *a people of Italy, whose country lay between the Aternus and the Sagrus.*

Pelion, i, n. *a lofty mountain in Thessaly.*

Pellicio, -licĕre, -lexi, -lectum, a. (per & lacio,) *to allure; to entice; to invite.*

Pellis, is, f. *the skin.*

Pello, pellĕre, pepŭli, pulsum, a. *to drive away; to banish; to expel; to dispossess; to beat.*

Peloponnēsus, i, f. *a peninsula of Greece,* now called *the Morea.*

Pelusium, i, n. *a town of Egypt.*

Pendens, tis, part. *hanging; impending.*

Pendeo, pendēre, pependi, pensum, n. *to hang.*

Pene, adv. *almost.*

Penetrāle, is, n. *the inner part of a house.*

Penĕtro, āre, āvi, ātum, (penĭtus,) a. *to penetrate; to enter.*

Penēus, i, m. *the principal river of Thessaly, flowing between Ossa and Olympus.*

Peninsŭla, æ, f. (pene & insŭla,) *a peninsula.*

Penna, æ, f. *a feather; a quill; a wing.*

Pensĭlis, e, adj. (pendeo,) *hanging; pendent.*

Penuria, æ, f. *want; scarcity.*

Peperci. *See* Parco.

Pepŭli. *See* Pello.

Pepĕri. *See* Pario.

Per, prep. *by; through; for; during; along.*

Pera, æ, f. *a wallet; a bag.*

Perăgro, āre, āvi, ātum, n. (per & ager,) *to travel through; to go through* or *over.*

Percontor & -cunctor, āri, ātus sum, dep. *to ask; to inquire.*

Percunctātus, a, um, part. (percunctor.)

Percussor, ōris, m. *a murderer; an assassin; one who wounds;* from

Percutio,-cutĕre, cussi,-cussum, a. (per & quatio,) *to strike; to wound:* secūri, *to behead.*

Perdĭtè, adv. *very; vehemently; exceedingly; desperately;* from

Perdĭtus, a, um, part. & adj. (perdo,) *ruined; lost; undone; desperate.*

Perdix, īcis, f. *a partridge.*

Perdo, -dĕre, -dĭdi, -dĭtum, a. (per & do,) *to ruin; to lose; to destroy.*

Perdūco, -ducĕre, -duxi, -ductum, a. (per & duco,) *to lead to.*

Perductus, a, um, part. *brought; led; conducted.*

Perigrinatio, ōnis, f. *foreign travel; a residence in a foreign country.*

Peregrīnus, a, um, adj. *foreign.*

Perennis, e, adj. (per & annus,) *continual; lasting; unceasing; everlasting; perennial.*

Pereo, -īre, -ii, -ĭtum, irr. n. *to perish; to be slain; to be lost.*

Perfidia, æ, f. *perfidy;* from

Perfĭdus, a, um, adj. (per & fides,) *perfidious.*

Pergămum, i, n., & -us, i, f., pl. -a, ōrum, n. *the citadel of Troy;* also, *a city of Mysia, situated upon the river Caicus. It was here that parchment was first made, which is hence called* membrāna Pergămi.

Pergo, pergĕre, perrexi, perrectum, n. (per & rego,) *to advance; to continue.*

Perĭcles, is, m. *an eminent orator and statesman of Athens.*

Periculōsus, a, um, adj. *dangerous; perilous; hazardous;* from

Pericŭlum, & Periclum, i, n. *danger; peril.*

Peritūrus, a, um, part. (pereo.)

Perītus, a, um, adj. (ior, issĭmus,) *skilful; experienced.*

Permeo, āre, āvi, ātum, n. (per & meo,) *to go through; to flow through; to penetrate; to permeate.*

Permisceo, -miscēre, -miscui, -mistum & -mixtum, a. (per & misceo,) *to mix; to mingle.*

Permistus, a, um, part. *mixed; mingled; confused.*

Permitto, -mittĕre, -misi, -missum, a. (per & mitto,) *to commit; to intrust; to permit; to allow; to give leave to: to grant.*

Permutatio, ōnis, f. *exchange; change;* from

Permūto, āre, āvi, ātum, a. (per & muto,) *to change; to exchange.*

Pernicies, ēi, f. (pernéco,) *destruction; extermination.*

Perniciōsus, a, um, adj. (ior, issĭmus,) *pernicious; hurtful.*

Perpendo, -pendĕre, -pendi, -pensum, a. (per & pendo,) *to ponder; to weigh; to consider.*

Perpĕram, adv. *wrong; amiss; rashly; unjustly; absurdly; falsely.*

Perpetior, -pĕti, -pessus sum, dep. (per & patior,) *to bear; to suffer; to endure.*

Perpetuus, a, um, adj. *perpetual; constant.*

Perrexi. *See* Pergo.

Persa, æ, m. *a Persian; an inhabitant of Persia.*

Persecūtus, a, um, part. from

Persĕquor, -sĕqui, -secūtus sum, dep. (per & sequor,) *to pursue; to follow; to continue; to persevere in; to persecute.*

Perseus, eï & eos, m. *the son of Jupiter and Danăe;* also, *the last king of Macedon.*

Persĭcus, a, um, adj. *of Persia; Persian.*

Perspicio, -spicĕre, -spexi, -spectum, a. (per & specio,) *to see through; to discern; to become acquainted with; to discover.*

Persuadeo, -suadĕre, -suāsi, -suāsum, a. (per & suadeo,) *to persuade.*

Perterreo, -terrēre, -terrui, -terrĭtum, a. (per & terreo,) *to frighten greatly.*

Perterrĭtus, a, um, part. *affrighted; discouraged.*

Pertinacĭter, adv. (iùs, issĭmè,) *obstinately; constantly; perseveringly.*

Pertĭnax, ācis, adj. (ior, issĭmus, *obstinate; wilful.*

Pertineo, -tinēre, -tinui, n. (per & teneo,) *to extend; to reach to.*

Pervenio, -venīre, -vēni, -ventum, n. (per & venio,) *to come to; to arrive at; to reach.*

Pervenĭtur, pass. imp. *one comes; they come; we come, &c.*

Pervius, a, um, adj. (per & via,) *pervious; which may be passed through; passable.*

Pes, pedis, m. *a foot.*

Pessum, adv. *down; under foot; to the bottom.*

Pestilentia, æ, f. (pestĭlens,) *a pestilence; a plague.*

Petens, tis, part. (peto.)

Petitio, ōnis, f. *a petition; a canvassing or soliciting for an office;* from

Peto, ĕre, īvi, ītum, a. *to ask; to request; to attack; to assail; to go to; to seek; to go for; to derive; to bring.*

Petra, æ, f. *the metropolis of Arabia Petræa.*

Petræa, æ, f. (Arabia,) *Arabia Petræa, the northern part of Arabia, south of Palestine.*

Petulantia, æ, f. *petulance; insolence; mischievousness; wantonness.*

Phæax, ăcis, m. *a Phæacian,* or *inhabitant of Phæacia,* now *Corfu. The Phæacians were famous for luxury.*

Phalĕræ, ārum, f. pl. *the trappings of a horse; habiliments.*

Pharos, i, f. *a small island at the western mouth of the Nile, on which was a tower or lighthouse, esteemed one of the seven wonders of the world.*

Pharsălus, i, m. *a city of Thessaly.*

Pharnăces, is, m. *a son of Mithridates, king of Pontus.*

Phasis, ĭdis & is, f. *a town and river of Colchis, on the east side of the Euxine.*

Phidias, æ, m. *a celebrated Athenian statuary.*

Philæni, ōrum, m. pl. *two Carthaginian brothers, who suffered themselves to be buried alive, for the purpose of establishing the controverted boundary of their country.*

Philippi, ōrum, m. pl. *a city of Macedon, on the confines of Thrace.*

Philippĭcus, a, um, adj. *belonging to Philippi.*

Philippĭdes, æ, m. *a comic poet.*

Philippus, i, m. *Philip; the father of Alexander;* also, *the son of Demetrius.*

Philomēla, æ, f. *a nightingale.*

Philosophia, æ, f. *philosophy.*

Philosŏphus, i, m. *a philosopher; a lover of learning and wisdom.*

Phineus, i, m. *a king of Arcadia, and priest of Apollo.*

Phocæi, ōrum, m. pl. *the Phocæans; inhabitants of Phocæa, a maritime city of Ionia.*

Phocis, ĭdis, f. *a country of Greece.*

Phœnīce, es, f. *Phœnicia, a maritime country of Syria, north of Palestine.*

Phœnix, īcis, m. *a Phœnician.*

Phryx, ygis, m. *a Phrygian; an inhabitant of Phrygia.*

Picentes, ium, m. pl. *the inhabitants of Picenum.*

Picēnum, i, n. *a country of Italy.*

Pictus, a, um, part. (pingo,) *painted; embroidered:* picta tabŭla, *a picture; a painting.*

Piĕtas, ātis, f. (pius,) *piety; filial duty.*

Pignus, ŏris, n. *a pledge; a pawn; security; assurance.*

Pila, æ, f. *a ball.*

Pileus, i, m. *a hat; a cap.*

Pilus, i, m. *the hair.*

Pindărus, i, m. *Pindar, a Theban, the most eminent of the Greek lyric poets.*

Pingo, pingĕre, pinxi, pictum, a. *to paint; to depict; to delineate; to draw; to represent in painting;* acu, *to embroider*

Pinguis, e, adj. *fat; fertile; rich.*

Pinna, æ, f. *a fin.*

Piræeus, i, m. *the principal port and arsenal of Athens.*

Piráta, æ, m. *a pirate.*

Piscàtor, òris, m. *a fisherman.*

Piscis, is, m. *a fish.*

Pisistrătus, i, m. *an Athenian tyrant, distinguished for his eloquence.*

Pistrīnum, i, n. *a mill.*

Pius, i, m. *an* agnōmen, *or surname of Metellus.*

Pius, a, um, adj. *pious, dutiful,* or *affectionate to parents.*

Placeo, êre, ui, ĭtum, n. *to please:* sibi, *to be vain* or *proud of; to plume one's self.*

Placet, placuit, *or* placĭtum est, imp. *it pleases; it is determined; it seems good to.*

Placĭdus, a, um, adj. (ior, issĭmus,) *placid; quiet; still; tranquil; mild; gentle.*

Plaga, æ, f. *a blow; a wound:* plagæ, pl. *nets; toils.*

Planè, adv. *entirely; totally; plainly.*

Planta, æ, f. *a plant.*

Platănus, i, f. *the plane-tree.*

Platĕa, æ, f. *a species of bird, the spoonbill.*

Plato, ònis, m. *an Athenian, one of the most celebrated of the Grecian philosophers.*

Plaustrum, i, n. *a cart; a wagon.*

Plebs, & Plebes, is, f. *the people; the common people; the plebeians.*

Plecto, plectĕre, — plexum, a. *to punish; to weave.*

Plerīque, pleræque, plerăque, adj. pl. *most; the most; many.*

Plerùmque, adv. *commonly; generally; for the most part; sometimes.*

Plinius, i, m. *Pliny; the name of two distinguished Roman authors.*

Plotinus, i, m. *See* Catiēnus.

Plumbeus, a, um, adj. *of lead; leaden;* from

Plumbum, i, n. *lead.*

Pluo, pluĕre, plui *or* pluvi, n. *to rain.*

Plurĭmus, a, um, adj. (sup. of multus,) *very much; most; very many.*

Plus, uris, adj. (n. in sing., comp. of multus, §§ 125, 5, & 110,) *more:* pl. *many.*

Plùs, adv. (comp. of multùm,) *more; longer.*

Pluto, ōnis, m. *a son of Saturn, and king of the infernal regions.*

Pocŭlum, i, n. *a cup.*

Poēma, ătis, n. *a poem.*

Pœna, æ, f. *a punishment.*

Pœnĭtet, ère, uit, imp. *it repents:* pœnĭtet me, *I repent.*

Pœnus, a, um, adj. *belonging to Carthage; Carthaginian:*— subs. *a Carthaginian.*

Poēta, æ, m. *a poet.*

Pol, adv. *by Pollux; truly.*

Pollex, ĭcis, m. *the thumb; the great toe.*

Polliceor, ēri, ĭtus sum, dep. *to promise.*

Pollicĭtus, a, um, part.

Pollux, ūcis, m. *a son of Leda, and twin brother of Castor.*

Polyxĕna, æ, f. *a daughter of Priam and Hecuba.*

Pomĭfer, ĕra, ĕrum, adj. (pomum & fero,) *bearing fruit:* pomifĕræ arbŏres, *fruit-trees.*

Pompa, æ, f. *a procession; pomp; parade.*

Pompeiānus, a, um, adj. *belonging to Pompey.*

Pompeius, i, m. *Pompey; the name of a Roman* gens, *or clan, from which sprang many distinguished individuals:* (Cneius,) *a distinguished Roman, surnamed the Great.*

Pompilius, i, m. *See* Numa.

Pomum, i, n. *an apple; any edible fruit growing upon a tree.*

Pondus, ĕris, n. *a weight.*

Pono, ponĕre, posui, posĭtum, a. *to place; to put; to set.*

Pons, tis, m. *a bridge.*

Pontius, i, m. (Thelesīnus,) *a general of the Samnites.*

Pontus, i, m. *a sea: by* synecdŏche, *the Euxine* or *Black sea;* also, *the kingdom of Pontus, on the south of the Euxine.*

Poposci. *See* Posco.

Popŭlor, āri, ātus sum, dep. *to lay waste; to depopulate;* from

Popŭlus, i, m. *the people; a nation; a tribe:* pl. *nations, tribes.*

Porrectus, a, um, part. from

Porrĭgo, igĕre, exi, ectum, a. (porro & rego,) *to reach* or *spread out; to extend; to offer.*

Porsĕna, æ, m. *a king of Etruria.*

Porta, æ, f. *a gate.*

Portans, tis, part. (porto.)

Portendo, -tendĕre, -tendi, -tentum, a. (porro & tendo,) *to presage; to forebode; to portend; to betoken.*

Portĭcus, ûs, f. *a portico; a gallery; a porch.*

Porto, āre, āvi, ātum, a. *to carry; to bear.*

Portus, ûs, m. *a port; a harbor.*

Posco, poscĕre, poposci, a. *to demand; to earnestly request.*

Posĭtus, a, um, part. (pono,) *situated.*

Possessio, ōnis, f. *possession.*

Possessor, ōris, m. *a possessor; an occupant;* from

Possĭdeo, -sidēre, -sēdi, -sessum, a. *to possess.*

Possum, posse, potui, irr. n. (potis & sum, § 154, R. 7,) *to be able; I can.*

Post, prep. *after:*—adv. *after, after that; afterwards.*

Postea, adv. *afterwards.*

Postĕra, ĕrum, adj. § 125, 4, (erior, rĕmus,) *succeeding; subsequent; next:* in postĕrum, (*supply* tempus,) *for the future:* postĕri, ōrum, (§ 205, R. 7, (1); *posterity.*

Postis, is, m. *a post.*

Postquam, adv. *after; after that; since.*

Postrēmò & -ùm, adv. *at last; finally;* from

Postrēmus, a, um, adj. (sup. of postĕra, § 125, 4,) *the last:* ad postrēmum, *at last.*

Postŭlo, āre, āvi, ātum, a. (posco,) *to ask; to ask for; to demand.*

Postumius, i, m. *the name of a Roman* gens *or clan:* (Spurius,) *a consul defeated by the Samnites, at the Caudine Forks.*

Posui. *See* Pono.

Potens, tis, adj. (ior, issĭmus,) *powerful.*

Potentia, æ, f. *power; authority; government.*

Potestas, ātis, f. (potis,) *power.*

Potio, ōnis, f. (poto,) *a drink; a draught.*

Potior, īri, ītus sum, dep. *to get; to possess; to obtain; to enjoy; to gain possession of.*

Potissĭmùm, adv. (sup. of potiùs,) *principally; chiefly; especially.*

Potītus, a, um, part. (potior,) *having obtained.*

Potiùs, adv. comp. (sup. potissĭmùm,) *rather.*

Poto, potāre, potāvi, potātum *or* potum, a. *to drink.*

Potuisse. *See* Possum.

Potus, ûs, m. *drink.*

Præ, prep. *before; for; in comparison of,* or *with.*

Præaltus, a, um, adj. *very high* or *lofty, very deep.*

Præbeo, ēre, ui, ĭtum, a. (præ & habeo,) *to offer; to supply; to give; to afford:* speciem, *to exhibit the appearance of:* usum, *to serve for.*

Præcēdens, tis, part. from

Præcēdo, -cedĕre, -cessi, -cessum, a. (præ & cedo,) *to precede; to go before.*

Præceptor, ōris, m. (præcipio,) *a preceptor, master,* or *teacher.*

Præceptum, i, n. (præcipio,) *a precept; a doctrine; advice.*

Præcīdo, -cidĕre, -cīdi, -cisum a. (præ & cædo,) *to cut off.*

Præcipio, -cipĕre, -cēpi, -ceptum, a. (præ & capio,) *to prescribe; to command.*

Præcipĭto, āre, āvi, ātum, a. (præceps,) *to throw; to throw down; to precipitate.*

Præcipuè, adv. *especially; particularly;* from

Præcipuus, a, um, adj. *especial; distinguished; the chief; the principal.*

Præclārè, adv. *excellently; famously; gloriously;* from

Præclārus, a, um, adj. *famous.*

Præclūdo, -cludĕre, -clūsi, -clūsum, a. (præ & claudo,) *to close; to stop; to shut up.*

Præco, ōnis, m. *a herald.*

Præda, æ, f. *booty; the prey.*

Prædĭco, āre, āvi, ātum, a. (præ & dĭco,) *to praise; to declare; to assert; to affirm.*

Prædīco, cĕre, xi, ctum, a. (præ & dīco,) *to predict; to foretell.*

Prædictus, a, um, part. *foretold.*

Prædor, āri, ātus sum, dep. (præda,) *to plunder.*

Præfans, tis, part. from

Præfāri, fātus, def. § 183, 6; *to foretell; to announce; to predict.*

Præfĕro, -ferre, -tŭli, -lātum, irr. a. (præ & fero,) *to prefer; to bear before.*

Præfinio, īre, īvi, ītum, a. (præ & finio,) *to appoint; to determine.*

Præfinītus, a, um, part.

Prælātus, a, um, part. (præfĕro.)

Prælians, tis, part. (prælior.)

Præliātus, a, um, part. from

Prælior, āri, ātus sum, dep. *to give battle; to engage; to fight.*

Prælium, i, n. *a battle.*

Præmium, i, n. *a reward; a prize.*

Præmitto -mittĕre, -misi, -missum, a. (præ & mitto,) *to send before.*

Præneste, is, n. *a city of Latium.*

Prænuntio, āre, āvi, ātum, a. (præ & nuntio,) *to announce; to tell beforehand; to signify; to give notice.*

Præpăro, āre, āvi, ātum, a. (præ & paro,) *to prepare; to make ready; to make.*

Præpōno, -ponĕre, -posui, -posĭtum, a. (præ & pono,) *to set before; to value more; to place over; to prefer.*

Præsens, tis, adj. *present; imminent.*

Præsēpe, is, n. *a manger; a crib.*

Præsidium, i, n. *a garrison; defence.*

Præstans, tis, part. & adj. (ior, issĭmus,) (præsto,) *excellent; distinguished.*

Præstantia, æ, f. *superiority; an advantage; a preëminence.*

Præsto, stare, stiti, n. & a. (præ & sto,) *to stand before; to perform; to pay; to grant, to give; to render; to execute; to cause; to excel; to be superior; to surpass:* se, *to show* or *prove one's self:* præstat, imp. *it is better.*

Præsum, -esse, -fui, irr. n. (præ & sum,) *to be over; to preside over; to have the charge* or *command of; to rule over.*

Prætendo, -tendĕre, -tendi, -tensum *or* tum, a. (præ & tendo,) *to hold before; to stretch* or *extend before; to be opposite to; to pretend.*

Præter, prep. *besides; except; contrary to.*

Præterea, adv. (præter & ea,) *besides; moreover.*

Prætereo, īre, ii, ĭtum, irr. a. § 182, 3, (præter & eo,) *to pass over* or *by; to go beyond; to omit; not to mention.*

Prætereundus, a, um, part. (prætereo.)

Præteriens, euntis, part. (prætereo.)

Præterĭtus, a, um, part. (prætereo,) *past.*

Præterquam, adv. *except; besides:* præterquam si, *except in case.*

Prætorius, i, m. (vir,) *a man who has been a prætor; one of prætorian dignity.*

Pratum, i, n. *a meadow; a pasture.*

Pravĭtas, ātis, f. *depravity;* from

Pravus, a, um, adj. (ior, issĭmus,) *depraved; bad.*

Precātus, a, um, part. (precor.)

Preci, -em, -e, f. (prex not used, § 94,) *a prayer:* pl. preces.

Precor, āri, ātus sum, dep. *to pray; to entreat.*

Premo, premĕre, pressi, pressum, a. *to press; to grieve; to urge.*

Pretiōsus, a, um, adj. (ior, issĭmus,) *precious; valuable; costly;* from

Pretium, i, n. *a price; a ransom; a reward:* in pretio esse, *to be valued; to be in estimation.*

Priămus, i, m. *Priam, the last king of Troy.*

Pridie, adv. *the day before.*

Priēne, es, f. *a maritime town of Ionia.*

Primò & -ùm, adv. (sup. of priùs,) *first; at first:* quum primùm, *as soon as.*

Primōris, e, adj. *the first; the foremost:* dentes, *the front teeth.*

Primus, a, um, num. adj. *the first.*

Princeps, ĭpis, adj. (primus & capio,) *the chief; the first:* princĭpes, *the princes; the chiefs; chief men.*

Principātus, ûs, m. *a government; principality.*

Priscus, i, m. *a* cognōmen *or surname of the elder Tarquin.*

Prior, us, adj. (sup. primus, § 126, 1,) *the former; prior; first.*

Priùs, adv. *before; prior; first.*

Priusquam, adv. *sooner than; before that; before.*

Privātus, a, um, adj. (privo,) *private; secret:* — subs. *a private man.*

Pro, prep. *for; instead of.*

Probabĭlis, e, adj. (probo,) *probable.*

Proboscis, ĭdis, f. *proboscis; the trunk of an elephant.*

Procas, æ, m. See Silvius.

Procēdens, tis, part. from

Procēdo, -cedĕre, -cessi, -cessum, n. (pro & cedo,) *to proceed; to go forth; to go forward; to advance; to go out.*

Procerĭtas, ātis, f. *stature; height; tallness; length;* from

Procērus, a, um, adj. *tall; long.*

Proclāmo, āre, āvi, ātum, n. (pro & clamo,) *to cry out; to proclaim.*

Proconsul, ŭlis, m. (pro & consul,) *a proconsul.*

Procreo, āre, āvi, ātum, a. (pro & creo,) *to beget.*

Procul, adv. *far.*

Procūro, āre, āvi, ātum, a. (pro & curo,) *to take care of; to manage.*

Procurro, currĕre, curri & cucurri, cursum, n. (pro & curro,) *to run forward; to jut out; to extend.*

Prodigium, i, n. *a prodigy.*

Prodĭtor, ōris, m. (prodo,) *a traitor.*

Prodĭtus, a, um, part. from

Prodo, -dĕre, -dĭdi, -dĭtum, a. (pro & do,) *to betray; to relate; to discover; to disclose; to manifest.*

Prœlior, āri, ātus sum, dep. *to fight;* from

Prœlium, i, n. *a battle.*

Profectus, a, um, part. (proficiscor.)

Proficiscens, tis, part. from

Proficiscor, icisci, ectus sum, dep. (pro & facio,) *to march; to travel; to depart; to go.*

Profiteor, -fitēri, -fessus sum, dep. (pro & fateor,) *to declare; to avow publicly; to profess:* sapientiam, *to profess wisdom; to profess to be a philosopher.*

Profugio, -fugĕre, -fūgi, -fugĭtum, n. (pro & fugio,) *to flee; to escape.*

Profūgus, a, um, adj. *fleeing; escaping:*—subs. *a fugitive; an exile.*

Progredior, -grĕdi, -gressus sum, dep. (pro & gradior,) *to go forward; to proceed; to advance.*

Progressus, a, um, part. *having advanced.*

Prohibeo, ēre, ui, ĭtum, a. (pro & habeo,) *to prohibit; to hinder; to forbid.*

Prohibĭtus, a, um, part.

Projicio, -jicĕre, -jēci, -jectum, a. (pro & jacio,) *to throw away; to throw down; to throw.*

Prolābor, -lābi, -lapsus sum, dep. (pro & labor,) *to fall down; to fall forward.*

Prolapsus, a, um, part. *having fallen.*

Prolāto, āre, āvi, ātum, a. (proférо,) *to enlarge; to extend; to amplify.*

Proles, is, f. *a race; offspring.*

Prometheus, i, m. *the son of Iapĕtus and Clymĕne.*

Promittens, tis, part. from

Promitto, -mittĕre, -misi, -missum, a. (pro & mitto,) *to promise; to offer.*

Promontorium, i, n. (pro & mons,) *a promontory; a headland; a cape.*

Promoveo, -movēre, -mōvi, -mōtum, n. & a. (pro & moveo,) *to move forward; to enlarge.*

Pronus, a, um, adj. *inclined.*

Propāgo, āre, āvi, ātum, a. *to propagate; to prolong; to continue.*

Prope, adv.& prep. (propiùs, proxĭmè,) *near; near to; nigh.*

Propĕro, āre, āvi, ātum, n. *to hasten.*

Propinquus, a, um, adj. (prope,) *near; related:* propinqui, subs. *relations; kinsmen.*

Propior, us, adj. comp. § 126, 1; (proxĭmus, sup.) *nearer.*

Propiùs, adv. *nearer;* comp. of prope.

Propōno, -ponĕre, -posui, -posĭtum, a. (pro & pono,) *to set before; to propose; to offer.*

Propōnor, -pōni, -posĭtus sum, pass. *to be set before:* propositum est mihi, *I intend* or *purpose.*

Propontis, ĭdis, f. *the sea of Marmŏra.*

Proposĭtus, a, um, part. *proposed; put.*

Propriè, adv. *peculiarly; particularly; properly; strictly.*

Proprius, a, um, adj. *peculiar; proper; one's own; special.*

Propter, prep. *for; on account of.*

Propulso, āre, āvi, ātum, freq. (propello,) *to drive away; to ward off; to repel.*

Propylæum, i, n. *the porch of a temple; an entrance, the rows of columns leading to the Acropŏlis at Athens.*

Prora, æ, f. *the prow of a ship.*

Proscrībo, -scribĕre, -scripsi, -scriptum, a. (pro & scribo,) *to proscribe; to outlaw; to doom to death and confiscation of goods.*

Prosecūtus, a, um, part. *having accompanied.*

Prosĕquor, -sĕqui, -secūtus sum, dep. (pro & sequor,) *to accompany; to attend; to follow; to celebrate:* honorĭbus, *to heap* or *load with honors; to honor.*

Proserpīna, æ, f. *the daughter of Ceres and Jupiter, and wife of Pluto.*

Prospectus, ûs, m. (prospicio,) *a prospect; a distant view.*

Prospĕrè, adv. (prosper,) *prosperously; successfully.*

Prosterno, -sternĕre, -strāvi,

-strātum, a. (pro & sterno,) *to prostrate; to throw down.*

Prostrātus, a, um, part. (prosterno.)

Prosum, prodesse, profui, irr. n. (pro & sum, § 154, R. 6,) *to do good; to profit.*

Protagŏras, æ, m. *a Greek philosopher.*

Protĕnus, adv. (pro & tenus,) *immediately; directly.*

Protĕro, -terĕre, -trīvi, -trītum, a. (pro & tero,) *to trample upon; to tread down; to crush.*

Protractus, a, um, part. from

Protrăho, -trahĕre, -traxi, -tractum, a. (pro & traho,) *to protract; to prolong.*

Proveniens, tis, part. from

Provenio, -venīre, -vēni, -ventum, n. (pro & venio,) *to come forth.*

Provincia, æ, f. *a province.*

Provocatio, ōnis, f. *a provocation; a challenge;* from

Provŏco, āre, āvi, ātum, a. (pro & voco,) *to call forth; to call out; to defy* or *challenge; to appeal.*

Proxĭmè, adv. (sup. of prope,) *nearest; very near; next to.*

Proxĭmus, a, um, adj. (sup. of propior,) *nearest; next.*

Prudens, tis, adj. (ior, issĭmus,) *prudent; wise; expert.*

Prudentia, æ, f. *prudence; knowledge.*

Pseudophilippus, i, m. *a false* or *pretended Philip, a name given to Andriscus.*

Psittăcus, i, m. *a parrot.*

Psophidius, a, um, adj. *of* or *belonging to Psophis; Psophidian.*

Psophis, idis, f. *a city of Arcadia.*

Ptolemæus, i, m. *Ptolemy; the name of several Egyptian kings.*

Publĭcè, adv. (publĭcus,) *publicly; at the public expense; by public authority.*

Publicŏla, æ, m. (popŭlus & colo,) *a surname given to P. Valerius, on account of his love of popularity.*

Publĭcus, a, um, adj. (popŭlus,) *public:* in publĭcum procēdens, *going abroad* or *appearing in public:*—subs. publĭcum, *the public treasury.*

Publius, i, m. *the* prænōmen *of several Romans.*

Pudibundus, a, um, adj. (pudeo,) *ashamed.*

Puer, ĕri, m. *a boy; a servant.*

Puerīlis, e, adj. *puerile; childish:* ætas, *boyhood; childhood.*

Pueritia, æ, f. *boyhood; childhood.*

Pugna, æ, f. *a battle.*

Pugnans, tis, part. (pugno.)

Pugnātus, a, um, part. from

Pugno, āre, āvi, ātum, n. *to fight:* pugnātur, pass. imp. *a battle is fought; they fight.*

Pulcher, ra, rum, adj. (ior, rĭmus,) *fair; beautiful; glorious.*

Pulchritūdo, ĭnis, f. *fairness; beauty.*

Pullus, i, m. *the young of any animal.*

Pulsus, a, um, part. (pello.)

Pulvillus, i, m. (Horatius,) *a Roman consul in the first year of the republic.*

Punĭcus, a, um, adj. *Punic; belonging to Carthage; Carthaginian.*

Punio, īre, īvi, ītum, a. *to punish.*

Punītus, a, um, part.

Pupillus, i, m. *a pupil; a ward; an orphan.*

Puppis, is, f. *the stern of a ship.*

Purgo, āre, āvi, ātum, a. *to purge; to purify; to clear; to clean; to excuse.*

Purpūra, æ, f. *purple; the purple muscle.*

Purpurātus, a, um, adj. *clad in purple:* purpurāti, pl. *courtiers; nobles.*

Purpureus, a, um, adj. *purple.*

Purus, a, um, adj. *pure; clear.*

Pusillus, a, um, adj. *small; weak.*

Puteus, i, m. *a well.*

Puto, āre, āvi, ātum, a. *to think.*

Putresco, putrescĕre, putrui, inc. (putreo,) *to rot; to decay.*

Pydna, æ, f. *a town of Macedonia.*

Pygmæi, ōrum, m. *the Pygmies, a race of dwarfs, inhabiting a remote part of India* or *Ethiopia.*

Pyra, æ, f. *a funeral pile.*

Pyrămis, ĭdis, f. *a pyramid.*

Pyrenæus, i, m., & Pyrenæi, ōrum, m. pl. *Pyrenees, mountains dividing France and Spain.*

Pyrrhus, i, m. *a king of Epirus.*

Pythagŏras, æ, m. *a Grecian philosopher, born at Samos.*

Pythagorēus, i, m. *a Pythagorean; a follower* or *disciple of Pythagoras.*

Pythia, æ, f. *the priestess of Apollo at Delphi.*

Pythias, æ, m. *a soldier of Philip king of Macedon.*

Q.

Q., *or* Qu., *an abbreviation of* Quintus. § 328.

Quadragesĭmus, a, um, num. adj. *the fortieth;* from

Quadraginta, num. adj. pl. ind. *forty.*

Quadriennium, i, n. (quatuor & annus,) *the space of four years.*

Quadrigæ, ārum, f. *a four-horse chariot; a team of four horses.*

Quadringentesĭmus, a, um, num. adj. *the four hundredth.*

Quadringenti, æ, a, num. adj. pl. *four hundred.*

Quadrŭpes, pĕdis, adj. (quatuor

& pes,) *having four feet; four-footed.*

Quærens, tis, part. from

Quæro, quærĕre, quæsivi, quæsitum, a. *to ask; to seek for; to inquire; to search:* quærĭtur, *it is asked; the inquiry is made.*

Quæstio, ōnis, f. *a question.*

Quæstor, ōris, m. *a quæstor; a treasurer; an inferior military officer who attended the consuls.*

Quæstus, ûs, m. *gain; a trade.*

Qualis, e, adj. *of what kind; as; such as; what.*

Quàm, conj. & adv. *as; how:* after comparatives, *than.*

Quamdiu, *or* Quandiu, adv. *as long as.*

Quamquam, *or* Quanquam, conj. *though; although.*

Quamvis, conj. *although.*

Quando, adv. *when; since.*

Quantò, adv. *by how much; as.*

Quantopĕre, adv. *how greatly; how much.*

Quantùm, adv. *how much; as much as.*

Quantus, a, um, adj. *how great; as great; how admirable; how striking.*

Quantuslĭbet, quantalĭbet, quantumlĭbet, adj. (quantus & libet,) *how great soever; never so great.*

Quapropter, adv. *wherefore; why.*

Quare, adv. (quâ & re,) *wherefore; for which reason; whence; therefore.*

Quartus, a, um, num. adj. *the fourth.*

Quasi, adv. *as if; as.*

Quatriduum, i, n. (quatuor & dies,) *a space of four days.*

Quatuor, num. adj. pl. ind. *four.*

Quatuordĕcim, num. adj. pl. ind. *fourteen.*

Que, enclitic conj. § 198, N. 1; *and; also.*

Queo, ire, ivi, itum, irr. § 182, R. 3, N; *to be able; I can.*

Quercus, ûs, f. *an oak.*

Queror, queri, questus sum, dep. *to complain.*

Questus, a, um, part. *complaining; having complained.*

Qui, quæ, quod, rel. pro. § 136: *who; which; what.*

Qui, quæ, quod, interrogative pro. *who? which? what?* § 137.

Quî, adv. *how; in what manner.*

Quia, conj. § 198, 7; *because.*

Quicunque, quæcunque, quodcunque, rel. pro. § 136; *whosoever; whatsoever; every one.*

Quidam, quædam, quoddam & quiddam, pro. § 138; *a certain one; a certain person* or *thing:* quidam homĭnes, *certain men.*

Quidem, adv. § 279, 3, (*d.*) *indeed; truly; at least.* See Ne.

Quin, conj. § 198, 8; *but: but that*

Quinctius, i, m. (Titus,) *a Roman general.*

Quindĕcim, num. adj. pl. ind. *fifteen.*

Quingentesĭmus, a, um, num. adj. *the five hundredth.*

Quingenti, æ, a, num. adj. pl. *five hundred.*

Quinquagēni, æ, a, num. adj. pl. *every fifty; fifty.*

Quinquagesĭmus, a, um, num. adj. *fiftieth.*

Quinquaginta, num. adj. pl. ind. *fifty.*

Quinque, num. adj. pl. ind. *five.*

Quinquies, num. adv. *five times.*

Quinto, adv. *the fifth time.*

Quintus, a, um, num. adj. *the fifth.*

Quintus, *or* Quinctius, i, m. *a surname among the Romans.*

Quis, quæ, quid, pro. *who? what?* quid? *why?*

Quisnam, *or* Quinam, quænam, quodnam *or* quidnam, pro. § 137; *who; what.*

Quisquam, quæquam, quidquam *or* quicquam, pro. § 138, 3; *any one; any thing:* nec quisquam, *and no one.*

Quisque, quæque, quodque *or* quidque, pro. *each; every; whosoever; whatsoever.*

Quisquis, quidquid *or* quicquid, rel. pro. § 136; *whoever; whatever.*

Quivis, quævis, quodvis *or* quidvis, pro. *whosoever; whatsoever; any one.*

Quò, adv. *that; to the end that; whither:* quò — eò, *for* quanto — tanto, *by how much; by so much;* or *the more — the more.*

Quòd, conj. *that; because.*

Quominùs, adv. *that — not.*

Quomŏdo, adv. *how; by what means.*

Quondam, adv. *formerly; once.*

Quoniam, conj. *since; because.*

Quoque, conj. *also.*

Quot, adj. ind. pl. *how many.*

Quotannis, adv. *annually; yearly.*

Quotidie, adv. (quot & dies,) *every day; daily.*

Quoties, adv. *as often as; how often.*

Quum, *or* Cùm, adv. *when;* quum jam, *as soon as:*—conj. *since; although.*

R.

Radius, i, m. *a staff; a ray; a rod.*

Radix, icis, f. *a root; the foot* or *base of a mountain.*

Ramus, i, m. *a branch; a bough.*

Rana, æ, f. *a frog.*

Rapina, æ, f. *rapine; plunder;* from

Rapio, rapĕre, rapui, raptum, a. *to rob; to seize; to plunder; to hurry away.*

Raptor, ōris, m. *one who seizes or takes away by violence; a robber.*

Raptūrus, a, um, part. (rapio.)

Raptus, a, um, part. (rapio,) *seized; robbed; carried off.*

Rarĭtas, ātis, f. *rarity.*

Rarò, adv. *rarely; seldom;* from

Rarus, a, um, adj. *rare; few.*

Ratio, ōnis, f. (reor,) *a reason.*

Ratis, is, f. *a raft; a ship; a boat.*

Ratus, a, um, part. (reor,) *thinking; having thought.*

Rebello, āre, āvi, ātum, n. (re & bello,) *to renew a war; to rebel; to revolt.*

Recēdo, -cedĕre, -cessi, -cessum, n. (re & cedo,) *to recede; to yield; to retire; to withdraw.*

Recens, tis, adj. *new; recent; fresh:*—adv. *recently; lately; newly:* recens nati, *new-born children.*

Receptus, a, um, part. (recipio.)

Receptūrus, a, um, part. (recipio.)

Recessus, ûs, m. (recēdo,) *a recess; a corner.*

Recipio, -cipĕre, -cēpi, -ceptum, a. (re & capio,) *to receive; to take; to take back; to recover:* anĭmam, *to come to one's self again; to recover one's senses:* se, *to return.*

Recognosco, -noscĕre, -nōvi, -nĭtum, a. (re & cognosco,) *to recognize.*

Recollĭgo, -ligĕre, -lēgi, -lectum, a. (re, con, & lego,) *to gather up again; to recollect; to recover.*

Recondĭtus, a, um, part. from

Recondo, dĕre, dĭdi, dĭtum, a. (re & condo,) *to hide; to conceal.*

Recreātus, a, um, part. from

Recreo, āre, āvi, ātum, a. (re & creo,) *to restore; to bring to life again.*

Rectè, adv. (iùs, issĭmè,) *right; rightly;* from

Rectus, a, um, adj. (ior, issĭmus,) (rego,) *right; straight; upright; direct.*

Recuperātus, a, um, part. from

Recupĕro, āre, āvi, ātum, a. *to recover; to regain.*

Redditūrus, a, um, part. (reddo.)

Reddĭtus, a, um, part. from

Reddo, -dĕre, -dĭdi, -dĭtum, a. (re & do,) *to return; to give; to give back; to make; to render; to restore; to cause:* verba, *to repeat:* anĭmam, *to die:* voces, *to imitate.*

Redeo, -īre, -ii, -ĭtum, irr. n. (re & eo, § 182,) *to return; to go back.*

Rediens, euntis, part. *returning.*

Redĭgo, -igĕre, -ēgi, -actum, a. (re & ago,) *to bring back; to reduce:* in potestātem, *to bring into one's power.*

Redimendus, a, um, part. from

Redĭmo, -imĕre, -ēmi, -emptum, a. (re & emo,) *to buy back; to redeem; to ransom.*

Reducendus, a, um, part. from

Redūco, -ducĕre, -duxi, -ductum, a. (re & duco,) *to lead or bring back:* in gratiam, *to reconcile.*

Refĕrens, tis, part. *requiting; returning; referring;* from

Refĕro, -ferre, -tŭli, -lātum, irr. a. (re & fero,) *to bring back:* gratiam, *or* gratias, *to requite a favor; to show gratitude:* beneficium, *to requite a benefit:* victoriam, *to bring back victory,* i. e. *to return victorious:* imagĭnem, *to reflect the image; to resemble:* ad alĭquam rem, *to refer to; to reckon a part of.*

Refluens, tis, part. from

Refluo, -fluĕre, -fluxi, -fluxum, n. (re & fluo,) *to flow back.*

Refugio, -fugĕre, -fūgi, -fugĭtum, n. (re & fugio,) *to fly back; to flee; to retreat.*

Regia, æ, f. (regius,) *a palace.*

Regina, æ, f. (rex,) *a queen.*

Regio, ōnis, f. (rego,) *a region; a district; a country.*

Regius, a, um, adj. (rex,) *royal, regal; the king's.*

Regnatūrus, a, um, part. from

Regno, āre, āvi, ātum, n. (regnum,) *to rule; to govern.*

Regnātur, pass. imp. *kingly government continues.*

Regnum, i, n. (rex,) *a kingdom; empire; dominion; reign; government; rule.*

Rego, regĕre, rexi, rectum, a. (rex,) *to rule.*

Regredior, -grĕdi, -gressus sum, dep. (re & gradior,) *to turn back; to return.*

Regressus, a, um, part. *having returned.*

Regŭlus, i, m. *a distinguished Roman general in the first Punic war.*

Relātus, a, um, part. (refĕro.)

Relictūrus, a, um, part. (relinquo.)

Relictus, a, um, part. (relinquo.)

Religio, ōnis, f. (relĕgo,) *religion; sacredness; sanctity; reverence; religious rites.*

Relinquo, -linquĕre, -liqui, -lictum, a. (re & linquo,) *to leave; to desert; to quit; to abandon.*

Reliquiæ, ārum, f. pl. *the relics; the remains;* from

Relĭquus, a, um, adj. *the rest; the remainder; the other.*

Remaneo, -manēre, -mansi, -mansum, n. (re & maneo,) *to remain behind.*

Remedium, i. n. (re & medeor,) *a remedy.*

Remitto, -mittĕre, -misi, -missum, a. (re & mitto,) *to send back; to remit.*

Removeo, -movēre, -mōvi, -mōtum, a. (re & moveo,) *to remove.*

Remus, i, m. *an oar.*

Remus, i, m. *the twin brother of Romŭlus.*

Renovâtus, a, um, part. from

Renŏvo, âre, âvi, âtum, a. (re & novo,) *to make anew; to renew.*

Renuntio, âre, âvi, âtum, a. (re & nuntio,) *to inform; to report; to declare; to announce.*

Reor, reri, ratus sum, dep. *to believe; to think.*

Repăro, âre, âvi, âtum, a. (re & paro,) *to renew; to repair.*

Repentè, adv. *suddenly.*

Reperio, -perire, -pĕri, -pertum, a. (re & pario,) *to find; to discover; to invent.*

Repĕto, -petĕre, -petivi, -petitum, a. (re & peto,) *to demand back.*

Repleo, ēre, ēvi, ētum, a. (re & pleo,) *to fill; to fill up; to replenish.*

Repōno, -ponĕre, -posui, -posĭtum, a. (re & pono,) *to place again; to restore; to replace.*

Reporto, âre, âvi, âtum, a. (re & porto,) *to bring back; to gain* or *obtain.*

Repræsento, âre, âvi, âtum, a. *to represent; to paint; to depict.*

Repudio, âre, âvi, âtum, a. *to repudiate; to reject; to slight; to disregard:* uxōrem, *to divorce.*

Requiro, -quirĕre, -quisīvi, -quisitum, a. (re & quæro,) *to seek; to demand; to require; to need.*

Res, rei, f. *a thing; an affair; a way; a kingdom; a government; a subject:* res gestæ, *actions; exploits:* res, res familiâris or domestĭca, *domestic affairs; property.*

Reservo, âre, âvi, âtum, a. (re & servo,) *to reserve; to keep for a future time.*

Resideo, -sidēre, -sēdi, n. (re & sedeo,) *to sit; to sit down; to remain.*

Resimus, a, um, adj. *bent back; crooked.*

Resisto, -sistĕre, -stĭti, -stĭtum, n. (re & sisto,) *to resist; to withstand.*

Resolvo, -solvĕre, -solvi, -solūtum, a. (re & solvo,) *to loosen; to unbind; to unloose; to dissolve; to untie.*

Respondeo, -spondēre, -spondi, -sponsum, n. (re & spondeo,) *to answer; to reply; to correspond:* respondētur, pass. imp. *it is answered,* or *the reply is made.*

Responsum, i, n. *an answer; a reply.*

Respublĭca, reipublĭcæ, f. § 91; *the state; the government; the commonwealth.*

Respuo, -spuĕre, -spui, a. *to spit out; to reject.*

Restituo, -stituĕre, -stitui, -stitūtum, a. (re & statuo,) *to re-*

store; to replace; to rebuild: aciem, *to cause the army to rally.*

Retineo, -tinēre, -tinui, -tentum, a. (re & teneo,) *to hold back; to retain; to detain; to hinder.*

Reverà, adv. (res & verus,) *truly; in very deed; in reality; in good earnest.*

Reverentia, æ, f. *reverence.*

Reversus, a, um, part. *having returned.*

Reverto, -vertĕre, -verti, -versum, n. (re & verto,) *to turn back; to return.*

Revertor, -verti, -versus sum, dep. *to return.*

Reviresco, -virescĕre, -virui, inc. (revireo,) *to grow green again.*

Revŏco, āre, āvi, ātum, a. (re & voco,) *to recall; to call back.*

Revŏlo, āre, āvi, ātum, n. (re & volo,) *to fly back; to fly off again.*

Rex, regis, m. *a king;* also, *the name of a plebeian family at Rome.*

Rhadamanthus, i, m. *a lawgiver of Crete, and subsequently one of the three judges of the infernal regions.*

Rhæti, ōrum, m. pl. *the inhabitants of Rhætia, now the Grisons.*

Rhea, æ, f. (Silvia,) *the mother of Romulus and Remus.*

Rhenus, i, m. *the river Rhine.*

Rhinocĕros, ōtis, m. *a rhinoceros.*

Rhipæus, a, um, adj. *Rhipæan* or *Riphæan:* montes, *mountains, which, according to the ancients, were found in the north of Scythia.*

Rhodănus, i, m. *the river Rhone.*

Rhodius, i, m. *an inhabitant of Rhodes; a Rhodian.*

Rhodŏpe, es, f. *a high mountain in the western part of Thrace.*

Rhodus, i, f. *Rhodes; an island in the Mediterranean sea.*

Rhœtēum, i, n. *a city and promontory of Troas.*

Rhyndăcus, i, m. *a river of Mysia.*

Ridens, tis, part. *smiling; laughing at;* from

Rideo, dēre, si, sum, n. & a. *to laugh; to laugh at; to mock; to deride.*

Rigeo, ēre, ui, n. *to be cold.*

Rigĭdus, a, um, adj. *severe.*

Rigo, āre, āvi, ātum, a. *to water; to irrigate; to bedew; to wet.*

Ripa, æ, f. *a bank.*

Risi. *See* Rideo.

Risus, ûs, m. *laughing; laughter.*

Rixor, āri, ātus sum, dep. *to quarrel.*

Robur, ŏris, n. *strength:* robur milĭtum, *the flower of the soldiers.*

Rogātus, a, um, part. *being asked;* from

Rogo, āre, āvi, ātum, a. *to ask;*

21

to request; to beg; to entreat.

Rogus, i, m. *a funeral pile.*

Roma, æ, f. *Rome, the chief city of Italy, situated upon the Tiber.*

Romānus, a, um, adj. *Roman.*

Romānus, i, m. *a Roman.*

Romŭlus, i, m. *the founder and first king of Rome:* Romŭlus Silvius, *a king of Alba.*

Rostrum, i, n. *a beak; a bill; a snout.*

Rota, æ, f. *a wheel.*

Rotundus, a, um, adj. *round.*

Ruber, rubra, rubrum, adj. (rior, errĭmus,) *red.*

Rudis, e, adj. (ior, issĭmus,) *rude; uncultivated; new; uncivilized.*

Ruina, æ, f. *a ruin; a downfall; a fall.*

Rulliānus, i, m. *a Roman general, who commanded the cavalry in a war with the Samnites.*

Rumpo, rumpĕre, rupi, ruptum, a. *to break; to break off; to break down; to violate.*

Ruo, uĕre, ui, utum, n. *to run headlong; to fall; to be ruined; to hasten down; to rush.*

Rupes, is, f. *a rock; a cliff.*

Ruptus, a, um, part. (rumpo,) *broken; violated.*

Rursus, adv. *again.*

Rus, ruris, n. *the country; a farm.*

Rustĭcus, a, um, adj. *rustic; belonging to the country.*

Rustĭcus, i, m. *a countryman.*

Rutilius, i, m. *a Roman consul.*

S.

Sabīni, ōrum, m. *the Sabines, a people of Italy.*

Sacer, sacra, sacrum, adj. (comp. not used; sup. errĭmus,) *sacred; holy; divine; consecrated.*

Sacerdos, ōtis, c. *a priest; a priestess.*

Sacra, ōrum, n. pl. *religious service; sacrifice; sacred rites; religious observances.*

Sacrifĭcans, tis, part. (sacrifĭco,) *sacrificing; offering sacrifices.*

Sacrificium, i, n. *a sacrifice;* from

Sacrifĭco, āre, āvi, ātum, a. (sacer & facio,) *to sacrifice.*

Sæpè, adv. (iùs, issimè, § 194.) *often; frequently.*

Sævio, īre, ii, ītum, n. (sævus,) *to rage; to be cruel.*

Sævĭtas, ātis, f. *cruelty; severity; savageness; barbarity;* from

Sævus, a, um, adj. *severe; cruel; fierce; inhuman; violent.*

Sagīnātus, a, um, part. from

Sagīno, āre, āvi, ātum, a. *to fatten.*

Sagitta, æ, f. *an arrow.*

Saguntīni, ōrum, m. pl. *the Saguntines; the inhabitants of Saguntum.*

Saguntum, i, n. *a town of Spain.*

Salio, salīre, salui & salii, n. *to spring; to leap.*

Salsus, a, um, adj. (sal,) *salt; sharp.*

Salto, āre, āvi, ātum, n. freq. (salio,) *to dance.*

Salūber, -bris, -bre, adj. (brior, berrĭmus,) *wholesome; salubrious; healthy.*

Salubrĭtas, ātis, f. *salubrity; healthfulness.*

Salum, i, n. *the sea.*

Salus, ūtis, f. (salvus,) *safety; salvation; health.*

Salūto, āre, āvi, ātum, a. *to salute; to call.*

Salvus, a, um, adj. *safe; preserved; unpunished.*

Samnītes, ium, m. pl. *the Samnites, a people of Italy.*

Sanctus, a, um, adj. *holy; blameless.*

Sanguis, ĭnis, m. *blood.*

Sapiens, tis, adj. (ior, issĭmus,) *wise:*—subs. *a sage; a wise man.*

Sapientia, æ, f. *wisdom; philosophy.*

Sapio, ĕre, ui, n. *to be wise.*

Sarcĭna, æ, f. *a pack; a bundle.*

Sardinia, æ, f. *a large island in the Mediterranean sea, west of Italy.*

Sarmătæ, ārum, m. *the Sarmatians, a people inhabiting the north of Europe and Asia.*

Sarpēdon, ŏnis, m. *a son of Jupiter and Europa.*

Satelles, ĭtis, m. *a satellite; a guard; a body-guard.*

Satiātus, a, um, part. from

Satio, āre, āvi, ātum, a. *to satiate; to satisfy.*

Satis, adj. & adv. *enough; sufficient; sufficiently; very; quite.*

Satur, ŭra, ŭrum, adj. *satiated; full.*

Saturnia, æ, f. *a name given to Italy;* also, *a citadel and town near Janicŭlum.*

Saturnus, i, m. *the father of Jupiter.*

Saucio, āre, āvi, ātum, a. *to wound.*

Saxum, i, n. *a rock; a stone.*

Scævŏla, æ, m. (Mucius,) *a brave Roman soldier.*

Scateo, ēre, n. *to be full; to abound.*

Scamander, dri, m. *a river of Troas, which flows from mount Ida into the Hellespont.*

Scaurus, i, m. *the surname of several Romans.*

Scelestus, a, um, adj. *wicked;* from

Scelus, ĕris, n. *wickedness; a crime;* by metonymy, § 324, 2, *a wicked person.*

Scena, æ, f. *a scene; a stage.*

Schœneus, i, m. *a king of Ar-*

cadia, or of Scyros, and father of Atalanta.

Scheria, æ, f. *an ancient name of the island Corcȳra,* or *Corfu.*

Scientia, æ, f. *knowledge;* from

Scio, ire, ivi, itum, a. *to know; to understand.*

Scipio, ōnis, m. *a distinguished Roman family:* Scipiōnes, *the Scipios.*

Scopŭlus, i, m. *a cliff; a rock.*

Scorpio, ōnis, m. *a scorpion.*

Scotia, æ, f. *Scotland.*

Scriba, æ, m. *a writer; a secretary; a scribe;* from

Scribo, scribĕre, scripsi, scriptum, a. *to write:* scribĕre leges, *to prepare laws.*

Scriptor, ōris, m. *a writer; an author.*

Scriptūrus, a, um, part. (scribo.)

Scriptus, a, um, part. (scribo.)

Scrūtor, āri, ātus sum, dep. *to search into; to trace out.*

Scutum, i, n. *a shield.*

Scylla, æ, f. *the daughter of Nisus.*

Scyros, i, f. *an island in the Ægean sea.*

Scythes, æ, m. *an inhabitant of Scythia; a Scythian.*

Scythia, æ, f. *a vast country in the north of Europe and Asia.*

Scythĭcus, a, um, adj. *Scythian.*

Seco, secāre, secui, sectum, a. *to cut.*

Secēdo, -cedĕre, -cessi, -cessum, n. (se & cedo,) *to secede; to step aside; to withdraw.*

Sectātus, a, um, part. *having followed* or *attended;* from

Sector, āri, ātus sum, dep. freq. (sequor, § 187, II., 1,) *to follow; to pursue; to accompany; to attend; to strive after.*

Secum, (se & cum, § 133, R. 4,) *with himself; with herself; with itself; with themselves.*

Secundus, a, um, adj. *the second; prosperous:* res secundæ, *prosperity.*

Secūris, is, f. *an axe.*

Secūtus, a, um, part. (sequor.)

Sed, conj. § 198, 9; *but.*

Sedĕcim, num. adj. ind. pl. (sex & decem,) *sixteen.*

Sedeo, sedēre, sedi, sessum, n. *to sit; to light upon.*

Sedes, is, f. *a seat; a residence; a settlement:* regni, *the seat of government.*

Seditio, ōnis, f. *sedition; a rebellion; an insurrection.*

Sedŭlus, a, um, adj. *diligent.*

Seges, ĕtis, f. *a crop; a harvest.*

Segnis, e, adj. (ior, issĭmus,) *dull; slow; slothful; sluggish.*

Sejungo, -jungĕre, -junxi, -junctum, a. (se & jungo,) *to divide; to sever; to separate.*

Seleucia, æ, f. *a town of Syria near the Orontes*

Semel, adv. *once:* plùs semel, *more than once.*

Semĕle, es, f. *a daughter of Cadmus and Hermione, and mother of Bacchus.*

Semirămis, ĭdis, f. *a warlike queen of Assyria, and the wife of Ninus.*

Semper, adv. *always.*

Sempiternus, a, um, adj. *everlasting.*

Sempronius, i, m. *the name of a Roman* gens *or clan:* Sempronius Gracchus, *a Roman general.*

Sena, æ, f. *a town of Picēnum.*

Senātor, ōris, m. (senex,) *a senator.*

Senātus, ûs & i, m. (senex,) *a senate.*

Senecta, æ, *or* Senectus, ūtis, f. (senex,) *old age.*

Senescens, tis, part. from

Senesco, senescĕre, senui, inc. *to grow old; to wane.*

Senex, is, c. *an old man* or *woman:*—adj. *old:* (comp. senior.) § 126, 4.

Senŏnes, um, m. pl. *a people of Gaul.*

Sensi. *See* Sentio.

Sensus, ûs, m. (sentio,) *sense; feeling.*

Sententia, æ, f. *an opinion; a proposition; a sentiment;* from

Sentio, sentīre, sensi, sensum, a. *to feel; to perceive; to be sensible of; to observe; to suppose.*

Sepāro, āre, āvi, ātum, a. (se & paro,) *to separate; to divide.*

Sepelio, sepelīre, sepelīvi, sepultum, a. *to bury; to inter.*

Sepes, is, f. *a hedge; a fence.*

Septem, num. adj. ind. pl. *seven.*

Septentrio, ōnis, m. *the Northern Bear; the north.*

Septies, num. adv. *seven times.*

Septĭmus, a, um, num. adj. (septem,) *the seventh.*

Septingentesĭmus, a, um, num. adj. *the seven hundredth.*

Septuagesĭmus, a, um, num. adj. *the seventieth.*

Septuaginta, num. adj. ind. pl. *seventy.*

Sepulcrum, i, n. *a grave; a sepulchre; a tomb.*

Sepultūra, æ, f. *burial; interment.*

Sepultus, a, um, part. (sepelio,) *buried.*

Sequăna, æ, m. *the Seine, a river in France.*

Sequens, tis, part. from

Sequor, sequi, secūtus sum, dep. *to follow; to pursue.*

Secūtus, a, um, part. (sequor.)

Serēnus, a, um, adj. *serene; tranquil; clear; fair; bright.*

Sergius, i, m. *the name of several Romans.*

Sermo, ōnis, m. *speech; a discourse; conversation.*

Serò, (seriùs,) adv. *late; too late.*

Sero, serĕre, sevi, satum, a. *to sow; to plant.*

Serpens, tis, c. (serpo,) *a serpent; a snake.*

Sertorius, i, m. *a Roman general.*

Serus, a, um, adj. *late.*

Servilius, i, m. *the name of a Roman family:* Servilius Casca, *one of the murderers of Cæsar.*

Servio, īre, īvi, ītum, n. (servus,) *to be a slave; to serve, (as a slave.)*

Servitium, i, n., *or* Servītus, ūtis, f. (servus,) *slavery; bondage.*

Servius, i, m. (Tullius,) *the sixth king of Rome.*

Servo, āre, āvi, ātum, a. *to preserve; to guard; to watch; to keep.*

Servus, i, m. *a slave; a servant.*

Sese, pro. acc. & abl. § 133, R. 2; *himself; herself; themselves.*

Sestertium, i, n. *a sestertium,* or *a thousand sesterces.* § 327,(*b*)

Sestertius, i, m. *a sesterce,* or *two and a half asses.* § 327, 3.

Sestos, i, *or* -us, i, f. *a town of Thrace, on the shores of the Hellespont, opposite to Abȳdos.*

Seta, æ, f. *a bristle.*

Setīnus, a, um, adj. *Setine; belonging to Setia, a city of Campānia, near the Pontine Marshes, famous for its wine.*

Sex, num. adj. ind. pl. *six.*

Sexagesĭmus, a, um, num. adj. *the sixtieth.*

Sexaginta, num. adj. ind. pl. *sixty.*

Sexcentesĭmus, a, um, num. adj. *the six hundredth.*

Sextus, a, um, num. adj. *the sixth.*

Si, conj. *if; whether; to see whether:* si quando, *if at any time.*

Sic, adv. *so; thus; in such a manner.*

Siccius, i, m. (Dentātus,) *the name of a brave Roman soldier.*

Siccus, a, um, adj. *dry:* siccum, *dry land.*

Sicilia, æ, f. *Sicily, the largest island in the Mediterranean.*

Sicŭlus, a, um, adj. *Sicilian:* fretum, *the straits of Messina.*

Sicut, & Sicŭti, adv. (sic ut,) *as; as if.*

Sidon, ōnis, f. *a maritime city of Phœnicia.*

Sidonius, a, um, adj. *belonging to Sidon; Sidonian.*

Sidus, ĕris, n. *a star.*

Signifĭco, are, āvi, ātum, a. (signum & facio,) *to designate; to mark; to express; to signify; to give notice; to imply* or *mean.*

Signum, i, n. *a sign; a token; a statue; a standard; colors.*

Silens, tis, part. (sileo,) *silent; keeping silence.*

Silentium, i, n. *silence.*

Silēnus, i, m. *the foster-father and instructor of Bacchus.*

Sileo, ēre, ui, n. *to be silent; to conceal.*

Silva, *or* Sylva, æ, f. *a forest; a wood.*

Silvia, æ, f. (Rhea,) *the mother of Romulus.*

Silvius, i, m. *a son of Æneas, the second king of Alba:* Silvius Procas, *a king of Alba, the father of Numitor and Amulius.*

Simia, æ, f. *an ape.*

Simĭlis, e, adj. (ior, lĭmus,) *similar; like.*

Similĭter, adv. *in like manner.*

Simplex, ĭcis, adj. (semel & plico,) *simple; artless; open; plain; single.*

Simŏis, entis, m. *a river of Troas, flowing into the Scamander.*

Simonĭdes, is, m. *a Greek poet, born in the island of Cea.*

Simul, adv. *at the same time; at once; together; as soon as:* simul—simul, *as soon as,* or *no sooner than.*

Simulācrum, i, n. (simŭlo,) *an image; a statue.*

Sin, conj. *but if.*

Sine, prep. *without.*

Singulāris, e, adj. *single; singular; distinguished; extraordinary:* certāmen singulāre, *a single combat.*

Singŭli, æ, a, num. adj. pl. *each; one by one; every:* singŭlis mensĭbus, *every month:* singŭlis singŭlas partes, *to each a share.*

Sinister, ra, rum, adj. *left.*

Sino, sinĕre, sivi, situm, a. *to permit.*

Sinus, ûs, m. *a bosom; a bay; a gulf.*

Siquis, siqua, siquod *or* siquid, pro. *if any one; if any thing.*

Siquando, adv. *if at any time; if ever.*

Sitio, īre, ii, n. & a. *to thirst; to be thirsty; to earnestly desire.*

Sitis, is, f. *thirst.*

Situs, a, um, adj. *placed; set; situated; permitted.*

Sive, conj. *or; or if; whether.*

Sobrius, a, um, adj. *sober; temperate.*

Socer, ĕri, m. *a father-in-law.*

Sociālis, e, adj. (socius,) *pertaining to allies; social; confederate.*

Sociĕtas, ātis, f. *society; alliance; intercourse; partnership;* from

Socius, i, m. *an ally; a companion.*

Socordia, æ, f. (socors,) *negligence; sloth.*

Socrătes, is, m. *the most eminent of the Athenian philosophers.*

Sol, solis, m. *the sun.*

Solĕo, ēre, ĭtus sum, n. pass. § 142, 2; *to be wont; to be accustomed:* solēbat, *used.*

Solĭdus, a, um, adj. *whole; solid; entire.*

Solitūdo, ĭnis, f. (solus,) *a desert; a wilderness; a solitary place.*

Solĭtus, a, um, part. (soleo,) *accustomed; usual.*

Sollers, tis, adj. *ingenious; inventive; cunning; skilful; shrewd.*

Sollertia, æ, f. *sagacity; skill; shrewdness.*

Solon, ônis, m. *the lawgiver of the Athenians, and one of the seven wise men of Greece.*

Solstitium, i, n. (sol & sisto,) *the solstice, particularly the summer solstice, in distinction from* bruma, *the winter solstice; the longest day.*

Solum, i, n. *the earth; the soil; land.*

Solùm, adv. *alone; only;* from

Solus, a, um, adj. § 107; *alone.*

Solûtus, a, um, part. from

Solvo, solvĕre, solvi, solûtum, a. *to dissolve; to melt; to answer.*

Somnio, âre, âvi, âtum, n. *to dream;* from

Somnium, i, n. *a dream;* from

Somnus, i, m. *sleep.*

Sonĭtus, ûs, m. *a sound; a noise.*

Sono, âre, ui, ĭtum, n. *to sound; to resound;* from

Sonus, i, m. *a sound.*

Sorbeo, -êre, -ui, *to suck in; to absorb.*

Soror, ôris, f. *a sister.*

Sp., *an abbreviation of* Spurius.

Spargo, spargĕre, sparsi, sparsum, a. *to sprinkle; to strew; to scatter; to sow.*

Sparsi. *See* Spargo.

Sparsus, a, um, part.

Sparta, æ, f. *Sparta* or *Lacedæmon, the capital of Laconia.*

Spartăcus, i, m. *the name of a celebrated gladiator.*

Spartânus, i, m. *a Spartan.*

Sparti, ôrum, m. pl. *a race of men, said to have sprung from the dragon's teeth which Cadmus sowed.*

Spartum, i, n. *Spanish broom, a plant of which ropes were made.*

Spatiôsus, a, um, adj. *large; spacious;* from

Spatium, i, n. *a space; room; distance.*

Species, êi, f. (specio,) *an appearance.*

Spectacŭlum, i, n. *a spectacle; a show;* from

Specto, âre, âvi, âtum, a. freq. (specio,) *to behold; to see; to consider; to regard; to relate; to refer.*

Specus, ûs, m. f. & n. *a cave.*

Spelunca, æ, f. *a cave.*

Spero, âre, âvi, âtum, n. *to hope; to expect.*

Spes, ei, f. *hope; expectation; promise.*

Speusippus, i, m. *the nephew and successor of Plato.*

Sphinx, gis, f. *a Sphinx. The Egyptian Sphinx is represented as a monster, having a woman's head on the body of a lion.*

Spina, æ, f. *a thorn; a sting; a quill; a spine; a backbone.*

Spirĭtus, ûs, m. *a breath;* from

Spiro, âre, âvi, âtum, n. *to breathe.*

Splendeo, êre, ui, n. *to shine; to be conspicuous.*

Splendĭdus, a, um, adj. *splendid; illustrious.*

Splendor, ōris, m. *brightness; splendor.*

Spolio, âre, âvi, âtum, a. *to despoil; to strip; to deprive;* from

Spolium, i, n. *spoils; booty.*

Spondeo, spondēre, spopondi, sponsum, a. *to promise; to engage.*

Sponsa, æ, f. *a bride.*

Spontis, gen., sponte, abl. sing., f. § 94; *of himself; of itself; of one's own accord; voluntarily; spontaneously.*

Spurius, i, m. *a* prænōmen *among the Romans.*

Squama, æ, f. *the scale of a fish.*

Stabŭlum, i, n. (sto,) *a stall; a stable.*

Stadium, i, n. *a stadium; a furlong; a measure of* 125 *paces; the race-ground.*

Stannum, i, n. *tin.*

Stans, stantis, part. (sto.)

Statim, adv. *immediately.*

Statio, ōnis, f. (sto,) *a station:* navium, *roadstead; an anchoring-place.*

Statua, æ, f. (statuo,) *a statue.*

Statuarius, i, m. *a statuary; a sculptor.*

Statuo, uĕre, ui, ūtum, a. *to determine; to resolve; to fix; to judge; to decide; to believe.*

Status, a, um, adj. *fixed; stated; appointed; certain.*

Statūtus, a, um, part. (statuo,) *placed; resolved; fixed; settled.*

Stella, æ, f. *a star.*

Sterĭlis, e, adj. *unfruitful; sterile; barren.*

Stertŏ, ĕre, ui, n. *to snore.*

Stipes, ĭtis, m. *a stake; the trunk of a tree.*

Stirps, is, f. *a root; a stock; a race; a family.*

Sto, stare, steti, statum, n. *to stand; to be stationary:* stare a partĭbus, *to favor the party.*

Stoĭcus, i, m. *a Stoic, one of a sect of Grecian philosophers, whose founder was Zeno.*

Stolidĭtas, âtis, f. *stupidity;* from

Stolĭdus, a, um, adj. *foolish; silly; stupid.*

Strages, is, f. (sterno,) *an overthrow; slaughter.*

Strangŭlo, âre, âvi, âtum, a. *to strangle.*

Strenuè, adv. *bravely; actively; vigorously; strenuously;* from

Strenuus, a, um, adj. *bold; strenuous; brave; valiant.*

Strophădes, um, f. pl. *two small islands in the Ionian sea.*

Struo, struĕre, struxi, structum,

a. *to put together; to construct; to build:* insidias, *to prepare an ambuscade.*

Struthiocamēlus, i, m. *an ostrich.*

Strymon, ōnis, m. *a river which was anciently the boundary between Macedonia and Thrace.*

Studeo, ēre, ui, n. *to favor; to study; to endeavor; to attend to; to pursue.*

Studiōsè, adv. (studiōsus,) *studiously; diligently.*

Studium, i, n. *zeal; study; diligence; eagerness.*

Stultitia, æ, f. *folly;* from

Stultus, a, um, adj. (ior, issĭmus,) *foolish:* stulti, *fools.*

Stupeo, ēre, ui, n. *to be astonished at; to be amazed.*

Sturnus, i, m. *a starling.*

Suadendus, a, um, part. (suadeo.)

Suadens, tis, part. from

Suadeo, suadēre, suasi, suasum, a. & n. *to advise; to persuade; to urge.*

Suavĭtas, ātis, f. (suavis,) *sweetness; grace; melody.*

Suavĭter, adv. *sweetly; agreeably.*

Sub, prep. *under; near to; near the time of; just before; at; in the time of.*

Subdūco, -ducĕre, -duxi, -ductum, a. (sub & duco,) *to withdraw; to take away; to withhold.*

Subductus, a. um, part.

Subeo, īre, īvi & ii, ĭtum, irr. n. (sub & eo, § 182,) *to go under; to submit to:* onus, *to take up* or *sustain a burden.*

Subĭgo, -igĕre, -ēgi, -actum, a. (sub & ago,) *to subject; to subdue; to conquer.*

Subĭtò, adv. *suddenly;* from

Subĭtus, a, um, adj. (subeo,) *sudden; unexpected.*

Sublātus, a, um, part. (sustollo,) *taken away; lifted up.*

Sublimis, e, adj. *sublime; high in the air:* in sublime, *aloft.*

Sublimè, adv. *aloft; in the air.*

Submergo,-mergĕre,-mersi,-mersum, a. (sub & mergo,) *to overwhelm; to sink.*

Submergor, -mergi, -mersus sum, pass. *to be overwhelmed; to sink.*

Submersus, a, um, part.

Subridens, tis, part. *smiling at.*

Subrideo, -ridēre, -risi, -risum, n. (sub & rideo,) *to smile.*

Subsilio, -silire, -silui & -silii, n. (sub & salio,) *to leap; to jump.*

Substituo, -stituĕre, -stitui, -stitūtum, a. (sub & statuo,) *to put in one's place; to substitute.*

Subter, prep. *under.*

Subterraneus, a, um, adj. (sub & terra,) *subterranean.*

Subvenio, -venire, -vēni, -ventum, n. (sub & venio,) *to come to one's assistance; to succor; to help.*

Subvŏlo, āre, āvi, ātum, n. (sub & volo,) *to fly up.*

Succēdo, -cedĕre, -cessi, -cessum, n. (sub & cedo,) *to succeed; to follow.*

Successor, ōris, m. *a successor.*

Succus, i, m. *juice; liquid; sap.*

Suffĕro, sufferre, sustŭli, sublātum, irr. a. (sub & fero,) *to take away; to undertake; to bear.*

Suffetius, i, m. (Metius,) *an Alban general, put to death by Tullus Hostilius.*

Sufficio, -ficĕre, -fēci, -fectum, n. (sub & facio,) *to suffice; to be sufficient.*

Suffodio, -fodĕre, -fōdi, -fossum, a. (sub & fodio,) *to dig under; to undermine.*

Suffossus, a, um, part.

Suffragium, i, n. *suffrage; vote; a ballot; choice.*

Sui, pro. gen. § 133; *of himself; of herself; of itself:* duæ sibi simĭles, *like one another.*

Sulla, *or* Sylla, æ, m. *a distinguished Roman general.*

Sulpicius, i, m. (Gallus,) *a Roman, celebrated for his learning and eloquence, and for his skill in astrology.*

Sum, esse, fui, irr. n. § 153; *to be; to exist; to serve for:* terrōri esse, *to excite terror.*

Summus, a, um, adj. (*see* Supĕrus,) *the highest; greatest; perfect:* in summâ aquâ, *on the surface of the water.*

Sumo, sumĕre, sumpsi, sumptum, a. *to take.*

Sumptus, a, um, part.

Sumptus, ûs, m. *expense.*

Supellex, supellectĭlis, f. *furniture; household goods.*

Super, prep. *above; upon.*

Superbè, adv. (iùs, issĭmè,) *proudly; haughtily.*

Superbia, æ, f. (superbus,) *pride; haughtiness.*

Superbio, īre, īvi, ītum, n. *to be proud; to be proud of;* from

Supèrbus, a, um, adj. *proud; a surname of Tarquin, the last king of Rome, the Proud.*

Superfluus, a, um, adj. (superfluo,) *superfluous.*

Superjăcio, -jacĕre, -jēci, -jactum, a. (super & jacio,) *to throw upon; to shoot over.*

Superjacior, -jăci, -jactus sum, pass. *to be shot over.*

Supĕro, āre, āvi, ātum, a. (super,) *to surpass; to conquer; to excel; to vanquish.*

Superstitiōsus, a, um, adj. *superstitious.*

Supersum, -esse, -fui, irr. n. (super & sum,) *to remain; to survive.*

Supĕrus, a, um, adj. (comp. superior; sup. suprēmus *or* summus, § 125, 4,) *above; high; upper.*

Supervacuus, a, um, adj. *superfluous.*

Supervenio, -venīre, -vēni, -ventum, n. (super & venio,) *to come upon; to come; to surprise suddenly.*

Supervŏlo, āre, āvi, ātum, n. (super & volo,) *to fly over.*

Suppĕto, ĕre, īvi, ītum, n. (sub & peto,) *to suffice; to remain; to serve; to be sufficient.*

Supplex, ĭcis, adj. *suppliant.*

Supplicium, i. n. *a punishment.*

Suppōno, -ponĕre, -posui, -posĭtum, a. (sub & pono,) *to put under; to substitute.*

Supra, prep. & adv. *above; before.*

Surēna, æ, m. *the title of a Parthian officer, next in authority to the king.*

Surgo, surgĕre, surrexi, surrectum, n. *to rise.*

Sus, uis, c. *swine; a hog.*

Suscipio, -cipĕre, -cēpi, -ceptum, a. (sub & capio,) *to undertake; to take upon; to engage in; to receive.*

Suspectus, a, um, part. & adj. (suspicio,) *suspected; mistrusted.*

Suspendo, -pendĕre, -pendi, -pensum, a. (sub & pendo,) *to suspend; to hang; to hang up.*

Suspensus, a, um, part.

Suspicio, -spicĕre, -spexi, -spectum, a. (sub & specio,) *to suspect.*

Suspĭcor, āri, ātus sum, dep. *to suspect; to surmise.*

Sustento, āre, āvi, ātum, freq. *to sustain; to support:* sustentāre vitam, *to support one's self;* from

Sustineo, -tinēre, -tinui, -tentum, a. (sub & teneo,) *to bear; to carry; to sustain; to support.*

Sustollo, sustollĕre, sustŭli, sublātum, a. *to take away; to lift up; to raise.*

Suus, a, um, pro. *his; hers; its; theirs.* § 139, R. 2.

Sylla. *See* Sulla.

Syllăba, æ, f. *a syllable.*

Sylva. *See* Silva.

Syphax, ācis, m. *a king of Numidia.*

Syracūsæ, ārum, f. pl. *Syracuse, a celebrated city of Sicily.*

Syria, æ, f. *a large country of Asia, at the eastern extremity of the Mediterranean sea.*

Syriăcus, a, um, adj. *Syrian; belonging to Syria.*

T.

T., *an abbreviation of* Titus.

Tabesco, tabescĕre, tabui, inc. *to consume; to pine away.*

Tabŭla, æ, f. *a table; a tablet; a picture; a painting:* plumbea tabŭla, *a plate* or *sheet of lead.*

Taceo, ēre, ui, ĭtum, n. *to be silent.*

Tactus, ûs, m. (tango,) *the touch.*

Tædet, tæduit, tæsum est *or* pertæsum est, imp. *to be weary of:* vitæ eos tædet, *they are weary of life.*

Tænărus, i, m., & um, i, n. *a promontory in Laconia,* now *cape Matapan.*

Talentum, i, n. *a talent; a sum variously estimated from* $860 *to* $1020.

Talis, e, adj. *such.*

Talpa, æ, c. *a mole.*

Tam, adv. *so; so much.*

Tamen, conj. *yet; notwithstanding; still; nevertheless.*

Tanăis, is, m. *a river between Europe and Asia,* now *the Don.*

Tanăquil, ĭlis, f. *the wife of Tarquinius Priscus.*

Tandem, adv. *at length; at last; finally.*

Tango, tangĕre, tetĭgi, tactum, a. *to touch.*

Tanquam, *or* Tamquam, adv. *as; as well as; as if; like.*

Tantălus, i, m. *a son of Jupiter; the father of Pelops, and king of Phrygia.*

Tantò, adv. (tantus,) *so much.*

Tantopĕre, adv. (tantus & opus,) *so much; so greatly.*

Tantùm, adv. *only; so much;* from

Tantus, a, um, adj. *so great; such:* tanti, *of so much value:* tanti est, *it is worth the pains; it makes amends;* non est tanti, *it is not best; it is not worth while.*

Tardè, adv. (iùs, issĭmè,) (tardus,) *slowly.*

Tardĭtas, âtis, f. (tardus,) *slowness; dulness; heaviness.*

Tardo, âre, âvi, âtum, a. *to retard; to check; to stop;* from

Tardus, a, um, adj. *slow; dull.*

Tarentinus, a, um, adj. *Tarentine; of* or *belonging to Tarentum:* Tarentini, *Tarentines; the inhabitants of Tarentum.*

Tarentum, i, n. *a celebrated city in the south of Italy.*

Tarpēia, æ, f. *the daughter of Sp. Tarpeius: she betrayed the Roman citadel to the Sabines.*

Tarpēius, a, um, adj. *Tarpeian:* mons, *the Tarpeian* or *Capitoline mount.*

Tarquinii, ôrum, m. pl. *a city of Etruria, whence the family of Tarquin derived their name.*

Tarquinius, i, m. *Tarquin; the name of an illustrious Roman family, of which two, Priscus and Superbus, were kings:* Tarquinii, ôrum, pl. *the Tarquins.*

Tartărus, i, m., & -a, ôrum, pl. n. *Tartarus; the infernal regions.*

Taurĭca, æ, f. *a large peninsula of the Black sea,* now *called the Crimea* or *Taurida.*

Taurus, i, m. *a high range of mountains in Asia.*

Taurus, i, m. *a bull.*

Taÿgĕtus, i, m., & -a, ōrum, pl. n. *a mountain of Laconia, near Sparta.*

Tectum, i, n. *a roof; a house.*

Tectus, a, um, part. (tego,) *covered; defended.*

Teges, ĕtis, f. *a mat; a rug; a coverlet;* from

Tego, gĕre, xi, ctum, a. *to cover; to defend.*

Tegumentum, i, n. *a covering.*

Telum, i, n. *a weapon; a dart; an arrow.*

Temĕrè, adv. *at random; accidentally; rashly.*

Tempe, n. pl. indec. *a beautiful vale in Thessaly, through which the river Peneus flows.*

Temperies, iēi, f. *temperateness; mildness; temperature.*

Tempestas, ātis, f. *a storm; a tempest.*

Templum, i, n. *a temple.*

Tempus, ŏris, n. *time; a season:* ad tempus, *at the time appointed:* ex tempŏre, *without premeditation.*

Temulentus, a, um, adj. *drunken; intoxicated.*

Tendo, tendĕre, tetendi, tensum, a. *to stretch; to stretch out; to extend; to go; to advance.*

Tenĕbræ, ārum, f. pl. *darkness.*

Teneo, tenēre, tenui, tentum, a. *to hold; to have; to keep; to possess; to know; to hold by a garrison:* portum, *to reach the harbor.*

Tentātus, a, um, part. from

Tento, āre, āvi, ātum, a. freq. *to attempt; to try.*

Tentyrītæ, ārum, c. pl. *the inhabitants of Tentÿra, a town and island in Upper Egypt.*

Tenuis, e, adj. *thin; light; rare.*

Tenus, prep. *up to; as far as.*

Tepesco, escĕre, ui, inc. (tepeo,) *to grow warm* or *cool; to become tepid.*

Ter, num. adv. *thrice.*

Terentius, i, m. *a Roman proper name.*

Tergum, i, n. *the back; the farther side:* a tergo, *from behind:* ad terga, *behind.*

Termĭno, āre, āvi, ātum, a. *to bound; to limit; to terminate.*

Termĭnus, i, m. *a boundary; a limit; an end; bounds.*

Terni, æ, a, num. adj. pl. *three by three; three.*

Terra, æ, f. *the earth; a country; the land:* omnes terræ, *the whole world.*

Terreo, ēre, ui, ĭtum, a. *to terrify; to scare; to frighten.*

Terrester, terrestris, terrestre, adj. *terrestrial:* anĭmal terrestre, *a land animal.*

Terribĭlis, e, adj. *terrible.*

Terrĭto, āre, āvi, ātum, freq. (terreo,) *to terrify; to affright.*

Territorium, i, n. (terra,) *territory.*

Terrĭtus, a, um, part. (terreo.)

Terror, ōris, m. *terror; consternation; fear.*

Tertius, a, um, num. adj. *the third.*

Tertiò, num. adv. *the third time.*

Testa, æ, f. *an earthen vessel; a shell.*

Testamentum, i, n. *a will; a testament.*

Testūdo, ĭnis, f. *a tortoise.*

Tetĭgi. *See* Tango.

Teutŏnes, um, & Teutŏni, ōrum, m. pl. *a nation who lived in the northern part of Germany, near the Cimbri.*

Texo, texĕre, texui, textum, a. *to weave; to plait; to form; to construct.*

Thalămus, i, m. *a bed-chamber; a dwelling.*

Thales, is & ētis, m. *a Milesian, one of the seven wise men of Greece.*

Thasus, i, f. *an island on the coast of Thrace.*

Theātrum, i, n. *a theatre.*

Thebæ, ārum, f. pl. *Thebes, the capital of Bœotia.*

Thebānus, a, um, adj. *Theban; belonging to Thebes.*

Thelesīnus, i, m. *a Roman proper name.*

Themistŏcles, is, m. *a celebrated Athenian general in the Persian war.*

Theodōrus, i, m. *a philosopher of Cyrenæ.*

Thermōdon, ontis, m. *a river of Pontus.*

Theseus, i, m. *a king of Athens, and son of Ægeus, was one of the most celebrated heroes of antiquity.*

Thessalia, æ, f. *Thessaly; a country of Greece, south of Macedonia.*

Thessălus, a, um, adj. *belonging to Thessaly; Thessalian.*

Thestius, i, m. *the father of Althæa.*

Thetis, ĭdis & ĭdos, f. *one of the sea nymphs; the wife of Peleus, and mother of Achilles.*

Theutobŏchus, i, m. *a king of the Cimbri.*

Thracia, æ, f. *Thrace, a large country east of Macedonia.*

Thracius, a, um, adj. *belonging to Thrace; Thracian.*

Thrasybūlus, i, m. *an Athenian general, celebrated for freeing his country from the thirty tyrants.*

Thus, thuris, n. *frankincense.*

Tibĕris, is, m. § 79; *the Tiber, a famous river of Italy.*

Tibi. *See* Tu.

Tibīcen, ĭnis, m. *one who plays upon the flute; a piper.*

Ticīnum, i, n. *a town of Cisalpine Gaul, where the Romans were defeated by Hannibal.*

Tigrānes, is, m. *a king of Armenia Major.*

Tigranocerta, ōrum, n. *a city of Armenia Major, founded by Tigrānes.*

Tigris, ĭdis, (*seldom* is,) f. *a tiger.*

Tigris, ĭdis & is, m. *a river in Asia.*

Timens, tis, part. from

Timeo, ēre, ui, n. & a. *to fear; to dread; to be afraid.*

Timĭdus, a, um, adj. *timid; cowardly.*

Timor, ōris, m. *fear.*

Tinnitus, ûs, m. *a tinkling.*

Tintinnabŭlum, i, n. *a bell.*

Titio, ōnis, m. *a brand; a firebrand.*

Titus, i, m. *a Roman* prænōmen.

Tolĕro, āre, āvi, ātum, a. *to bear; to endure; to admit of.*

Tollo, tollĕre, sustŭli, sublātum, a. *to raise; to pick up; to remove; to do away with.*

Tondeo, tondēre, totondi, tonsum, a. *to shave; to shear.*

Tonĭtru, u, n. *thunder.*

Tono, āre, ui, ĭtum, n. *to thunder:* tonat, *it thunders.*

Tormentum, i, n. (torqueo,) *an engine for throwing stones and darts.*

Torquātus, i, m. *a surname given to T. Manlius and his descendants.*

Torquis, is, d. *a collar; a chain.*

Tot, ind. adj. *so many.*

Totĭdem, ind. adj. *the same number; as many.*

Totus, a, um, adj. § 107; *whole; entire; all.*

Trabs, is, f. *a beam.*

Tractātus, a, um, part. from

Tracto, āre, āvi, ātum, a. freq. (traho,) *to treat; to handle.*

Tractus, ûs, m. (traho,) *a tract; a country; a region.*

Tractus, a, um, part. (traho.)

Tradĭtus, a, um, part. from

Trado, -dĕre, -dĭdi, -dĭtum, a. (trans & do,) *to deliver; to give; to give up; to relate; to teach:* tradunt, *they report:* tradĭtur, *it is related; it is reported:* traduntur, *they are reported.*

Tragĭcus, a, um, adj. *tragic.*

Tragœdia, æ, f. *a tragedy.*

Traho, trahĕre, traxi, tractum, a. *to draw; to drag:* bellum, *to protract; to prolong:* liquĭdas aquas trahĕre, *to draw along clear waters; to flow with a clear stream.*

Trajicio, -jicĕre, -jēci, -jectum, a. (trans & jacio,) *to convey over; to pass* or *cross over.*

Trames, ĭtis, m. (trameo,) *a path; a way.*

Trano, āre, āvi, ātum, n. (trans & no,) *to swim over.*

Tranquillus, a, um, adj. *tranquil; calm; serene.*

Trans, prep. *over; beyond; on the other side.*

Transactus, a, um, part. (transĭgo.)

Transeo, īre, ii, ĭtum, irr. n. (trans & eo,) *to pass* or *go over.*

Transfĕro, -ferre, -tŭli, -lātum, irr. a. (trans & fero,) *to transfer; to carry over:* se ad aliquem, *to go over to.*

Transfīgo, -figĕre, -fixi, -fixum, a. (trans & figo,) *to pierce; to run through; to stab.*

Transfŭga, æ, c. *a deserter.*

Transgredior, -grĕdi, -gressus sum, dep. (trans & gradior,) *to go* or *pass over.*

Transĭgo, -igĕre, -ēgi, -actum, a. (trans & ago,) *to transact; to finish; to spend.*

Transilio, -silire, -silui & -silivi, n. (trans & salio,) *to leap over.*

Transitūrus, a, um, part. (transeo,) *about to pass over; to pass on.*

Translātus, a, um, part. (transfĕro.)

Transmarīnus, a, um, adj. (trans & mare,) *beyond the sea; foreign; transmarine.*

Transno. *See* Trano.

Transvĕho, -vehĕre, -vexi, -vectum, a. (trans & veho,) *to carry over; to convey; to transport.*

Transvŏlo, āre, āvi, ātum, n. (trans & volo,) *to fly over.*

Trasimēnus, i, m. *a lake in Etruria, near which the consul Flaminius was defeated by Hannibal.*

Trebia, æ, f. *a river of Cisalpine Gaul, emptying into the Po.*

Trecenti, æ, a, num. adj. pl. *three hundred.*

Trecentesĭmus, a, um, num. adj. *the three hundredth.*

Tredĕcim, num. adj. pl. ind. *thirteen.*

Tres, tria, num. adj. pl. § 109; *three.*

Trevĭri, ōrum, m. pl. *a people of Belgium.*

Triangulāris, e, adj. (triangŭlum,) *triangular; three-cornered.*

Tribūnus, i, m. *a tribune.*

Tribuo, uĕre, ui, ūtum, a. *to attribute; to give; to grant; to bestow; to commit.*

Tribūtum, i, n. *a tribute; a tax; a contribution; an assessment.*

Tricesĭmus, a, um, num. adj. *the thirtieth.*

Triduum, i, n. *the space of three days:* per triduum, *for three days.*

Triennium, i, n. (tres & annus,) *the space of three years.*

Trigemĭni, ōrum, m. pl. *three brothers born at one birth.*

Triginta, num. adj. pl. ind. *thirty.*

Trinacria, æ, f. *one of the names of Sicily.*

Triptolĕmus, i, m. *the son of Celeus, king of Eleusis.*

Tristitia, æ, f. *sorrow; grief.*

Triumphālis, e, adj. (triumphus,) *triumphal.*

Triumphans, tis, part. from

Triumpho, āre, āvi, ātum, n. *to triumph.*

Triumphus, i, m. *a triumph; a triumphal procession.*

Triumvir, viri, m. (tres & vir,) *one of three joint public officers; a triumvir.*

Troas, ădis, f. *a country of Asia Minor, bordering upon the Hellespont.*

Trochĭlus, i, m. *a wren.*

Troglodȳtæ, ārum, c. pl. *Troglodytes, a people of Ethiopia, who dwelt in caves.*

Troja, æ, f. *Troy, the capital of Troas.*

Trojānus, a, um, adj. *Trojan.*

Trucīdo, āre, āvi, ātum, a. *to slay; to murder; to massacre.*

Trux, ucis, adj. *savage; cruel; fierce; stern; grim.*

Tu, subs. pro. *thou;* § 133.

Tuba, æ, f. *a trumpet.*

Tuber, ĕris, n. *a bunch; a tumor; a protuberance.*

Tubĭcen, ĭnis, m. (tubâ & cano,) *a trumpeter.*

Tueor, tuēri, tuĭtus sum, dep. *to defend; to protect.*

Tugurium, i, n. *a hut; a shed.*

Tuli. *See* Fero.

Tullia, æ, f. *the daughter of Servius Tullius.*

Tullius, i, m. *a Roman.*

Tullus, i, m. (Hostilius,) *the third Roman king.*

Tum, adv. *then; and; so; also:* tum—tum, *as well—as; both—and:* tum demum, *then first.*

Tumultus, ûs, m. *a noise; a tumult.*

Tumŭlus, i, m. *a mound; a tomb.*

Tunc, adv. *then.*

Tunĭca, æ, f. *a tunic; a close woollen garment, worn under the toga.*

Turbātus, a, um, part. *disturbed; confused; troubled;* from

Turbo, āre, āvi, ātum, a. (turba,) *to disturb; to trouble.*

Turma, æ, f. *a troop; a company.*

Turpis, e, adj. *base; disgraceful.*

Turpitūdo, ĭnis, f. *baseness; ugliness.*

Turris, is, f. *a tower.*

Tuscia, æ, f. *a country of Italy the same as Etruria.*

Tuscŭlum, i, n. *a city of Latium.*

Tuscus, a, um, adj. *Tuscan; belonging to Tuscany; Etrurian.*

Tutor, ōris, m. *a guardian; a tutor.*

Tutus, a, um, adj. (ior, issĭmus,) *safe.*

Tuus, a, um, adj. pro. § 139; (tu,) *thy; thine.*

Tyrannis, ĭdis & ĭdos, f. *tyranny; arbitrary power.*

Tyrannus, i, m. *a tyrant; a usurper; a king.*

Tyrius, a, um, adj. *Tyrian:* Tyrii, *Tyrians; inhabitants of Tyre.*

Tyrrhēnus, a, um, adj. *Tyrrhenian* or *Tuscan; belonging to Tuscany.*

Tyrus, i, f. *a celebrated maritime city of Phœnicia.*

U.

Uber, ĕris, n. *an udder; a teat.*

Ubertas, ātis, f. *fertility; fruitfulness.*

Ubi, adv. *where; when; as soon as.*

Ubique, adv. *every where.*

Ulcisor, ulcisci, ultus sum, dep. *to take revenge; to avenge.*

Ullus, a, um, adj. § 107; *any; any one.*

Ulterior, us, (ultĭmus,) § 126, 1; *further.*

Ulteriùs, adv. *farther; beyond; longer.*

Ultĭmus, a, um, adj. (sup. of ulterior,) *the last.*

Ultra, prep. *beyond; more than:* —adv. *besides; moreover; further.*

Ultus, a, um, part. (ulciscor,) *having avenged.*

Ulysses, is, m. *a distinguished king of Ithaca.*

Umbra, æ, f. *a shade; a shadow.*

Umbro, āre, āvi, ātum, a. *to shade; to darken.*

Unâ, adv. (unus,) *together.*

Unde, adv. *whence; from which.*

Undĕcim, num. adj. pl. ind. *eleven.*

Undenonagesĭmus, a, um, num. adj. *the eighty-ninth.*

Undequinquaginta, num. adj. pl. ind. *forty-nine.*

Undetricesĭmus, a, um, num. adj. *twenty-ninth.* [*nineteenth.*

Undevicesĭmus, a, um, num. adj.

Undeviginti, num. adj. *nineteen.*

Undĭque, adv. *on all sides.*

Unguis, is, m. *a claw; a talon; a nail.*

Ungŭla, æ, f. *a claw; a talon; a hoof:* binis ungŭlis, *cloven-footed.*

Unĭcus, a, um, adj. *one alone; sole; only.*

Unio, ōnis, m. *a pearl.*

Universus, a, um, adj. (unus & versus,) *whole; universal; all.*

Unquam, adv. *ever:* nec unquam, *and never.*

Unus, a, um, num. adj. § 107; *one; only; alone.*

Unusquisque, unaquæque, unumquodque, adj. *each one; each;* § 138, 4.

Urbs, is, f. *a city; the chief city; Rome.*

Uro, urĕre, ussi, ustum, a. *to burn.*

Ursus, i, m. *a bear.*

Usque, adv. *even; as far as; till; until.*

Usus, a, um, part. (utor.)

Usus, ûs, m. *use; custom; profit; advantage.*

Ut, conj. *that; in order that; so that;* adv. *as.*

Utcunque, adv. *howsoever; somewhat; in some degree.*

Uter, tra, trum, adj. § 107; *which? which of the two?*

Uterque, trăque, trumque, adj. § 107; *both; each; each of the two.*

Utilis, e, adj. (utor,) *useful.*

Utica, æ, f. *a maritime city of Africa, near Carthage.*

Utor, uti, usus sum, dep. *to use; to make use of.*

Utrinque, adv. *on both sides.*

Utrùm, adv. *whether.*

Uva, æ, f. *a grape; a bunch of grapes:* passa, *a raisin.*

Uxor, ōris, f. *a wife.*

V.

Vaco, āre, āvi, ātum, n. *to be free from.*

Vacuus, a, um, adj. *empty; unoccupied; vacant; free; exempt:* vacuus viător, *the destitute traveller.*

Vadōsus, a, um, adj. *fordable; shallow;* from

Vadum, i, n. *a ford; a shallow.*

Vagans, tis, part. (vagor.)

Vagina, æ, f. *a scabbard; a sheath.*

Vagitus, ûs, m. *weeping; crying.*

Vagor, āri, ātus sum, dep. *to wander about; to stray.*

Valeo, ēre, ui, n. *to be strong; to avail; to be distinguished; to be eminent:* multum valēre, *to be very powerful:* vale, *farewell.*

Valerius, i, m. *a Roman proper name.*

Vallis, is, f. *a valley; a vale.*

Variĕtas, ātis, f. (varius,) *variety; change.*

Vario, āre, āvi, ātum, a. *to change; to vary;* from

Varius, a, um, adj. *various; diverse.*

Varro, ōnis, m. (Marcus,) *a very learned Roman, some of whose works are still extant:* P. Terentius, *a consul, who was defeated by Hannibal.*

Vasto, āre, āvi, ātum, a. *to lay waste; to ravage;* from

Vastus, a, um, adj. *wide; vast; great.*

Vates, is, m. *a poet; a bard.*

Ve, conj. (enclitic, § 198, R. 2,) *or.*

Vecordia, æ, f. *madness; folly.*

Vectus, a, um, part. (veho.)

Vehĕmens, tis, adj. (ior, issimus,) *vehement; immoderate.*

Vehementer, adv. (iùs, issĭmè,) *vehemently; greatly; very; much; violently.*

Veho, vehĕre, vexi, vectum, a. *to bear; to carry; to convey.*

Veiens, tis, & Veientānus, i, m. *an inhabitant of Veii.*

Veii, ōrum, m. pl. *a city of Tuscany, memorable for the defeat of the Fabian family.*

Vel, conj. § 198, 2; *or; also:*

even: vel lecta, *even when read:* vel—vel, *either—or.*

Vello, vellĕre, velli *or* vulsi, vulsum, a. *to pluck.*

Vellus, ĕris, n. *a fleece.*

Velox, ōcis, adj. (ior, issĭmus,) *swift; rapid; active.*

Velum, i, n. *a sail.*

Velut, & Velŭti, adv. (vel & ut,) *as; as if.*

Venālis, e, adj. *venal; mercenary.*

Venans, tis, part. (venor.)

Venatĭcus, a, um, adj. *belonging to the chase:* canis, *a hound.*

Venātor, ōris, m. (venor,) *a huntsman.*

Vendĭto, āre, āvi, ātum, freq. *to sell;* from

Vendo, vendĕre, vendĭdi, vendĭtum, a. (venum & do,) *to sell.*

Venenātus, a, um, adj. *poisoned; poisonous;* from

Venēnum, i, n. *poison.*

Veneo, īre, ii, irr. n. § 142, 3; *to be exposed for sale; to be sold.*

Venĕtus, i. m., *or* Brigantīnus, *a lake between Germany and Switzerland, called the Boden sea, or lake of Constance.*

Venio, venīre, veni, ventum, n. *to come; to advance.*

Venor, āri, ātus sum, dep. *to hunt.*

Venter, tris, m. *the belly; the stomach.*

Ventus, i, m. *a wind.*

Venus, ĕris, f. *the goddess of love and beauty.*

Ver, veris, n. *the spring.*

Verber, ĕris, n. *a whip; a rod; a blow; a stripe.*

Verbĕro, āre, āvi, ātum, a. *to strike.*

Verbum, i, n. *a word.*

Verè, adv. (verus,) *truly.*

Vereor, ēri, ĭtus sum, dep. *to fear; to be concerned for.*

Vergo, vergĕre, versi, n. *to tend to; to incline; to verge towards; to bend; to look.*

Verisimĭlis, e, adj. (verum & simĭlis,) *probable.*

Verĭtus, a, um, part. (vereor.)

Verò, conj. § 279, 3, (verus,) *but:* —adv. *indeed; truly.*

Verōna, æ, f. *Verona, a city in the north of Italy.*

Versātus, a, um, part. from

Versor, āri, ātus sum, dep. freq. (verto,) *to turn; to revolve; to dwell; to live; to reside.*

Versus, a, um, part. (vertor.)

Versùs, prep. *towards.*

Vertex, ĭcis, m. *the top; the summit; the crown of the head.*

Verto, tĕre, ti, sum, a. *to turn; to change.*

Veru, u, n. § 87; *a spit.*

Verùm, conj. *but; but yet;* from

Verus, a, um, adj. *true.*

Vescor, i, dep. *to live upon; to feed upon; to eat; to subsist upon.*

Vespĕrì, *or* -è, adv. *at evening:*

tam vespèri, *so late at evening.*

Vesta, æ, f. *a goddess, the mother of Saturn.*

Vestàlis, is, f. (virgo,) *a Vestal virgin, a priestess consecrated to the service of Vesta.*

Vestibŭlum, i, n. *the porch; the vestibule.*

Vestigium, i, n. *a footstep; a vestige; a trace; a mark; a track.*

Vestio, īre, īvi, ītum, a. *to clothe;* from

Vestis, is, f. *a garment; clothes.*

Vesŭlus, i, m. *a high mountain of Liguria, and a part of the Cottian Alps.*

Veterànus, a, um, adj. (vetus,) *old; a veteran.*

Veto, àre, ui, ĭtum, a. *to forbid; to prohibit.*

Veturia, æ, f. *the mother of Coriolànus.*

Veturius, i, m. (Titus,) *a Roman consul, who was defeated by the Samnites at the Caudine Forks.*

Vetus, ĕris, adj. *ancient; old:* vetĕres, *the ancients.*

Vetustas, àtis, f. *antiquity; age.*

Vetustus, a, um, adj. *old; ancient.*

Vexi. *See* Veho.

Via, æ, f. *a way; a course; a path; a journey.*

Viàtor, òris, m. *a traveller.*

Vicēni, æ, a, num. adj. pl. *every twenty; twenty.*

Vicesĭmus, a, um, num. adj. *the twentieth.*

Vici. *See* Vinco.

Vicies, num. adv. *twenty times.*

Vicinĭtas, àtis, f. *the neighborhood; vicinity;* from

Vicīnus, a, um, adj. *near; neighboring.*

Vicīnus, i, m. *a neighbor.*

Vicis, gen. f. § 94; *change; reverse; a place; a turn:* in vicem, *in turn; in place of; instead.*

Victĭma, æ, f. *a victim; a sacrifice.*

Victor, òris, m. (vinco,) *a victor; a conqueror:*—adj. *victorious.*

Victoria, æ, f. *a victory.*

Victūrus, a, um, part. (from vivo.)

Victus, a, um, part. (vinco.)

Vicus, i, m. *a village.*

Video, vidēre, vidi, visum, a. *to see; to behold.*

Videor, vidēri, visus sum, pass. *to be seen; to seem; to appear.*

Viduus, a, um, adj. *bereaved; widowed:* mulier vidua, *a widow.*

Vigil, ĭlis, m. *a watchman.*

Vigĭlans, tis, adj. (ior, issĭmus,) *watchful; vigilant.*

Vigilia, æ, f. *a watching:*—pl. *the watch.*

Viginti, num. adj. pl. ind. *twenty.*

Vilis, e, adj. *vile; bad; mean.*

Villa, æ, f. *a country-house; a country-seat; a villa.*

Villĭcus, i, m. *an overseer of an estate; a steward.*

Villus, i, m. *long hair; coarse hair.*

Vincio, vincīre, vinxi, vinctum, a. *to bind.*

Vinco, vincĕre, vici, victum, a. *to conquer; to vanquish; to surpass.*

Vinctus, a, um, part. (vincio.)

Vincŭlum, i, n. *a chain:* in vincŭla conjicĕre, *to throw into prison.*

Vindex, ĭcis, c. *an avenger; a protector; a defender; an asserter;* from

Vindĭco, āre, āvi, ātum, a. *to claim; to avenge.*

Vindicta, æ, f. *vengeance; punishment.*

Vinum, i, n. *wine.*

Viŏla, æ, f. *a violet.*

Viŏlo, āre, āvi, ātum, a. *to violate; to pollute; to corrupt.*

Vir, viri, m. *a man.*

Vireo, ēre, ui, n. *to be green; to be verdant; to flourish.*

Vires. *See* Vis.

Virga, æ, f. *a rod; a small staff; a switch.*

Virgilius, i, m. *Virgil, a very celebrated Latin poet.*

Virginia, æ, f. *the daughter of Virginius.*

Virginius, i, m. *the name of a distinguished Roman centurion.*

Virgo, ĭnis, f. *a virgin; a girl; a maid.*

Virgŭla, æ, f. (dim. from virga,) *a small rod.*

Viriāthus, i, m. *a Lusitanian general, who was originally a shepherd, and afterwards a leader of robbers.*

Viridomărus, i, m. *a king of the Gauls, slain by Marcellus.*

Virtus, ūtis, f. (vir,) *virtue; merit; excellence; power; valor; faculty.*

Vis, vis, f. § 85; *power; strength; force:* vis homĭnum, *a multitude of men:* vim facĕre, *to do violence:*—pl. vires, ium, *power; strength.*

Viscus, ĕris, n. *an entrail:* viscĕra, pl. *the bowels; the flesh.*

Vistŭla, æ, f. *a river of Prussia, which still bears the same name, and which was anciently the eastern boundary of Germany.*

Visurgis, is, m. *the Weser, a large river of Germany.*

Visus, a, um, part. (video.)

Visus, ûs, m. *the sight.*

Vita, æ, f. *life.*

Vitandus, a, um, part. (vito.)

Vitĭfer, ĕra, ĕrum, adj. (vitis & fero,) *vine-bearing.*

Vitis, is, f. *a vine.*

Vitium, i, n. *a crime.*

Vito, āre, āvi, ātum, a. *to shun; to avoid.*

Vitupĕro, āre, āvi, ātum, a. *to find fault with; to blame.*

Vivĭdus, a, um, adj. *lively; vivid;* from

Vivo, vivĕre, vixi, victum, n. *to live; to fare; to live upon.*
Vivus, a, um, adj. *living; alive.*
Vix, adv. *scarcely.*
Vixi. *See* Vivo.
Voco, āre, āvi, ātum, a. (vox,) *to call; to invite; to name.*
Volo, āre, āvi, ātum, n. *to fly.*
Volo, velle, volui, irr. a. § 178, 1; *to wish; to desire; to be willing.*
Volsci, ōrum, m. pl. *a people of Latium.*
Volŭcer, -cris, -cre, adj. *winged:*—subs. *a bird.*
Volumnia, æ, f. *the wife of Coriolānus.*
Voluntas, ātis, f. (volo,) *the will.*
Voluptas, ātis, f. (volŭpe,) *pleasure; sensual pleasure.*
Volutātus, a, um, part. from
Voluto, āre, āvi, ātum, a. freq. (volvo,) *to roll.*
Volvo, vĕre, vi, ūtum, a. *to roll; to turn.*
Votum, i, n. (voveo,) *a wish; a vow.*
Vox, vocis, f. *a voice; a word; an expression; an exclamation.*
Vulcānus, i, m. *Vulcan, the god of fire, the son of Jupiter and Juno.*
Vulgus, i, m. *or* n. *the common people; the populace; the vulgar.*
Vulnerātus, a, um, part. from
Vulnĕro, āre, āvi, ātum, a. *to wound;* from
Vulnus, ĕris, n. *a wound.*
Vulpecŭla, æ, f. dim. (vulpes,) *a little fox.*
Vulpes, is, f. *a fox.*
Vultur, ūris, m. *a vulture.*
Vultus, ūs, m. *the countenance; the look.*

X.

Xanthippe, es, f. *the wife of Socrates.*
Xanthippus, i, m. *a Lacedæmonian general, who was sent to assist the Carthaginians, in the first Punic war.*
Xenocrătes, is, m. *a philosopher of Chalcēdon, the successor of Speusippus in the* Academia.
Xerxes, is, m. *a celebrated king of Persia.*

Z.

Zama, æ, f. *a city of Africa.*
Zeno, ōnis, m. *a philosopher of Citium, a town of Cyprus, and founder of the sect of the Stoics.*
Zetes, is, m. *a son of Boreas.*
Zona, æ, f. *a girdle; a zone.*
Zone, es, f. *a city and promontory in the western part of Thrace, opposite to the island of Thasus.*

NOTES AND REFERENCES

TO THE

FIRST LATIN BOOK.

By means of the following Notes, the Reader can be used in connection with Andrews' First Latin Book. The same letters which originally, by means of notes at the foot of the page, referred to the sections of Andrews and Stoddard's Grammar, may now be taken as referring also to these Notes, and through these to the First Latin Book.

In preparing these Notes, while regard has constantly been had to the editor's former mode of commenting simply by reference to the Grammar, occasional explanations have been added, for the sake of the younger classes. In some instances, when special reasons seemed to render it expedient, the reference to the First Latin Book relates to a different principle from the corresponding one to the Grammar, and sometimes, though rarely, a reference to the Grammar is here left with no corresponding note. In addition, however, to the original notes, numerous references will be found in the following pages, to principles contained in the First Latin Book; and as in such cases the text contains no letter of reference, the word or phrase to be explained is cited in the notes.

What is the rule for the agreement of a verb? Less. 90, 2. PAGE
What is a sentence? L. 83, 1. Of what does a simple 7.
sentence or proposition consist? L. 83, 3. What is the subject of a sentence? L. 83, 4. What is the predicate? L. 83, 5. The grammatical subject? L. 84, 2. The grammatical predicate? L. 84, 3. How many moods have Latin verbs? L. 47, 1. How do the several moods represent an action? L. 47, 2. What is an active verb? L. 46, 3. What are the terminations of the active voice, indicative mood, present tense, in each conjugation? L. 52. [a] L. 5, 1; and L. 17, 2. [b] L. 5, 1; and L. 9, 1; and L. 10, 1. When are the nominatives *ego, tu, nos,*

PAGE

and *vos* omitted? L. 51, R. 4. [e] L. 15, 1 and 2. [d] L. 5, II. *arbor*, L. 12, 1, and L. B., or.

8. [a] L. 5, I.; and L. 12, 2. [b] L. 12, 1 and 2. [c] L. 9, 1; and L. 11. [d] L. 7, 3; and L. 25; and L. 26, Exc. 1. *sol*, L. F. [e] L. 18, 2 and 4. [f] L. 15, 1; and L. 17, 1; and N. [g] L. 5, N. 3. [h] L. 15, 1, 2, and 3. How does the imperfect tense represent an action? L. 47, 7. What are the terminations of the active voice, indicative mood, imperfect tense, in each conjugation? L. 52, p. 75. [i] L. 62, 2. [j] L. 8. How does the future tense represent an action? L. 47, 8. What are the terminations of the active voice, indicative mood, future tense, in each conjugation? L. 52, p. 75. *Deus*, L. 9, Ex. 4. [k] L. 12, 1; and L. 15, 2. [l] L. 12, 2, 3, and L. B. or. How does the perfect tense represent an action? L. 47, 9. What are the terminations of the active voice, indicative mood, perfect tense? L. 54. [i] See Ref. [i], above, and L. 63. [m] L. 48, 6; and L. 49. [g] See Ref. [g], above. How does the pluperfect tense represent an action? L. 47, 10. What are the terminations of the active voice, indicative mood, pluperfect tense? L. 54, p. 78. How does the future perfect tense represent an action? L. 47, 11. What are the terminations of the active voice, indicative mood, future perfect tense? L. 54, p. 78.

9. How do the several moods represent an action? L. 47, 2. What are the terminations of the active voice, subjunctive mood, present tense, in each conjugation? L. 56. How is the subjunctive used in independent sentences? L. 57, 2.—*Note.* The first six sentences in the subj. pres. are to be taken independently. The first and fifth can be translated as hortatory, by *let;* the remainder as denoting wishes or requests, by *may;* as, "may fortune favor." [a] L. F. What are the terminations of the active voice, subjunctive mood, imperfect tense, in each conjugation? L. 56, p. 80. [b] L. 77. [c] L. 5, II. What are the terminations of the active voice, subjunctive mood, perfect tense? L. 58. [d] L. 9, 1 and 2. What are the terminations of the active voice, subjunctive mood, pluperfect tense? L. 58. [e] L. 64. [f] L. 76. How do the several moods represent an action? L. 47, 2. [g] L. 126, 1. Define the passive voice. L. 46, 9. What is frequently omitted, or left indefinite, with the active voice? With the passive voice? L. 46, N. 4. What are the terminations of the passive voice, indicative mood, present tense, in each conjugation? L. 66.

PAGE

[a] L. 15, 1; and L. 17, 2. [b] L. 12, 1; and L. 13. [c] L. 8, 1 and 10.
2. [d] L. 18, 2 and 3; L. 23, II., and R. 2. What are the terminations of the passive voice, indicative mood, imperfect tense, in each conjugation? L. 66. [e] L. 9, 1; and L. 11. What are the terminations of the passive voice, indicative mood, future tense, in each conjugation? L. 66. [f] L. 26, 1 and 3. What are the terminations of the passive voice, indicative mood, perfect tense? —pluperfect tense?—future-perfect tense? L. 68. What are the terminations of the passive voice, subjunctive mood, present tense?—imperfect tense? L. 70—perfect tense?—pluperfect tense? L. 72. What are the terminations of the passive voice, imperative mood, in each conjugation? L. 74. [g] L. 126, 1. [h] L. 13, and L. C, o.

What is the rule for the predicate-nominative? L. 92, 1. [a] L. 11.
B, os, and L. C, os. [b] L. 79. [c] L. 5, I. and N. 1. [d] L. 15, 1; and 16, 1. [e] L. 5, N. 3; and L. 17, 2. What is the rule for the agreement of adjectives? L. 91, 1. What is the logical subject of a proposition? L. 85, 1—the logical predicate? L. 85, 1. [f] L. 37; and L. 28, 2; and L. 17, 2. [g] L. 15, 1; and L. 17, 1, and N. [h] Nom. plur. neut. *vetĕra;* Gen. plur *vetĕrum*, L. 37, Exc. p. 57. [i] L. 29, N. 2. [j] L. 32, 1. [k] How is this adjective used? L. 91, N. 1.

[a] L. 90, 3. [b] L. 91, 2. [c] L. 40, 3. [d] L. 121, 6, (*b.*) [e] L. 88, 1, 12.
and R. 2. [f] L. 14, 1 and 2. [g] L. 18, 2; L. 20, 2. [h] Is this noun the subject of the sentence, or is it the predicate? L. 83, 4 and 5. [i] L. 91, 4. [j] *Bipĕdes*, "two footed," *i. e.*, on "two feet." It is a predicate adjective following the verb of motion *ingrediuntur*, L. 92, 2, and R. 1, (*a.*) [k] L. 90, N. 2. [l] L. 32, 1, and R. 3. [m] L. 82, 3–5: What do these adverbs modify? What is the rule for the object of an active verb in the active voice? L. 96, 1. [n] L. 27, and Exc. [o] L. 9, 1; and L. 11, 1. [p] L. 81, 2, 3 and 4. [q] L. F, Excs. in gender and in declension—us. [r] See preceding note. [s] L. G, 1., 2. [t] L. 12, 1, and R. [u] L. B, or. [v] L. C, ex. [w] L. 45, R. 2.

[a] L. C, es. [b] What is omitted before *vinum* and *littĕras?* [c] L. 13.
32, 1. [d] L. 45, R. 2. [e] L. 88, 1, and R. 1. [f] *Novi*, and other tenses of *nosco*, derived from the 2d root, are used like the same tenses of *odi* and *memĭni;* L. 81, 4. [g] L. 18, 2 and 3. [h] L. 9. [i] L. 15, 1; and L. 17, 2. [j] L. J, 9. What is the rule for nouns in apposition? L. 89, 1. [k] L. 40, 3. [l] L. 39, 6, and N. 2. [m] L. 116, 4. [n] L. 18, 2; L 20, 2. [o] L. 109. [p] L. 116, 5. [q] L. 5, II.

PAGE

[r] L. 15, 1, and L. 17, 1, and N. [s] L. 118, 2. [t] L. 117, N. 1. [u] L. 35. [v] L. 24, 8. What is the rule for the genitive after nouns? L. 100. [w] L. 92.

14. *Infinita*, L. 92, 2. [a] L. 15, 1 and 5. *Antiquissimus*, L. 39, N. 2. [b] L. 90, R. 2. [c] *Non benignus*, "a not kind," *i. e.*, "an unkind," L. 92. [d] What verb is here omitted? L. 90, N. 3. What is the rule for the genitive after adjectives? L. 104—after partitives? L. 103. [f] L. 126, 2. [g] L. 18, 2 and 4. [h] L. 24, 6. [i] Superlatives followed by a partitive genitive are used like nouns, agreeing in gender and number, though not in case, with the genitives following them; as *stultissima animalium*, i. e., *stultissima animalia*. What is the rule for the dative after adjectives and verbs? L. 109. [j] L. 96, 1. [k] L. 45, 2.

15. [a] L. 88, 2. [b] L. 9, 1; and L. 11. [c] L. 32, 1. [d] L. 15, 1; and L. 13. [e] L. 90, R. 2. [f] L. 97, 1. [g] L. 40, 2. [h] L. 113 and N. [i] L. 21, *summa*, L. 40, 3 and 39, N. 2. [j] L. 39, 6. [k] L. 99. [l] L. 114. [m] See *ne quidem*, in Dict., under *ne*. [n] L. 91, N. 1. What is a preposition? L. 82, 7—the rule for the accusative after prepositions? L. 97, 1. [o] L. 91, 4. [p] L. 12, 1, and L. 14, 4. To find the nom. sing. of *culices* make use of L. 22, I., of R. 3, and R. 2. [q] L. 91, 5. [r] L. 10, R. 2. *Mitis* is sometimes followed by a dative; here it takes *erga* with the accusative. L. 109, R. 5.

16. [a] L. 97, 3. [b] L. 22, I., R. 1. [c] L. 47, N. 2; and L. 96, N. 2. What is the rule for *in* and *sub*? L. 97, 3. [d] L. 88, 2. [e] L. 15, 1; and L. 16, 2. [f] L. 75, 2. [g] L. 82, (1.) [h] L. 8, 5. [i] L. 126, 2; and L. 57, 2. What is the rule for the ablative after prepositions? L. 99. [j] L. 117, N. 1. [k] L. 32, 1 and 3.

17. [a] L. 144, N. [b] L. 12, 1. [c] L. 117, N. 2. [d] *Primus* is translated as if it were *primùm* limiting *duxit*, "first led." L. 91, 9. [f] *Esse*, "exist," L. 95, N. 5. [g] L. 17, 1, and N. [h] *Possum* is sometimes followed by the accusative of a neuter adjective or pronoun, *nihil*, &c., where in English we supply *do* or the like; as, *nihil potest*, "can do nothing." *Dulce*, L. 91, 7. [i] L. 95, 4. What is the rule for nouns denoting the *cause*, *manner*, &c.? L. 117, 1—for *utor*, &c.?—for verbs signifying *to rejoice*, *glory* or *confide in*, &c.? L. 116, 4—for verbs which in English are followed by *with*? L. 117, 2—for verbs signifying to *abound*, &c.? L. 117, 3—for the ablative of *price* and *time*? L. 118, 1 and 2—for a genitive or ablative of *property*, *character* or *quality*? L. 10[illegible]. [j] L. 110, 1. [k] L. 89. [l] L. 12, 1; and L. 22, I., and R. 1. [m] L. B, er.

[a] L. 39, N. 2. [b] L. 5, II. [c] L. 9. [d] L. 44, N. [e] L. 7, 3; and 18.
L. 25, 1. [f] L. 12, 1. *Prioribus*, sc. *pedibus*, "their fore feet." [g] L. 79, N. [h] Sing. *locus*, *m.*; plur. commonly *loca*, *n.* [i] L. 103, 1. [k] L. 101. Upon what may the infinitive depend? L. 95, 5. After what classes of verbs is the infinitive used without a subject? L. 95, N. 5. After what classes of verbs does the infinitive with a subject accusative follow? L. 95, N. 4.

What is the object of *cupio?* L. 95, 5; and L. 96, R. 2. [a] L. 19.
18, 2 and 3: to find the nom. sing., see L. 23, II., and R. 2. [b] L. 76. [c] L. J, 5. *Tibĕrim*, L. G, I., 1. [d] L. 47, N. 2. [e] L. 99, R. 2. [f] L. 126, 2. [g] L. 92, 2. [h] L. 81, Exc. [i] L. 111. [j] L. 117, 1. What is the rule for the infinitive as a subject? L. 95, 4. [k] L. 90, 5. [l] L. 91, 7.

[a] L. 109. With what does *turpius* agree? [b] *Suos* being used 20.
without reference to a definite person, is to be translated "one's." What are gerunds? L. 47, 17. By what cases are gerunds followed? L. 123, 2. How are gerunds governed? L. 123, 3. What rule is to be given for the genitive of gerunds? L. 100. [c] L. 117, 1. [d] L. 17, 2: to find the nom. sing. see L. 22, I., and R. 2. [e] A predicate adjective. [f] L. 117, 1. *Nova*, L. 91, 5. [g] L. 109, and L. 91, 4, "to one ignorant of reading." [h] From *ineo.* [i] Instead of *urbem delendi*, *cives trucidandi*, *nomen Romānum exstinguendi.* L. 123, 4. What is the rule for the dative of gerunds and gerundives? L. 109. [j] L. 47, N. 2. [k] *Et—et*, see *et* in Dict. What is the rule for the accusative of gerunds and gerundives? L. 97. *Ad discendum.* L. 123, 5.

[a] For what is *ædificandam* used? L. 123, 4. What is the rule 21.
for the ablative of gerunds and gerundives? Answer. Either L. 99, or L. 117, 1, according as a preposition is or is not expressed. [b] This adverb modifies the gerund on account of the gerund having the nature of a verb. L. 88: see also L. 123, 1. *Lacedæmonii*, *ōrum*, subst. *m.*, the Lacedemonians. [c] "Were accustomed to exercise." L. 47, N. 2. What is a compound sentence? L. 93, 1. How may the members of a compound sentence be connected? L. 93, 8. What is the rule for copulative and disjunctive conjunctions? L. 88, II. [d] L. 92, 1. [e] L. 82, 8, (4.) What is the object of *accipĕre?* L. 96, 1. [f] What is the subject of *præstat?* L. 95, 4; and L. 81, 8 and 9.

[a] A conjunction placed before each of two or more connected 22.
words, gives peculiar emphasis to each. [b] L. 15, 1; and L. 17, R. What is the root of *nox?* How is the nom. sing. formed?

PAGE

In translating *nox erat*, supply *it* before the verb, and let the noun follow the verb, "it was night." L. 22, I., R. 1 and 2. [c] L. 90, 3. [d] To what class of conjunctions does this belong? L. 82, (3.). [e] L. 131, N. [f] L. 109, R. 2: the dative after a verb is often thus used in Latin, where the English idiom requires a possessive case or a possessive adjective pronoun; as, *mihi in mentem revŏco*, "I recall to my mind." [g] On what verb does the dependent clause *crocodilum crescĕre* depend? L. 95, N. 4. Why is *crocodilum* in the accusative? L. 95, 3. What is to be supplied in English before the subject of the infinitive? L. 95, N. 1. [h] L. 128, II. [i] L. 95, 1. *Autem*, *enim* and *vero* occupy the second or third place in their clause. [k] L. 98. [l] What are the two constructions which may follow the comparative degree? *Ans.* A dependent clause connected by *quàm*, or an ablative. When is the comparative degree followed by an ablative? L. 119, 1. When *quàm* is expressed, what case follows it? L. 119, 2. [m] What words are to be supplied? [n] What is the positive of this adjective?—its root? How are the comparative and superlative formed? L. 39, 6.

23. [a] L. 36, 2. [b] What is to be supplied before this genitive? [c] In what case is *feræ*, and why? L. 109. Why is *homĭni* in the dative? [d] L. 1 and 9. [e] What is the rule for the construction of relatives? L. 94, 2. [f] L. 78. [g] L. 15, 1; L. 17, 2; and L. 22, I. and 2. [h] L. 18, 2. [i] L. 117, 1. [j] L. 116, 4. [k] *Is*, though often following *qui*, is commonly to be translated before it: *bona*, "good things;" *mala*, "evil things" L. 91, 5. [l] L. 79. [m] L. 104, and R 1. [n] L. F, us. [o] L. 133, 1.

24. What mood follows *cùm?* L. 132, 2. How is the subjunctive after adverbs of time to be translated? L. 132, R. 1. [b] L. 117, 2. [c] L. 116, 4. [d] L. 15, 1 and 2. [e] See Ref. *e*, p. 17. [f] L. 117, 1. [g] L. 81, 6–12. [h] L. 89, 1. For what purpose is *rex Macedoniæ* added? L. 89, R. [i] L. 110. What is the rule for the mood in a clause denoting a purpose, object or result? L. 133, 1. [j] L. 134, 3. [k] L. 5, II., and L. 97, 3. [l] Give the rules for forming its nom. sing. L. 22, I., and R. 1 and 3. [m] Rule for its nom. sing. [n] *Ne-quidem*, "not even," see Dict. [o] L. H, 1. [p] L. 97, 4. [q] *Dico*, *duco* and *facio*, like *fero*, p. 104, commonly lose *e* in the 2nd pers. sing. of the imperative active, and become *dic*, *duc*, *fac*. L. 129, p. 171. [r] L. 106, 1. [s] L. 109. [t] L. 128, I.

25. [a] "*Him*," i. e., Alexander. [b] The subj. imperfect after the perfect indefinite, L. 135, 2. [c] L. 116, 4. [d] L. 34, and L. 2, 5, (*b*).

[e] L. 135, 1. [f] L. 88, I., R. 1. [g] L. 133, 1 and 6. [h] L. 123, 3; and L. 117, 1. [i] L. 135, 1. [j] L. 108, 2, and R. 1. [k] L. 95, N. 6. [l] L. 135, 2. In what mood is the verb of an indirect question? L. 129, 1. When is a question indirect? L. 129, N. How is the subjunctive in indirect questions translated? L. 129, 2. [m] L. 36, 3. What is to be supplied? [n] Its subjects are the preceding clauses, L. 90, 5, and L. 91, 7. What is the rule for the infinitive with the accusative? L. 95, 3. What word is to be supplied in English before the subject of the infinitive? L. 95, N. 1. [o] L. 117, N. 1.

[a] L. 117, N. 1. [b] Supply *esse*, which is often omitted in the 26.
compound forms of the infinitive. [c] L. 95, 3. [d] L. 90, 5, and L. 91, 7. [e] L. 97, 1. [f] What preceding thing does the pronoun *id* here indicate? See L. 41, 1. [g] L. 8, 5. What is the rule for the agreement of participles? L. 91, 1. By what cases are they followed? L. 121, 9. What is said of the time denoted by the present, perfect, and future active participles? L. 121, N. 3. [h] L. 117, 1. [i] L. 96, 2.

[a] See Ref. *e*, p. 17. [b] L. 108, 1. [c] A Greek accusative, L. G. 27.
II., 1; see also L. D, is. [d] L. 98. [e] L. 111, and N. 1. [f] L. 121, 9, and L. 96, N. 2. [g] L. 89, R., "when a boy." [h] L. 117, 1. [i] On what does this infinitive depend? [j] L. 91, 4. [k] L. 110, 1; and L. 91, 4. [l] L. 116, 4. *Congregantur;* the passive voice is here used like what is called in Greek the middle voice, or like the active voice with *se*. [m] "In that," or, "in the thing," L. 91, 5. [n] What does this adverb modify? [o] 105, 1. [p] L. 108, R. 2.

Satiāti, L. 122, 2. [a] L. 110. [b] 97, 4. [c] *Transitūri*, "when 28.
about to pass over," L. 121, 4; and L. 122, 2—*laudātus*, "when praised." L. 121, 5; and L. 122, 2. [d] L. 117, N. 1. [e] "Upon those which go before (them)," L. 122, 3; and L. 111. [f] L. H, 1. [g] L. 116, 5. [h] L. 92—*Bucephălon*, a Greek noun, L. 11, 2 and 3; also L. 92, 1, and L. 121, 9. [i] L. 111, N. 2—*heres*, L. 92, 1, and L. 121, 9. [j] L. 109, R. 1. [k] L. 133, 1. [l] L. 88, 2.

[a] L. 108, R. 1. [b] L. 111. [c] L. 101. [d] L. 123, and L. 109. [e] L. 29.
133, 1, and L. 134, 1 and 3. [f] L. 123, 4 and 5. [g] L. 113, and N. [h] L. 91, 4. What is the rule for the ablative absolute? L. 120. *Senescente Lunâ*, L. 120, N. 2: the same note is applicable to the other ablatives marked (*). [i] L. 97, 3. [j] L. 108, 2. [k] L. 103, N. 2. [l] L. 120, R. 1. [m] L. 108, 1.

Aculeo amisso, L. 120, N. 3. [a] L. 117, 1. *Convolvuntur*, in a 30.
middle or reflexive sense for *se convolvunt*. See note on *congregantur*, p. 27. [b] L. 45, 4. [c] L. 133, 1, and N. 1.

FABLES.

PAGE

31. [a] *Metu*, "through fear," or, "influenced by fear." L. 117, 1; L. 133, 1 and 2. [b] L. 97, 3. [c] L. 118, 2. [d] L. 128, R. [e] L. 91, 4. [f] L. 95, 3. [g] L. 121, 6 (*b*). [h] L. 95, N. 4. [i] L. 117, 1. [j] *Exorāvit* here takes an acc. of the person and a subj. clause with *ut*, denoting the thing, L. 96, 3, and N. 6. [k] L. 120, "That having gnawed the nets, he would set him at liberty;" or, "that he would gnaw the nets and set him at liberty," L. 120, N. 3; or, "to gnaw the nets and," &c., L. 133, 2. *Liberātus*. L. 121, 5, (*a*). [l] L. 88, 2. [m] What is the object of this verb? L. 96, R. 2. [n] L. 95, N. 5. [o] L. 129, 1 and 2. [p] L. 112, 1. [q] L. 122, 3.

32. [a] L. 109. [b] L. 127, R. [c] L. 90, R. 2. [d] L. 90, R. 2. [e] L. 45, R. 2. [f] L. 94, 1 and 2. [g] L. 91, 4. [h] L. 133, 1 and 2. [i] L. 91, 5. [j] L. 88, 2. [k] L. 88, I., R. 2. [l] L. 47, N. 2. [m] L. 89, 1. [n] L. 128, 1. [o] *Autem*, *enim* and *vero* commonly occupy the second place in a clause. *Bona* is in the acc., the subject of *conferri*, L. 95, 3. [p] The subject of *oportuit* is, *omnia bona in unum conferri*, L. 95, 4: see also L. 81, 6, 8, and 9. [q] L. 97, 3. [r] L. 120, and N. 2. In translating a participle, its time must conform to that of the verb with which it is connected; as, *adveniente domĭno grues avŏlant*, "when the owner *comes*, the cranes *fly* off;" *adveniente domino grues avolābant*, "when the owner *came*, the cranes *flew* off," &c. [s] L. 117, 1. [t] L. 47, N. 2.

33. [a] L. 121, 9. *Relinquis*, L. 50, R. 4 and 5. [b] L. 113. [c] L. 91, 5. For the case of *tutis*, see L. 111. [d] *Dulcia tutis præponĕre* is the subject of *est*. [e] L. 88, (4), and L. 50, R. 3. [f] The adverb is often separated from the word which it modifies by the oblique case of a noun modifying the same word. [g] L. 117, 1. [h] L. 50, R. 4. [i] L. 116, 4. [j] L. 111. [k] [l] L. 107, 2, and N. [m] "Was accustomed to lie," or, "kept lying," L. 47, N. 2. [n] L. 24, 3. [o] L. 117, 1. [p] L. 103, 1, and L. 1, 6. [q] L. 42, 1. [r] L. 116, 4. [s] L. 133, 1, and 134, 1. [t] The subjunctive denoting a result after *quem*, L. 133, 1, and L. 134, 2 and 3. [u] L. 111. [v] L. 132, 2. [w] L. 134, 3.

34. [a] L. 117, 1. [b] L. 121, 9. [c] *Quidem* follows an emphatic word. [d] L. 88, I., 1. [e] L. 110, 4. [f] L. 79, N. [g] L. 97, 4. [h] L. 47, N. 2. [i] L. 29, N. 2. [j] L. 9, Exc. 3. [k] L. 126, 3. [l] L. 110, 1. [m] L. 47, 11. [n] L. 95, 3. [o] L. 88, 2. [p] L. 95, N. 4. [q] L. 40, 3. [r] When a noun is limited by another noun and by an adjective,

the adjective usually stands first. [e] L. 120. [f] L. 117, N. 1.
[g] L. 103, 3. [h] L. 129, 1 and 2. [i] L. 117, 2 [k] L. 131, 1. [l] L.
119, N. 3.

[a] L. 91, 4. [b] L. 117, 1. [c] L. 95, 5. [d] L. 95, N. 4. [e] Supply *id* 35.
before *quod*, "that which," or "what." [f] L. 111. [g] "Had seen
it first," the comparative is used when only two are spoken of.
L. 39, 4. [h] L. 128, II., 1 and N. [i] L. 82, 7, (1.) [k] L. 116, 4.
[l] *Peto* has various constructions, it is here construed with the *acc.*
of the thing and the *abl.* of the person with *a*; see L. 96, 3, and
N. 6. [m] L. 98. [n] "Not even *our* bodies;" see note ([c]), p. 34. [o] L.
110, 1. [p] L. 131, 1, and (*a.*)

Spectātur has for its subject the clause, *quid fiat.* L. 90, 5. [a] L. 36.
129, 1 and 2. [b] L. 120, and N. 3. [c] L. 94, N. 2. [d] L. 132, 2.
[e] L. 131, 1, and (*a*) and (*b.*) [f] "These fellows." L. 42, N. 2.
[g] L. 103, 1. [h] See note ([c]), p. 32. [i] *Epŭlor* takes either the *acc.* or
the *abl.* L. 116, 5. [j] L. 133, 1 and 2. [k] L. 128, R. [l] L. 134, 3.
[m] L. 132. [n] L. 91, 5; and L. 95, 3. [o] L. 95, N. 4. [p] L. 95, N.
5. [q] L. 117, N. 1. [r] L. 126, 3. [s] *Neque*, "and not," is properly
both an adverb and a conjunction. [t] L. 127, R. [u] L. 123, 3; and
L. 100. [v] L. 91, 4. [w] L. 121, 6, (*b*); and L. 95, N. 4. [x] *Eos,
qui*, "those who," or "such as." [y] L. 123, 3 and 5. [z] L. 133, 1,
and L. 134, 1, 2 and 3.

[a] *Reducĕre* depends on *condita*. L. 95, N. 5. [b] L. 96, R. 2. 37.
[c] *Inter se*, "between themselves," or "with each other." *Facĕrent.* L. 134, 1. [d] L. 120, and N. 2. [e] L. 95, 3, and N. 4. [f] L.
91, 4; and L. 111. [g] L. 96, R. 2. [g] L. 131, 1. [h] L. 95, N. 4.
The subject of *fore* is the clause following, beginning with *ut*.
[i] The distributives denote the number of eggs expected *each day*,
L. 38, 4. [j] L. 132, 2, and R. 1. [k] L. 91, N. 1. [l] L. 117, 1. *Conspicāta—discēdens.* Both these participles may be translated by
the English present participle, but the Latin words mark the
time more accurately, as the past participle denotes an act prior
to that of the verb with which it is connected, L. 121, N. 3,
conspicāta, "having seen," or "after she had seen," L. 122, 1 and
6; while the present participle denotes an act coëxistent with
that of the verb in the clause—*discēdens*, "departing," or "while
departing," or "as she was departing." L. 122, 1, 2 and 5. [m] *Nec*
"and—not." [n] *Repertas*, "if found." L. 122, 2 and 6. This
participle supplies the place of a conditional clause, which would
have been in the subjunctive, according to L. 131, 1. [o] L. 131,
(*a*). [p] L. 95, 3.

PAGE

38. [a] L. 128, II., 1, and N. 2. [b] L. 121, 6, (b.) [c] L. 109. [d] L. 123, 1. [e] L. 91, 5. [f] L. 110. [g] L. 111. [h] For that in this way, or by this means, they, &c. [i] The verb of *saying* on which an infinitive with the accusative depends, is often implied in some preceding verb. Here it is implied in *placuit.* [j] "The inquiry was made," its subject is the following clause. L. 81, 7, 8, 11 and 12. [k] L. 123, 3; and L. 97, 3. [l] L. 22, I., and R. 2. [m] L. 88, 2. [n] L. 95, 5. [o] L. 133, 1 and 2. [p] L. 116, 5. [q] L. 131, 1, and N. [r] L. 92, 1. [s] L. 115. [t] What is the object of *ignorāre?* L. 96, R. 2. [u] L. 95, N. 4.

39. [a] L. 97, 2. [b] L. 110. What is the subject of *licet?* L. 81, 8. [c] L. 99, R. 2. [d] L. 133, 3. [e] L. 116, 4. [f] Sc. *esse.* [g] L. 111, N. 2. [h] L. 115. [i] L. 97, 5. [j] L. 109, R. 1. [k] L. 106, 1. [l] L. 133, 1; and L. 134, 2. [m] L. 133, 1 and 2. [n] For what does this pronoun stand? L. 41, 1. [o] L. 92, 1. ‡ The subject is *quod caput, &c.*, for which the pronoun *it* is prefixed to the verb in English.

40. [a] L. 117, 1. [b] The ablative of place without *in.* L. 108, R. 2. [c] L. 91, 6. [d] L. 21. [e] L. 111. [f] L. 129, 1 and 2. [g] L. 96, N. 5. [h] L. 133, 1; and L. 134, N. 1: see note (h), p. 41, [j] L. 132, 2. [k] L. 120, and N. 1; and L. 121, 7. [l] L. 117, N. 1, and L. 121, 9. [m] L. 99, R. 1. [n] "As to nappen is usual or common," *i. e.*, "as often happens," L. 81, 8. [o] L. 95, N. 4. [p] See L. 120, N. 2. [p] L. 133, 1 and 2. [q] What is the antecedent of *quod?* L. 94, N. 2.

41. [a] L. 96, 3, and N. 6. [a] L. 117, 4. † In English the order of the subject- and predicate-nominatives in questions and exclamations is reversed. [b] L. 129, 1. The question is denoted by *quām.* L. 125, 1. [c] The reflexive is used because it stands for *asinus*, the subject of the leading clause. L. 127, IV. [d] L. 133, 1 and 2. [e] L. 128, II. 1. [f] L. 111, N. I. [g] L. 115. [h] A relative clause, containing a reason for something preceding, takes a subjunctive, which is translated by the indicative or a gerundive, "who was unwilling," "because I was unwilling," or, "in being unwilling." [i] L. 117, 1. [j] L. 95, 5. [k] What is the antecedent of *quo?* [l] L. 101, R. 3. [m] L. 104, R. 2. *Primā nocte*, L. 91, 8.

42. [a] *Sese*, the same as *se*, L. 127, IV. [b] L. 133, 1 and 2. [c] "That she," L. 95, 3, and N. 1. [d] L. 96, 1. [e] L. 109. [f] L. 119, 3. [g] L. 96, 3, and N. 6. [h] *Se*, "her," *i. e.*, the tortoise. [i] L. 133, 1 and 2. *Arreptam*, translate according to L. 122, 8. [j] L. 45, R. 2. [k] L. 117, 1. [l] L. 111. *Se enim*, L. 127, IV. *Perdat*, L. 133,

PAGE

1, and N. 1. [n] L. 127, N. 1. *Explēre*, L. 127, I. [o] L. 131, 1, and (*a*.) [p] L. 91, 5. [q] L. 47, 10. [r] L. 120. [s] L. 108, 2, and R.

[a] L. 98. [b] L. 103, 1 and 2. [c] *Et—et*, "both—and." [d] L. 99, 43.
2. [e] L. 121, 9. [f] L. 117, 4. [g] L. 133, 1 and 2. [h] L. 120. [i] L. 129, 1 and 2. [j] [k] L. 107, 2. [l] L. 81, 6, *pœnitet*, &c., have no subject expressed, and in general none can be supplied. [m] Supply *alĭquem* or *homĭnem* after *acquiro*. [n] L. 91, 4. [p] L. 103, 1. [q] The historical present, L. 47, N. 4, and L. 135, N. What is the accusative of the thing after *interrŏgat*, L. 96, N. 6. ¶ What is to be supplied with *proram?* [r] L. 132, 2. [s] L. 49, R. 2. [t] L. 29, N. 2. [u] *Multo major*, "much larger," L. 119, 3. [v] L. 119, 1.

[a] L. 88, 2, and R. 2. [b] L. 133, 1. [*] L. 81, 6, 8 and 9.—*Vera* 44.
memŏras, literally, "you say true things," *i. e.*, "what you say is true," or more concisely, "that is true." [c] L. 109.—*Audīta voce*, "when I hear," L. 120, N. 2 and 3. [d] L. I, Gen. pl. 2. [e] L. 117, 1. [f] A predicate adjective, L. 92, 2. [g] L. 24, 7. [h] *Quid?* "what!" An accusative depending upon an active verb or preposition understood. [i] *Esse* and *fuisse* in compound infinitives are often understood. [j] L. 129, 1 and 2. [k] *Si moriendum sit*, supply *mihi*; L. 112, 2 and Rem. (*a*) and (*c*), "if I must die:" as *moriendum sit* is impersonal, see also L. 81, 7 and 10, and N. [l] L. 119, 3. [m] *Præclarius* agrees with the clause, *meo cruŏre aspergi*, &c., which also is the subject of the impersonal verb *erit*, L. 91, 7, and L. 81, 8 and 9. [n] Depending on *præclarius*, L. 109. [o] L. 95, 3, and N. 1. [p] L. 94, 2, and N. [q] L. 111. [r] L. 95, N. 4. [s] L. 131. [t] L. 49, R. 2. *Adorĭtur*, L. 47, N. 4.

[b] L. 24, 7. [c] L. 131, 1 and (*a*). [d] L. 109. [e] See N. (o), p. 32. 45.
Arreptum devorāvit, L. 122, 8. [f] L. 121, 6, (*b*.) [g] L. 109. *Ovis*, supply *et*, L. 88, II., R. 3. [h] L. 120. [i] "For itself," the reflexive referring to *labor*; L. 45, R. 2. [j] L. 133, 1, and L. 134, 1 and 3. [k] *Is* as the antecedent of *qui*, is usually placed after it. [l] *Is sciat*, "let him know," L. 126, 2, and L. 57, 2. [m] L. 95, N. 4; see N. (*i*) on p. 44. [n] L. 109. [o] L. 134, N. 2; *quæ*, "who," or, "what one." [p] L. 117, N. 1. [q] When the noun depending on a preposition is limited by a genitive or an adjective, the preposition commonly stands first. [r] [s] L. 134, 1 and 3. [t] L. 131. N.

[a] The historical perfect, L. 47, N. 3. [b] *Datūrus esset*, "proposed 46.
to give," L. 128, II., 1; and L. 121, 4, (*b*.) [c] L. 118, 2. *Quæ quum*, "when they," L. 94, 5. [d] The perfect infinitive, connected with a verb in a past tense, has the meaning of a pluperfect; "had taken a wife," *i. e.*, "was married," L. 95, 1. [e] L. 119, 1

PAGE

[f] L. 115.—*Nonne*, L. 53, 4; and L. 125, 2 and 4, and N. 2. [g] L. 81, 3 and 4. [h] L. 129, 1 and 2. [i] L. 47, 11. [j] L. 21. [k] Instead of *refugiēbant*, L. 90, N. 1, (*b*). [m] L. 121, 4, (*b*). [n] L. 117, N. 1. *Pœnituit*, L. 107, 2. [o] L. 117, 1.

47. [a] "To him," L. 109. [b] *Iis—ante ocŭlos*, literally, "for them before the eyes," *i. e.*, like *ante eorum oculos*, "before their eyes," L. 109, Rem. 2. [c] *Ponĕret* denotes the purpose for which he related the fable, L. 133, 1 and 2. [d] The indirect quotation or *oratio obliqua* depending on *dixit*, begins at *lupos*, L. 127, 3 and I.—*Se esse impugnatūros*, "that they, the wolves," L. 127, IV. The agreement of the wolves constitutes a second *oratio oblīqua* within the first, depending on *pactos esse*, a verb of saying, L. 95, N. 4.—*Dederentur*, L. 131, 1.—*Placuisse*. The second *oratio oblīqua* ends with *dederentur*, and *placuisse* together with *dilaniasse*, like *pactos esse*, depends on *dixit*. [f] L. 117, 4. [g] L. 88, 2. [h] L. 120.—*Oves pascens*, L. 122, 2, 3 and 5.—*Lupos* depends on the verb of saying *fingens*, L. 127, 3 and I.—*Aggressos esse*, "had attacked," L. 127, N. 2.—*Fingens*, L. 122, 1. [i] L. 121, 9. [j] See N. (m) on p. 46. [k] L. 117, N. 2. [l] L. 110. [m] L. B, ex. [n] *Ludĕre* depends on *existimantes*, L. 95, N. 4. [o] L. 122, 1, *preces*, L. B, ex. [p] L. 103, 1. [q] L. 117, 1. [r] L. 94, 3 and 5. [s] L. 111, N. 2.

48. [a] *Gratŭlor* is sometimes construed with the dative of the person and the accusative of the thing in respect to which the congratulation is given, "to congratulate one upon," or, "on account of something." [b] L. 128, II., 1. [c] L. 126, 2 and 3. [d] The English order is, *eos pullos quos.*—*Domĭnus*, sc. *meus*, L. 91, 6.—*Raptos*, "having seized," see L. 120, N. 3. [e] L. 121, 6, (*a*). [f] L. 123, 6. [g] L. 90, 3; and L. 86, 2.—*Illam*, "it." [h] L. 95, N. 4.—*Ponĕret*, L. 132, Rem. 1.—*Correptum*, translate according to L. 120, N. 3. [i] L. 123, 3.—*Astutior*, sc. *asino*. [j] L. 111. [k] L. 129, 1 and 2. [o] L. 129, 3. [l] L. 95, N. 5. [m] *Nequeo* is conjugated like *eo*, L. 80. [n] L. 115, 3.

49. [a] L. 123, 3, and L. 104.—*Adspĭcit*, &c., L. 47, N. 4. [b] *Salo*, "in the sea," L. 108, R. 2. [c] *Qui voluĕrim*, literally, "who wished;" the relative clause denotes the reason of the declaration, *næ jure plector*, and the passage may be translated, "I am rightly punished for wishing, or, because I wished, though I was born in the sea," &c.—*Salo—solo*: here is the play upon words, called *paronomasia*.—*Suus*, "his own." [d] *Unusquisque* has a double declension, see L. 45, N. 2. [e] *Quem prœterire sine periclo* is the subject of *licet*, L. 81, 8. [f] L. 127, 3, I., III. and IV. [g] *Eum*,

"him," *i. e.*, the bull. [h] Supply *esse*; "would fly off." L. 95, N. 3. [i] Supply *dixit* or *respondet*, L. 127, N. 1.—*Considentem*, "when you lighted," L. 122, 5. † Supply *unam* sc. *peram*, "the one filled," &c.—*Propriis*, "own," *i. e.*, in connection with the preceding *nobis*, "our own."—*Vitiis*, L. 117, 2.—*Dare*, "to give," *post tergum dare*, "to place behind the back."—*Aliēnis*, sc. *vitiis*, "with the faults of others."—*Hac re*, "on this account, for this reason."—*Alii simul*, the order is, *simul alii*.

MYTHOLOGY.

[a] L. 89, I., and R.—Give the rules for forming the nominative singular of *Agenŏris*, *dracōnem*, *Martis*, *fontis*, *custōdem*, *prolem* and *uxōre*; see L. 22 and L. 23. [b] L. 117, N. 2. [c] "All who had come," L. 134, 1; or "all such as had come," L. 134, 2, and N. 1. [d] L. 132, 2 and Rem. [e] L. 89, 2. [f] L. 101, and Rem. 3. [h] L. 118, 2. [i] L. 98. *Annōrum novem*, lit. "of nine years," *i. e.*, "nine years old," L. 101, and R. 1. The rule for forming the nom. sing. of *Apollinis*. [j] L. 47, N. 2. [k] L. 91, 2, and N. 2. 50.

[a] L. 108, 1. [b] L. 97, 2 and 3. [c] L. 117, N. 1; and L. C, os. 51. [d] L. 117, 1. [e] L. 117, N. 2. [f] L. 119, N. 3. [g] L. 92, and (*b*). [h] A Greek accusative, L. G, II., 1. [i] L. 127, 3 and IV. [j] L. 133, 1. [k] L. 110, 1. [l] L. 114. [m] L. 127, II. [n] L. 90, 3. The English idiom requires the singular number. [o] L. 99, R. 4.

[a] L. 111. [b] L. 96, 3, and N. 6. [c] L. 133, 1 and 2. [d] [e] L. 120, and N. 3. † Literally "which having been seen," L. 120, N. 1; i. e., "at sight of which," L. 120, N. 2. [f] L. 117, N. 2, *quum*, L. 132, R. 2, *pariunt*, "lay," an active verb used absolutely, *i. e.*, without its case. [g] L. 27, Exc. *Alcyonēos*, L. 96, N. 5. [h] L. 9, Exc. 4. [i] L. 134, 1. [j] *Quæ*, i. e., *ea*, *quæ*, "those things which." As antecedent *is* is often omitted, L. 94, 7.—*Communicābat*, "used to tell," or "was wont to tell," L. 47, N. 2. [k] *Dicitur*, sc. *ille*. [l] "Attempts to take," L. 121, 4. [m] *Ei super caput*, "over his head," L. 109, Rem. 2. 52.

[a] L. 111. [b] L. 110, 1. [c] L. 133, 2. [d] L. 127, N. 1. [e] L. 109. 53. [f] L. 127, II. [g] See N. (°), p. 32. [h] The object of *dare*. [i] L. 127, I., III. and IV. [j] *Dare*, "to give," or, "that he would give," because the verb of saying is in the perfect indefinite. See on the

connection of tenses, L. 135, remembering that the infinitive in Latin often corresponds with the indicative, or potential in English, L. 95, N. 3. [k] L. 120, N. 3. [l] L. 108, 2. [m] L. 111, N. 2. [n] *Agamemnŏne duce*, literally, "Agamemnon being the commander," *i. e.*, "under the command of Agamemnon;" L. 120, Rem. 1.—*Quum sciret;* L. 132, R. 2.—*Peritūrum esse*, "would perish," the leading verb *sciret*, being in the imperfect, see L. 135, and N. (*f*) above. [p] L. 117, 1. [q] "That he was concealed," L. 127, N. 2. [r] L. 103, 1. [s] Possessive adjectives often supply the place of the genitive of the corresponding noun; as, *regius* for *regis*.

54. [a] L. 95, N. 4.—*Quæ dum*, "while they," L. 94, 5.—*Audīto*, L. 120, N. 3. [b] L. 95. 3. [c] The predicate accusative after *esse*, L. 92, R. 2.—*Intellectum est;* its subject is the preceding infinitive clause, for which *it* is supplied in English. [d] The adjective separated from its noun by a genitive limiting the same noun. [e] L. 108, 1. [f] See N. (°), p. 32. [g] L. 109.—*Sacram;* an adjective usually follows its noun when any thing depends upon it. [h] The comparative to be translated by the positive with *too*, L. 119, N. 3. [i] Sc. *illi*. [j] L. 127, 3 and I.—*Non posse*, "could not;" the imperfect depending on the perfect indefinite, L. 135. [k] L. 95, N. 5. [l] L. 108, 2; so *Argos* above. [m] L. 111. [n] Supply *eam* before *sacerdōtem*, L. 96, 2.—*Trojâ eversâ*, "after the destruction of Troy," L. 120, N. 2. [o] L. 108, Rem. [p] L. 133, 1 and 2, and N. 1. *Promētheus*, a trisyllable. [q] L. 91, 9. [r] L. 129, 1.

55. [a] L. 111. [b] L. 133, 1 and 2. *Quantum—tantum*. *Tantum* is a demonstrative adjective to which the relative adjective *quantus* relates. The same is to be remarked of *talis* and *qualis*. As in the case of *is* and *qui*, the relative word is usually placed first. [c] The imperfect denoting repeated, that is, eager action, "earnestly requested." [d] L. 127, I. [e] L. 133, 1 and 2. [f] L. 129, 1. [g] L. 133, 1 and 2.—*Quo facto*, *quod quum*, and *qui quum*, see L. 94, 5. [h] *Mittĕre*, "putting," L. 95, N. 6. [i] L. 109. [j] L. 121, N. 3. [k] Sc. *esse*. [l] L. 127, II.

56. [a] L. 109, R. 6. [b] L. 101. [c] L. 133, 1 and 2. [d] L. 117, N. 2. [e] L. 111, N. 2 and 1. [f] L. 117, 1. [g] L. 42, N. 2. [h] L. 108, 2.—*Conditiōne addĭta*, L. 120, N. 3. † L. 120. [i] L. 128, II. [j] *Cadmus nomĭne*, "Cadmus by name;" *i. e.*, "named Cadmus," L. 117, 5. [k] L. 108, 2. [l] L. 133, 3. [m] L. 47, 7. [n] L. 122, 2.

57. [a] L. 94, 5. [b] L. 117, 1. [c] Why in the subjunctive, and by what mood to be translated? *Quicquid* or *quidquid*. This pronoun, like the English *whoever* and *whatever*, seems often to include both

antecedent and relative. [c] L. 128, II. 1. [d] L. 133, 1 and 2.—*Gavisus est*, L. 79, N. [e] L. 116, 5. [f] L. 95, 3, and N. 4.—*Ipsi*, L. 109. [g] L. 119, 1. [h] L. 90, Rem. 2. [i] The present *petit* is used for the perfect indefinite, L. 47, N. 4; and hence is followed by the imperfect, L. 135, 2, N. [j] L. 95, 3. [k] Sc. *ea*, "it." [l] L. 101, Rem. 3. [m] "Was wont" or "used," L. 47, N. 2. [n] L. 117, N. 1. [o] L. 95, N. 4.

[a] The preposition usually precedes the adjective, but particular 58.
phrases are excepted. [b] L. 81, 13; what is the subject represented by *it* before *prædictum fuit?* [c] L. 95, 4. [d] L. 128, II., 1. [e] L. 117, 1. [f] L. 135, 2. [g] L. 111—*dormienti*, L. 122, 2. [h] L. 132, 2 and Rem.—*Cirim*, L. G, II., 2. [i] L. 96, 2. [j] L. 131, (*d*). *Raptum* sc. *piscem*, "having seized it," L. 120, N. 3. [k] L. 119, N. 3. *Venantes*, L. 122, 2. [l] What is to be supplied? [m] L. 117, 4.

[a] A dissyllable. [b] The genitive plural of other participles in 59.
rus is seldom used, but *venturōrum* is found in Ovid, Met. 15, 835. [c] Repeated past action, L. 47, N. 2. [d] L. 111. [e] Pronounced *Har-py'yas* [f] *Ab ore ei*, i. e., *ab ore ejus*, "from his mouth," L. 109, R. 2, and L. 111, N. 2. [g] L. 96, 3. [h] L. 135, 2. [i] L. 127, III. and IV. [j] L. 127, I. [k] L. 117, 4. *Habuisse*, L. 127, N. 2. *Strophădas*, L. I, Acc. Plur. 2.

ANECDOTES OF EMINENT PERSONS.

[a] L. 96, Rem. 1, and L. 124, 3. In the active voice it would 60.
be (*Aliquis*) *Thalen* (Greek acc.) *interrogāvit, an facta etc.*, and the accusative of the person is changed to the nominative in the passive, L. 124, 2. [a] *Latet* takes an accusative of the person from whom any thing is concealed. [b] L. 129, 1 and 2. [c] *Ne cogitāta quidem*, "not even their thoughts." [d] From *neminem* to the end the words are in the *oratio obliqua*. See L. 127. [e] [i] L. 127, II. *Pythagŏræ*, L. 8, 5. [f] L. 134, 3.—*Autem*, see N. (°), p. 32. [g] L. 133, 1 and 2. [h] "That he had said (so)." Hence our phrase, "a mere *ipse dixit*." [i] L. 103, N. 2.—*Priēnen*, L. 8, 5.—*Expugnātum et eversam*, L. 122, 3 and 6. [k] L. 133, 1 and 2, and N.

[a] L. 120, N. 3. [b] *Vacuus* is construed with the *gen.*, or the *abl.* 61.
with or without *ab*. In construction, with *vaccuum* supply *hominem*; in translating, nothing is to be supplied; "than, free

from every care, to devote," &c. [c] *Dare* is connected by *quâm* to *esse*. [d] *Scientiâ augendâ* depends on *causâ*, L. 100, "for the purpose of enlarging (his) knowledge," L. 123, 4. [e] L. 131, 1. [f] L. 42, N. 2. † L. 81, 8. [g] L. 111. [h] L. 135, 2. [i] The imperfect denoting customary action, L. 47, N. 2. [j] L. 133, N. 1. [k] *Nihil* in the accusative without a preposition, used for *non*, "nothing changed," or, "in no respect changed," L. 97, 5. ‡ L. 119, N. 3.

62. [a] L. 133, 4. [b] L. 116, 1. [c] L. 133, 1 and 2. [d] L. 123, 3; and L. 100. [e] L. 117, 1.—*Videbâtur*, L. 128, II., 2. [f] L. 79, N. [g] See N. (o), p. 32 [h] L. 129, 1 and 2. [i] L. 128, II., 1. [j] L. 108, 2, and Rem. [k] L. 108, 1, and Rem. [l] L. 111. [m] L. 88, 2. [n] [o] L. 107, 2 and Rem.—*Repræsentâbat*, see N. (t), p. 61. [r] L. 117, N. 1.

63. [a] L. 109. [b] L. 117, 5. [c] See N. (r), p. 34. [d] L. 129, 1 and 2. [e] L. 134, 4. [f] L. 116, 3, and N. [g] L. 103, 1. [h] Infinitives and oblique cases of nouns generally stand before the words on which they depend. [i] L. 128, II., 1. [j] What is the verb of saying on which this subject accusative depends? [k] L. 98. [l] L. 91, 9. [m] L. 118, 1.—*Vendâlem*, L. 96, N. 5. [n] L. 92, 1

64. [a] L. 111. [b] L. 44, N. [c] L. 132, 2 and Rem. [d] L. 103, 1. [e] Present participles with *homo*, *homines*, or the like understood, sometimes supply the place of a noun ending in *tor*, and denoting the *agent*, "the (persons) sacrificing," *i. e.*, "the sacrificers." [f] A Greek accusative, L. 24, 2; and L. G, II., 3. [g] L. 116, 5.—*Thebas*, L. J, 9. [h] L. 110, 1. [i] L. 133, 1 and 2. [j] L. 132, 2 and Rem. [k] L. 117, 5. [l] L. 81, 12.

65. [a] L. 131, 1. [b] L. 103, 2. [c] L. 91. 5. [d] L. 96, 3, and N. 6. [e] L. 111, N. 2. [f] L. 133, 1. [g] L. 110, 1. [h] L. 106, 1. [i] L. 130, and 129, 1.—*Appellandus sis*, L. 121, 6, (b). [j] L. 92, 1. [k] "To one who inquired," L. 122, 3. [l] *Te victôrem renuntiâri*, L. 92, Rem. 2.

66. [a] Sc. *esse*, L. 121, 6 (b). [b] L. 95, 5. [c] L. 111. [d] L. 129, 1 and 2. [e] L. 120. [f] L. 101, Rem. 3. [h] L. 99, 4. [i] *Ne* precedes and *quidem* follows the emphatic word. [j] "Of one about to plunder," L. 91, 4. [k] L. 133, 1.

67. [a] L. 126, 2. [b] See note on *quantum—tantum*, p. 55. [c] L. 133, 1.—*Monentibus eum quibusdam*, "when certain persons cautioned him." L. 122, 5. [d] L. 133, 1 and 2. [e] *Aliendius* is usually followed by the *abl.* with a preposition, but here takes a dative. [f] L. 128, II., 1. [g] See N. (h), p. 44. [h] L. 131, 1 and (a).—*Pythiam vocâtum*, "having called Pythias," L. 120, N. 3.—*Acceptâ*

difficultāte, "when he had learned the embarrassment," &c. L. 122, 5 and 6. [i] L. 117, 2. [j] L. 119, 1. [l] L. 95, N. 5. [m] L. 95, N. 4. [n] A predicate adjective, L. 98, 2. [o] L. 117, 1. [p] L. 105, 3. [q] L. 109.—*Verbis*, L. 117, 1. [s] "For which," L. 97, 5.—*Contĭgit*, what is its subject? [t] *Fore* is used impersonally, its subject being the remaining words in the period, L. 81, 8 and 9.—*Dignus*, L. 92, 2. [u] L. 116, 2.

Puer, "while a boy," L. 89, R. [a] L. 115. [b] L. 116, 4. [c] L. 68.
109. [d] L. 134, 3. [e] L. 110, 1. [f] *Asiâ debellātâ*, "after his conquest of Asia," L. 120, N. 2. [g] L. 97, 1. [h] L. 117, 2. [i] L. 88, 2.—*Quo audito*, "when Alexander heard this," L. 120, N. 2, or N. 3. [j] L. 133, 1 and 2. [k] L. 126, 1. [l] L. 104. [m] L. 126, 2. [n] L. 106, Rem. 4. [o] L. 106, Rem. 2. [p] L. 108, R. 1.

[a] L. 117, 2.—*Ab ejus nomine*, "after his name."—*Propositis*, L. 69.
120, N. 3. [b] L. 134, 3.—*Totius*. L. 2, Exc.—*Senex* "when old." [c] L. 117, 4. [d] L. 108, 1. [e] L. 96, 3.—*Factum est*, impersonal: what is its subject? *Pompeio*, pronounced, *Pom-pē'yo*. [f] L. 133, 1 and 2. [g] L. 103, 1. [h] L. 116, 2.—*Arcessitos*, L. 120, N. 3, or L. 122, 8. [i] L. 134, 3. [j] L. 103, N. 2.—*Defecisset*, L. 131, 1 and (*a*). [k] L. 119, 3. [l] L. 121, 4, (*b*).

[a] L. 117, 3. [b] L. 89, 3. [c] *Per medios ignes*, "through the midst 70.
of the fires," L. 91, 8.—*Cum pericŭlo*, "at the risk." [d] L. 128, II., 1. [e] L. 111. [f] L. 95, 4. [g] "That it afforded him," &c. L. 114, and N. 1: *esse* being used impersonally, its subject is the clause *quŏd patria*, &c., L. 81, 8. [h] "His," L. 127, IV. [i] "Than he," L. 119, 1.—What is the object of *didicĕrat*? L. 96, Rem. 2. [j] L. 103, 1. [k] L. 117, 2.—*Inspectante popŭlo*, "in view of the people," L. 120, N. 2. [l] L. 132, 1. [m] L. 121, 6, (*b*).

[a] L. 111. [b] *Instandum esse* is used impersonally; supply *nobis*, 71.
&c., "that we ought to pursue," L. 112, 2, and Rems. (*a*) and (*c*), and L. 121, 6, (*b*). [c] *Cedo* takes the ablative of a place with *de*, *ex*, or without a preposition, L. 108, R. 2. [d] L. 131, 1 and (*a*).—*Corintho captâ*, "by the capture of Corinth," L. 120, N. 2. [e] L. 117, 2. [f] L. 103, N. 2.—*Eo defuncto*, "after his death," L. 120, N. 2.—*Non esset unde*, "there was no property from which." [g] L. 134, 4. † L. 128, 2. [h] L. 95, N. 4. [i] L. 99, Rem. 4. [j] L. 81, N. 2.—*Acceptis—recuperāto*, L. 120, N. 3.—*Ad suos*, L. 91, N. 4. [k] L. 109.—*Jussas*, "ordered five cohorts," &c., *misit*, "and sent them," L. 122, 8. [l] L. 123 5.—*Receptum iri*, "should be taken back," L. 95, N. 3: the future inf. passive, consists of the former supine and *iri*, the present inf. pass. of *eo*, to go, L. 74, N. 2.

PAGE

72. [a] L. 89, (k). [b] L. 105, 4.—*Cæsos*, "after they had been beaten," L. 122, 5 and 6: or, "to be beaten," L. 122, 8. [c] L. G, I., 3, and L. H, 3. [e] L. 101. [f] What is the subject of *accidit?* L. 81, 8 and 9. [g] L. 108, R. 2. [h] L. 117, 2. [i] The accusative is the usual construction, according to L. 96, Rem. 4: the ablative here appears to depend on the preposition *in* understood. [k] L. 117, 2.

73. [a] L. 96, Rem. 3. [b] L. 38, 8.—*Carpetanōrum*, L. 103, 1. [c] L. 109. [d] L. 133, 1 and 2. [e] L. 128, I. [f] L. 97, 4.

ROMAN HISTORY.

74. [a] L. 91, 9. [b] L. 96, 3.—*Sub hac rege*, "in his reign."—*Hinc*, i. e., *ex Trojâ*. [c] L. 117, N. 2. [d] L. 110.—*Ei benignè recepto*, "received him kindly (and)." L. 122, 8. [e] L. 96, 2.

75. [a] Lit. "until Rome founded," *i. e.*, "until the founding of Rome." L. 121, 5, (*b*). [b] L. 108, 1. [c] L. 119, 1. [d] "Used to say." L. 47, N. 2. [e] Sc. *est*. [f] L. 89, 3. [g] L. 103, 1. [h] *Minor natu*, lit., "less or inferior in respect of birth," *i. e.*, "born later, younger," L. 117, 5. [i] L. 129, 1 and 2. [j] L. 128, I.—*Rheam Silviam—Vestālem virginem*, L. 96, 2. [k] L. 110, 1.—*Geminos filios, Romŭlum et Remum*, L. 89, 3. [l] L. 91, 5, and L. 94, N. 2. [m] L. 121, 6, (*a*).

76. [a] L. 129, 1 and 2. [b] L. 97, 4. [c] L. 109. [d] In construction *venissent* follows *rapuĕrunt*, L. 135, 2. [e] [f] L. 133, 1 and 2. [g] The reflexive referring, as usual, to the leading subject. [h] L. 128, II., 1. [i] L. 97, 2 and 3, *et ea*, "these also." [j] L. 91, 8, *rapiæ*, see § 9.

77. [a] See Dict. under *cùm*. [b] L. 121, 9. [c] *Ortam*, "which had arisen," L. 122, 3. [d] L. 111.—*Quo elapso*, "after this had passed," or, "at the expiration of this," L. 94, 5; and L. 120, N. 2. [e] L. 108, 1. [f] *Quidem* following the emphatic word. [g] Repeated past action. [h] L. 96, N. 4. [i] L. 117, N. 2. [j] L. 117, 5. [k] L. 109.

78. [a] L. 111, N. 2. [b] L. 104. [c] L. 111. [d] *Gentium* limits *senatōres* understood. [e] *A* or *ab* denotes the *doer*, (L. 99, N.) *per* signifies "by means of," "at the instigation of," L. 97, N. [f] L. 116, 3. [g] L. 110, 1.

79. [a] L. 97, 4. [b] L. 132.—*Sed benè*, &c. The adversative *sed* (L. 82, (3.)) is opposed to the fraudulent manner of obtaining the

crown implied in the preceding *sic.*—*Cum his*, "including those." [c] L. 111. [d] L. 108, 2, and Rem.—*Prima salutāvit*, "first saluted," *i. e.*, "was the first to salute," L. 91, 9. [e] "As king," L. 96, 2. [f] L. 103, 1. [g] "Herself." [h] *In*, "for." [i] L. 110, 1.—*Ei* "against him."

[a] L. 108, 1. [b] *Regnātum est*, "the kingdom continued," or, "the 80
regal government lasted," L. 81, 12. [c] L. 131, 1. [d] "After the banishment of the kings," *i. e.*, of Tarquin and his sons, L. 120, N. 2. [e] L. 111, N. 2. [f] L. 133, 1 and 2.—*Qui quum*, "and when he," L. 94, 5. [g] L. 132, 1. [h] L. 101, and Rem. 2.

[a] L. 117, 1.—*Terrēret*, "was trying to terrify." The imperfect 81
tense not unfrequently denotes an attempt to perform an action, L. 47. N. 2. [b] Supply *suam*, L. 91, 6. [d] L. 111. [e] L. 132, 1. [f] L. 49, Rem. 2. [g] "After the banishment of the kings," L. 121, 5, (*b*). [h] L. 108, 1. [i] L. 128, II., 1.—*Eam*, "them," referring to *plebem*, a collective noun, L. 5, 4. L. 133, 1 and 2.—*Iis* refers to *plebem*, but instead of agreeing with it, like the preceding *eam*, is put in the plural referring to the individuals which the noun denotes. See L. 91, 3.—*Alia*, L. 91, 5. [j] L. 133, 1. [k] L. 121, 9, and L. 92, 1 and (*b*). [l] L. 89, 1. [m] L. 99, Rem. 4.—*Ad quintum milliarium urbis*, lit., "to the fifth milestone from the city."

[a] *Quo facto*, lit., "this having been done," L. 94, 5; or, "having 82
done this," L. 120, N. 3: it may also be translated, "because he had done this," L. 122, 5 and 6; *i. e.*, "for doing this," or finally, "for this." [a] L. 88, 2. [b] "Under the command of Fabius," L. 120, Rem., and N. 2. [c] L. 116, 4. [d] L. 122, 3. [e] *Ille*, "*the celebrated* Q. Fabius Maximus, who," &c., L. 42, N. 2. [f] See *alter* in Dict.—*Ab urbe conditā*, see N. (g), p. 81. [g] L. 133, 1 and 2. [h] L. 111, N. 2.—*Manibus post tergum vinctis*, "after tying his hands," &c., L. 120, N. 2 and 3.

[a] L. 108, 2. [b] L. 122, 6, (*a*). [c] L. 133, 1 and 2.—*Urbem*, sc. *suam*. 83
[d] L. 114. [e] L. 128, II., 1. [f] Supply *est* from below. [g] L. 49, Rem. 2. [h] *In eo*, see *is* in Dict. [i] *Præsidium* which is used as a collective noun takes in its own clause a verb in the singular, but in the following clauses the verbs are in the plural, L. 90, 4. [j] L. 38, 3. [k] L. 108, R. 2. [l] L. 101. [m] L. 117, 4. [n] L. 117, 2.

[a] L. 117, 5. [b] Depending on *sedit*, L. 109, but to be translated 84
as if it were *ejus*, L. 109, R. 2. [c] L. 117, 1. [d] This verb with its clause is the subject of *factum est*. [e] L. 109. [f] L. 110. [g] L. 117, R. 1. [h] L. 105, 4. [i] L. 95, 3. [k] Supply *esse*; for the translation see L. 121, 6, (*b*). [l] L. 129, 1 and 2. [m] L. 121, 6, (*b*).

PAGE

85. [a] L. 111.—*Fecissent*, L. 128, II., 1 and N. 2. [b] L. 96, 3. [c] L. 128, I. [d] L. 38, 8. [e] A conditional sentence, in which the condition is implied in *ego cum talibus viris*, "if I had such men;" and the conclusion, "I could with them," &c., is fully expressed, L. 131, 1, and (*a*). [f] L. 123, 4.

86. [a] L. 131, 1. [b] L. 117, 1. [c] L. 127, I. [d] See *alter* in Dict. [e] Supply *esse*.

87. [a] L. 120, R. and N. 2. [b] L. H, 1. [c] L. 103, 1.—*Perditis*, "having lost," or "after losing," L. 120, N. 3; L. 122, 6; *i. e.*, "with the loss." [d] L. 96, 3, and N. 6. [e] L. 110. [f] L. 118. [g] L. 127, II. [h] L. 133, 1 and 2. [i] L. 127, N. 1. [j] L. 106, 1 and R. 1.

88. [a] L. 103. [b] L. 99, R. 4. [c] As a verb, *parăta fuisse* has, for its logical subject, *millia* with its connected words; as a noun, the same verb with its clause is the subject of the impersonal *tradĭtum est*, L. 95, 2, 3 and 4. [d] L. 118, 2. [e] L. 81, 10, 11 and 12.

89. [a] *Per*, "by means of." [b] L. 98. [c] The infinitive and oblique cases usually stand before the words on which they depend. [d] L. 133, 1 and 2. [e] *Mando* in the active voice takes the acc. and the dat.; hence in the passive it retains the dative, L. 124, 4; *mandarĕtur* is used impersonally, and in English the subject is the dative *Hannibăli*, L. 81, N. 2.—*Fratre—relicto*, "leaving his brother," L. 120, N. 3. [f] L. 111, N. 1.—*Commisso—accepto*, L. 120, N. 3.—*Supĕrat*, the historical present, used instead of the historical perfect. So *vincĭtur*, above.

90. [a] See N. ([e]), p. 88. [b] L. 104. [c] L. 92. [d] The antecedent of *quod* is the clause *servi manumissi*, &c., "which thing was never done before," L. 94, N. 2. [e] L. 110. [f] L. 96, R. 2.—*A senatu*, L. 81, 12.—*Potuissent*, L. 128, I. [h] L. 133, 1 and 2. [i] L. 133, and 7.

91. [a] L. 103, 1.—*Recepta*, L. 120, N. 3. [b] L. A, 11. [c] L. A, Exc. 2. [d] "When a boy." So *juvĕnis* below, L. 89, R. [e] Partitive adjectives commonly agree in gender with the individuals, of which the genitive plural depending on them consists, and in respect to their case, they are to be parsed like nouns: hence *multos* is in the masculine gender, agreeing in this respect with *juvĕnum*, and in the accusative after *deterruit*. [h] L. 95, 5, and N. 5.—*Aurum* sc. *suum*. [i] "Their."

92. [a] Used like *plusquam*. [b] L. 118, R. 2. [c] What is to be supplied? [d] L. 117, 1. [e] L. 133, 1 and 2.

93. [a] "As a hostage," L. 89, R. [b] L. 89, 1. [d] Sc. *est*. [e] L. 103, 1.

PAGE

[f] *Cum* is often used with the ablative of manner, when accompanied by an adjective.

[a] L. 101. [b] L. 108, R. 2. [c] *Alter* for *secundus.* [d] "From the building of the city," L. 121, 5, (*b*). [f] "Though defended," L. 122, 2. **94.**

[a] L. 89, 1. [b] L. 91, N. 4. † L. 81, 3. **95.**

Coss., L. 120, R. and N. 2. [a] L. 128, II., 1. [b] L. 110, 1. [c] L. 108, 1. [d] L. 133, 4. [e] L. 92, 1. **96.**

[a] L. 81, 10, 11 and 12. [b] L. 112, N. 2. [c] See *cùm* in Dict. [d] L. 117, N. 2. [e] *Id quod*, "the thing which:" *id* stands for the idea contained in the clause *jus civitātis*, &c. [f] L. 133, 1 and 2.—*Relictâ*, L. 120, N. 3. **97.**

[a] L. 103, N. 2.—*Eversa*, L. 120, N. 3. [b] L. 117, 2. [c] L. 121, 5, (*b*). [e] L. 120, N. 2. [f] L. 96, 2. [g] L. 120, N. 3. [h] L. 108, 2. **98.**

[a] L. 111.—*Ipse*, sc. *Lucullus.*—*Eum*, sc. *Mithridātem.*—*Consumptum* can be translated passively, as agreeing with *Mithridātem*, the object of the verb, or actively with *Lucullus*, its subject. [b] L. 102, 2. [c] L. 118, 2. [d] "Under the command of," L. 120, R. and N. 2. [e] L. 108, 1. [f] L. 119, 2. [g] L. 100, R. 2. **99.**

[a] L. 109, R. 1. [b] L. 134, 1 and 3. [c] L. 108, R. 2. [d] L. 101. [e] L. 98. [f] "He, the former," L. 42, 1 and 2. [g] L. 46, R. 2. [h] "To him," *i. e.*, to Pompey. [i] L. 105, 4. [k] L. 117, 2. [l] L. 128, II., 1. **100.**

[a] L. 99, R. 4. [b] L. 117, 1, and L. 123, 3. [c] L. 118, 2. **101.**

Quem, sc. *consulātum*. [a] The imperfect, denoting that which was proposed, or on the point of being done, L. 47, N. 2. [b] "It was opposed," L. 81, 9. [d] L. 101. [e] L. 81, 10, 11 and 12. **102.**

Insolentiùs, L. 119, N. 3. [a] L. 81, 10, 11 and 12.—*Interfecto Cæsăre*, L. 122, 6. [b] L. 110, 1. [c] L. 109, R. 1. [d] L. 121, 4. [e] L. 101. **103.**

[a] L. 91, N. 3, and L. 122, 8. [b] *Ipse*, in such sentences, may agree either with the subject or the case depending on the verb, according as either is intended to be emphatic. **104.**

ANCIENT GEOGRAPHY.

PAGE

105. [a] L. 89, 3. [b] "As boundaries," L. 96, N. 4. [c] A Greek accusative.

106. [a] L. 132, 2. [b] L. H, 2. [c] [d] L. 117, 3 and 5. [e] L. 111. [f] "You would believe," or, "one would think." [g] L. 104. [h] L. 116, 5.

107. *Qui, quæ se, &c.*, i. e., *ea, quæ.* [a] L. 109, R. 5. [b] *Quanto—tanto*, L. 119, 3. [c] L. 109, R. 4. [d] L. 91, 4. [e] Supply the preposition *a.* [f] L. 111. [g] L. 109, and L. 123, 3 and 4. [h] L. H, 1. [i] L. 98. [j] L. 97, 4.

108. [a] L. 117, 1, and L. 123, 3. [b] L. 100, and L. 123, 3. [c] L. 109, R. 5. [d] *Morāri* is the subject of *esse* understood, L. 95, 4; and *periculōsum* agrees with *morāri*, L. 91, 7. [e] L. 109. [f] L. 110, 1. [g] L. 103, N. 2. [h] L. 98.

109. *Probabile est.* The two preceding infinitive clauses are the subject of this predicate, L. 95, 4, and L. 91, 7. [a] "The reign of Claudius," L. 120, N. 2. [b] L. 117, 5. [c] L. 119, 1. [d] L. 116, 5. [e] L. 117, 2. [f] L. 119, 3. [g] In such expressions the comparative is to be translated by the positive degree, "than it is wide," *i. e.*, "its length far exceeds its breadth." [i] L. 109. [j] "And there is clearly no other," &c.

110. [a] L. 134, 4. [b] "Of that kind." *Genus* with *id, hoc, quod, &c.*, is put in the accusative without a preposition. [c] L. 111. [d] L. 90, N. 3. [e] L. 117, 3. [f] L. 132, 2.

111. [a] L. 117, 5.—What is the logical subject of *verisimĭle est?* [b] L. 111, N. 2. [c] L. 109.—*Jactum fuĕrit*, L. 127, II.

112. [a] L. 129, 1 and 2.—What is the logical subject of *appāret?* [b] L. 108, R. 2. [d] L. 110, 1. [e] L. 90, N. 3. [f] L. 103, 2. [g] L. 117, 5. [h] L. 104. [i] L. 42, 1. [j] L. 111, N. 2.

113. [a] *Significâsse* depends on *fama est*, which is equivalent to a verb of saying, L. 95, 1. [b] Like the old English expression, "at what time," for, "at the time when," or, "in which." [c] L. 108, 1. [d] L. 134, 3. [e] L. 117, 5. [f] "By means of which." [g] See note (b), page 104.

114. [a] What is the subject? L. 32, 1. [c] L. 109.—*Viderētur*, L. 134, 3. [d] L. 90, N. 3. [e] L. 81, 10, 11 and 12. [f] L. 117, 5. [g] L. 129, 1 and 2. [h] L. 108, 2.

115. *Cohæret*, sc. *ea*, i. e., *Peloponnēsus.* [a] L. 91, 8. [b] L. 11, 2 and 3. [c] "Which they call;" both the subject of *appellant* and its object are to be supplied. *Opibus—copiis*, L. 117, 5. [c] "As colonists," L. 96, N. 4. *Ebŏre*, L. 22, R. 4 and (*d*). *Facta*, sc. *est*, L. 90, N. 3. [d] L. 123, 4 and 5. [e] L. 81, 10, 11 and 12. *Res gestas suas numĕrat*, "their memorable occurrences," which they reckoned by Olympiads, or periods of four years, the time which intervened between the celebration of the Olympic games. [f] L. 90, 3 and R. 2. [g] L. 117, 5. *Pluresque*; the English idiom requires that *què* should here be translated "or." [h] The comparative and superlative of *prope*, viz., *propiùs* and *proximè*, are followed by either the accusative or the dative. [i] "They say."

[a] L. 103, 1. [b] L. 111. [c] L. 95, 4, and L. 81, 8. [d] L. 134, 4. **116.** [e] *Aristotĕlem*, L. 127, I. [e] L. 127, II. [f] L. 126, 2.

Vino, L. 117, 5. *Nominibus—moribus*; why in the ablative? **117.** [a] L. 109, R. 5. *Contendo*, with the *acc. id*, signifies, "to strive eagerly for this." *Mercēde datâ*, L. 121, 5, (*b*). [c] *Cùm—tum*, see *cùm* in Dict. *Rerum—copiâ*; the genitive separated by a relative clause from the noun which it limits. [d] L. 117, 5. *Herûs*, L. C, o. *Post Trojam dirŭtam*, L. 121, 5, (*b*). *Zone*, sc., *nomen habet*.

[a] L. 91, 8. [b] L. 117, 2. [c] L. 134, 4. [d] L. 119, 3. [e] *Quis* **118.** after the particles, *si*, *ne*, *neu*, *ubi*, *nisi*, *num*, *quo*, *quanto* and *quum*, signifies "some one," or, "any one." [f] L. 116, 5. [g] L. 119, 1. [h] L. 91, N. 4. *Maxima fluminum*, L. 103, 1; the adjective on which a partitive genitive depends, commonly, as here, agrees in gender with the following genitive, rather than with the noun or nouns which it limits, unless it follows the latter. [i] "We have spoken," L. 81, 11 and 12.

[a] L. 123, 9. [b] L. 24, 2. [c] See N. (*), p. 115. [c] L. 117, 3. **119.** [d] L. 118, 2. *Sine*, "free from, exempt from." [e] [f] L. 107, 2 and N. *Beatissimum*, L. 96, 2, and N. 5. *Locis*, L. 117, 4. *Eŏus*, sc. *Oceănus*. *Asiæ nomine*, &c. In English the relative clause often separates the principal subject from its predicate. [g] L. 97, N. *Stadia*, L. 98.

[a] L. 109. [b] L. 101. [c] *Homines* is often to be supplied with **120.** verbs of *saying*, &c., and to be translated "people, men," &c., or simply, "they." [d] L. 131, (*d*). *Asiæ propriæ dictæ*, i. e., of Asia Minor. [e] "Clearly, unquestionably." [f] A noun is often annexed to a relative for the purpose of explaining its antecedent. [g] L. 111. [h] L. 101, R. 1. *Numĕro*, L. 117, 5. *Altitudine*, L. 101; a genitive (*sexaginta pedum*) supplies the

PAGE

place of the adjective in limiting *altitudine*; see Andrews and Stoddard's Lat. Gr. § 211, R. 6, (1).

121. [a] L. 90, N. 3. [b] L. 109. [c] L. 104. [d] L. 116, 4. *Issica*, sc. *sinûs*, "the Issic gulf." [e] L. 101. [f] Sc. *se*, L. 96, N. 3. [g] L. 133, 1. [h] L. 81, 10 and 11. [i] Those who are entering, L. 91, 4.

122. [a] L. 91, 4, and 122, 3. [b] L. 90, N. 3. [c] L. 45, R. 2. *Cum terra conjuncta*, "joined to the mainland." [d] L. 81, 10 and 11. [e] L. 133, 1, and L. 134, 1 and N. 1. [f] L. 116, 5. *Primus e Romānis*, L. 103, N. 2. *Bactriānæ*, sc. *camēli*. In this passage from the 8th book of Pliny, *camēlus* is feminine, but in the best authors it is always masculine. *Tubĕra*, L. B, er. [g] L. 117, 3. [h] L. G, I., 2.

123. *Bibant*, L. 132, 1. [a] L. 98: so above, *quatriduo*. [c] "A hundred each," L. 38, 4. [c] L. 117, 2. [d] L. 119, 3. [e] L. 97, 4. [f] This genitive limits *ambitu*. [g] See note on *altitudine*, p. 120. [h] L. 89, 1. [i] L. 103, 1. [j] L. 95, 4. [k] L. 119, 1. [l] L. 91, 7.

124. [a] L. 99, R. 4. [b] L. 117, 2. [c] L. 91, 3. [d] L. 90, 4. *Nefas*, sc. *esse*, the predicate of the two preceding infinitive clauses taken as subjects. [e] L. 116, 5. *Arēnis*, L. 111. [f] L. 119, N. 3. *Natu*, L. 117, 5.

125. *Transitūri*, L. 122, 2, and L. 121, 4, (*a*). [a] L. 103, N. 2. [b] L. 103, 1. [c] L. 81, 4. *Crura*, L. F, Exc. in Decl. us. [d] L. 113: so above, *dentibus*. [e] "They cover." [f] *Navigāre* is sometimes used actively, in the sense of *sailing over*, when it is followed by *oceănum*, *æquor*, &c.; the expression here used by Pliny, *insŭlas navigāre*, appears to be peculiar, and to signify, to sail or carry on navigation among the islands. [g] *Id* stands for the idea in the preceding clause and hence is neuter, L. 91, 7.

126. *Centēna*. Why is the distributive number used? *Omnium*, L. 103, 1. *Sibi simĭles*, "like each other." [a] L. 111. [b] L. 95, 4. *Uniōnes*, L. D, io. *Arăbas*, L. I, acc. plur. 2. [c] L. 104, and R. 3. [d] L. I, gen. plur. 6. [e] "This thing, this fact," *i. e.*, its fertility, L. 91, 7.

127. *Usu*, L. 117, 3. [a] L. 110, 4. [b] L. 101. [c] The place of the adjective with the limiting noun is supplied by a genitive, see note on *altitudine*, p. 120. [d] L. 118, 2. *Memphin*, L. G, I., 1.

128. *Pedum quindĕcim millium*. This is wholly erroneous. The slant height of the largest pyramid is variously estimated, from 600 to 800 feet. [a] *Centum duos*, supply *et*. *Pedum centum*, etc.,

L. 101, R. 1. [b] L. 117, 2, see N. (c), p. 129. [c] L. 90, N. 3. [d] L. 123, 5. [e] L. 81, 10 and 11. [f] L. 123, 2. *Pergămi.* Parchment was sometimes called *charta Pergamēna*, because invented at Pergămus; in this sentence, *Pergămi* does not depend on *membrānas*, but is the genitive of place, L. 108, 1.

[a] L. 95, 4 and 1. *Mersum*, L. 122, 4, or 8. * Supply thus: 129.
[*Apim*] *altĕrum* [*thalămum*] *intrâsse lætum est; in altĕro* [*ille*] *dira portendit*, "To have entered the one is, &c., [by being] in the other he," &c. *Canunt*, L. 90, 4. [b] L. 103, 1. [c] L. 117, 2; with the names of materials *of* is used rather than *with*.

Alia ejusmŏdi signa maris—effūsi. Two genitives depend on 130.
signa:—maris effūsi, "of the sea having extended." [a] L. 90, R. 2. [b] L. 81, 8. *Convenissent*, L. 128, I. [c] L. 127, II.

Potus est lac—cibus caro; which are the subject-nominatives? 131.
in specŭbus, L. 26, 4. [b] L. 113. [c] *Ipse* in such sentences is put in the nominative or in the accusative, according as the subject or the object is emphatic. See N. (b), p. 104. [d] The preterite tenses of *nosco* are used like the same tenses of *odi* and *memini*, L. 81, 4. [e] L. 111.

[a] *Vicēnûm* for *vicenōrum*, see L. 11, R. 4. 132.

EXERCISES.

The following are given merely as examples of exercises in orthography and etymology, and can be varied by the teacher at his pleasure. Their object is to secure a perfect knowledge of all those parts of the grammar which relate to the forms of words and their division into syllables. These exercises can be easily imitated by the student who commences with the larger grammar.

I. 1. Write down the nominative singular of all nouns and adjectives of the first declension, found on the eleventh page of the Reader.

(*a*) If any of these nouns are excepted in gender or declension, write opposite to them a reference to the passage in the First Latin Book, if such can be found, where the exception is mentioned: thus,

Eurōpa,	culpa,	terra,
peninsŭla,	tua,	rotunda,
poēta, *m*. L. 5, I.	mora,	amicitia,
inertia,	nulla, L. 32, 1 and 2,	vera,
insania,	via,	sempiterna.
sylva,	parva,	

(*b*) Mark the quantity of the penult in each word, making use for this purpose of the general rules of quantity in Lesson 3, and of the dictionary, when no rule can be found.

(*c*) Mark the accented syllable in each word according to Lesson 2, 4 and 5.

(*d*) Divide each word into syllables, according to Lesson 2, 1; and Lesson A; putting a point between the syllables, and repeating from memory the rule for the division of each syllable. Thus e. g. say, "Eurōpa has three syllables, because" (here repeat Less. 2, 1) "It is thus divided, *Eu-ro'-pa;* for *p* must be joined to the last vowel, because" (here repeat Less. A, 1.); and *r* must be joined to the penult, because," (repeat Less. A, 3.)

2. Prepare a similar exercise on each of the following pages to page 30.

II. 1. Write down the nominative singular of all nouns and adjectives of the second declension found on page 11, marking the gender of each, and referring for exceptions in gender or declension to the First Latin Book, thus:

vitium, *n*.	annus, *m*.
electus, *m*. L. 91, 1.	dirum, *n*. L. 91, 1.
Quintius, *m*. L. 9, Exc. 3.	bellum, *n*.
Fabius, *m*. L. 9, Exc. 3.	

2. Finish this exercise like the preceding one according to (*b*), (*c*) and (*d*).

3. Prepare a similar exercise on each of the following pages to page 30.

III. Write down the nominative singular of all nouns and adjectives of the third declension found on page 11.

(*a*) Mark the gender of each noun and the rule or exception on which its gender or genitive depends, thus:

ris, *n.* L. B, os: L. C, os.	irreparabile, *n.* L. 91, 1: L. 35.
lapis, *m.* L. D, is: L. E, is.	tempus, *n.* L. 18, 2, and 4.
homo, *c.* L. 5, N. 3: L. C, o.	glaciālis, *f.* L. 91, 1: L. 35.
ebriĕtas, *f.* L. 15, 1: L. 16, 1.	hiems, *f.* L. 15, 1: L. 17, 1 and N.
dux, *c.* L. 5, N. 3: L. 17, 2.	brevis, *f.* See glaciālis.

fugax, *m.* L. 91, 1: L. 28, 2: L. 37, 2. voluptas, *f.* See ebriĕtas.
vetus, *f.* L. 91, 1. L. 37, 1 & 2: abl. sing. *e*, L. 37, Exc.

(*b*) Write the root of each of the preceding words, and from the root form the nominative singular by Lessons 22 and 23, giving the same rules for the adjectives as for the nouns, thus:

Lapid, by L. 22, I., (which repeat) becomes *lapids*, by Remark 1, (which repeat) it becomes *lapis*.

Fugac, by L. 22, I., becomes *fugacs*, i. e., by Remark 2, *fugax*.

(*c*) Mark the quantity and the accented syllable of each of these nouns and adjectives, and divide them into syllables according to the modes pointed out in the first exercise (*b*), (*c*) and (*d*).

2. Prepare a similar exercise on each of the following pages to p. 30.

IV. Write the nouns of the 4th and 5th declensions, found on the 11th, 12th and 13th pages, and prepare them in all respects as directed in the first and second exercises.

2. Do the same with each three of the succeeding pages to page 30.

V. 1. Write the first person singular, in the indicative mood present tense, of each verb on the 11th page, separating the four conjugations and also the irregular verbs; thus,

1.	2.	3.	4.	*irr.*
salūto,	——	eligo,	venio.	sum, L. 62.
sto,		fugio, L. 74, N. 1.		fio. L. 79.
paro.		cresco,		
		labor, dep. L. 75.		

2. Repeat from memory the *principal parts* of each, as set down in the Dictionary.

3. Repeat all the *roots* of each verb; thus, *salut*, *salūtav* *salūtat*:—*st*, *stet*, *stat*, *&c.*

4. Do the same with each of the following pages to page 30.

VI. 1. Write in separate columns, according to their kind, all the particles found on pages 12, 13 and 14.

Conjunctions.	*Adverbs.*		*Prepositions.*
et, L. 82, (1).	semper,	diu,	a, L. 99.
-que, L. 82, (1) & (4).	non,	quotannis,	inter, L. 97, 1.
atque, L. 82, (1).	interdum,	minime, L. 82, 3 & 4.	
neque, L. 82, (1).	citiùs, L. 82, 3 & 4.	bene,	
	serius, L. 82, 3 & 4.	longè,	
	nunquam,	quàm,	
	diligentissime, L. 82, 3 and 4.		

Do the same with each three pages following, to page 30.

CPSIA information can be obtained
at www.ICGtesting.com
Printed in the USA
LVHW102046210123
737613LV00003B/306

9 783375 136369